KB022873

이토록 달콤한 재앙

Auf der anderen Seite ist das Gras viel grüner
by Kerstin Gier
Copyright © 2011 by Verlagsgruppe Lübbe GmbH&Co. KG, Bergisch Gladbach

No part of this book may be used or reproduced in any manner whatever without written permission except in the case of brief quotations embodied in critical articles or reviews.

Korean Translation Copyright © 2013 by Sodam&Taeil Publishing Co., Ltd.
Korean edition is published by arrangement with Verlagsgruppe Lübbe GmbH&Co. KG through BC Agency, Seoul

이 책의 한국어판 저작권은 BC에이전시를 통한 저작권자와의 독점 계약으로 ㈜태일소담에 있습니다. 저작권법에 의해 한국 내에서 보호를 받는 저작물이므로 무단 전재와 무단 복제를 금합니다.

이토록 달콤한 재앙

펴 낸 날 | 2013년 11월 7일 초판 1쇄

지 은 이 | 케르스틴 기어
옮 긴 이 | 함미라
펴 낸 이 | 이태권
책임편집 | 곽지희
책임미술 | 이슬기
펴 낸 곳 | (주)태일소담
서울시 성북구 성북동 178-2 (우)136-020
전화 | 745-8566~7 팩스 | 747-3238
e-mail | sodam@dreamsodam.co.kr
등록번호 | 제2-42호(1979년 11월 14일)
홈페이지 | www.dreamsodam.co.kr

ISBN 978-89-7381-683-5 03850
이 도서의 국립중앙도서관 출판시도서목록(CIP)은 서지정보유통지원시스템 홈페이지(http://seoji.nl.go.kr)와 국가자료공동목록시스템(http://www.nl.go.kr/kolisnet)에서 이용하실 수 있습니다.(CIP제어번호: CIP2013021817)

- 책값은 뒤표지에 있습니다.
- 잘못된 책은 구입하신 곳에서 교환해드립니다.

이토록 달콤한 재앙

케르스틴 기어 지음

함미라 옮김

소담출판사

사랑에 빠졌을 때
세상은 무지갯빛으로 변하고,
우리는 생각한다.

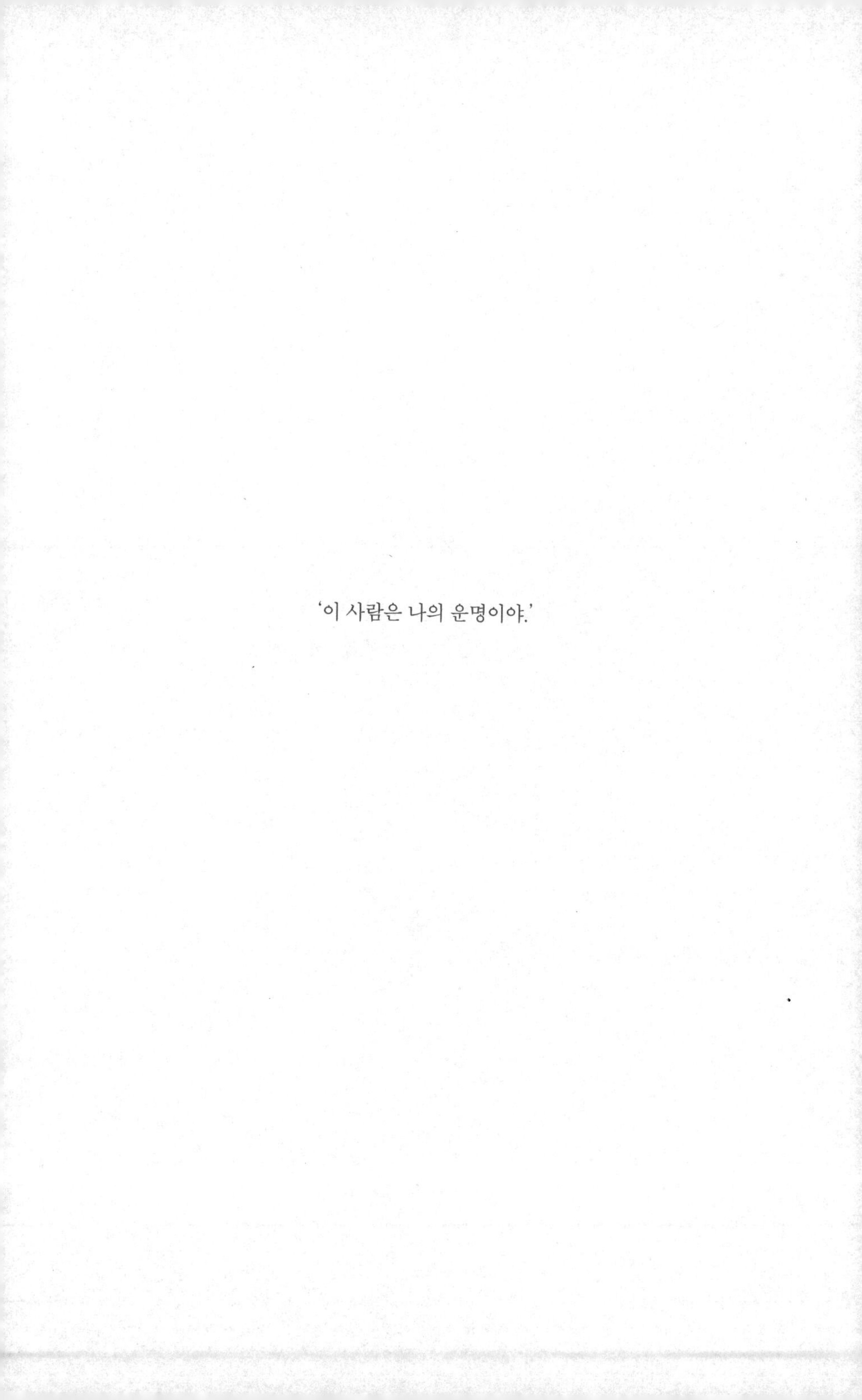

'이 사람은 나의 운명이야.'

그러나 불타는 연애감정이 식고
그와의 만남이 일상이 될 때,

우리는 생각한다.

'내가 이 사람과
평생을 함께 행복하게 살 수 있을까?'

'나와 좀 더 잘 맞는 상대를
만나게 되지 않을까?'

만일 당신 인생의 무지갯빛이 잦아들고
곁에 있는 사람과의 관계에 의심이 샘솟는다면,

이것은 당신을 위한 이야기다.

펠릭스

아무래도 카티와 나를 맺어준 건 운명이었다고 생각한다. 물론 그녀와 처음 만난 순간부터 그런 느낌을 갖게 된 건 절대 아니었다. 오히려 정반대로, 처음에 내 입에서 튀어나올 뻔했던 말은 이랬다. '뭐 저런 멍청한 여자가 다 있어!' 주차 칸에서 후진해야 할 차가 갑자기 앞으로 돌진하더니, 자전거 거치대 바로 앞에서 내가 애지중지 아끼는 애마를 깔아뭉개버린 것이었다. 자전거에서 막 발을 떼던 순간이었다.

하지만 미안해서 어쩔 줄 몰라 하는 그녀의 청회색 눈동자를 보는 순간, 나는 내 자전거에 관해선 깡그리 잊고 말았다. 그녀는 코를 찡그린 채 숨 한 번 쉬지 않고 두서없이 좔좔좔 변명을 쏟아놓았다. 이 버릇은 지금도 여전하다. 흥분만 했다 하면 그녀는 얼굴이 거의 퍼렇게 질릴 때까지 쉼표도 마침표도 없이 이야기한다.

"정말 미안해요, 나는 후진 기어를 넣었다고 생각했거든요. 그런데 맙소사, 거기에 자전거가 있었네요. 당연히 자전거는 새로 사 드리도록 하죠, 보험을 들어뒀거든요. 제가 막 수술한 몸이라서 말인데요, 아시겠어요? 그러니까, 목요일이었죠. '분명히 머리 쪽이겠지'라고 지금 생각하실 거라는 거 다 알아요. 하지만 뇌 쪽은 아니고요, 그냥 맹장 쪽이었어요. 차 운전은 하지 말았어야 했죠. 하지만 결론적으로 저는 차를 몰고 여기까지 왔고, 이 일은 전부 의사의 지시와 상관없이 제가 일찍 퇴원하려다가 발생한 일이에요. 그렇지만 급식이 정말이지 믿을 수 없을 정도로 엉망이었거든요. 그러니까 제 말은, 생선요리라고하면서내놓은게꼭스티로폼같은맛이났고……." 그녀가 얼굴이 빨개진 채 숨을 헐떡였다.

이미 이때부터 나는 손써볼 틈도 없이 그녀에게 빠져들었던 것 같다.

"제가 진짜 멍청했던 거죠, 꼭 당나귀처럼요." 한숨을 쉬며 그녀가 말했다.

"새끼 당나귀 정도로 해두죠"라고 말하고 나는 그녀의 차로 집까지 데려다주겠다고 했다. 어차피 내 자전거는 더 이상 탈 수도 없는 상태였다.

마티아스

나는 운명을 믿지 않는다. 자신의 행복은 자기 스스로 책임져야 한다고 믿는 사람이다. 그리고 원하는 것을 얻기 위해선 더러 넌더리가 날 정도로 집요해야 한다고 생각한다. 사람을 얻으려 할 때에도.

사실 처음 봤을 때 카티는 전혀 내 타입이 아니었다. 곧게 뻗은 작은 코에 보는 사람이 없다 싶으면 잘근잘근 씹어대던 도톰한 아랫입술까지, 못생긴 얼굴은 전혀 아니었다. 그렇다고 특별하다 할 것도 없었다. 중간 정도 미모, 중간 정도 키, 중간 정도 금발, 이 표현이 가장 잘 어울릴 것 같다. 돌이켜보니, 그런 그녀가 나를 전혀 의식하지 않았다는 것, 다시 말해 남자로 의식하지 않는다는 걸 깨닫고 나서야 나는 그녀에게 흥미를 갖기 시작했던 것 같다. 그녀는 오직 한 가지, 즉 깔끔하게 일처리를 하는 데에만 몰두했고, 세미나 참가자들에게는 아예 신경을 끄고 있는 것 같았다. 마침내 그녀가 정식으로 나에게 눈길을 주고, 심지어는 보일 듯 말 듯 살짝 반한 눈길을 보냈다는 느낌을 받기까지 나는 꽤나 공을 들이며 내 최상의 장점들을 어필해야 했다. 솔직히 나 자신에 관한 이야기를 하는 건 이례적인 일이었다. 보통의 경우엔 나를 보는 즉시 여자들 쪽에서 눈길을 떼지 못하니까 말이다. 아니, 노골적으로 빤히 쳐다본다고 하는 편이 더 나을지도 모르겠다. 다 내 잘생긴 외모 탓이다. 중간급 외모가 아니라, 진짜로, 전성기 때의 브래드 피트만큼이나 잘생겼다. '잘났어, 정말' 혹은 '허풍 떨고 계시네'라고 생각할 거라는 거, 나도 안다. 하지만 실제로 그 절반 정도 수준은 된다. 내가 여자들에게 말을 걸면 여자들은 나를 쳐다보는 데 급급한 나머지 내가 함께 대화를 나눌 수 있는 인간이라는 것조차 잊어버리곤 하니까. 아니면 나를 금발 미녀들처럼 멍청할 거라고 생각하곤 아예 그런 시도도 하지 않거나. 어쨌든 지금껏 나는 나 역시 괜찮은 놈일 수 있다는 걸 입증해 보일 기회를 거의 갖지 못했다.

카티의 경우엔 정반대였다. 그녀는 그날 시간이 흐르면서 어느 순간 '잘생긴 남자가 친절할 수도 있구나'라는 걸 깨닫곤 무척 놀란 것 같아 보였다.

그렇게 애를 썼건만, 나중에 세미나가 끝나고 그녀가 기차 시간을 이유로 곧바로 작별 인사를 했을 때 약간 섭섭한 마음이 들었던 건 나도 인정한다. 그러나 그 문자메시지만 아니었다면, 아마도 나는 그 일을 없던 일로 치고 잊어버렸을지도 모른다.

살면서 같은 실수를
두 번 반복해선 안 된다.
선택이란 그만큼 중대한 것이기 때문이다.
_버트런드 러셀

"그러니깐 세 가지 형용사로 저를 설명하라면 말입니다, 이렇게 말할 수 있을 것 같군요. 첫째, 소도둑놈 타입이고요, 둘째, FKK(나체 문화 혹은 원하면 정해진 구역 내에서 나체로 수영하고 거닐 수 있도록 허용된 해변 — 옮긴이) 신봉자이고, 셋째, 노는 것과 사람 꼬드기는 데는 도가 튼 사람이죠. 자, 어떻습니까?" 옆자리의 남자가 능글맞게 고개를 기울였다.

'첫째, 여기 있는 사람들 중 당신을 세 가지 형용사로 설명했으면 좋겠다고 원한 사람, 아무도 없고요, 둘째, 형용사로 설명한 거 하나도 없었고요, 셋째, 내가 당신이 하는 말을 듣고 있어야 하는 이유가 뭐죠?' 하지만 나는 이 말을 입 밖에 내지는 않았다. 아직 마음속으로 확실하게 방어 전술을 세워두지 못한 탓에, 나는 할 수 있는 한 무표정한 얼굴로 입을 다물고 어떤 옵션을 선택할지 생각해보았다. 자리를 뜨는 건 이미 물 건너간 뒤였다. 기차가 '금일 21~28호 결강(缺

輛)'이라는 납득할 수 없는 이유를 내걸고 운행되었던 터라, 망할 기차의 마지막 자리까지 꽉 차 있었던 것이다.

사람들은 늘 나에게 말했다. 기차를 타면 긴장을 풀고, '일에서 완벽히 벗어나' 멋진 인간관계를 맺거나 새로운 거래처를 트기도 하고, 잘생긴 사람과 한눈을 팔거나 옛 동창을 만나기도 하고, 원대한 이상의 나래를 펼치기도 하며, 어쩌다 한 번씩은 아주 푹 자고 일어날 때도 있고, 그게 아니더라도 어떻게든 즐겁게 시간을 보낸다고 말이다. 그러나 내 옆에는 언제나 미친 사람 아니면 정신병자, 그도 아니면 전염성 강한 독감 환자들만 앉았다.

그리고 지금 여기 이 남자처럼 발 구린내를 풍기는 사람들도.

나에게는 어딘가 그런 사람들은 끌어들이고, 다른 사람들은 멀리 밀어내는 마력이 있나 보다.

"실례합니다, 저는 빌이라고 합니다. 4년 전부터 서른아홉이고요, 미들네임은 파울이라고 합니다."

'실례합니다, 저는 카티라고 합니다. 4년 후면 서른아홉이고요, 제 미들네임은 멍청이 전용 자석이랍니다.'

빌 파울이 어서 대답해보라는 듯 미소를 지으며 누렇게 변색된 송곳니를 드러내 보였다. "자, 이제 당신 차례예요! 당신에게 딱 맞는 형용사 세 가지를 사용해 당신 소개를 해보시죠. 자, 안심하고 용기를 내보세요."

'꺼져버려!'

"제가 스타트라인을 끊도록 좀 도와드리지요. ……음, 그러니까, 내가 본 바로는 첫째, 금발 머리에, 둘째, 상당히 귀여우며 셋째, 수

줍음을 탑니다." 남자가 허로 입술을 축였다. "자, 어서요. 잡아먹으려고 이러는 거 아닙니다. 혹시 깨물어도 된다고 허락해주신다면 모를까."

마를렌이 내 입장이라면 지금쯤 이렇게 대답했을 것이다. '첫째, 관심 없고요, 둘째, 레즈비언이에요. 셋째, 이래 봬도 다양한 육박전 기술을 연마한 몸이거든요? 그러니까, 이만 이야기는 끝난 걸로. 안 그러면 한 대 맞고 끝날 수도 있어요.' 하지만 나는 거짓말도 잘 할 줄 모르고, 단지 누가 발 구린내를 풍긴다고 해서(더군다나 그게 발에서 나는 구린내도 아닌데), 좀 능글거린다고 해서, 그리고 나사가 좀 빠진 사람이라고 해서 그 사람을 대놓고 면박할 줄도 모른다. 하지만 다른 한편에서 나는 그간의 불쾌한 경험을 통해 지금과 같은 상황에선 친절이 능사가 아니라는 것도 알고 있었다.

"음, 그러니까"라고 말하며 나는 노트북을 열었다. "첫째, 저는 행복한 결혼 생활을 하고 있고요, 둘째, 지금 급한 메일 몇 통이 있어 답장을 보내야 해요. 셋째……." 노트북에서 삡, 하고 경보음이 울렸다.

"셋째, 당신의 노트북 배터리가 다 닳았는데, 여긴 눈 씻고 찾아봐도 충전할 데가 없네요." 남자가 고소하다는 듯 씨익 웃으며 뒤로 기대어 앉았다. "자, 자, 그러니까 울 예쁜이님, 이제 세상에 남아도는 건 시간이고, 몇 마디 수다 나눌 시간은 남아돌고도 남아돌겠고. 하하, 운율에 맞춰 말해봤는데, 눈치채셨어요?"

'조용히 하시지, 빌. 입 닥치라고, 파울.'

"대체 직업이 뭐기에 이런 밤에 기차 안에서까지 일을 해야 하는 겁니까?"

'당신만 아니었다면, 아니면 욕심 사나운 우리 여사장이 호텔 숙박료만 내줬어도 지금처럼 일할 필요도, 아니, 그런 척할 필요도 없었을걸. 그랬더라면 하루 종일 나를 못 미더운 눈길로 바라보던 열여섯 명의 신진 경영인들에게서 벗어나 지금쯤 편히 쉬고 있었겠지.'

진짜로 노트북 배터리가 완전히 방전되었다. 나는 가방을 뒤적여 수첩과 펜, 휴대폰을 찾았다. 일하는 척이라도 해야 했다. 이제 겨우 베를린밖에 지나오지 않았다.

"자, 제가 알아맞혀볼까요?" 빌이 말했다.

"비즈니스 코칭&트레이닝요." 나는 서둘러 웅얼거리듯 말했다. "그런데 저기요, 말씀드렸다시피 지금 제가 급히 보내야 할 메일…… 음, 문자메시지가 있어서요……." 말하는 동시에 부지런히 휴대폰 자판을 눌러댔다. 펠릭스가 내가 마지막으로 보낸 문자메시지에 답장을 보내왔다.

'나도 늦을 거야. 중국 음식 좀 사 갖고 갈게.'

곧바로 허기가 느껴졌다. 문득 펠릭스가 너무너무 보고 싶었다. 샤워도 하고 싶었다.

"커리어 우먼이시네요, 그럼?" 빌이 나를 향해 몸을 숙였다. "그런 데콜테(어깨가 드러나거나 가슴이 깊이 파인 드레스 혹은 상의 — 옮긴이)를 입고 있어서, 좀 더 창조적인 일을 할 줄 알았어요. 유치원 교사 같은 거 말이에요."

나는 못 들은 척하려고 생각을 가다듬기 위해 무지 애를 써야 했다. 경험이 가르쳐준 바, 어떠한 경우에도 절대로 말을 걸 틈을 보여선 안 된다. 그렇지 않으면 기차에서 내릴 때쯤 내 한쪽 볼은 그의 침으로 얼룩져 있을 뿐 아니라 그에게 소 반 마리를 사거나 콩팥을 기증하겠다는 약조를 하고 내릴지도 모른다. 나는 계속해서 열렬히 휴대폰을 눌러댔다. 어이쿠, 펠릭스의 문자메시지뿐 아니라 메시지 보관함에 저장돼 있던 모든 메시지를 다 지워버렸다. 뭐, 아무려면 어떤가. 번호야 주소록에 모두 저장돼 있는데. 펠릭스의 번호는 에바 언니와 우리 건물 관리인인 피쉬바흐 씨 사이에 있다.

"자, 이제 제 직업을 한번 알아맞혀보시죠, 예쁜이님."

'중국 음식이라니 아주 기대가 되는걸.' 나는 펠릭스에게 이렇게 쓴 다음 잠시 생각한 뒤 덧붙여 썼다. '프랑스 요리라도 반대하진 않을게.' 부부 생활에 약간의 긴장감을 불어넣는 차원에서 서로 신경을 긁는 것 정도는 나쁘지 않을 것이다. 사실 지난 몇 달 동안 우리는 상당히 긴장감 없이 지냈었다.

"제품 테스터랍니다!" 빌, 아니 발 구린내가 승전고를 울리듯 큰 소리로 외쳤다. 소리가 어찌나 큰지 나는 놀라서 그만 메시지 전송 버튼을 누르고 말았다. "이게 듣기보다 훨씬 흥미로워요. 제가 이번 주에 뭘 테스트했는지 한번 알아맞혀보세요."

어쨌든 데오도런트가 아닌 건 분명하다. 나는 삐져나오는 한숨을 누르며 대신 마를렌에게 보낼 문자를 입력했다.

'마를렌, 너 나한테 한턱내야 돼. 건방지고 교양도 없으면서 잘난 척만 하는 '경영인' 넥타이 부대한테 내가 완전 녹다운당했거든. 그리고 방금 전엔 역에서 정해준(그래서 피할 수도 없는) 미치광이 승객이 나머지 혹을 날렸고 말이야.'

마를렌과 나는 G&G 인퓨스 컨설팅이라는 작은 인사 관리 및 경영 관리 코칭 회사에서 일한다. 그렇다 보니 이번 베를린에서의 세미나는 마를렌을 위해 잠깐 넘겨받아야 했다. 경영 및 관리 능력 분야는 내 전문 영역이 아니기 때문에 그런 유의 세미나를 진행해야 할 때마다 나는 다시 그쪽 공부를 했다.

세미나 참석자들은 들개 무리와 같아서 누군가 자기들에게 겁을 먹으면 그걸 감지해냈다. 그리고 몸소 경영 리더로서의 자질을 확연히 입증해 보이지 못하면 그 사람에게선 그 분야에 관해 아무런 가르침도 받으려 하지 않았다. 만약 이번 세미나에 그들의 상관이 동석하지 않았더라면, 그들은 나를 완전히 으깨어놓았을 것이다. 그들의 상관은 마를렌이 전부터 알고 있던 사람이었다. G&G와의 계약도 그 사람을 경유하여 성사됐다. 그 생각을 하자 나는 저절로 미소가 지어졌다. 너무 흥분한 상태였던 터라, 그가 나에게 살짝 작업을 걸어온 것도 눈치채지 못할 뻔했다. '어쨌든 그 넥타이 부대 대장에 관한 건 네 말이 맞더라. 아주 귀여운 엉덩씨더라구'라고 나는 자판을 눌렀다.

사실 그 사람의 엉덩이가 어땠는지는 전혀 기억에 없었다. 하지만 눈은 아름다웠고, 그래서인지 자연스러운 권위와 친절함에서 오는 아주 특별한 카리스마가 있었다. 발 구린내 빌이 나에게서 눈길을 떼지 않고 있는 게 느껴졌지만, 나는 가볍게나마 숨을 쉴 여유를 좀 가질 수 있었다. 마티아스 렌첸, 휴먼리소스의 책임자. 나는 그의 이름과 휴대폰 번호를 저장해두었다. 물론 그가 준 번호를 다시 쓸 일은 거의 없었다. 첫째, 마를렌이 다음 세미나를 직접 진행하게 될 수도 있었고, 둘째, 나에게는 펠릭스가 있고 그래서 웃는 모습이 친절해 보이든 어쨌든 다른 남자들의 작업에 전혀 관심이 없었기 때문이었다. 물론 이번엔 아주 특별히 친절해 보이긴 했…….

"지난주엔 이태리산 레드 와인과 헤어 젤이었어요!" 빌의 소리에 놀란 나는 생각을 멈추었다. "이번 주엔 마늘 껍질 제거기와 카메라, 기능성 속옷이니까, 다음 주쯤엔 페라리가 될 수도 있지 않을까 생각 중입니다."

나는 서둘러 휴대폰 위로 몸을 숙이고 전송 버튼을 눌렀다. 이 순간 내가 무언가가 굴러가게 했을 줄은, 나의 동료인 린다 식으로 말하자면, '우주의 수레바퀴'를 세차게 굴린 것일 줄은 꿈에도 생각지 못했다. 그것도 단지 내가 너무 멍청해서 휴대폰을 제대로 다루지 못하는 바람에 말이다.

"어떤 일이든 모두 선한 이유가 있어 벌어지는 거야." 린다는 언제나 그렇게 말했다. 일어날 수밖에 없는 일이기 때문에 일어난다는 것이었다. 즉각적으로 이유를 인지하지 못해서 그렇지, 우리 삶에서 발생하는 모든 일에는 중요한 의미가 있다고.

서두르는 데서 실수가 발생한다. 그러므로 무엇이든 절대 불안한 상태에선 행하지 말라. _중국 격언

그리고 바로 그런 까닭에 우리에게 닥친 모든 일 혹은 우리가 지극히 개인적으로 망쳐버린 모든 일들에 대해 감사해야 한다고 했다. 예를 들어 린다는 그녀의 구두 뒷굽이 하수구 구멍에 박혔을 때에도 감사 충만했다. 그것은 말하자면 우주가 — 린다의 말에 따르자면— 아주 노련한 솜씨로 꾸며낸 일이었기 때문이다. 그 일로 인해 그녀는 새 신발을 사러 가게에 들어갔다가 오래전 동창과 재회할 수 있었고, 이 여자 동창이 뜬금없이 자기 생일 파티에 그녀를 초대했고, 그 파티에서 그녀와 천생연분인 남자를 만나게 되었다는 것이다. 근본적으론 멋진 생각이다. 그렇지 않은가? 브래지어 어깨끈이 풀린 일(그것도 면접 중에 말이다. 그것만 생각하면 나는 아직도 얼굴이 화끈거린다)부터 전철을 놓친 일까지 살면서 마주치는 아름답지 못한 순간들 전부, 미친놈과 발 구린내를 풍기는 사람들과의 만남 전부가 보다 심오한 의미가 있으며 보다 높은 목적에 기여하는 것이고, 결국엔 모두 감사할 일이라는 말이 된다. 훌륭하지 않은가! 하지만 유감스럽게도 우리는 실제로 린다의 말을 진지하게 받아들이지는 않았다. 그녀는 자기와 천생연분이라는 남자를 한 해에 두 명에서 최대 여섯 명까지 사귀었고, 거기서 그치지 않고 이른바 '쿠셸 파티'(2004년 미국의 성기능 치료사와 관계 치유 전문 심리학자가 개발한 '커들 파티cuddle party'의 독일어 버전이라고 할 수 있다. 전혀 모르는 사람들이 많게는 50명 정도가 한데 모여, 편안한 복장에 요가용 매트를 깔고 누워서 서로 껴안고 애무를 하며 연인 관계에서 받은 상처나 위기를 치유하는 일종의 치유 모임 — 옮긴이)에 가서, 세세한 성적인 부분은 거론할 가치조차 없는 데다, 그녀에게 녹색 풀오버를 사라고 충고하는 그런 인간들과 정기적으로 부질없는 만남을 갖고는 했다. 그 밖에 밀교적인 잡설도 두루 꿰고 있어서, 그녀의 주장에 따르면 회의 시작 전에 회의실 구석구석마다 소금을 뿌려둬야 더 좋은 분위기에서 미팅을 할 수 있고, 순수한 의지를 갖고 간절히 빌면 주차장 빈자리도 얻을 수 있으며, 심지어 우리 사장도 내면 깊은 곳을 보면 '아주 좋은 사람'이라며, 자기는 사장의 아우라에서 그걸 읽을 수 있다는 것이었다. 이런 이유로 나는 '하늘의 섭리'

라는 항목에 관한 한 린다를 권위자의 대열에서 제쳐두었고, 그랬기 때문에 납득할 만한 이유나 심오한 의미 없이도 많은 일들이 벌어졌던 것 같다. 또 그랬기 때문에 그런 일들에 대해 억지로 감사할 필요도 없었다. 이 특별한 사건에 관해선 이렇게 설명했을 거다. '마를렌을 대신하여 세미나를 맡지 않았더라면, 나는 이 기차에 자리 잡지 않았을 것이고, 능글맞은 제품 테스터 때문에 일하는 척할 필요도 없었을 것이고, 그랬더라면 결코 이런 문자메시지를 쓸 일이 없었을 것이고, 길어야 며칠 후면 그 푸른 눈동자와 친절한 미소를 완전히 잊어버렸을 것이다'라고.

빌이 콧구멍을 후볐다. 쳐다보지 않아도 정확히 시야에 잡혔다.
"콘돔 테스트야 진즉 했고요. 저기요, 지금 내 말 듣고 있는 겁니까?"

듣다마다. 내가 바라는 건 그가 내 쪽을 보지 않는 것뿐이었다. '정신 나간 콘돔 테스트남 옆에 앉아서 살기 싫다는 생각을 하는 중.' 나는 에바 언니에게 문자를 보냈다. '언니라도 내 옆 좌석에 앉아 있는 남자에게서 좋은 면을 찾기는 힘들 거야. 내기해도 좋아. 동물로 치자면 딱 벌거숭이 두더지쥐 같고, 아우라의 색깔은 코딱지 색이야. 게다가 이 남자, 이걸 또 좋아라 하며 먹어요.' 기차가 다음 역에 들어서기 전, 나는 열다섯 통의 문자메시지를 전송했고, 그중에는 친정 엄마에게 보낸 것도 한 통 있었다. '엄마가 절대 휴대폰을 켜두지 않는다는 거 알아요. 지금은 일하는 척해야 해서 그냥 쓰고 있는 거예요.' 그리고 기적처럼 빌이 볼프스부르크(폭스바겐 본사와 공장이 있는 니더작센 주에 위치한 도시. 베를린은 브란덴부르크 주에, 볼프스부르크는

**좋은 것을 얻은 사람이
감사의 답례를 하는 것은
사랑받아 마땅한 풍습이다.
_빌헬름 부슈**

니더작센 주에, 쾰른은 노르트라인베스트팔렌 주에 위치하고 있으므로 주인공이 빌로 인해 괴로운 시간을 보낸 시간보다 혼자 홀가분하게(?) 갈 수 있는 시간이 더 많아졌다 — 옮긴이)에서 내리지 않았다면, 쾰른에 도착할 때까지 이 숫자는 훨씬 더 늘어났을 거다. 나는 믿기지 않는 심정으로 빌이 주섬주섬 짐을 챙기는 걸 바라보았다.

"유감스럽게도 우리의 아름다운 인테르메조가 벌써 끝날 시간이 되었네요. 또 봐요!" 그가 작별 인사로 명함을 내밀었다. "페이스북에서도 저를 찾을 수 있습니다." 많은 메시지가 담긴 눈길을 보내며 그가, 그리고 구린내가 사라졌다.

나는 이게 웬 행운인가 싶어 얼떨떨했다. '언니, 진짜 진짜 못 믿겠지만, 이 정신 나간 남자의 성이 진짜로 하벤샤덴(글자 그대로 보면 '손해를 보다' 혹은 '손해를 끼치다'라는 뜻으로 해석할 수 있다 — 옮긴이)인 거 있지'라고 언니에게 문자를 보냈다.

나는 조그만 소리로 쿡쿡 웃으며 좌석에 등을 기대고 앉았다. 그리고 도착할 때까지 남은 시간 동안 푹 쉬어야겠다고 생각하던 찰나, 휴대폰에서 문자메시지 신호가 울렸다. 관리인 피쉬바흐 씨에게서 온 것이었다. '친애하는 베데킨트 부인, 부인의 제안에 감사드리며, 그럼 다음 주에 라디에이터 배기 점검하러 가는 길에 들르겠습니다. 헤르만 피쉬바흐 드림. P.S. 중화요리보다는 프랑스 요리로 하겠습니다. 제가 선택해도 된다면요.'

이게 무슨 뚱딴지같은 소리인가 싶어 멍하니 휴대폰 화면을 바라보는데 또다시 진동이 울렸다. 시어머니였다. 대 · 소문자에 구두법까지 완벽했다. '이렇게 연락을 주다니 반갑구나, 며늘아가. 옆자리 승객이 매너가 없다니 안됐구나. 너희들, 일요일날 점심 먹으러 오면 사워 브라튼(초에 절여 구운 쇠고기 요리 — 옮긴이)이 기다리고 있을 게다. 잘 지내렴. 루이제.'

무슨 일이 벌어진 건지 어렴풋하게 느낌이 왔다. 전화번호부에서 시어머니 루이제는 에바 언니 다음에 있고, 피쉬바흐 씨는 펠릭스 바로 다음이었다. 이 말은 그러니까 내가…… 아, 어쩜! 어쩌면 이렇게 바보 같은 짓을 했을까! 그때였다. 또다시 메시지가 도착했다. 친절한 미소의 휴먼리소스맨, 마티아스 렌첸에게서 온 것이었다. 그는 주소록 명단에서 마를렌의 바로 뒤에 위치했다. 나는 메시지를 열어볼 엄두가 나지 않았다. 마침내 메시지를 연 순간, 나는 볼이 후끈 달아올랐다.

'잘난 척만 하는 경영인들요, 그냥 잘난 척하는 것뿐입니다. 당신 같은 분을 녹다운시킬 수 있는 능력과는 거리가 아주 멀지요. 그 밖에 제 엉덩이에 관한 칭찬 감사합니다. 당신 것도 예쁘다고 생각하고 있었습니다.'

메시지를 읽는데 황당하게도 머릿속에서 곧바로 그의 목소리가 더빙되면서 미소를 지을 때 생기던 눈가의 주름이 떠올랐다. 나는 뭐라고 해야 일이 더 꼬이지 않을까, 곰곰이 생각해보았다. 문자가 잘못 전달된 탓이라는 건 말 안 해도 명약관화한 사실이었다. 사실 당신이 모시고 온 분들을 그렇게 나쁘게 생각하진 않았습니다? 이건 그냥 입에 발린 소리처럼 들릴 것이다. 그건 다른 세미나에 관한 이야기였어요? 이 말은 믿어줄 것 같지 않다. 제 엉덩이를 예쁘다고 해주시다니 정말 기분 좋네요? 당연히 안 될 말씀이다. 평소엔 '엉덩씨'라는 말을 쓰지 않는다는 걸 분명히 해두고 싶은 마음이 굴뚝같았지만, 그가 그 사실을 안다고 해서 무슨 소용이 있겠는가.

결국 나는 이렇게 썼다. '당신이 받으신 메시지는 잘못 간 열다섯 통의 메시지 중 하나랍니다. 더 창피한 것도 있어요. 저희 건물 관리인의 경우 제가 비상식적인 제안을 한 걸로 생각하고 있으니까요. 땅속으로 꺼져버리고 싶은 심정으로 인사를 전합니다.'

그런 다음 나는 한참 동안 화면을 응시했다. 그러나 아무런 답장도 오지 않았다. 마를렌이 보낸 한 통의 메시지만 더 왔을 뿐이었다. 메시지엔 이렇게 적혀 있었다. '날 보고 엄마라니, 이거 걱정해야 하는 거니? 아무튼 대장 내시경은 엄청 재미있었어. 염려해줘서 고마워.'

저절로 웃음이 비죽 나왔다. 최소한 잘못 보낸 문자 중에 대장 내시경 이야기는 없었다. 그것만 해도 정말이지 감사할 따름이었다.

아무리 바보라도 위기는 있는 법이다.
우리를 괴롭히는 것은 바로 일상이다.
_안톤 체호프

쾰른에 도착했을 땐 10분밖에 연착하지 않았지만, 이미 밤이 깊은 데다 피곤해서 거의 몸도 못 가눌 지경이었던 나는 택시를 타고 집으로 향했다. 미친 듯이 내달리는 택시 기사들만 아니었으면 가는 중에 분명 잠이 들었을 것이다. 택시 기사들은 아무 이유 없이 차선을 바꾸는가 하면 수시로 급커브를 틀고, 때로는 차도와 인도의 경계 턱을 죽 그으며 달리는 걸 좋아하기도 하고, 신호등의 빨간불엔 급제동을 걸거나 아니면 그냥 지나쳐버리곤 했다. 그 와중에 또 끊임없이 떠들어댄다, 그것도 쾰른 사투리로. 5년 반 전, 쾰른으로 막 이사 왔을 때 나는 쾰른 사람들을 도무지 알 수 없는 사람들로 생각했고, 또 쾰른을 세상에서 가장 혐오스러운 도시라고 생각했다. 하지만 어느덧 나는 이 새로운 고향을 진심으로 좋아하게 되었다. 이곳에 사는 사람들과, 다섯 번째 계절 그리고 반드시 적응해야 할 사투리까지 말이다. 날카로운 바퀴 소리를 내면서 택시가

라테나우 광장에 섰을 때, 나는 다시 맑은 정신을 되찾았다. "편안한 밤 보내세요, 아름다운 사모님." 택시 기사가 이렇게 말한 것은 내가 정말 아름답다고 생각되어서가 아니다. 쾰른의 택시 기사들은 통상적으로 모든 여성 승객에게 그렇게 말한다. 만약 기사가 아름다운 사모님 대신 '젊은 사모님'이라고 말했다면 늙었다는 증거가 될 것이다.

펠릭스와 나는 소위 '크바티르 라텡'이라고 불리는, 내가 정말 좋아하는 구역에 위치한 멋진 구식 주택에 산다. 여기서부터 펠릭스는 그가 내과 전문의로 일하는 병원까지 자전거로 10분 안에 도착하고, 나는 루돌프 광장에 있는 내 사무실까지 걸어서 갈 수 있다. 나는 — 그곳에 즐비하게 늘어선 — 많은 상점들과 카페, 생맥줏집, 와인 가게들을 좋아하는데, 정말 되는 일이 없는 날이면 귀갓길에 단골 제과점이나 단골 상점에 그냥 들르곤 했다. 외출을 하고 싶을 때면 재미있게 즐길 만한 곳이 숱하게 있고, 정말 괜찮은 레스토랑 몇 곳도 걸어갈 만한 위치에 있다. 하지만 최근 우리는 외출을 한 적이 정말 드물었고 레스토랑은 주로 테이크아웃이나 배달 서비스를 이용했다. 현관문을 여는데, 우리가 인생의 멋진 것들에 너무 적은 시간을 쓰고 있다는 생각이 들었다.

여자는 남자보다 쉽게 실수를 범한다. 그래서 여자들이 더 많은 실수를 저지르는 것처럼 보인다. _지나 롤로브리지다

정말 그랬다. 펠릭스는 소파에서 잠들어 있었다. 그것도 한쪽 신발을 채 다 벗지도 않고. 중국 음식은 작은 골판지 박스 안에 손도 안 댄 상태로 고스란히 식탁 위에 놓여 있었고, 텔레비전에서는 마르쿠스 란츠 아니면 그와 흡사하게 생긴 누군가가 헬스 엔젤스(1948년에

결성된 미국의 모터사이클 폭주족 클럽. 해골 로고를 사용하며 미국 내에서 폭력 집단으로 통한다 — 옮긴이) 타입의 어떤 남자에게 묻고 있었다. 왜 아직 어머니 집에서 사느냐고. 펠릭스는 고개를 옆으로 꺾고 입을 살짝 벌린 채 자고 있었다. 담갈색 곱슬머리가 얼굴을 뒤덮고 있었고, 눈썹은 언제나처럼 형편없이 덥수룩했다. 나는 양 엄지손가락으로 그의 눈썹을 가지런히 쓰다듬고(지난 5년간 얼마나 자주 그의 눈썹을 가다듬어주었던지……), 까칠까칠한 턱에 키스를 한 다음 그의 손에서 리모컨을 빼냈다.

텔레비전을 끄자 펠릭스가 눈을 떴다. "어, 자기 왔구나." 그가 눈을 껌벅거리며 말했다. 뺨에는 소파 쿠션 자국이 길게 나 있었다. "이런, 상 차리고 초를 켜놓으려고 했는데, 그만 잠이 들었나 보네. 오늘은 힘든 하루였어."

"응, 나도 마찬가지야." 나는 그의 곁에 털썩 주저앉아 그의 목에 내 코를 비벼대며 말했다. "흐음, 냄새 좋은데."

"당신도." 펠릭스가 내 어깨에 팔을 걸쳤다. "새 향수야?"

"아니, 기차에서 준 물수건 냄새야. 먼저 샤워부터 해야겠어. 그 다음에……."

"배고파?"

"응, 엄청." 나는 펠릭스의 쇄골 사이 작은 홈에 키스했다. 그곳에선 언제나 바닐라 향이 났다.

"내가 당신한테 좀 야한 문자 보냈었는데."

"어, 아직 확인 안 해봤는데."

"할 필요 없어. 그건 관리인 피셔바흐 씨한테 갔으니까. 그리고 마를렌한테 멍청한 세미나 참가자들과 그들의 책임자를 흉보는 문자메시지를 보낸다는 게, 그만 그 책임자한테 보냈지 뭐야. 당신한텐 아마 에바 언니에게 보내려던 문자가 도착했을 거야. 진짜로 당신 어머니가 나보다 더 휴대폰을 잘 다루는 거 같아. 어머니한테도 실수로 문자를 보내버렸지 뭐야."

펠릭스의 웃음소리에 졸음이 섞여 있었다. "어쨌든 당신이 돌아와서 좋네. 어젯밤에 보고 싶었어." 그가 손으로 내 목덜미를 쓰다듬었다. "그 야한 문자에는 뭐라고 썼는데?"

세상의 문제는 사람들이 술을 너무 적게 마신다는 것이다. _험프리 보가트

"뭐, 말하자면 이런 거지. 관리인 피쉬바흐 씨가 곧 한번 들러서 라디에이터 공기를 빼준다고……."

펠릭스의 웃음소리가 서서히 하품으로 변했다. 나는 잽싸게 일어났다. "얼른 가서 샤워하고 올게. 길어야 5분이면 올 거야, 알았지? 아니, 옷을 안 입으면 3분이면 돼. 수건으로 닦는 것도 생략하면 2분이야."

"이 자리에서 꼼짝도 하지 않을게." 펠릭스가 맹세했다.

물론 그는 맹세를 지키지 못했다. 돌아와보니 — 3분보다 약간 더 걸리긴 했지만 — 그는 다시 깊이 잠들어 있었다.

유혹에는 넘어가줘야 한다.
그 유혹이 또 온다는 법이 없으니 말이다.
_오스카 와일드

우리 여사장 가브리엘레 게르버는 기분이 좋지 않을 때면 무서울 정도로 진한 적갈색 립스틱을 바른다. 그뿐 아니라, 이른 아침부터 수단과 방법을 가리지 않고 우리 모두의 기분까지 잡치게 해야 직성이 풀리는 사람이다. 이런 그녀가 알지 못했던 것이 있었으니, 오늘 내 기분 역시 더할 나위 없이 좋지 않다는 것이었다.

"카티, 참가자들 설문 조사 평가 자료 어디에 뒀어요?" 사무실에 다 들어서지도 않았는데 벌써부터 야단이었다. 온몸을 질 샌더 향수로 휘감은 채 말이다. 사장을 만나기 전까지 난 그 향을 정말 좋아했었다.

'난 어제 자정 조금 전에 겨우 집에 도착했거든. 그거 당신도 알고 있잖아, 이 악질 사장아!' 나는 거칠게 대꾸했지만, 물론 성대를 사용하거나 입술을 움직이진 않았다. 사장의 눈에는 분명 내가 그냥 기분 나쁜 표정으로 그녀를 빤히 바라보는 것으로 보였을 것이다. '그러니 당신이 시킨 그 쓸데없는 통계를 내려고 참가자 설문 조사를 갖고 밤새도록 씨름할 생각 따윈 전혀 없었거든! 나도 내 사생활이 있단 말이야, 비록 보잘것없다 하더라도 말이야.'

"왜 말이 없나? 아직 끝내지 않은 건가?" 가브리엘레 게르버가 혀를 끌끌 찼다. 세상에서 오직 그녀만이 낼 수 있는 독특한 소리였다. 뭐라 묘사하기도 힘든 소리지만, 일단 그녀가 그렇게 혀 차는 소리를 내면 사람들은 당장 뭐든 근처에서 눈에 띄는 아무거나 단단한 걸로 하나 잡아서 완벽하게 손질한 그녀의 머리를 세게 내려치고 싶은 강렬한 욕구에 사로잡히게 된다. "오늘은 2월 1일이고, 나는 월간 통계를 정확하게 온라인에 올려놓고 싶을 뿐이고. 여성경영인클럽 오찬에서 돌아올 때까지 꼭 내 책상 위에 올려놓도록 하세요."

쯧.

나는 '직장 내의 폭력 없는 소통'을 주제로 다루었던 내 세미나 참가자들에게 조언했던 내용을 떠올렸다.

'어떤 일이 있어도 안정을 유지하세요. 우선 절대로 여러분 자신을 변호하려고 하지 마세요. 친절하고, 흐트러짐 없이 오직 여러분 자신의 목표만을 생각하세요. 아무 비난도 하지 마시고, 모욕당했다는 생각도 하지 마세요. 그리고 무엇보다도, 깊이 심호흡을 한 다음 미소를 지으세요!'

나는 짐짓 미소를 지었다. "좋은 아침이에요, 가비(가브리엘레의 애칭 — 옮긴이) 사장님." (친절하게.) "평가는 오늘 오후 젊은 경영인들을 대상으로 한 '직업과 삶의 균형' 세미나가 끝나면 곧바로 하도록 하겠습니다.” (흐트러짐 없이.) 카티, 잘했어.

그러자 가비 사장이 눈알을 굴리기 시작했다. 역시 세상에서 오직 그녀만이 할 수 있는 독특한 방식으로. 그리고 거기에 덧붙여 다시 혀 차는 소리가 보태어졌다.

내 눈은 우산 꽂이를 넘겨다보며 무언가를 찾아 헤맸다……. 잠깐! (어떤 일이 있어도 안정을 유지하세요.) 나는 깊게 숨을 내쉬었다. “그건 그렇고, 그 세미나 제목은 ‘직장 생활에서의 여유와 존중’이에요, 카티.”

쯧. 눈알 굴리기. 아이고, 정말 사람 돌게 만드네!

“다음 주 주제는 긍정적인 지원을 통한 동료 간의 동기부여인데요, 사장님도 시간 있으시면 그냥 한번 오셔서 들어보세요. 큰 도움이 되실 거 같은데요.” 내가 말했다. “분명히 뭔가 배우실 게 있을 거예요.” 이런, 지금 마지막 부분에 충고한 것은 어쩌면 모욕적으로 들렸을 수도 있겠네. 하지만 우산 꽂이를 잡아서 그녀의 머리통에 불이 나게 만드는 것보다는 낫겠지. 이젠 심지어 미소까지 다시 지을 수 있잖아.

“내가 한마디 하자면, 당신은 일을 너무 설렁설렁 하는 게 문제야!” 가비 사장은 못마땅하다는 듯 두 번이나 더 혀를 차고는 린다를 향해 몸을 돌렸다. 린다는 리셉션 데스크 뒤에서 벌써부터 겁을 잔뜩 집어먹고 입술을 깨물고 서 있었다. 이른바 그녀의 수호 동물들이 모두 덜덜 떨며 일찌감치 그녀의 등 뒤로 숨어버린 게 분명했다. 동료인 벵트 슈나이더는 커피 잔을 들고 부엌에서 나오다가 가비 사장의 눈에 띄지 않도록 자기 책상 쪽으로 살금살금 빌을 옮겼다. 마클렌은 코빼기도 보이지 않았다.

G&G 임풀스 컨설팅은 네 명의 정규 직원을 둔, 고객 포트폴리오와 조언 · 훈련 컨설팅을 보았을 때 짐작할 수 있는 규모보다 훨씬 작은 회사였다. 직원이 족히 두 명은 더 필요할 정도로 일이 많은데도, 가비 사장은 개인 생활과 주말이 어이없을 정도로 지나치게 중시되고 있다고 생각하면서 주당 75시간 이하의 노동은 전부 휴가라고 여기는 사람이었다. 이 점에 있어선 스스로 좋은 본보기를 보여주면서 결코 휴가를 가는 일이 없었다. 그러면서 약간의 여유 시간이 나면 2주간 몰디브에 있다가 막 돌아온 사람처럼 치장하는 데 시간을 다 써버렸다. 아르마니 정장의 깊게 파인 가슴골은 언제나 햇볕에 잘 그을린 상태였고, 해변의 모래처럼 밝게 빛나는 금발 머리가 곱슬곱슬하게 어깨 위에 드리워졌다. 그리고 고객을 위해선 만면에 깜짝 놀랄 정도로 기운을 북돋는 미소를 지을 수도 있었다. 그녀가 몇 살인지 우리는 도무지 감을 잡을 수 없었지만 아무리 동안이어도 오십은 훨씬 넘었을 거라고 짐작했다. 그녀는 우리가 자기를 가비라고 불러주기를 원했고 우리도 어쩔 수 없는 경우에는 그렇게 불렀지만, 그녀가 없을 땐 통상 '잠을 모르는 여자'(분위기 좋은 날일 경우) 혹은 '라인란트의 흡혈 백작 부인'(보통의 경우)이라 불렀다. 겉보기와 달리 가비 사장의 내면 깊은 곳엔 선한 씨앗이 묻혀 있을 거라고 확신하는 린다도 사장이 그 씨를 대부분 아주 잘 숨겨놓았다는 것은 인정하는 바였다.

"무슨 머리를 그렇게 유치하게 땋았나요, 린다?" 가비가 물었다.

"나의 내면 아이가……" 린다는 입을 열었지만, 말을 끝맺지는 못했다. 가비 사장이 다시 눈알을 굴리기 시작했던 것이다. 그러자 린다가 웅얼거렸다. "벵트는 머리 모양이 귀엽다고 했는데요." 가비의 관심을 벵트에게로 돌리려는 시도치곤 노련했다. 인정! 하지만 벵트는 놀란 나머지 커피를 쏟고 말았다.

"유감이지만 난 전혀 귀엽지가 않네요." 가비가 쯧! 쯧! 혀를 찼다. "당장 바꿔요. 이따가 새 고객을 모시고 올 건데, 그 사람이 여기를 무슨 유치원으로 착각하지 않게 해주세요."

린다는 순순히 머리에서 고무줄을 풀었다.

"이제 출발해야 돼요." 가비는 손목시계를 힐끗 보았고, 나는 안도의 한숨을 가까스로 참았다. 다른 두 사람도 마찬가지라는 것은 보지 않아도 뻔했다. "마를렌은 왜 아직까지도 안 오는 거지? 하루 쉰 다음 날엔 늦잠 자지 않도록 특별히 신경 써야 되는 거 아닌가? 내 코트는 어디 있는 거야?"

"여기 있습니다!" 벵트는 서둘러 커피 잔을 내려놓고 흡혈 백작 부인이 외투 입는 것을 도와주었다.

"그건 쉰 게 아니죠!" 나는 내가 화난 말투로 말해 봤자 가비 사장에게 먹힐 리 없다는 것을 알면서도 입을 열었다. "마를렌은 대장 내시경 검사를 받았잖아요."

방향을 바꿨어야지. 고양이가 쥐에게 한마디 했다. 그리고 쥐를 잡아먹었다. _프란츠 카프카

"어찌 됐건." 마지막으로 또 한 번의 혀 차는 소리. "11시경에 돌아올 거예요, 고객과 함께요. 그땐 다들 좀 더 적극적으로 이쪽으로 건너오면 좋겠어요. 그리고 그때까지 그 셔츠에 묻은 커피 자국, 없앴으면 좋겠어요, 벵트."

"원하시는 대로 다 해드리죠, 욕구불만에 시달리는 컨트롤 광녀 님." 벵트가 으르렁거리며 말했다. 물론 문 밖에서 가비가 똑딱거리는 구두 소리와 함께 서서히 멀어졌을 때 말이다. "이것 봐! 또 발진이 시작됐어. 대부분의 질병이 부정적인 스트레스 때문에 생긴다는 거, 알고들 있어? 우리가 이렇게 제대로 서서 다닐 수 있다는 것만 해도 기적이라니까! 저 인간이 섹스를 하지 못해서, 우리가 이 고생을 하는 거라고." 그는 셔츠 소매를 걷어붙이고 나에게 손목을 보여줬다. "이거 보여? 가려워서 죽을 것 같아. 병원에 예약해야 할까 봐. 너무 무서워."

"아무것도 안 보이는데." 나는 사실대로 말했다. 어떤 경우에도 벵트의 우울증적 자가 진단에 동조해서는 안 된다는 걸 나는 알고 있었다. 그는 끊임없이 희귀하면서도 대부분 치명적인 어떤 질병들을 달고 다녔다. 이것은 그가 즐겨 보는 〈닥터 하우스〉와 〈그레이 아나토미〉에서 전염된 것들이었다. 그는 배에 좀 불쾌한 느낌이 들면 최소한 간세포 선종 증상을 호소했고, 최근에는 손톱 밑 피부에 난 생채기 때문에 화농성연쇄구균Streptococcus pyogenes에 감염됐다고 난리를 치기도 했었다. 살을 파먹는 이 박테리아 때문에 자기는 조만간 비참하게 죽게 될 거라는 것이었다. "근데 사장이 성적 욕구불만이란 걸 어떻게 알아? 그런 게 눈에 보이기라도 하나?"

"그걸 말이라고 해!" 벵트는 잠시 자신의 발진에 대해서는 잊은 것 같았다. "당연히 보이지! 사장 움직이는 것 좀 봐, 엉덩이가 경직된 것이 말랑한 기색이 하나도 없잖아. 게다가 독기 서린 눈으로 노려보는 거 봐, 섹스한 지 얼마 안 된 사람이 그렇게 행동할 거 같아?"

"어쩌면 맘에 안 들었을지도……." 나는 중얼거리면서, 혹시 나도 출근할 때 경직된 엉덩이로 온 것은 아닌지 생각해보았다. 맞다! 어제 아무리 키스를 해도 펠릭스가 깨어나지 않아서 난 풀이 죽은 채로 침대로 갔었다. 밤중에 펠릭스가 뒤따라오긴 했지만, 그땐 아마 내가 잠들어 있었던 것 같다. 그리고 잠에서 깨어났을 땐 이미 펠릭스가 출근하고 난 뒤였다. 그의 베개 위에 메모지가 놓여 있었다. 알아보기 힘든 전형적인 의사들의 필체로 이렇게 쓰여 있었지.

'나중에 저녁때 봐, 제때 오도록 노력할게. 피쉬바흐 씨에게는 제발 좀, 우리 집 라디에이터는 내가 알아서 한다고 말해줘.'

린다는 아직도 손에 들린 머리끈을 바라보고 있었다. '이게 왜 여기에 있지?' 하는 표정으로. "기분 나쁜 일이 생길 줄 알았다니까. 오늘 운세 카드에 칼이 세 개나 나왔거든. 게다가 사람들이 전부 내 생일을 잊어버린 꿈도 꾸었고."

"그게 언제였더라?" 내가 농담조로 물었다.

린다가 깜짝 놀라며 눈을 부릅떴다. "토요일이지! 슈바르츠발트산 버찌 케이크를 구워주겠다고 약속까지 했잖아!"

"알고 있어, 린다라인!"

"오늘 나 그런 농담할 기분 아니야." 그녀는 땅이 꺼져라 한숨을 쉬었다. "마르코가 전화를 안 했어. 내가 음성 사서함에 여덟 번이나 메시지를 남겼는데 말이야. 게다가 아주 달콤한 메일도 두 통이나 보냈다고."

마르코는 현재 진행 중인 린다의 남자 친구다. 그는 매력적인 무지갯빛 아우라를 지닌 남자로, 지금까지 린다가 사귀었던 남자 중 최고였다. 적어도 6주 전에 그녀와 헤어진 얀 이후에는 말이다. 일곱 빛깔 아우라가 녹아서 한데 뒤섞일 만큼 놀라울 정도의 섹스를 했음에도 불구하고, 이게 사귀는 게 맞나 의심스러울 정도로 만나는 횟수는 뜸했다.

"훈향(薰香, 원뿔 모양의 향 — 옮긴이)이라도 몇 개 피울까 봐!"

"난 집에 가서 셔츠 좀 갈아입고 와야겠어." 벵트는 급히 코트를 걸쳤다. 문에서 그는 언제나처럼 깨물어주고 싶을 정도로 귀여운 마를렌과 부딪혔다. 그녀의 붉은 곱슬머리가 줄무늬 털모자 아래로 쏟아져 내려 장밋빛 얼굴 주위를 감싸고 있었다.

"드디어 오셨네. 흡혈 백작 부인께서 널 엄청 보고 싶어 하셨단다!" 내가 말했다. "나도 물론이고. 내 메시지 받았어? 그러니까 오늘 아침에 보낸 거 말이야, 제대로 된 거."

"응." 마를렌이 쿡쿡거리며 웃었다. "귀염둥이 벵트, 벌써 퇴근하려는 건 아니겠지?" 그녀는 벵트를 포옹하면서 그의 두 뺨에 키스를 했다. 그 바람에 그는 그녀가 전염성이 있는 감기 바이러스나 다른 나쁜 것들을 함께 몰고 온 건 아닌지 미처 확인할 새가 없었다.

"벵트는 만지지 않는 게 좋을걸. 전염성 질환에 걸렸답니다. 대상포진일지도 모른대." 내가 탁한 목소리로 말했다.

"쓸데없는 소리." 벵트가 말했다. "그래도 손목 관절에 난 건 아니야." 그는 먼저 나를 본 후에, 불안한 빛을 띠며 마를렌을 바라보았다. "안 그래?"

나는 어깨를 으쓱해 보였다. "그런 걸 어떻게 정확히 알겠어." 말을 다 마치기도 전에 나는 깜짝 놀라 아랫입술을 깨물었다. 오, 맙소사, 이거 내가 가비 사장과 똑같은 짓을 하고 있잖아. 이 모든 이유가 만성적인 욕구불…….

"정확한 대장 내시경 결과 나오면 너한테 보내줘야 하는 거니, 벵트? 그러니까 나를 믿어, 결과 생각만 해도 벌써부터 신 나네!" 마를렌이 나에게 윙크를 했다. "그건 그렇고 우리 카티라인이 우리에게 들려줄 재미있는 이야기가 하나 있다던데? 카티가 어제 완전 쇼킹한 메시지들을 엉뚱한 사람들에게 살포했다니까."

"20분 안에 다시 올 테니까, 그때 자세히 들려줘." 벵트는 그렇게 다짐하고 사무실을 나갔다. 그에게 〈매드 멘〉 시디를 한번 빌려줘야 하나? 돈 드레이퍼는 언제나 갈아입을 셔츠를 책상 서랍에 두던데.

"완전 쇼킹한 메시지들이라고? 정말?" 린다의 표정이 밝아졌다.

"그냥 하나만 그랬어. 그것도 완전 쇼킹하다고 할 수는 없었지. 오히려 표현이 좀 애매했어." 나는 린다의 리셉션 데스크 위에 팔꿈치를 기대며 말했다. "그보다 더 끔찍했던 건, 마를렌에게 보낼 문자를 어제 세미나에 왔던 그 휴먼리소스맨한테 보냈다는 거야. 그쪽 사람들이 거만한 찌질이들이지만, 그 인간 엉덩짝 하나만큼은 아주 깨물어주고 싶게 귀엽다고 써서 말이지."

예상대로 린다와 마를렌은 재미있어죽겠다며 낄낄거렸다.

"그리고 그 남자가 뭐라고 답장했는지 아니? 내 엉덩이도 꽤 귀여운 것 같대."

"그래, 마티아스는 정말 유머 감각이 있다니까." 마를렌은 느긋하게 부엌으로 가 커피를 한 잔 따르면서 말했다. "그런데 거기에다 외모까지! NLP(Neuro Linguistic Programming, 1970년대에 창안된 커뮤니케이션 · 자기 계발 · 심리 치료 프로그램 — 옮긴이) 세미나에 참석한 여자라면 전부 그에게 홀딱 반했을걸. 남자들 중 몇몇도 물론 그랬을 거고."

나는 이마를 찌푸렸다. "어머, 그럼 너는 그 사람이 내 엉덩이에 관해서 말한 게 '농담'이라는 거야?" 무슨 이유에선지 나는 실망감이 솟구쳐 오르는 걸 느꼈다.

마를렌이 웃었다. "응, 하지만 분명히 그 사람도 네 뒤태가 멋지다고 생각했을 거야. 그리고 그건 사실이기도 하잖아. 나라면 너처럼 그렇게 매력적이면서도 자그마한 엉덩짝을 가질 수 있다면, 모든 걸 다 갖다 바치겠다."

그렇다면 다행이고. 사실 나는 누군가가 나에게 작업을 걸어왔다는 게 마음에 들었다. 물론 작업 거는 게 습관인 기차 칸의 미친놈들이나 관리인 피쉬바흐 씨 같은 사람과는 다른 '누군가'가 말이다. 마를렌이 팔꿈치로 내 옆구리를 찔렀다. "얘! 그럼 너는 이렇게 말해줘야 되는 거 아니니? '마를렌, 그래도 정말 대단한 건 네 엉덩이지. 제니퍼 로페즈 말고 네 엉덩이 따라갈 사람이 있겠어?'라고 말이야."

"그거야 본인이 더 잘 알면서 새삼스럽게 왜 그러세요? 마를렌, 넌 머리부터 발끝까지 완벽하잖아. 그리고 내가 확신하건대, 자비에 역시 매일같이 열 번도 더 그렇게 말할걸. 아니면 노래를 부르거나."

자비에는 아르헨티나 사람인데, 이제 막 서른이 됐으니 마를렌보다 열 살 더 젊은 셈이었다. 머리부터 발끝까지 문신을 한 그는 — 유감스럽게도 크게 성공하지는 못한 — 한 밴드의 기타리스트 겸 싱어였다. 4년여 전에 마를렌과 그녀의 딸 아멜리에가 살던 집으로 그가 들어왔을 때만 해도, 아무도 둘이 그런 관계가 되리라고는 상상도 못 했었다. 마를렌의 아버지는 심지어 상속권을 박탈하겠다고 위협까지 했었다. 솔직히 말하자면 나 역시도 처음에는 약간 회의적이었다. 하지만 자비에는 지금까지 정말이지 단 하루도 마를렌을 불행하게 만든 적이 없었다.

"그리고 네 모습을 한번 봐봐! 내면에서 광채가 흘러나오잖아. 게다가 대장 내시경을 했는데도 네 엉덩이를 보고 뻣뻣하게 경직되어 있다고 생각할 사람은 아무도 없잖아."

마를렌이 눈썹을 치켜세웠다.

나는 손사래를 쳤다. "아, 그건 그냥 벵트 식의 이론일 뿐이야. 벵트의 말에 의하면, 여자가 섹스를 너무 적게 하면 그렇게 보인다는 거지……. 음, 어쩌면 그의 말이 맞지 않을까 하는 생각이 들어서. 내가 보기에 너는 왠지…… 음…… 왠지 그렇게는…… 그러니까, 왠지 그런 사람처럼 보이지는…… 뭐랄까, 음……."

"카티! 네 핸드백에서 전화벨 울린다!" 린다가 앞에서 외쳤다.

"있잖아, 난 음, 뭐랄까…… 왠지…… 좀…… 그러니까…… 그거 너랑 일정 잡으려는 그 언어치료사이지 싶다." 내가 핸드백을 향해 달려가는 동안 마를렌이 말했다. 한참을 뒤적거린 후 마침내 휴대폰을 꺼냈을 땐 이미 벨이 끊긴 뒤였다.

휴대폰 화면에 시선을 돌린 순간 아무 영문도 없이 내 심장박동이 빨라지기 시작했다. "그 남자야." 내가 말했다.

"누구?" 린다와 마를렌이 동시에 물었다.

"에, 그 남자…… 그…… 휴먼리소스맨, 마티아스 렌첸."

"근데 얼굴은 왜 빨개지니?"

"그게…… 무슨 얼굴이 빨개졌다고 그래."

"벌써 좀 빨개졌거든." 린다가 고개를 갸웃하고는 눈을 감았다. "방금 네 아우라가 몇 가지 색조의 소용돌이 모양을 띠었거든. 그렇다고 부끄러워할 필요는 없어. 살아가는 동안 끌리는 느낌이 드는 사람들을 계속해서 만나는 건 아주 정상적인 일이니까. 그런 건 대부분 우리의 전생과 연관되어 있어서, 우리 영혼이 서로 약속을 한 거거든. 공동의 학습경험을 하자고 말이야."

"이거 누군가의 엉덩이를 섹시하다고 생각한 데 대한 정말 창조적인 논거인걸." 마를렌이 비죽이 웃었다.

"그 사람의 엉덩이는 거의 보지도 못했거든." 내가 변명하자 마를렌이 더더욱 비죽거렸다.

"쯧, 마를렌, 맨날 생각하는 것 하고는." 린다가 나무라듯 말했다. "지금 문제는 두 영혼의 친화라고. ……휴, 육체적인 것이 아니라고. 그런 건 카티는 꿈도 꾸지 않을 거야, 재는 결혼한 몸이잖아. 안 그래, 카티?"

그러자 내가 아마도 죄책감 어린 표정을 지었던 모양인지, 마를렌이 웃으면서 내 머리칼을 엉클어뜨렸다. "그 사람이 진짜 마음에 들었나 보네."

"그래, 그 남자가 친절해서 그랬다, 왜!" 나는 쓸데없이 공격적으로 말했다. "그리고 나한테 작업까지 걸었으니까. 뭐, 어쨌든 그가 나에게 작업을 걸었던 것이길 바라. 그것…… 역시도 친절했고."

"그럼 그냥 다시 전화해. 네 엉덩이뿐만 아니라 다른 것들도 마음에 들었을지 모를 일이지. 아니면 업무적인 일이었을 수도…….”

“없던 일로! 보나 마나 나는 전화하지 않을 테니까. 더군다나 두 사람이 여기 있는 한 절대 그럴 일은 없을 거야.” 나는 결의에 찬 걸음걸이로 내 책상 쪽으로 건너갔다.

벤트, 마를렌과 나는 모두 같은 공간에서 근무한다. 부엌 맞은편의 출입문 바로 옆에 세워져 있는 린다의 리셉션 데스크도 탁자 세트 하나와 중간 높이의 칸막이만으로 우리의 사무 공간과 나뉘어 있다. 천만다행으로 흡혈 백작 부인은 별도의 사무실이 있고, 그 밖에 넓은 세미나 공간이 하나 더 있는데 가비 사장이 없을 때면 린다는 거기서 태극권 연습을 한다. 바깥 복도에 있는 화장실은 작은 광고 에이전시가 입점해 있는 이웃 사무실과 함께 사용한다. 두 명의 에이전시 사장 가운데 한 명은 엘리베이터에서의 운명적인 만남을 계기로 잠깐 동안 린다의 동거인이 되었지만, 나중에 그가 호모라는 사실이 밝혀졌다.

린다와 마를렌이 내 뒤를 따라왔다.

“하지만 전화를 하지 않는 건 예의가 아니야.” 린다가 말했다. “기다리고 또 기다리다가 내가 뭘 잘못했나, 하고 자기 자신에게 묻게 되는 거, 얼마나 마음 아픈 일인지 너 아니?”

“알지. 하지만 그건 함께 잠을 잤고 상대방 음성 사서함에 다섯 번이나 메시지를 남겼을 경우에만 그런 거지.” 난 발끈하며 말했다.

“여덟 번이었거든.” 린다가 고쳐 말했다. “내가 마르코에게 음성 사서함으로 말한 건 여덟 번이었다고.”

“다섯 번이나 여덟 번이나 그게 그거지.” 마를렌이 중얼거렸다.

린다는 고개를 저었다. "사흘에 여덟 번이었어, 그리고 언제나 아주 짤막하게만! 그러니까 그게 그건 아니지. 그리고 난 그에게 어떤 비난도 하지 않았어, 언제나 아이 메시지(I-Massage, 커뮤니케이션 기법 중 하나로, '나'를 주어로 상황과 감정을 충실히 전달해 상대방이 자신을 명확하게 이해할 수 있도록 하는 기술 — 옮긴이) 전달법으로만 말했다니까. 슬슬 걱정되네, 정말. 그이에게 무슨 일이 생겼으면 어떡하지? 만난 지 얼마 안 돼서 그이가 어디 중환자실에 누워 있어도 아무도 나한테 연락해주는 사람이 없을 거야." 그녀가 훌쩍이며 말했다.

"지난번엔 나흘이나 연락하지 않았던 적도 있었잖아." 나는 이걸 기억해낸 덕분에 마침내 더는 내 이야기를 하지 않게 되어 기뻤다.

"그래. 하지만 그때는 그이가 외국으로 출장을 가서 메일을 사용할 수 없었고, 또 휴대폰도 터지지 않았었지……. 그리고 그다음엔 그이의 어머니가 병이 났었고……."

"난 사람들이 한꺼번에 이런저런 이유를 늘어놓으면 항상 의심부터 가더라고." 내가 조심스럽게 말했다.

"외국 어디에 있었다고 했었지? 콩고?" 마를렌이 물었다.

"아니, 오스트리아." 린다가 말했다. "왜?"

그 순간 내 휴대폰이 다시 울리기 시작했고, 말릴 틈도 없이 마를렌이 내 핸드백을 가로채더니 휴대폰을 끄집어냈다.

"뭐 하는 거야!" 내가 소리쳤지만, 그때는 이미 그녀가 전화를 받은 후였다. "잠깐만요." 마를렌이 간드러진 목소리로 말하더니 나에게 전화기를 내밀었다. "여보세요." 전화를 받으면서도 나는 마를렌에게 눈을 부라렸지만 그녀는 웃기만 했다.

"마티아스 렌첸입니다. 제가 방해한 건 아닌가요?"

"음, 아니에요, 전혀. 그냥 휴대폰이 제 동료 책상 위에 놓여 있어서…… 음, 안녕하세요." 나는 손으로 이마를 쳤다. 마를렌이 입모양으로 또렷하게 "언, 어, 치, 료, 사" 하고 말했고 린다는 걱정스러운 듯 이마를 찌푸렸다. 나는 전화기를 들고 부엌으로 갔다. 이곳이 수신감은 더 안 좋았지만, 그래도 어쨌든. 린다와 마를렌이 곧바로 나를 쫓아왔다. 둘 다 끔찍하다, 끔찍해. 나는 손으로 두 사람을 쫓는 시늉을 하면서 등을 돌렸다.

"어제 문자는 죄송했습니다. 도저히 있을 수 없는 일이었죠." 나는 가능한 한 '에……' 소리를 자제하면서 최대한 말이 끊어지지 않도록 애를 썼다. "평소 저는 제 세미나 수강자들에 대해 그런 식으로 비방하거나 그러질 않거든요, 예외의 경우만 제외하고는요."

"어제처럼 사람들이 그렇게 멍청한 경우 말이죠." 어쩌면 목소리가 이렇게 상냥하고 따듯할까. 만약 이 사람이 텔레마케팅 회사 같은 데서 일했다면 나는 보나 마나 전기담요 한 개쯤은 벌써 사고도 남았을 것이다. 아니면 복권 정기회원권이나.

"그렇지요. 아니, 그게 아니라, 그 정도로 멍청하지는 않았어요. 단지 좀 건방지고 잘난 체를…… 어휴, 이런, 제가 점점 더 일을 엉망으로 만들고 있네요, 그렇죠?"

"그렇죠." 그가 웃었다. "저도 그 친구들은 대부분 참기 힘들답니다." 이게 무슨 클릭 소리지? 이 사람이 전화를 하면서 메일을 쓰고 있었나? "제가 전화를 드린 이유는……."

"네?" 왜 말을 하다가 마는 거지?

"제가 이번 주말에 쾰른에 가게 되었습니다. 그래서 만나서 커피 한잔 하실 시간이 있으신가 해서요. 그렇다면 정말 기쁘겠습니다. 아니면 와인도 좋고요. 상황 되시는 대로."

오. 마를렌과 린다가 내 얼굴을 보지 못한 것이 다행이었다. 얼굴이 후끈거리며 달아오르는 것이 느껴졌다. "이번 주말요?" 나는 시간을 벌기 위해 반복해 말했다. 상대방 뒤쪽 어디선가 전화기 울리는 소리가 들렸다.

"예, 토요일이나 일요일에…… 잠시만요, 전화가 오네요. 가봐야겠어요. 나중에 다시 전화드릴게요. 그동안 시간이 될지 한번 생각해 보세요."

그는 바로 전화를 끊었다. 충격에서 헤어나지 못한 채 나는 마를렌과 린다에게로 돌아섰다.

"뭐야!" 마를렌이 말했다. "지난번 컴퓨터 자판에 콜라 엎질렀을 때의 딱 그 표정이잖아."

나는 보조 의자 위에 무너지듯 주저앉았다. 벽걸이 수납장의 위 칸에 있는 것들을 내릴 때 이용하는 등받이 없는 의자였다. 이 수납장엔 주로 회의 및 손님 접대용 다과를 보관했다.

"대체 그 사람이 뭐라고 했는데?" 마를렌이 싱크대 판에 올라앉으며 물었다.

"나랑 커피 한잔 하고 싶대." 내가 말했다. "주말에 자기가 쾰른에 오면."

"진짜 친절하다, 얘." 마를렌이 말했다.

"저런." 린다가 말했다.

"어떡하지? 곧 다시 전화가 올 텐데!"

"음, 문제가 뭔데? 네가 시간이 있다는 거, 아님 없다는 거?"

"마를렌, 그런 건 전혀 문제 삼을 일이 아니지."

"그럼!" 린다가 말했다. "당연히 아니지, 카티는 결혼한 몸이니까."

마를렌이 한쪽 눈썹을 치켜세웠다. "그건 그렇지. 결혼한 몸으로 커피를 마시는 건 엄격하게 금지된 일이긴 하지."

나는 뭐라고 대답해야 할지 알 수 없었다. 두 사람 말이 맞다. 카페에서 누군가를 만나는 건 뭔가 다른 이야기이지 않은가.

"커피 한잔을 걸고 만나는 거랑, 커피 한잔을 위해 만나는 거랑은 큰 차이가 있지, 마를렌." 린다가 딱 잘라 말했다. 린다 말도 일리가 있었다.

"으응?" 마를렌이 말했다.

"카티는 내 말 뜻을 이해했을 거야. 그치, 카티? 카티는 마돈나의 캔을 열기가 두려운 거라고."

"으응?" 마를렌은 이번에도 이 소리뿐이었다.

"판도라의 상자를 말하는 거야." 내가 말했다.

"맞았어!" 나를 옆으로 밀치며 린다가 말했다. "일어나봐, 의자 좀 쓰게."

나는 한숨을 쉬며 몸을 일으켰다.

"카티가 렌첸 씨랑 만나서 커피를 마신다면 이승에 업보를 쌓는 거다?" 마를렌은 재미있다는 듯 콧김을 씩씩거리며 말했다. "하지만 너 아깐 이렇게 말하지 않았니? 이 두 사람은 전생에 함께 만나기로 약속한 두 개의 영혼일 뿐이라고."

"그거야 아직 그 남자가 카티와 커피를 빙자한 데이트를 원하는 줄 몰랐을 때의 말이지. 그리고 카티가 상상만으로 이렇게 꼬꾸라질 줄도 몰랐고." 린다가 의자 위로 기어 올라가 수납장에서 커다란 비스킷 한 상자를 낚았다. "이런 식의 만남이라고 생각이나 했겠냐고!"

"어휴, 린다……."

"어휴, 린다, 뭐! 카티가 결혼반지만 끼고 있었어도 이런 일은 일어나지 않았을 거야. 이런 말도 안 되는 악습이 어디 있니? 난 몇 년 전부터 쭈욱 그런 생각이 들더라! 아니, 사람들이 말이야, 끼고 다닐 것도 아니면서 결혼반지는 왜 교환해? 결혼반지가 무슨 비밀의 상징인가? 결혼반지는 결혼했다는 걸 밝히고, 그러니 접근하지 마시오, 라고 차단용으로 끼고 다니는 것이야, 이상 끝!" 그녀는 힘껏 비스킷의 포장을 뜯었다. "결혼한 사람들이 전부 결혼반지를 끼고 다닌다면 괜한 헛다리 짚지도 않을 거고, 그러니 얼마나 많은 시간을 절약할 수 있겠어! 어차피 요즘은 아무에게도 커피 한잔 마시러 가자는 소리를 들을 것 같지 않은 그런 사람들만 반지를 끼고 다니긴 하더라. 보시라고요들, 내가 못생기고 멍청해 보여도 임자 있는 몸이랍니다, 하지만 당신은 아니시죠? 얼레리꼴레리. 뭐 이런 모토 하에 말이지." 린다는 씁쓸한 표정으로 초코 비스킷을 입에 밀어 넣었다. "즌부 몬마땅호."

도덕은 호르몬의 반란에 대한 끊임없는 싸움이다. _페데리코 펠리니

"그럼 네 말은 그 남자가 내가 결혼한 몸이라는 걸 알면 나랑 커피 데이트를 원치 않았을 거란 말이니?"

린다가 고개를 끄덕였다. "시시포스(그리스신화에 등장하는 코린토스의 왕으로 인간 가운데 가장 꾀가 많은 인간으로 나온다. 죽었나 다시 살아나는 기지를 발휘하지만, 신들을 기만한 죄로 죽은 후에 산꼭대기까지 바위를 올렸다 산 아래로 바위가 굴러 떨어지면 다시 정상까지 올리는 벌을 받았다고 한다. 뜬구름 잡는 식의 잡학에 능한 린다답게 정확한 비유를 기대하기 힘들다는 걸 그대로 보여주는 대목이다 — 옮긴이)만이 더욱더 위협적으로 나오겠지. 단, 그 남자가 유난히 결혼한 여자들에게서 매력을 느끼는 자유분방한 타입의 남자가 아니라면 말이야."

"시시포스?" 마를렌이 어리둥절해하며 린다의 말을 따라 했다.

"시필리스(매독 혹은 호색한을 뜻함. 그리스신화에서 아폴론의 제단을 몰래 없애고 그 벌로 병에 걸린 양치기 청년 이야기에서 유래했다고 한다. 이때 청년이 걸린 병이 매독이었다는 설이 있다 — 옮긴이)를 말하는 것 같아." 나는 건성으로 대답했고, 마를렌은 더더욱 어리둥절한 것 같아 보였다. "린다, 나도 비스킷 하나만 줘. 주는 김에 두 개 주면 더 좋고. 그리고 알아둘 게 있는데, 펠릭스와 나는 결혼반지라는 거 자체가 없어. 요즘엔 결혼반지 없이도 결혼할 수 있거든."

"진짜? 그렇담 아예 법으로도 금지해야 해." 린다가 말했다.

"이제 마티아스한테는 뭐라고 말할 거니?" 마를렌이 거참 안됐다는 듯 미소를 지어 보였다. "유감스럽게도 저는 당신이랑은 판도라의 커피 상자를 열 수 없겠네요, 제가 시시포스랑 결혼한 몸이거든요, 이럴 거니? 내가 현장에 있어야 되는 건데."

"그것도 방법이겠네. 여긴 어떻게 개인 공간 한 군데가 없어요." 나는 한숨을 쉬며 시계를 보았다. "그냥 문자나 한 통 보낼까 봐."

"그래, 그게 더 폼도 나고 있어 보인다, 얘." 마를렌이 말했다.

"그만들 하세요, 그 사람이 나한테 청혼을 한 것도 아니고 그냥 커피 한잔 마실까 물은 걸 갖고." 이 말을 하는데, 갑자기 나 스스로에게 단단히 부아가 치밀어 올랐다. "그러니 내가 시간이 없다고 말한다고 그 남자의 마음을 상하게 하는 것도 아닌데. 이게 대체 무슨 속없는 짓이래!"

"내 말이." 마를렌이 눈알을 굴리며 말했다.

마치 누가 시키기라도 한 듯, 휴대폰이 울렸다. 나는 억지로 비스킷을 삼키고, 서둘러 복도로 나갔다. "둘 다 여기 얌전히들 있어!" 내가 어깨 너머로 소리쳤다.

"알았어. 그래도 최소한 시시포스가 안부 인사 전한다는 말은 해 줄 거징?" 마를렌이 소리쳤다.

"그런 병을 두고 농담을 하면 어떡해." 린다가 말하는 소리가 들렸다. 나는 아주 깊은 심호흡을 했다. 어른답게 처신하기 위한 시간이 필요했다.

"카티 베데킨트입니다."

"마티아스 렌첸입니다. 또 접니다." 이 사람, 목소리만 듣고 보면 항상 기분 좋은 사람 같다. "스케줄 표는 보셨어요? 주말에 시간이 날지, 어떨지?"

다시 한 번 깊은 심호흡. "저도 기꺼이 선생님과 커피를 마시러 가고 싶은데요, 마침 유감스럽게 1분도 빈 시간이 없어서요. 주말 내내 빈틈없이 일정이 잡혀 있네요."

잠깐 아무 소리도 안 들리더니 남자의 웃음소리가 들려왔다.

"뭐가 그렇게 우스우세요?" 내가 물었다. 나는 도움을 구하며 주변을 둘러보았지만 이번엔 마를렌과 린다도 부엌에 남아서 대기 중이었다.

“제 생각에 우리가 같은 세미나를 들었던 것 같은데요. ‘다른 사람 기분이 상하지 않게 ‘No’라고 말하기’였죠.” 그는 여전히 웃음을 거두지 않았다.

“음…….” 재수가 없으려니까…….

“굉장했죠, 진짜로요. 저는 하루에 세 번도 더 그 방법을 씁니다. ‘나도 진심으로 급료를 인상하고 싶습니다. 그런데 회사 측에서 마침 어떻게 옴짝달싹할 수 있는 여지가 없군요.’ 더 이상 ‘그러나’라는 고약한 말은 입 밖으로 내지 않지요.” 약간 진정된 목소리였다. “그러니까 기꺼이 저와 커피를 마시려고 했다는 말씀이죠?”

“그럼요.” 내가 말했다. ‘당신은 내가 얼마나 그렇게 하고 싶은지 상상도 할 수 없을 거예요.’ “정말이지 유감스럽게도 주말이 끔찍한 일정들로 꽉 차 있어서요.” 나는 다시 한 번 깊이 숨을 들이마셨다. 어른답게 처신한다는 건 진짜로 녹록지 않다. 다음에 해야 할 말이라는 게 정말이지 입 밖에 내고 싶지 않은 말이었지만, 나는 무자비하게 밀쳐내듯 말을 내뱉었다. “우…… 우리가 생일 파티에 초대를 받았거든요. 그것도 두 건이나. 그중 하나는 다음 날 아침 숙취로 고생할 각오를 해야 해서 끔찍하고요. 어쨌든 다른 생일 파티는 제가 케이크를 구워 가야 해요. 게다가 우리끼리 소파를 사러 가기로 했거든요. 일요일엔 점심 약속이 있고요. 시…… (이 말도 목구멍에 찰싹 달라붙어 떨어지지 않았다) 시댁에 가서요. 그리고, 아, 맞다, 계단 청소도 우리 차례거든요.”

이번에도 잠시 정적이 흘렀다. 그런 다음 그가 말했다. "듣기만 해도 주말 일정이 진짜 타이트하네요." 수화기에 한껏 귀를 기울였지만, 나는 그의 억양에서 어떠한 변화도 읽을 수 없었다. 그의 목소리는 여전히 유쾌하고 친절했다. "진짜 실망인걸요. 하지만 다음번에 제가 쾰른에 가면, 그땐 아마 기회가 있겠지요."

린다 말이 맞았다. 시필리스만이 더욱더 위협적으로 나올 거라던…….

그의 뒤편에서 또다시 전화벨이 울리기 시작했다. "아니면 언제 베를린에 다시 오시게 되면 전화주세요, 알았죠?"

오케이, 이제 할 말을 다 했다 이거지? 이것도 그때 그 세미나에서 다루었던 테마 중 하나였다. '아주 정중하게 훗날을 기약하여 누군가의 마음을 달래는 법, 영원히 먼 훗날을…….'

"당연히 그래야죠." 나는 안도감과 실망 사이를 오가며 말했다. "그럼…… 안녕히 계세요!"

"안녕히 계십시오."

나는 깊이 한숨을 쉬며 휴대폰을 내려놓았다. 마를렌과 린다가 부엌에서 머리를 내밀었다. 내가 하는 말을 한 마디도 빼놓지 않고 들은 게 분명했다.

린다는 인정한다는 듯 고개를 주억거렸다. "잘했어, 카티."

"그래, 정말 잘했어. 사람이 말이야, 큰 피해를 주지 않는다고 해서 즐길 일이 나타날 때마다 옆길로 샌다면, 나중에 어디로 갈 거 같니?" 마를렌이 말했다.

나는 갑자기 나 자신이 너무도 멍청하게 느껴졌다.

“그거 알아?” 린다가 소리치며 환한 얼굴로 나를 바라보았다. “이게 바로 우주가 네게 가르쳐주려던 교훈이었어. 세상엔 반드시 저항해야 하는 유혹거리들이 심심찮게 존재한다는 것 말이야. 비스킷 먹을래?”

“짜잔!” 벵트였다. 말쑥하게 셔츠를 갈아입고 미끄러지듯 문을 열고 들어서며 그가 말했다. “내가 좀 늦었나?”

양심은 끊임없이 찾아오는 시어머니다.
_헨리 루이스 멩켄

적어도 지금쯤이면 마티아스 렌첸을 그냥 잊어버려야 마땅했다. 그런데 아니었다. 그 남자가 내 머릿속에서 떠나질 않는 것이었다. 그리고 그런 이유로 동시에 아주 찜찜한 죄책감이 가슴 가득 번져나갔다. 아마도 그를 만나서 그가 내가 생각했던 것처럼 그렇게 멋진 인간이 아니라는 걸 확인하고 마음의 짐을 더는 편이 더 나을 걸 그랬나 보다. 그리고 또 만났으면 뭐 어떤가. 사람이 멋진 남자와 커피 한잔쯤 나눌 수도 있지. 그런다고 그 즉시 고대 그리스 비극이 시작되는 것도 아닌데. 그렇지 않은가? 그리고 다른 남자를 생각하느라 머릿속이 바쁘다고 내가 양심의 가책을 느낄 필요가 있을까?

나는 제3의 의견이 추가로 더 필요했다. 그래서 젊은 여성 기업인들을 (말이 나온 김에 하는 말이지만 그렇게 젊은 여성들은 아니었다) 대상으로 한 세미나에서 돌아오는 길에 에바 언니에게 전화를 걸었다. 우선 에바 언니는 항상 내 목소리에 반가워했고(나로 말하자면 언니가 가끔씩 언니의 무지하게 완벽한 삶에 대해 감히 불평을 늘어놓을 수 있는 유일한 인물이었다), 또 언니는 날 때부터 현명했으니 틀림없이 나를 진정시켜줄 수 있으리라 생각되었던 것이다. 언니는 소위 인생에 약이 된다는 저 몹쓸 경험들이나 그릇된 결정들과는 아무 관계도 없는 사람으로, 생긴 대로 영리했고, 뭐든 한 번에 딱 부러지게 해냈다. 37년 인생살이 동안 언니는 절로 감탄이 나올 만큼 개인적 위기와 파국을 성공적으로 피해왔다. 언니의 인생은 앞으로도 거의 완벽한 나날들이 쭉 이어질 것이다. 결혼식 피로연만 눈감아준다면, 아니 그냥 우리끼리 부르는 대로 하자면, **그 결혼식**만 제외한다면 말이다.

하지만 하필이면 그런 날, 일이 전부 엉망이 되었던 것 역시 언니의 탓은 아니었다. 그건 — 몇몇 책임 소재를 따져보자면 — 날씨와 사돈 어르신 내외, 출장 뷔페 회사와 **그 왕고모** 탓이었다. 우리 집은 뭐든 끔찍한 것들 앞에는 지시대명사를 붙이고 굵은 목소리로 길게 늘여서 말하는 버릇이 있다. 일종의 가풍 같은 것이다. 가령 우리가 **그 방**이라고 하면 부모님 댁에 있는 헛간을 말하는 것이고, **그 개**라고 하면 이웃집 테리어를 말하는 것인 줄 다들 안다. **그 왕고모**는 얼마나 끔찍했는지 모두들 그녀의 실제 이름을 잊어버렸을 정도이고, **그 우편함**은 내 엉뚱한 행동들 가운데 한 가지, 즉 일곱 살 때 양손 놓고 자전거 타기를 시도하던 나를 멈추게 했고, 그 결과 이마가 찢어져 네 바늘이나 꿰매야 했다.

경험은 모든 사람들이 자신의 실수에 붙이는 이름이다.
_오스카 와일드

“얘가 1시 반부터 5시 반까지 말똥말똥한 눈으로 ‘캥거루 뛰기’ 놀이를 하자더라고.” 언니가 전화기에 대고 하품을 했다. 2년 전 조카 헨리가 태어난 뒤로 언니와 통화하면서 하품 소리를 듣지 않고 끊은 적이 거의 없다. 언니의 완벽할 수 있는 삶에서 유일하게 부족한 점을 꼽으라면 그건 잠이었다.

“그게 대체 무슨 놀이야?”

“헨리가 생각해낸 놀이야. 깡충깡충 뛰면서 공중에 캥거루 인형을 빙글빙글 돌리는 동시에 ‘꿀꿀, 꿀꿀’ 하고 소리를 내는 거야.”

“꿀꿀꿀꿀?” 그사이 나는 슈퍼마켓에 도착해 쇼핑 카트를 밀며 야채 코너로 가고 있었다. 회사에서 가비 사장이 그 멍청한 참가자 설문 결과를 여전히 기다리고 있다는 것, 그리고 내일 아침이면 사장이 조목조목 따져가며 나를 보고 또 혀를 차리라는 것도 알고 있었지만, 오늘은 이만 퇴근하기로 결정을 내렸다. 드디어 펠릭스와 내가 저녁 내내 함께 시간을 보내게 될 것이다. 그리고 아쉬움이 남아 불평하는 일은 절대 남기지 않을 것이다.

“응, 캥거루들은 그래. 어쨌거나 우리 집 아이 방에 있는 캥거루들은 말이야.” 언니가 설명했다. “우리가 불만 끄면 애가 어찌나 빽빽거리고 소리를 질러대는지 룩센비힐러 부인이 아동복지국(아동 및 청소년에 관한 복지나 상담, 지원 등을 관장하는 부처 — 옮긴이)에 전화라도 걸까 봐 겁이 날 정도야. 그러니까 우리는…… 음, 우리는 그런 일로 메달을 받지는 않으려고.”

“꿀꿀.” 나는 안쓰러운 마음에 꿀꿀 소리를 내며 햇양파 한 묶음을 골랐다. 그러니까 오늘부로 우리 부부에게 테이크아웃 음식으로 연명하는 부실한 식생활은 끝이다. 단, 인도 · 이탈리아 · 터키 · 타이 음식만은 예외로 남겨둔다. 이건 오늘 오후에 한 결심이다. 정확히 말하자면 『코스모폴리탄』에 나온 어떤 기사에서 한 수 배웠을 때였다. 애정을 담뿍 담아 준비하고, 둘이 함께 나누는 식사가 부부의 일상생활에 다시 낭만을 되찾게 할 수 있다는 내용이었다.

"개, 낮에 내내 잔 거 아니야?"

"무슨 소리야? 자동차에서 딱 10분이었구만……."

전화기 너머에서 덜커덕거리는 소리에 이어 탁! 하는 소리가 들렸다. 아마 헨리가 다시 서랍의 내용물을 비우는 모양이었다.

"로베르트가 뭐라는 줄 아니? 걘는 우리 애가 아니란다. 우리 집에 몰래 가져다놓은 외계에서 온 로봇이래. 너한테 줄까 했는데, 지금은 아주 잘 놀고 있다. 그리고 '꿀꿀꿀꿀' 할 때면 얼마나 귀여운지 몰라. 내일 새 사진 몇 장 보내줄게."

"언니, 언니는 다른 남자들과 한눈팔아본 적 있어?" 내가 물었다. "내 말은, 그냥 재미 삼아서 그래본 적 있냐고."

"이게 웬 자다가 봉창 두드리는 소리니? 화제 전환치고는 너무 비약이 심한걸. 너랑 닥터 맥드리미, 모두 괜찮은 거지?"

"응. 단지 내가 좀…… 철학적인 기분이 들어서. 그러니까, 해봤냐고."

"내가 다른 남자들이랑 한눈을 팔아본 적 있냐고?" 언니가 씩씩거리는 소리가 들렸다. "대체 어떤 남자들 말이니? 나, 일주일에 세 번, 오전에 여자 선생들밖에 없는 초등학교에서 일해. 그곳의 유일한 남자는 수위 아저씨고. 유감스럽게도 그 아저씨가 서른 살쯤 젊다고 해도 내 타입은 아닐 것 같지 뭐니. 그 외의 나머지 시간은 고집스럽게 나를 '무쿠(만화에 나오는 젖소를 지칭하는 고유명사 — 옮긴이)'라고 부르면서, 늘 온갖 얼룩으로 내 옷을 장식해주는 어떤 꼬맹이랑 지내. 그러니 작업 걸 남자를 고른다는 건 가히 행운이라 할 만하지. 이 변두리 동네에서 그건 하늘의 별 따기니까. 잠깐, 대머리 레베만 씨를 잊고 있었네. 내 이름을 불러주면서 인사를 건네는 사람이거든. 아쉽게도 헨리가 과일 유리잔을 바닥에 패대기친 후부턴 그 미소가 눈에 띄게 차가워지긴 했지만. 그리고 베른트 씨도 있네. 우리 모자(母子) 그룹에서 항상 그윽한 눈길로 나를 바라보는 사람이야. 섹시한 아빠들과 남편들이 도회지의 신화적 인물들이라는데 그 사람이 바로 그 살아 있는 신화라고나 할까. 아, 그러고 보니 우리 집 우편배달부도 있었네. 그런데 유감스럽게도 여자지 뭐니."

나는 쿡쿡 웃으며 물었다. "그럼 언니, 좀 아쉽다 싶을 때도 종종 있겠네?"

"나한테 아쉬운 건, 잠이야." 또다시 하품 소리가 들렸다. "그리고 허리 라인이지. 굳이 알아야겠다면, '아쉽다', 그래. 그리고 내가 너라면 난 한눈팔 수 있는 기회란 기회는 아낌없이 사용했을 거다. 너야 곁에서 치대는 애가 있냐, 주머니쥐처럼 구는 애가 있냐. 솔직히 말하면, 가끔씩 다른 남자가 있는 낌새를 감지하고 열폭하는 거, 부부 사이에도 유익할 것 같아. 네 철학적 의문의 근본 이유가 이거 같은데, 안 그러니?"

"음!" 때때로 언니의 슬기로움은 내가 감당하기에 좀 벅찰 때가 있다. 하지만 언니의 말은 내 영혼에 발라주는 연고 같다. 나 자신을 양심의 가책으로 힘들게 만들고, 린다를 그렇게 혼란스럽게 만드는 대신에 언니에게 곧바로 전화할 걸 그랬다……. "하지만…… 그럼 판도라의 상자는 어떡하고?"

"그거야 당연히 무슨 일이 있어도 닫아둬야지." 언니는 되물을 시간도 주지 않고 말했다. "하지만 이성적인 유부남치고 다른 남자가 가끔씩 자기 일거리를 좀 덜어준다는데, 과연 마다할 사람이 있을까 싶다."

"일거리라고?" 나는 내 귀를 의심하며 되물었다.

"아니, 니가 생각하는 그런 거 말고, 이 엉큼한 아줌마야. 내가 말하는 건 진짜로 까다로운 여자들의 자존심에 관한 거야. 우리가 남자들의 탓으로 돌리는 그거. 한 여자에게 자기가 그 여자를 얼마나 멋지다고 생각하는지 이해시키는 거, 남자에겐 정말 뼈를 깎는 고통과 맞먹는 노동이지. 그리고 그게 결혼 기간이 길수록 점점 더 어려워지거든. 형부도 끊임없이 자기가 나를 사랑한다고, 첫날처럼 그렇게 섹시하고 매력적이라고 주장하지만, 나는 네 형부 말을 한 마디도 믿지 않아. 내 내면 깊은 곳에서 언젠가 벌어지리라 예상하는 일이 있는데, 너의 형부가 실수로 나를 무쿠라고 부르게 되는 거야."

"형부는 절대 그런 행동은 하지 않을 거야." 내가 말했다.

"아니, 내 말은 그럴 수도 있다고 생각한다고. 내가 그 말을 한 건, 낯선 사람과 잠시 한눈을 파는 게, 남편한테 듣는 열 마디 칭찬이나 애정 고백보다 50배는 더 자존감을 격상시키는 데 도움을 준다는 거야. 물론 우리는 그런 게 필요하지 않은 아주 유감스러운 케이스지만, 우리 세대는 이 부분에 관한 한 총체적으로 엉망이지." 언니의 웃음소리. "심리학자랑 결혼한 건 정말 어리석은 생각이었던 것 같아. 그 사람은 늘 우리의 문제에 관해 '이야기하기'를 원해. 이젠 지긋지긋하다. 그럼, 이제 본인 문제를 풀어놔보시지, 동생?"

"그게…… 나도 정확히 뭔지 진짜 모르겠어." 나는 솔직히 털어놓은 다음 목소리를 낮추었다. "그냥 궁금해서……. 아휴, 아마 우리가, 그러니까 펠릭스와 내가 섹스를 너무 조금 하는 게 문제일지도 몰라. 나한테 책임이 있는 건 아니야. 아니, 있다면 기껏해야 10퍼센트 정도?"

"오, 우리 이제 발기 불능에 관한 이야기를 해야 하는 건 아니겠지, 응?" 언니가 말했다.

나는 격하게 고개를 가로저었다. 물론 언니가 볼 순 없었지만.

"아님 내 동생이 다리 면도를 그만두었다든가, 문을 열어놓고 오줌을 눈다든가, 헤어 롤을 감은 채로 잔다든가 그런 이야기?"

"아니야. 그것보다는…… 언니, 그이는 섹스라는 걸 중요하게 생각하지 않는 것 같아." 거의 귓속말하듯 속삭여 말하긴 했지만, 내가 '섹스'라는 말을 할 때 슈퍼마켓에 있는 모든 사람이 나를 돌아다본 것 같았다. 나는 도망치듯 쇼핑 카트를 밀고 사람이 드문 통조림 코너의 통로 쪽으로 갔다. "매번 내가 상기시켜줘야 했던 것 같아. 아직 뭐가 더 남았다고, 나 아직 여기 있다고 말이야."

"펠릭스도 꼭 우리 로베르트처럼 '방심'하는 교수님 타입이구나." 언니가 말했다. "네 형부는 집을 떠나는 즉시 헨리와 나의 존재 자체를 잊어버린단다. 쇼핑하러 갔다가 요구르트를 달랑 한 개만 사 오는 걸 보면 그걸 알 수 있지. 내가 그 사람의 부엌에 서 있는 걸 보면,

그제야 다시 기억이 돌아오는 거야. 아, 그렇지, 맞아, 에바도 있었지, 다행이다. 그러고 보니 우리 둘 사이에 아이도 한 명 있었어. 끝내주는걸. 이제 다시 기억났어."

"그런 다음엔 아주 행복해하면서 언니에게 달려들겠지……." 언니는 내 말에 반론을 제기하지 않았다. 나는 한숨이 푹 나왔다. "것 봐, 그림이 딱 그래야 되는데. 어쩌면 나한테 문제가 있을지도 몰라. 나, 전부터 고민했었거든. 가터벨트 속옷이라도 사야 하나, 아님 탄트라 코스에 가입하거나 성욕을 자극하는 요리법을 배울까……."

전화선을 타고 저편 끝에서 귀가 먹먹해질 정도로 크게 울부짖는 소리가 들렸다. 들리는 소리로만 봐선 헨리의 손이 서랍 사이에 끼기라도 한 것 같았다. "언니네 요즘엔 빵 써는 기계 더 이상 사용하지 않는 거지?"

"카티, 이런 말 하고 싶지는 않지만, 굴 같은 보양식부터 사지 말고 그 전에 펠릭스와 그 문제에 관해 이야기를 한번 해보는 게 제일 좋을 것 같아."

조카가 또다시 데시벨을 몇 단계 높여 울부짖었다. 언니는 그 소리를 누르려고 이제 거의 악을 쓰다시피 말해야 했다.

"아이고, 언니, 어떻게 좀 해봐! 울 조카, 엄청 아픈가 보네!"

"아니야, 아프긴. 동그란 뚜껑이 네모난 깡통에 맞지 않는다고 화가 나서 그러는 거야. 그만 끊고 사진기나 찾아봐야겠다. 헨리 지금 **그 햄스터** 사건 때의 에버하르트 삼촌이랑 똑같다. 부르르 떨던 수염만 있으면 완벽했을 텐데."

빽빽거리는 소리가 이제 세상의 종말을 맞은 듯한 소리로 변했다. 언니가 아직까지 단 한 번도 헨리를 **그 아이**라고 부르지 않은 점을 높이 사줘야 할 것 같다.

“또 전화해라, 응? 우리는 하루 24시간 언제든 통화할 수 있다는 거, 알고 있지? 사랑한다!”

“나도.” 하지만 이제 언니에게 내 목소리는 더 이상 들리지 않았다.

대화는 배를 타고 가는 여행과 같다.
모르는 사이 육지에서 벗어나고,
모르는 사이 해안을 떠나
멀리 나아가 있으니.
_니콜라 샹포르

준비했던 쌀밥을 곁들인 레몬 · 파 · 영계 요리는 완전히 레시피대로 되지는 않았다. 무엇보다도 레몬을 사는 걸 깜빡한 게 결정적인 실수였다. 나는 빠진 재료를 보충하기 위해 화이트와인 양을 두 배로 사용했다. 맛은 썩 나쁘지 않았지만 조금 먹어보는 것만으로도 살짝 취기가 돌았다. 아무려면 어때. 소스를 오랫동안 충분히 끓게 두었더라면 알코올 성분이 더 날아갔을 것 같긴 하다. 게다가 더 오래 끓여도 될 걸 그랬다. 정확히 약속했던 시간 딱 5분 전에 펠릭스가 전화를 걸어와, 그사이 담당 종양 환자 중 한 명이 찾아와서 조금 늦을 것 같다고 말했던 것이다. 종양 환자들은 암 환자들이다. 그리고 그것 때문에 나를 바람맞힌 셈인데 내가 어떻게 펠릭스에게 비난을 퍼부을 수 있겠는가. '뭐라고? 당신은 나와 함께 술에 흠뻑 취한 영계 요리를 먹는 것보다 두 달밖에 살지 못하는 한 남사랑 그 사람의 췌장암에 관해 이야기하는 게 더 중요하단 말이야?'

라고 할 순 없지 않은가.

“괜찮아.” 나는 부드러운 말투로 말했다. “음식 다 되려면 어차피 좀 더 있어야 하는데, 뭐.”

“오래 걸리진 않을 거야.” 펠릭스는 확신에 찬 어조로 말했다. 이런 종류의 통화 끝에 그는 늘 그렇게 말한다. 아마 진짜로 그렇게 생각할지도 모른다. 하지만 예과 졸업 시험 전부터 안전을 기하기 위해 예비 의사들이 이 문장을 외워두는 게 아닐까 하는 생각이 자주 드는 건 왜일까.

나는 쌀이 끓기 시작한 냄비의 뚜껑을 덮은 다음, 소스에다 크림을 조금 더 넣고 전기 레인지 불판 온도를 가장 낮게 돌려놓았다. 펠릭스가 올 때까지 남는 시간에 목욕이나 해야겠다 싶었다. 어쩌면 발톱에 매니큐어를 칠할 시간도 날지 모른다. 그동안 언니에게 다시 전화할 시간도 덤으로 생길 거고 말이다. 무슨 일이 있어도 언니에게 커피 데이트를 차버린 이야기를 털어놓고 현명한 언니의 생각을 듣고 싶었다.

따뜻한 욕조에 막 몸을 담그고 바작거리는 거품이 목까지 차올랐을 때였다. 현관 초인종 소리가 울렸다. 나는 욕조 속으로 좀 더 깊숙이 잠수해 들어갔다. 누가 왔건 지금은 문을 열어주지 않을 거다. 아래층에 사는 하이드캄프 부인이 또 계란이 필요하다며 올라온 거라면, 오늘은 재수가 없으신 거다. 다시 벨이 울렸다. 나는 건물에 사는 누군가가 우리에게 온 소포를 받아놓은 건 아닌지 생각해보았다. 펠릭스가 종종 로드 바이크에 쓸 이런저런 부품들을 주문하곤 했고, 또 가끔 엄마가 뮌스터에서 초콜릿이나 커피, 손수 뜨개질한 양말이든 구호 물품 꾸러미를 보내실 때도 있었다. 그래도 이런저런 생각 끝에 나는 따뜻한 욕조를 떠나지 않기로 했다. 그냥 이렇게 있는 것이 너무 아늑했다. 하지만 이 아늑함은 정확히 현관문에 열쇠를 끼울 때 나는 그 소리, 찰카닥 하는 귀에 익은 소리가 들리는 순간 끝이 났다.

나는 긴장해서 귀를 쫑긋 세웠다. 현관 복도에서 분명 발소리가 났다. 그리고 이제 누군가 뭔가 묵직한 것을 바닥에 놓는 소리가 났다.

세상에 이런 일이! 나는 허겁지겁 주위를 둘러보며 무기로 쓸 만한 물건을 찾아보았다. 하지만 눈에 들어오는 건 전부 부질없는 것들뿐이었다. 강도에게 두루마리 화장지를 던지겠는가, 아니면 버블볼(공처럼 생긴 거품 목욕용 세제 — 옮긴이)로 겁을 줘서 내몰겠는가. 운 자르뎅 수르 닐(에르메스 회사의 향수 제품 중 하나 — 옮긴이)을 눈에 뿌리면 틀림없이 편하지는 않겠지. 하지만 분사력이 특별히 강한 것도 아니고, 결국엔 고급 향수 냄새를 풍기는 강도님 한 분 탄생하시는 거다. 소리를 최대한 죽이고 장식장까지 가서 서랍에 든 이발용 가위를 손에 넣을 수 있다면……. 나는 아무 소리도 나지 않게 조심조심 몸을 일으켰다. 바작거리는 거품 소리가 저승에서 울리는 소리처럼 요란스럽게 느껴졌다.

강도는 분명히 자기 혼자 집에 있다고 생각한 모양이었다. 욕실로 다가오는 발소리가 명료하게 들리면서 놈의 휘파람 소리도 가까워졌다. 이미 문손잡이가 아래로 움직이고 있었다…….

"거기 서!" 내가 소리쳤다. "나에겐 무기가 있어. 그리고 지금 경찰이 오고 있는 중이야." 이제야 진짜로 경찰을 불러야 한다는 생각이 들었다. 전화기는 내 바로 옆 욕실 선반 위에 놓여 있었다. 하지만 이미 문이 열린 뒤였다. 강도가 구역질 나는 면상을 욕실 안으로 들이밀고 내 몸을 위아래로 주욱 훑어보았다. 놀랍게도 생긴 것이 펠릭스의 동생인 플로리안, 그러니까 우리 도련님과 똑같았다.

"카티? 난 또 아무도 없는 줄 알았죠. 두 번이나 초인종을 눌렀는데."

"지…… 지금 여기서 뭐 하시는 거예요?" 새된 소리를 지르며 나는 할 수 있는 한 잽싸게 욕조 속에 다시 몸을 담갔다. "집 열쇠는 언제부터 갖고 계신 거예요?"

플로리안은 아주 당연하다는 듯 욕실로 들어와 자연스럽게 거울로 눈길을 돌렸다. 도련님은 펠릭스와 똑같이 생겼다. 아무튼 펠릭스를 다리미로 쫙 펴놓은 버전 정도 된다. 웨이브 진 머리카락도 똑같이 밝은 갈색 톤이고, 눈이 잿빛인 것도, 태생적으로 눈썹이 빽빽한 것도 똑같다. 그러나 플로리안은 오라지게 비싼 남성 전용 피부 관리숍에서 눈썹을 족집게로 솎아내기 때문에 너저분하고 덥수룩하지 않고 남성적인 인상을 주었다. 어느 모로 보나 그의 첫인상은 완벽하게 피팅 된 디자이너 양복부터, 포토샵으로 주름의 깊이를 일정하게 보정한 듯 주름마저도 남다른 얼굴에 이르기까지 압도적으로 남성적인 인상을 주었다.

"열쇠는 펠릭스가 줬어요. 그래야 제가 게레온의 생일에 쓸 위스키를 여기 가져다놓을 수 있지요." 그는 마치 우리가 지금 거실에서 마주 앉아 있기라도 한 양 태평스럽게 말했다. "제가 진짜 대단한 녀석들을 입수했거든요. 한 병은 1939년산 링크우드고, 또 한 병은

1948년산 글렌리벳인데, 원래는 두 병 다 공급이 끊겨 입수할 수 없는 것들이죠. 그런데 그걸 제가 아주 싼값에 득템했다는 거 아닙니까." 그가 환한 표정을 지으며 말했다. 돈깨나 들인 그의 치아로 인해 온 방이 환해지는 것 같았다. 무슨 스포트라이트처럼. 나는 양팔로 거품을 끌어모아 가슴 위에 얹고는 기분 나쁜 티를 내며 그를 노려보았다. 그러나 그것도 그를 막지는 못했다.

"게레온이 저것들을 보면 기절할 겁니다." 쉬지 않고 말하는 그. "게다가 돈을 그만큼 절약해주었으니, 여섯 병들이 25년 된 맥켈란들은 내 거라고 봐야죠. 계획했던 것보다 전체적으로 돈이 좀 더 들긴 했지만 펠릭스는 잘 이해해줄 거예요. 첫째, 게레온은 우리의 베스트 프렌드이고, 둘째, 우리 손에도 뭔가 떨어지는 게 있으니까. 원래는 오늘 오전에 여기다 놓고 가기로 했는데, 좀 늦어졌네요."

사람들은 어떤 식으로든 저마다 기쁨을 선사한다. 어떤 이는 방으로 들어올 때, 또 어떤 이는 방에서 나갈 때. _헤르만 방

나는 더더욱 기분 나쁜 표정을 지어 보이며 그를 바라보았다. 비호감 게이지로 볼 때 플로리안은 우리 사장과 또 펠릭스의 전 여친인 릴리안(내가 **그 전 여친**이라고 부르는)과 거의 동급이다. 하지만, 그들에 관해 주장할 수 있는 건 그들은 아직까지 내 알몸을 보지 못했다는 것이다.

플로리안이 수건을 건네며 말했다. "끝내주죠, 그쵸? 1971년산 25년 된 맥켈란이라니, 그것도 동시에 여섯 병이나."

"1971년이라고요? 수건은 됐고요, 그런데, 내 계산대로라면 40년이 나오는데요, 25년이 아니라." 나는 될 수 있는 한 수건은 무시하려고 애쓰며 말했다. 지금 자기가 보는 앞에서 내가 욕조에서 일어

나 몸을 닦을 거라고 생각하는 거야, 뭐야?

플로리안이 눈알을 굴렸다. "물론 위스키에 관해서 알 리가 없으시지. 제 설명 잘 들어보세요. 1971년산은 2002년도에 벌써 한 병에 대충 260유로를 호가했고요, 지금은 경우에 따라서 5백 유로가 넘는 값에 거래되고 있어요. 10년 뒤엔 한 재산가치 할 겁니다. 맛이 정말 좋다는 것은 차치하더라도 마침 1971년은 게레온과 펠릭스가 태어난 해이기도 하지요. 그게 독특하지도 않고, 스타일도 없다면 무엇 때문에 제가 비용을 들여가며, 그것도 펠릭스와 나를 위해 다른 다섯 병까지 사들였겠습니까. 투자죠."

"눈물 나게 감동적인 배려네요." 나는 비꼬는 투로 말했다. 플로리안은 끊임없이 펠릭스를 위한다며 물건들을 함께 사들였다. 의아한 건 물건값은 펠릭스가 지불하는데, 그 물건들이 그에게 필요한 것도, 또 그가 사용하는 것도 아니라는 점이다. 이를테면 킬에 있는 요트처럼 말이다. 그 요트는 플로리안과 게레온 그리고 펠릭스 3자 공동소유이지만, 지금까지 펠릭스가 그 요트에서 보낸 시간은 기껏해야 나흘 정도 될 것이다.

플로리안은 여전히 수건을 들고 흔들었다. "이제 그만 나오시죠, 제가 작은 일을 좀 봐야 해서요. 가슴이 작아서 부끄러우시다면, 딴 데 보고 있을게요."

진짜 진상이 따로 없다. 하지만 첫째, 여기는 우리 집 욕조다. 그러니까 여기서 누가 나한테 명령한다고 내가 거기에 좌우될 필요가 없는 것이다. 더군다나 그 누군가가 강도라면 더더욱. 그리고 둘째, 내 가슴은 대개 내보일 것이라곤 '70에 더블 D컵'밖에 없는 그의 여자 친구들과 비교했을 때 결코 작은 가슴이 아니다.

"아니요," 나는 단호하게 말했다. "전 욕조에 있을래요! 욕조에 들어온 지 1분도 안 돼서 도련님이 처들어왔거든요. 그리고 정 소변이 급하시면, 제가 다른 델 보고 있을게요. 물건이 작아서 부끄러우시다면 말이죠."

이제 플로리안이 기분 나쁜 티를 내며 노려볼 차례. "형수님은 실제로 생기신 것과 똑같이 쌀쌀맞고 보수적이시네요. 원래 형수 같은 타입의 여자들 때문에 제가 결혼 얘기만 나오면 겁부터 먹는 거 아시죠?" 그렇게 말하면서 그는 또다시 거울을 들여다보며 머리를 매만졌다. 소변이 그다지 급하지 않거나, 아니면 진짜로 물건이 작은 게 분명했다.

"하지만 저와 같은 여자들에 대해선 겁먹을 필요 없으세요." 나는 확실히 못을 박았다. "그런 여자들은 도련님 같은 사람이랑 결혼할 생각 따위, 아예 하지도 않을 테니까."

플로리안이 한숨을 내쉬었다. "그거야 나 같은 사람은 그런 유의 여자들을 피해 멀찍이 다니고, 사방에 널려 있는 착해빠진 얼간이들은 그런 여자들을 견딜 수 있다고 생각하기 때문이죠. 불쌍한 우리 형처럼 말이에요. 좋아요, 그럼 소인은 물러갑니다. 펠릭스한테 인사 전해줘요. 박스랑 병은 현관 복도에 뒀어요. 형수는 이제 그걸 예쁘고 스타일리시하게 포장하시고, 카드만 쓰시면 되겠네요."

그럼 그렇지, 포장은 당연히 여자들 몫이라 이거지. 나는 토를 더 달고 싶은 걸 애써 누르고 친절하지 못한 눈길로 쏘아보는 것으로 만족했다

"그럼 금요일에 게레온네 파티에서 보죠." 그가 말했다. "형수가 편두통이 왔다거나 뭐, 그런 사정이 생기지만 않으면."

"저, 살면서 한 번도 편두통 앓아본 적 없거든요." 벌써 내 입을 열게 만들다니.

"그래요? 전 형수님이 딱 편두통 타입이라고 생각했는데." 플로리안은 느끼하게 입을 비죽이고는 욕실 문을 닫았다.

"저기요!" 내가 그의 뒤에 대고 소리를 질렀다. "열쇠는 두고 가세요, 들었어요?"

"그러죠, 사이비 여성 해방론자에 월경전증후군에 시달리는 남성혐오증 울 형수님." 그가 말하는 소리가 욕실까지도 — 작지 않은 목소리로 말했기 때문에 — 들려왔다. 그런 다음 현관문 닫히는 소리가 들렸다.

"그리고 성욕 감퇴증까지 더해야지." 나는 씁쓸하게 중얼거렸다. 나는 펠릭스를 사랑하는 만큼이나 그의 가족들에게 적응하는 것이 힘들었다. 우리가 모두 같은 도시에 살고 있다는 것, 그래서 내가 사랑하는 친정 식구들을 아주 드물게 볼 수 있는 데 반해 이 시집 식구들은 계속 여기 있다는 건 그야말로 치욕이었다.

펠릭스가 집에 돌아왔을 때 나는 분명 그에게 플로리안에 대한 불평을 잔뜩 토로하고 또 그렇게 아무렇지도 않게 열쇠를 넘긴 데 대해서도 불평했어야 했다. 하지만 귀가한 펠릭스의 양미간은 근심으로 주름져 있었고 그 주름은 그가 충분히 고된 하루를 보냈다는 걸 고스란히 말해주었다. 그래서 나는 소위 강도라는 사람과 나눈 이야기를 재미있는 이야기라도 되는 양 말하는 선에서 만족해야 했다. 그러고는 위스키와 그걸 사려고 많은 돈을 지불하는 타입의 사람들을 헐뜯었다. 전부 오직 펠릭스를 웃게 하기 위해서였다. 그는 다시금 나의 음식 솜씨를 엄청나게 칭찬해주었으나, 그건 그의 생각이 어딘가 다른 곳에 가 있다는 걸 여실히 증명하는 행동이었다.(오래 끓였는데도 맛이 더 나아지기는커녕 그 정반대였으니까.) 그리고 우리의 관계에 대해 일반적인 대화를 나누면서 가슴골이 깊게 파인 내 옷에 각별한 주의를 기울이게 하려던 시도들 역시, 그의 무관심에 부딪혀 좌초되고 말았다.

"펠릭스, 당신 다른 여자들과 종종 한눈팔곤 해?" 결국 나는 단도직입적으로 물어보았다.

"뭐? 내가?" 펠릭스가 나를 쏘아보았다. 잠시 그의 미간에서 근심어린 팔자 주름이 사라졌다. "그야, 물론이지. 62B호실의 헤게만 부인과는 아주 뜨거운 눈길을 나누고 있는걸. 87세지만 누가 봐도 아직 정정하시지. 심장에 이상만 없으시다면 말이야."

"하지만 젊고 매력적인 환자가 당신 병동에 있다고 가정해봐. 아니면 젊고 매력적인 여의사라든가. 간호사도 좋고." 나는 병원에 매력적인 여의사와 간호사들이 우글거리는 걸 다 알고 있다는 듯 잠깐 뜸을 들였다. "그리고 그들 중 한 명이 커피나 한잔 하자며 당신을 초대했다고 가정해봐. 당신, 그 여자와 커피 마실 거야?"

펠릭스는 놀란 것 같았다. "왜 그런 젊고 매력적인 여자가 나와 커피를 마시러 가자고 하겠어?"

"참내, 그거야 당신이 그 여자와 만나보면 알 수 있겠지." 내가 말했다 "그러니까 만날 거냐고?"

“나 매일매일 매력적이고 젊은 여자들이랑 커피 마시러 가. 정확히 하자면 샐러드를 먹으러 가는 거지.” 펠릭스가 말했다. “그리고 불어터진 라비올리도.”

“내가 말하는 건 점심 식사가 아니라 제대로 된 데이트를 말하는 거야.” 나는 조바심을 내며 말했다. “매력적인 어떤 여자, 진짜로 당신 마음에 드는 어떤 여자가 당신에게 자기랑 커피 한잔 하러 갈 마음이 있는지 물어봤어. 경우에 따라서 와인이 될 수도 있고. 당신, 뭐라고 말할 거야?”

펠릭스가 잠시 생각해보더니 말했다. “나 같으면 그 여자에게 왜 나를 만나려고 하는지 먼저 물어보겠어.”

나는 놀라서 한쪽 눈썹을 치켜세우고 물었다. “진심이야? 자신할 수 있어? 난 오히려 고민에 빠질 거라고 생각했는데.”

“왜 그래야 하지? 나랑 커피를 마시고 싶어 하는 건 그쪽이지 내가 아니잖아. 그러니까, 왜 그 여자가 나에게 그걸 묻는지를 알아야지.”

“그야…… 그야 당신을 좀 더 자세히 알고 싶어서가 아닐까?”

“무엇 때문에?”

“응? 그걸 내가 어떻게 알아!” 내 인내심이 서서히 바닥을 보이기 시작했다. “그거야 그 여자가 당신이 매력적이고 친절하다고 생각해서겠지. 그리고…… 약간은 즐기고 싶기도 할 테고. 내가 궁금한 건 당신이 그 여자와 만날까, 어떨까 하는 거야.”

“참내, 나도 잘 모르겠군. 그런데 그녀가 내가 결혼한 걸 아나?”

나는 신음 소리를 냈다. “그게 그렇게 중요해?”

“어느 정도까지는 그렇지. 아닌가? 내 말은 대체 그녀가 나와 어떤 종류의 재미를 나누고 싶다는 건지, 그리고 이유는 뭔지, 그게 궁금하다는 거야."

"어휴, 펠릭스!" 나는 그를 향해 포크를 던지고 싶은 강렬한 욕구를 느꼈다.

"왜? 그거 그냥 던져본 질문 아니었어?"

"아니었어. 진짜로 진지하게 생각한 거란 말이야."

"그렇다면, 좋아. 그래도 내 대답은 '나는 다른 여자들이랑 커피를 마시느라 내 시간을 허비하고 싶지 않다'야. 이유야 항상 똑같지. 나는 당신을 사랑하니까, 꼬마 당나귀 씨!" 펠릭스가 비죽 웃으며 나를 보았다. 나도 달리 어쩔 수 없어 비죽이 웃어 보였다. 대략 5초 정도 우리는 마주 보며 미소를 지었다. 그러고 나자, 그의 양미간에 다시 주름이 잡혔다.

그가 몸을 일으켰다. "나 잠깐 컴퓨터 좀 할까 하는데, 괜찮지? 아까 그 환자 말이야, 공식적인 치료들이 끝났어. 그래서 보험회사에선 더 이상 항암 치료비를 지불하지 않으려 하고. 그 환자가 참여할 만한 연구가 있는지 살펴보려고. 그 사람 이제 겨우 서른셋이야. 갓 태어난 아이도 있고. 그래서 아직은 좀 더 시간을 벌고 싶어 해. 난 그 사람을 그냥 내칠 수가…… 이해하지?"

모든 것은 기다릴 줄 아는 사람에게 좋은 결말을 안겨준다. _레오 톨스토이

"응." 내가 대답했다. 물론 이해한다. 이해하고말고. 다른 사람의 불행을 늘 염두에 두고 살면서 어떻게 자신의 행복을 누릴 수 있단 말인가. 나는 세상 그 무엇과도 펠릭스를 바꾸고 싶지 않다. "침대에 가서 기다릴게."

천 개의 숫자가 든 병에서
숫자 1000을 뽑는다면 우리는 놀라워할 것이다.
하지만 457을 뽑을 기회 역시
천 분의 1이다.
_라플라스

게레온의 파티를 위해 나는 섹시한 회색 드레스를 입었다. 벨벳 원단으로 만든 아름다운 장미 장식이 달린 펌프스(끈이나 고리가 없고 발등이 깊이 파인 여성용 구두 — 옮긴이)와 함께 충동구매했던 건데, 사실은 바로 이번 기회를 위해서 산 드레스였다. 그러지 않으려고 몇 년 동안 애를 썼는데도, 나는 게레온 앞에선 예뻐 보이고, 또 펠릭스가 나를 잘 선택했다는 걸 입증해 보이는 것이 아주 중요했다. 최소한 겉으로 보기에라도 말이다.

게레온은 전혀 감추지 않고, 그리고 대개는 대놓고 우리의 관계에 대해 회의적인 태도를 보였다. 펠릭스의 동생이 비호감 수준이라면 그의 '절친'인 게레온은 그 수준을 훨씬 넘어섰다. 플로리안과 비슷하게 게레온은 세상 사람들의 치부(致富)는 평범하지만, 펠릭스의 치부는 아주 특별하다는 확신을 갖고 있었다. 그는 펠릭스가 매달 스쿼시와 요트, 값은 주류를 누리도록 해준 장본인이 바로 자기라고 자신했다. 반면 그의 눈에 비친 나는 펠릭스 인생에서 재미에 제동을 거는 브레이크요, 펠릭스에게 마법을 걸어 다른 사람들이 모두 골프장과 럭셔리한 요트에서 인생을 만끽하는 동안 시립병원의 쩨쩨한 수석의로서 여가 시간도 없이 오직 의료보험 환자들과 씨름하며 힘겹게 살게 만든 일종의 사악한 서쪽 마녀였던 것이다.

"모든 것은 서로 연결되어 있어." 린다가 종종, 그리고 아주 기묘한 상황(최근에 린다가 이 말을 한 건, 자기 컴퓨터 자판을 청소하던 중에 5미터 길이의 머리카락 한 올을 낚아 올렸을 때였다. 그 생각을 하니 지금도 속이 거북하다)에 맞닥뜨릴 때면 늘 하던 말이었다. "인간과 동물, 행성들까지 모두 신기한 방식으로 서로 연결되어 있다니까. 그 어떤 만남도 우연에 기댄 것은 없어." (여기서 이야기는 다시 원점으로 돌아간다.)

"세상 참 좁다. 달리 지구촌이겠냐." 아버지는 그렇게 표현하셨었다. 그 말씀은 밀교식 버전에서 하신 말씀은 아니었을 것이다. 그럼에도 불구하고 우연인지 신비인지 게레온은 대학 시절부터 펠릭스의 절친한 친구였고, 또한 마를렌의 전남편이자 그녀의 딸아이의 아빠이기도 했다.

그리고 내 산부인과 주치의였다.

어쨌거나 펠릭스가 우리 둘을 인사시켜주었던 그 순간, 그리고 펠릭스의 친구라는 사람이 불과 이틀 전에 구둣주걱(산부인과 내진 기구를 빗대어 한 말 — 옮긴이)을 내 성기에 밀어 넣었던 그 남자라는 걸 어렴풋이 깨닫게 된 그 끔찍했던 순간까지는 그랬다. 쾰른으로 막 이사 왔을 때, 마를렌은 게레온의 병원을 열렬히 추천했다. 이렇게 말하면서 말이다. "그 인간, 진상 중의 진상이긴 하지만 산부인과 의사로선 진짜 최고야."

휴, 내 탓이다, 그를 초장에 기선 제압하지 못했던 건. 그렇지 않고서야 무엇 때문에 게레온이 우리가 통성명을 할 때 깔보는 표정으로 웃으면서 이렇게 말할 수 있었겠는가. "펠릭스, 우린 이미 아는 사이인데? 엊그제 처음으로 이분의 조직 채취를 했거든."

나중에 그가 나에 관해 뭐라고 고해바쳤는지는 모르겠다. (나는 지금까지도 산부인과 의사들이 환자를 진찰하는 동안 그 환자에 관해 어디까지 알 수 있을지 궁금하다. '브라질리안 왁싱'을 특별히 잘 참아낸다, 아니다, 그런 것은 그냥 넘어가더라도 말이다.) 어쨌거나 그가 근본적으로 의사들의 묵비 의무를 철저히 준수하지는 않을 것이라는 데 내기를 걸어도 좋다.

말했듯, 세상은 좁다. 하나의 촌락처럼. 그리고 모든 것은 서로 연결되어 있다, 사람들이 원하든 원치 않든. 이번 파티 역시도 어쩜이 사실을 다시 한 번 입증하는 시간이 될지 또 누가 알겠는가.

마지막 몇 분을 남겨두고 펠릭스가 — 놀랍게도! — 병원에서 전화를 해서 그사이 또 무슨 일이 생겼다고 (물론 끝에는 오래 걸리지 않을 거라는 말을 덧붙여) 했던 터라, 나는 마를렌과 그녀의 딸 아멜리와 함께 시 남부에 위치한 바로 갔다. 게레온이 이번 파티를 위해 전세를 낸 바였다. 바텐더, 서빙하는 남자 두 명, 재즈 피아니스트와 여가수도 포함해서. 게레온은 일단 시작한 일은 칼같이 하고 보는 사람이었다. 그는 차고 넘칠 정도로 유산을 물려받았다. 게다가 그의 병원도 엄청난 수익을 가져다주었다. 그리고 그 자신이 그걸 또 모든 사람들에게 과시하길 좋아했다.

"최대한 11시까지만 있을 거야." 아멜리가 볼멘소리를 했다. 아멜리는 열일곱 살이고, 열두 살 생일에 아빠가 말을 선물했는데도 아빠를 그다지 좋아하지 않는다. 나는 이것만으로도 그 남자에 관한 모든 것이 설명된다고 생각한다.

"나도." 마를렌과 내가 동시에 힘주어 말했다. 오늘 밤에 자비에의 공연이 있었다. 그래서 우리는 게레온의 파티에서 배불리 먹고(최고급 음료와 음식은 보장되어 있었으니까) 기분 좋게 취하고 나면, 조용히 빠져나와 자비에의 공연장으로 도망칠 생각이었다.

나는 그 위스키를 값도 싸고 친환경적인 데다가 내가 보기엔 흠잡을 데 없이 스타일리시한 연분홍색 「파이낸셜 타임즈」 신문지로 포장했다. 그리고 지난번 카니발 의상에서 남은 자투리 천을 이용하여 검은색 망사 리본을 만들어 장식했다. 만약 플로리안이 검은색 코팅 종이를 둘둘 만 포장을 생각했다면, 그 자신이 직접 포장했어야 했다.

먼발치에서부터 벌써 많은 사람들이 바 앞에 몰려 있는 것이 보였다.

아멜리가 경멸 어린 말투로 말했다. "아빠가 페이스북 친구들을 모두 초대했나 봐."

"그리고 정말로 문지기까지 고용했어!" 택시가 멈추었을 때, 나는 그것도 확인할 수 있었다. 불쾌하면서도 인상적인 느낌이 들었다. "저 사람들, 초대장 검사하는 거 아냐? 난 초대장은 챙겨오지 않았는데, 두 사람은 어떠신지?"

"없어, 재활용함에 넣은 지 한참 됐어. 우리, 운 좋으면 아마 못 들어갈지도 모르겠다. 그러면 오긴 왔었다고 말은 할 수 있겠지." 마를렌이 택시 기사에게 돈을 지불하면서 내가 위스키를 들고 내리는 걸 거들어주었다. "내가 이 짓을 왜 하는지 모르겠네. 예전에 나와 알고 지냈던 사람들이 백 명은 올 텐데. 이젠 내가 기억을 못 해서 기분 나빠하겠지만."

"그 반대보다야 낫지." 내가 말했다.

"한 사람이라도 나한테 '많이 컸네', 그러기만 해봐, 당장 나와버릴 거야." 문 앞에 늘어선 긴 줄에 가서 서자 아멜리가 중얼거렸다.

"한 사람이라도 나한테 '그런데 뚱뚱해지셨네요', 그러기만 해봐, 나도 같이 나와버릴 테니까." 마를렌이 덧붙여 말했다. 그 말에 마를렌의 앞에 서 있던 여자가 뒤로 돌아서더니 마를렌을 머리끝부터 발끝까지 찬찬히 훑어보았다. 사실 마를렌은 한 반년 전부터 제대로 된 영양분은 하나도 섭취하지 않은 사람 같아 보였다.

"68킬로그램이에요." 마를렌이 그녀에게 말했다. "속옷 무게까지 합쳐서요." 그러자 그 여자가 재빨리 다시 뒤돌아섰다.

유감스럽게도 문지기 두 명은 손님 명부를 갖고 있었고, 별말 없이 들어가라는 손짓을 했다. 아쉽고 또 아쉬웠다.

고급 목재와 샹들리에, 떡갈나무 재질의 쪽마루로 이루어진 전형적인 바였다. 안으로 들어서면 곧바로 거울이 있어 혹시 립스틱이 이에 묻어 있지는 않은지 살펴볼 수 있는 그런 곳이었다. 멜랑콜리한 피아노 선율이 귓전을 파고들었다. 그 선율을 타고 흘러나오는 우울하고 달콤한 노래가 그렇잖아도 썩 유쾌하지 않은 나를 둘러

싸고 검은 커튼처럼 드리워졌다.

"난 아빠 좀 찾아볼게." 아멜리가 말했다. 우리가 물품 보관소에 코트를 맡기고, 대신에 번호가 적힌 작은 종이쪽지를 받고 나온 뒤였다. 게레온이 물품 보관원까지 배치해두었던 것이었다. 상상한 것 이상이었다.

"그럼 난 술 좀 찾아봐야지." 마를렌이 말했다.

나는 우선 걸리적거리는 위스키 병부터 치워버리고 싶은 마음에 사람들 사이를 뚫고 아멜리의 뒤를 따라갔다. 게레온은 이번에도 틀림없이 어딘가에 거창한 선물 테이블을 세워두었을 것이다. 그는 이미 많은 걸 갖춘 다른 사람들이 선량한 목적을 위해 기부하는 것과는 명백히 거리가 먼 인물이었다.

"당신 때문에 내 가슴에 눈물이 차오르네요(You filled my heart with tears)."(미국 드라마 〈하우스〉의 주연 배우 휴 로리Hugh Laurie가 부른 'Guess I'm a fool'의 후렴구 — 옮긴이)

세상에, 이 블루스 곡은 언제 들어도 놀라울 정도로 슬펐다.

"가서 다른 사람의 마음이나 두 조각 내세요. 아세요, 내가 바보같게도 당신과 사랑에 빠졌답니다(Go break some other heart in two, guess I'm a fool falling in love with you)."

그 비슷한 내용이었다. 여자 가수는 정말 목소리가 아름다웠다. 좀 더 경쾌한 곡 좀 부르면 안 되나? 안에 들어온 지 3분도 안 되었는데 난 벌써부터 울고 싶은 기분에 휩싸였다.

"펠릭스는 어디다 두시고요?" 플로리안이었다. 꿈에서나 나올 듯한 아름다운 녹색 칵테일드레스를 입은 금발의 여자가 그의 팔에 안겨 미소를 짓고 있었다.

"아직 일해야 해서요. 하지만 곧 올 거예요." 내가 말했다. "안녕하세요, 홀리. 멋진 드레스네요."

"전 사브리나라고 해요." 금발 머리가 여전히 미소 띤 얼굴로 말했다.

"오." 나는 홀리는 어떻게 되었는지 묻지 않았다. 그도 그럴 것이 홀리였는지 돌리였는지 확신이 안 섰던 것이다. "그렇구나…… 안녕하세요, 사브리나. 만나서 반가워요. 난 카티라고 해요."

"우리 형수님이셔." 플로리안이 설명했다. "비싼 위스키를 '신문지'에 둘둘 싸 갖고 오신 분이고." 그는 비난조로 말하며 내 팔에 안겨 있는 작은 선물 포장을 가리켰다. "납득이 안 가네, 납득이. 집에 있던 알디 쇼핑백(저가 슈퍼마켓 체인점인 알디는 싸고 양 많은 물건을 주로 판매한다. 그렇다 보니 알디 쇼핑백은 하층민의 표상으로 인식되는 측면이 강하다 — 옮긴이)들은 다 쓰신 모양이죠, 네?"

"무슨 말이야, 내 생각엔 멋지기만 한걸." 사브리나가 말했다. "빈티지 스타일. 아주 시크하잖아."

"그으래?" 플로리안은 확신이 서지 않는 것 같았다.

나는 고마움의 표시로 사브리나에게 미소를 지어 보였다. 그녀와 인사를 나눈 짧은 시간에 미리 그녀에 대해 나쁘게 생각했던 것들이 전부 부끄러워졌다. 단지 남자에 대한 취향이 파국적이라고 해서 그녀가 나쁜 여자라는 법은 없는데 말이다. 그리고 어쩌면 그 미소도 억지로 지은 미소가 아니라 자연스러운 미소일지도 모른다.

"플로리안 도련님, 친절을 베푸시어 이 병을 좀 받아주실 수 있으신지요?" '저요, 정말이지, 그러니까 이 음악이 종국에 나를 자살로 이끌기 전에 두 손 홀가분하게 칵테일 바로 달려가고 싶거든요.'

플로리안은 자신이 구매한 귀한 물건을 본인 손으로 건네주는 데 아무런 거부감도 없는 것 같았다. 그리하여 4분 뒤, 나는 바텐더가 내 눈앞에서 짜낸 신선한 라임즙을 넣은 완벽한 다이키리 한 잔을 손에 넣었다. 나는 빨대로 한 번에 쭈욱 다이키리를 빨아들인 다음 한결 나아진 기분으로 긴 칵테일 테이블에 몸을 기댔다. 이거 두세 잔이면 아마 11시까지는 버틸 것이다. 단, 저 여가수가 그 전에 쉬는 시간을 갖지 않는다면 장담할 수는 없다. 마를렌은 어디 있는 거지? 내가 아는 한, 그녀는 이미 칵테일 두 잔을 들고 온 실내를 헤매고 다니며 나를 찾고 있을 것이다. 그냥 여기에 있는 게 상책일 것이다. 빠르냐, 늦느냐의 차이만 있을 뿐 틀림없이 그녀가 모습을 드러낼 테니 말이다. 바람이라면 펠릭스도 그랬으면 싶고.

나는 아무 생각 없이 사람들을 둘러보았다. 개중에 몇몇은 게레온의 옛날 파티들에서 알게 된 사람들이었고, 심지어 이름을 아는 사람들도 많았다. 그리고 지금 바를 향해 사람들 사이를 뚫고 오는 남자 역시 아는 사람이지 싶었다.

바보같이 나는 그 남자가 그냥 아는 사람이 아닌 것 같다는 생각이 들었다. 혹시? 아니다, 이건 희미한 조명과 내 판타지 때문일 것이다. 이것들에 내가 놀아나는 거다. 저 사람은 금발 머리에 재킷을 걸친 그런 흔한 타입의 남자 중 한 명, 아주 오라지게 잘생긴 타입의 남자일 뿐이다.

내 옆의 바 스툴에 앉아 있던 여자도 그걸 알아차린 모양이었다.

여자가 자리에서 일어나 드레스 매무새를 바로잡았다.

"보드카 마티니요." 남자가 말했다.

오, 젠장. 나의 비참한 자기기만 시도는 물 건너가고 말았다. 수천 명이 모여 있어도 이 목소리는 알아들었을 것이다. 마티아스 렌첸, 지난 나흘 동안 검색하고 싶은 마음을 애써 억제해야 했던 그 이름. 정말로 그였다.

오케이. 침착, 또 침착하자. 그래, 그 사람이야. 그래서 뭐? 그럴 수도 있지. 얼음 덩어리를 삼킬 이유까진 없지 않니.

나는 눈을 동그랗게 뜨고 그를 뚫어져라 바라보는 것 외에 달리 어떻게 할 수가 없었다. 그러나 다행히도 그는 그걸 알아차리지 못한 것 같았다. 바 스툴에 앉아 있던 그 여자가 그를 대화에 끌어들였기 때문이다. 그런 걸 두고 '대화에 끌어들였다'라고 말하길 원한다면.

"아, 제임스 본드의 술." 그녀가 담배에 전 목소리로 말하곤 긴 두 다리를 꼬았다. "아주 남성적이죠. 하기야 당신 같은 분한테서 다른 건 기대할 수도 없겠지만요."

나는 여전히 뚫어져라 그를 보고 있기는 했지만, 미친 듯 뛰던 맥박은 서서히 안정을 찾아갔다. 저기, 내가 손만 뻗으면 닿을 수 있을 정도로 가까이에 지금 그가 서 있다. 운명일까, 우연일까? 솔직히 말하면 나에게는 운명이든 우연이든 둘 다 벅찼다.

"원래는 맥주나 한잔 하려고 했었어요. 그런데 음악을 들으니 뭔가 강렬한 것이 필요하다는 생각이 들더군요." 그가 대꾸했다. 그리고 나는 그렇게 말하면서 그의 시선이 여자의 다리를 훑은 것 같다는 생각이 들었다.

"그러게요, 음악이 환상적이지 않아요?" 여자가 나직하게 속삭였다. "게레온에게 어디서 여가수를 모셔왔는지 한번 물어봐야겠어요. 당장 다음번 파티 때 그녀를 불러야 할까 봐요. 당신이라도 그렇게 하지 않으시겠어요?"

그는 대답은 않고 뜸을 들였다. 그리고 생각에 잠긴 채 바텐더가 건넨 보드카 마티니를 홀짝였다. "그럼요, 당장 불러야죠." 그런 다음 그가 말했다. "하지만 다행히도 당분간은 장례식 치를 일이 없을 것 같네요."

나도 모르게 쿡쿡 웃음보가 터졌다. 그 바람에 그만 그의 주의를 끌고 말았다. 내 쪽으로 뒤돌아선 그가 놀라서 두 눈이 휘둥그레지는 게 보였다. 그를 내 편에서 먼저 발견한 게 그저 고마울 따름이었다. 그렇지 않았더라면 나는 평생 저절로 벌어질 일이 없는 아래턱을 헤 벌리고 서 있었을 테니까 말이다.

나는 허세 섞인 미소를 지으며 잔을 들었다. 그러고는 낮고 거친 목소리로 말했다. "알코올의 힘이 세긴 세네요. 3분 전만 해도 목매달아 죽고 싶은 심정이었는데, 갑자기 오늘 밤이 토할 만큼 나쁘진 않다는 생각이 드니 말이죠."

오케이, 오케이. 거짓말 맞다. 실제로는 허세 섞인 미소를 짓지도, 낮고 거친 목소리로 뭔가 쿨한 말을 하지도 못했다. 오히려 흥분해서 하이 톤으로 빽 소리를 냈을 뿐이었다, 이렇게. "세상 참 좁네요. 그렇지 않아요?" 그러고는 그가 곧바로 대답하는 대신 놀란 표정으로 여전히 나를 바라보고만 있는 통에 이렇게 덧붙였다. "하이! 카티 베데킨트예요. 저 기억나세요? 우리 월요일에 베를린에서 만났었잖아요, 그 잘난 분들…… 아니, 차세대 경영인들을 위한 세미나에서요. 그다음 제가 집으로 돌아오는 기차에 앉아서, 다른 사람에게 보내려던 문자를 실수로 당신에게 보냈죠, 그리고 그다음엔…….”

그의 얼굴에 미소가 번졌다. 내 기억 속의 모습보다 더 친절해 보였다. “예, 그럼요. 누군지 알다마다!” 그가 내 말을 끊고 말했다.

“그렇다면 잘되었네요.” 나는 마음을 놓으며 말했다.

그가 웃으며 말했다. “하느님 맙소사, 진짜로 제가 당신을 잊어버렸을 거라고 생각하신 겁니까?”

“뭐, 그렇게 드문 일도 아닌 것 같은데 새삼스러우시긴.” 여자가 낮고 거친 목소리로 끼어들었다. 그러고는 우아한 몸짓으로 바 스툴에서 미끄러져 나왔다. “불과 1분 전에 만났는데도 저라는 존재는 완벽하게 잊으신 것 같네요. 저한테 막 술 한잔 사시려던 참이었는데. 제 대답은 이거예요. 아쉽지만 사양하겠어요, 다알링. 그럼 아리베데르치(arrive derci, 이탈리아어로 ‘굿바이’라는 뜻 — 옮긴이).”

“음…… 아리베 데르치.” 마티아스 렌첸이 말했다.

나는 고개를 절레절레 흔들며 그녀의 뒷모습을 바라보았다. “오늘 저녁엔 음료가 무료라는 걸 알고 있었을 텐데, 몰랐나?”

“알게 되겠죠.” 어느새 그가 다시 나를 향해 돌아서 있었다. 세상에, 이 눈 좀 봐! 어두침침한 바의 불빛 속에서도 나는 즉시, 과장되긴 했지만 햇빛에 반짝이는 산정 호수나 반짝이는 보석, 혹은 에리카 숙모님의 빛바랜 벨벳 커튼과 비교하고 싶은 마음이 마구 몰려왔다. 물론 중요한 건 그 말을 일절 입 밖으로 내지는 않았다는 것이다.

"여기가 당신이 말했던, 그 만취할 거라던 생일 파티인가요, 아니면 케이크를 구워 가야 한다던 그 파티인가요?" 그가 물었다.

"세 번 기회를 드리죠, 알아맞혀보세요." 나는 다이키리를 크게 한 모금 들이켰다. '에리카 숙모님의 벨벳 커튼에 관해선 아무 말도 하지 말 것. 그냥 평소처럼 계속 말해.' "여기서 뭘…… 음…… 어떻게 여기 계신 거죠? 게레온의 환자 중 한 명은 아닌 게 분명하고. 하하." '아, 제발! 누가 내 입 좀 막아줘요. 제발 부탁이에요.' 마를렌은 대체 어디에 있는 걸까. 꼭 필요할 때는 자리에 없다.

마티아스 렌첸은 그러나 내 수준 낮은 농담 따위에는 아랑곳 않는 것 같았다. 그의 미소는 그때나 지금이나 정말, 정말이지 매혹적이다. "흠, 제가 운명이란 걸 믿는 사람이었다면 이렇게 말했을 겁니다. '오늘 저녁, 제가 여기 있는 건 아마도 운명이겠지요'라고요." 그가 가벼운 말투로 내뱉듯 말했고, 나는 '운명'이라는 단어에서 거의 심장이 멈추는 줄 알았다. "그러니까 우리는 무조건 다시 만나게끔 되어 있었던 거죠." 그가 잔을 들었다. "그런데 이런 상황에서 계속 극존칭을 사용할 필요는 없을 것 같은데."

"그래요, 좋아요. 자, 그러니까 난……" 아, 이런. 이건 말하지 말 것을. 어차피 내 이름이야 다 알고 있는데. 나는 낙담한 채 이 말을 대신할 만한 괜찮은 말을 찾아보려고 했다. "자…… 잔이 이렇게 빨리 비다니, 노, 놀랍네요. 그러니까……" 나는 재미있어하는 그의 시선을 따라가며 말했다. "……이번엔 반이나 비었네요."

"빨리 잔 비우고 새 잔 주문해야겠어요." 마티아스는 그렇게 말하며 내 눈을 그윽하게 바라보았다. 나로선 감당하기 벅찬 일이었다.

"우리 에리카 숙모네 집에 벨벳 커튼이 있는데, 색이 딱……"이라고 말하는 내 목소리가 귀에 들어올 때였다. 손톱 관리를 받은 남자의 손이 마티아스의 어깨 위에 철썩 소리를 내며 착지했다. "이건 말도 안 돼! 내가 오늘 밤 우리 도시에서 가장 핫한 싱글 여성들을 약속했었잖아. 그런데 여기서 자넬 보다니! 하필이면 카티 곁에서 말이야." 게레온이었다. 이례적으로 그의 등장이 반가운 순간이었다. 안 그랬으면 나는 에리카 숙모님의 벨벳 커튼 때문에 불운을 맞이하고 말았을 거다.

그러나 반가움은 채 1초도 가지 못했다.

"언짢게 생각지 말아요, 카티. 그렇다고 당신이 싱글은 아니잖아요. '핫'한 건 더더욱 아니고. 안 그래요?" 그러더니 게레온은 뻔뻔하게 나를 보며 윙크를 날렸다. 그는 잘생긴 외모를 지녔다. 적어도 브루스 윌리스 같은 다부진 대머리에 방금 말에서 내린 것 같은 걸음걸이를 지닌 타입을 좋아한다면 그렇다. 내가 은밀하게 부르는 그의 별명은 다이하드(브루스 윌리스 주연의 액션 영화 제목으로, 독일판 제목은 〈천천히 죽어주지Stirb Langsam〉다 — 옮긴이)다. 플로리안처럼 이 다이하드 역시 자신의 외모에 관한 한 어떠한 비용과 수고도 마다하지 않았다. 얼마 전 처음으로 그는 자신의 소형 크림 한 통이 250유로(35만 원 상당의 액수 — 옮긴이)라는 걸 솔직하게 인정했다. 아마도 그 크림에는 황소 불알 추출 성분과 어린 송아지 콜라겐이 첨가되어 있을 거다. "그리고 내가 원하는 건 내 오랜 친구인 마체가 오늘 밤 제대로 즐겼으면 하는 겁니다." 다이하드가 웃었다. "당신도 물론이고요, 카티. 그런데, 다른 기혼 여성들과 함께 있으면 더 안전할 것 같네요. 거기 가면 서로 요리 레시피에 관해 이야기를 나누거나, 어떻게 하면 남편을 죽을 정도로 지루하게 만들 수 있는지, 아님 뭐 어떤 것이든 이야기를 나눌 수 있을 테니까." 게레온이 다시 한 번 껄껄거리며 웃었다. 이것은 그가 자신이 한 모욕적인 행동을 농담인 척 위장하려 할 때마다 늘 애용하는 수법이었다.

나는 그런 상황에 처하면 질 수밖에 없다는 걸 굉장히 빨리 파악했다. 만약 내가 그 농담을 가장한 말에 소리 내어 웃으면(이건 내가 우리가 만났던 초창기에 자주 했던 행동이다. 그렇게 하면 그가 나에게 비열하게 구는 걸 멈추리라는 희망하에 말이다), 그다음엔 나의 지능을 걸고 나를 괴롭혔다. 반대로 기분 나쁜 티를 내고 발끈해서 그를 무시하면 나는 유머도 없고 지적 능력도 부족한 사람이 되는 식이었다. 그래서 나도 그의 모욕에 모욕으로 되갚아주는 데 익숙해졌고, 그렇게 몇 년의 세월이 지나자 그 수위가 사람들의 이목을 끌 정도로 올라갔다. 사족이지만, 게레온은 그걸 인정할 됨됨이도 유머도 없는 사람이다.

영리한 사람은 청춘과의 작별을 고할 때, 10년 단위로 여러 번에 나누어 작별하는 법을 알고 있다. _프랑수아즈 로제

"아, 걱정 마세요." 나는 의도치 않게 거의 바짝 붙어 서 있던, 그의 '내 오랜 친구 마체'에게 곁눈을 주며 말했다. 막 붉은 장밋빛으로 물든 구름을 타고 올랐는데 이렇게 빨리 미끄러져 내릴 줄이야. "난 아주 즐거운 시간을 보내고 있으니까요. 지금은 광대를 기다리는 중이에요. 그 동물 풍선 아트 하는 광대 말이에요." 나는 행여 기분 나쁜 티가 확연히 드러나지나 않을까, 미소 띤 얼굴로 잔을 들었다. "생일 축하해요. 당신을 위하여!" 그러고는 아직 채 녹지 않은 얼음 조각들을 무시한 채 단숨에 잔을 들이켰다. “두 분이 그럼 오랜 친구 사이예요, 마체?”

“학창 시절 때부터요.” 그는 여전히 미소 띤 얼굴이었지만, 아까처럼 그렇게 상냥해 보이진 않았다. 오히려 약간…… 위태로워 보였다고나 할까. “대학 입시를 치른 뒤로는 한 번도 보지 못했죠.”

“그랬지, 유감스럽게도.” 게레온이 말했다. “학창 시절 내내 우리 둘이 2총사처럼 붙어 다녔는데. 그렇지 않나, 마체?”

맙소사, 나는 금방이라도 토할 것만 같았다.

“얼마 전에 처음으로 다시 만났죠…… 20년 만에…….”

페이스북을 통해서겠지. 내기해도 좋다.

“……그리고 우리가 같은 차종을 몰 뿐만 아니라 골프 핸디캡도 똑!같다는 걸 알았죠. 그러니 내가 이 친구를 그 즉시 내 마흔 살 생일에 초대하는 건 당연지사 아니겠습니까.”

어쩐지, 그럼 그렇지. 그렇게 마음이 잘 맞는 사이였다면서, 기준이란 게 고작 그런 거였군.

“처음엔 좀 빼더라고요. 하지만 그다음엔 오겠다고 했지요.” 게레온이 다정하게 마티아스의 어깨를 탁탁 치며 말했다. “그리고 이 친구, 지금쯤 그러길 잘했다는 생각을 할걸요. 카티, 당신도 그렇게 생각하죠, 응?”

다이하드, 이 나쁜 자식. 나는 뭐라도 대꾸를 해야겠기에 숨을 들이마셨다. 하지만 마티아스가 나보다 더 빨랐다.

“여기서 카티를 만날 줄 알았으면 당연히 당장 오겠다고 말했을 걸세. 우리 얼굴 보기 너무 힘들잖아요. 안 그래요, 카티?”

나는 무슨 말인가 싶어 그를 바라보았다. "으응?"

게레온 역시 무슨 말이냐는 표정으로 그를 바라보았다. "둘이 친척이나 뭐, 그런 사이?" 그가 물었다.

"아니, 직업상 서로 아는 사이. 카티가 우리 지사에서 내놓은 베스트 커뮤니케이션 트레이너 중 한 명이거든." 마티아스가 한쪽 팔로 나를 감싸주었다. 그러면서 세련된 손놀림으로 그의 어깨 위에 올려놓은 게레온의 손을 슬쩍 치웠다.

"여기 다이키리 한 잔과 보드카 마티니 한 잔 더 주시겠어요?" 그가 바텐더에게 말하고는 게레온을 바라보며 말했다. "파티가 정말 대단하네, 게레온. 굉장히 즐거운 시간을 보내고 있다네." 그런 다음 이젠 게레온이 그 자리에 있지 않다는 듯 다시 내 눈을 그윽하게 바라보며 이렇게 물었다. "우리 어디까지 이야기했었죠?"

이성과 그것을 사용할 줄 아는 능력은
별개의 능력이다.
_프란츠 그릴파르처

먼저 굿 뉴스부터. 그날 밤 나는 에리카 숙모님네 벨벳 커튼과 반짝이는 보석, 신비한 산정 호수를 끌어와 비유하는 일은 하지 않았다. 다이키리를 일곱 잔(아니면 여덟 잔일지도. 나중엔 몇 잔인지 세지 않았다)이나 마셨는데도 혀 꼬부라진 소리를 하거나 딸꾹질을 하지도 않았고, 또 뜬금없이 눈물을 흘리거나 웃지 않았다는 것도 마찬가지로 긍정적인 소식이다. 오히려 그와 반대로 나는 (처음엔) 보기 드물게 집중도 잘하고, 달변에 재치 충만했다.

배드 뉴스는 누군가 비열하게, 한마디 경고도 없이 이 저주받을 판도라의 상자 뚜껑을 열어버렸다는 것. 다이키리를 많이 마신 것도 그 이유 중 하나였다. 나는 가능한 한 혈중 알코올 농도를 높임으로써 모든 책임에서, 심지어 그때 그곳에서 벌어지고 있는 일에 대해 깊이 생각하는 것에서도 몰래 빠져나오고 싶었다.

"다른 땐 원래 이렇게 많이 마시지 않아요." 어림잡아 다섯 잔쯤

마셨을 즈음, 나는 확실히 해두려고 마티아스에게 그렇게 말했다. 그때는 내가 다음의 사실, 즉 그가 거의 6년 전에 이혼을 했고 땅콩 알레르기가 있다는 것과, 그에게 두 명의 여자 형제가 있고 그중 한 명은 뉴욕에 살고 있으며 다른 한 명은 그가 아이였을 때 그를 반나절 동안이나 옷장에 가두었다는 것, 그것이 그가 엘리베이터와 협소한 장소를 무척이나 꺼리게 된 이유이고 또 베를린에 있는 그의 아파트가 욕실에만 벽이 있는 이유라는 것을 알고 난 뒤였다.

한편으로는 그 역시도 나에게서 이미 다음의 사실, 즉 게레온이 펠릭스의 절친한 친구이며 마를렌의 전남편이고 유감스럽게도 한때 나의 산부인과 주치의였다는 것과, 내가 아홉 살 때 다람쥐(정확히 말하자면 **그 다람쥐**)에게 물렸으며 그 이후로 귀여운 동물과 마주치면 우선 불신부터 갖고 대하게 되었고 심지어 녀석들이 그 앙증맞은 머리를 비스듬히 기울인 채 동그랗게 뜬 눈으로 나를 쳐다볼 때에도 그렇다는 것을 들은 다음이었다. 그리고 이제 내가 평소엔 술을 그렇게 마시지 않는다는 것도 알게 된 것이다. "그리고 이렇게 빨리 마시지도 않고요."

"나도 그래요." 그렇게 대꾸하고 그는 빈 잔을 바텐더 쪽으로 밀어놓았다. 친절하게도 마티아스는 나에게 속도를 맞추어 계속 술잔을 기울였다. 다른 사람들에게는 우리가 마치 술 시합이라도 벌이는 듯 보였을 것이다. "아무튼 그런 타입은 아니에요. 그리고 평소 작업을 걸거나 그러는 경우도 전혀 없죠……. 결혼한 여성에게 한눈을 팔지도 않고요."

"도덕적인 이유에서요?" 나는 두 눈을 반짝이며, 이젠 우리에게 묻지도 않고 바텐더가 새 칵테일을 섞는 걸 응시하고 있었다. 뒤에선 블루스 여가수가 사랑과 죽음, 불행에 관해 노래하고 있었지만 맞은편 광경에 얼마나 집중하고 있었던지 내 뇌에선 그저 방해되는 소음 정도로 인식될 뿐이었다.

마티아스가 고개를 저으며 말했다. "아니에요, 순전히 실용적인 이유에서죠. 건전한 인간의 이성이 나한테 이렇게 말을 하네요. 지금 내가 당신과 여기에 이렇게 앉아서, 1초가 지날 때마다 당신을 점점 더 매력적으로 느끼는 건 별로 영리한 게 못 된다고요. 몇 분 있으면, 그리고 반 잔만 더 마시면 이런 것까지 물어보게 생겼어요, 내가. '당신 머리카락에서 어떤 냄새가 나는지 알고 싶군요'라고 말이죠."

'아세요? 아까, 내가 맨정신일 때 당신의 눈에 대해 말하려고 했던 것에 비하면 그건 아무것도 아니라는 걸.'

나는 신선한 다이키리를 받아 들고는 마티아스를 바라보며 미소 지었다. 그도 따라서 미소를 지어 보였다. 맙소사, 정말이지 사람을 녹아내리게 만드는 미소다. "아무래도 우리 서둘러 찬물 끼얹는 이야기들을 해야 할 것 같네요." 내가 말했다.

"'저 결혼했어요'라는 이야기 말고 아직 찬물 끼얹을 말이 더 남았어요?"

"제가 시필리스가 있다면요?"

"진짜로요?"

"아니요." 나는 후회가 밀려왔다. 그래서 뇌를 뒤져 절망적으로 계속 찬물 끼얹을 거리를 찾아보았지만 대신 알코올의 '아'부터 판도라의 '파'까지 위험을 경고하는 말과 '자, 네 머리카락 냄새 좀 맡아봐요!'라고 큰 소리로 외치고 싶은 욕구를 더듬거리기 바빴다. 그때 마를렌이 우리 옆자리의 스툴에 폴짝 올라앉았다. 아, '폴짝'이라기보다는 '털썩'이라고 해야겠다. 그녀의 주장대로라면 서빙하는 사람이 쟁반에 들고 다니던 샴페인만 마셨다는데, 나와 별반 다를 바 없이 취했기 때문이었다. 마티아스를 알아보자 그녀의 두 눈이 휘둥그레졌다. 그녀는 무슨 말인가 에둘러 말을 하려다 말고 그냥 삼켰다. 그 대신 어렴풋이 눈치를 챈 것 같은데도 우리와 유쾌하게 수다를 떨기 시작했다. 그런 그녀가 나는 더더욱 고마웠다. 마침 알코올이 내 언어 센터까지 도달한 상태였고, 좋은 인상을(**그 다람쥐** 이야기는 내가 생각해도 정말 재치 있게 이야기했다) 깨뜨리지 않으려면 이렇게 혀가 꼬부라진 상태에선 우아하게 입을 다물고 있는 편이 절대로 나쁠 건 없었기 때문이었다.

어쨌든 그 저녁의 멋진 시간도 지나갔다. 술은 명철한 사고 능력을 제한하기도 하지만 유감스럽게도 유리처럼 맑은 통찰을 가능하게 하는 경우도 종종 있다. 그것이 감정의 차원일 때면 더더욱. 이 차원에 관한 한 나는 공중에 붕 뜬 채 자유낙하 중이었다.

"엉망진창이야(What a mess)." 여가수가 마이크에 대고 흐느꼈다. 그래, 그녀의 말이 맞다.

다이하드가 한쪽 팔은 펠릭스에게, 다른 한쪽 팔은 릴리안(**그 전여친**)에게 두르고 우리들이 있는 곳으로 돌아왔다. 릴리안은 여전히 대단한 외모였고, 나를 위해 예약해둔 예의 그 스페셜하고 거만한 억지 미소를 띠고 있었다. 보통 때 같았으면 나도 아주 스페셜한 릴리안표 미소를 구사했겠지만 지금은 바 테이블을 붙잡고 있기도 벅

찼다.

릴리안은 펠릭스네 병원의 마취의다. 그리고 펠릭스와 내가 사귀기 시작하던 당시까지도 펠릭스의 여자 친구였다. 어쨌거나 그녀의 관점에선 그랬다. 펠릭스는 둘이 모든 친구 관계를 청산하고 헤어졌다고 간주한 데 반해, 그녀는 자신이 처방한 '연인 관계 휴지기' 중에 있었다고 생각한 모양이었다. 그러니 사실 그녀에게 동정표를 보낼 법한 일이기도 했다. 하지만, 지난 5년 동안 릴리안이 꾸준히 나를 펠릭스에게 별로 중요하지 않은 짧은 인터메조에 불과한 존재로 인식하는 반면, 펠릭스는 이제나저제나 그녀가 연인 관계 휴지기를 철회해주기만을 학수고대하고 있다는 듯 행동했기에 그녀에 대한 나의 동정심은 한계치에 달하고 말았다.

"이봐, 마체, 이 사람들이 자네 혼자 있는 꼴을 도무지 두고 보질 못하는구만." 게레온이 큰 소리로 말했다. "아까는 카티가 그러더니 이젠 마를렌까지……. 괜찮아? 이거 내 체면이 말이 아니네, 자네 내 말 뜻 알겠지?" 그는 껄껄 웃으며 말했다. "이제 딕 운트 도프(『이상한 나라의 앨리스』에 나오는 쌍둥이 형제 '트위들덤과 트위들디'의 독역. 직역하면 '뚱보와 멍청이'라는 뜻이지만, 우열을 가릴 수 없을 정도로 외모나 지적 수준이 거기서 거기라는 의미로 빗대어 표현한 말 — 옮긴이)랑은 그만 '안녕' 하시게나, 응?" 다시 한바탕 불쾌한 웃음을 짓는 그.

유감스럽게도 나는 앞에서 이미 여러 번 언급했던 이유들 때문에 이제껏 해오던 것처럼 그렇게 그의 말을 되받아칠 상태가 아니었다. 나는 여전히 붕 뜬 채 낙하 중이었다.

"인사들 하지." 이어서 게레온이 말했다. "여긴 펠릭스. 매일 아침 카티의 곁에서 눈을 떠야만 하는, 에…… 눈을 떠도 되는 남자. 그리고 여긴 릴리안. 의사 가운을 걸치나 벗으나 숨이 막힐 정도로 섹시하지. 그건 내 장담하지! 그리고 여긴 내 친구, 마티아스. 마체라고 부르고, 학창 시절 내 절친이었지."

여가수가 이 모든 상황에 걸맞은 배경 음악을 깔았다. "울지 않으려 웃고 있네(I'm laughing just to keep from crying)……." 그래, 나도 웃는 게 웃는 게 아니야. 하하.

"반가워요." 릴리안이 애교 섞인 목소리로 인사했다.

"안녕하세요." 마티아스가 말했다. 오늘 밤 내내 그가 지었던 미소는 분명 지금보다 훨씬 더 진심 어린 미소였다. 그리고 나는 거의 충돌 사고를 당한 것 같은 상태였지만 이것 하나는 알아차릴 수 있었다. 그가 릴리안보다 펠릭스를 훨씬 더 찬찬히 훑어보았다는 것.

펠릭스는 순진한 미소로 화답했다. 덥수룩한 눈썹 사이에 자리잡은 팔자주름이 어쩐 일인지 보이지 않았다. 하지만 피곤해 보이는 건 여전했고 체크무늬 남방을 입고 있었다. 시어머니가 크리스마스 명절과 그의 생일마다 늘 그에게 선물했던 남방이었다.(내가 매년 두 벌씩 헌옷 수거함에 버리는데도 수가 줄어들지를 않는다.) 옆머리에 머리카락 한 다발이 살쾡이의 귀 끝 털처럼 삐쳐 있는 것이, 아마도 일을 마친 뒤 급하게 씻고 나오느라 샤워 후에 머리 빗는 걸 잊은 모양이었다.

게레온이 펠릭스에게 둘렀던 팔을 풀었다. 마티아스의 팔짱을 끼고 그를 바에서 데리고 나가기 위해서였다. "마체, 자네 뷔페 음식 있는 곳엔 갔다 왔나? 릴리안, 가지! 이 친구가 제대로 된 음식을 좀 먹어둬야 해서 말이야. 아직 밤이 길잖아. 자, 우리 세 선남선녀도 이제 아가미 사이에 뭘 좀 넣어둬야지. 갈까?"

마티아스가 우리에게로 돌아섰다. "내가 다시 올 때까지 두 분 다 여기 계실 거죠?"

나는 눈을 감으려고 했다. 그 순간 그것이, 그러니까 그 충돌 사고와 같은 상태가 찾아왔기 때문이었다. 바닥이 상당히 딱딱할 텐데. 충돌할 것 같은 순간에도 그건 알 수 있었다. 감사한 것은 그래도 마를렌이 벌떡 일어나 다음과 같이 말함으로써 커뮤니케이션 문제를 해결한 것이었다. "딕 운트 도프처럼 기다리고 있을게요." 그러고는 입을 비죽이며 씨익 웃어 보였다.

짧은 미소를 지어 보인 뒤 그가 사라졌다. 자유 낙하 중이던 내 감정이 마침내 바닥에 다다랐다. 내가 옳았다. 바닥은 딱딱했다. 그것도 무척이나.

"그렇잖아도 배가 고프긴 했는데, 두 사람은 배 안 고픈가?" 펠릭스는 먼저 나에게 키스한 다음 마를렌의 볼에 뽀뽀를 했다. "내가 오늘 먹은 게, 의무 방어전으로 먹어야 했던 바나나가 전부거든. 62B호 환자인 헤게만 부인이 늘 챙겨주시지. 일단 그 전에 뭐라도 먼저 좀 마셔야 할 것 같아. 두 사람은 벌써 좀 달린 것 같아 보여." 뒤돌아보려고 했는데, 내가 약간 휘청거린 모양이었다. 펠릭스가 내 팔을 잡더니 다시 정정해서 말했다. "아니면 벌써 엄청 달렸거나……."

바텐더가 한쪽 눈썹을 치켜세우며 말했다. "따라잡으실 수 없을 만큼 달리셨죠. 제가 대답해드려도 된다면요."

행복하지 않은 상황에서도 행복을 느낄 수 있는 것,
그것이 바로 행복이다.
_마리 폰 에브너에셴바흐

* 마리 폰 에브너에셴바흐는 어떤 상황을 생각했던 걸까?
나도 그걸 생각하고 싶다._케르스틴 기어

어쨌든 나는 필름이 끊기진 않았다. 아침이 밝아 눈을 뜨자, 디테일한 부분들까지도 모조리 기억났다. 유감스럽게도 말이다. 차를 타고 집으로 돌아오는 대목에 이르자 나는 수치심으로 얼굴이 화끈 달아올랐다. 먼저 내가 허둥대며 펠릭스에게 빨리 집으로 가자고 말하면서, 그의 반대 의견("하지만 난 방금 여기 도착했다고", "적어도 간다고 인사는 하고 가야지")을 전부 묵살했던 것이 기억났다. 그다음은 완전히 애먼 데로 빠져버린 나의 세상을 절망적인 심정으로 바로 되돌려놓는 과정이었다.

"나랑 하자, 펠릭스. 지금 당장."

펠릭스가 혼이 쏘옥 빠진 눈으로 나를 보았다. "카티, 그건 택시 기사분이 그다지 좋……. 이러지 마, 자기야! 어서 코트 걸쳐."

오케이, 나는 우리가 택시 안에 있다는 걸 잠깐 깜빡했었다. 하지만 나는 아랑곳하지 않았다. 펠릭스가 나를 어린 환자 부축하듯 다루었고, 나는 그에게 키스를 하려고 다시 그를 뿌리쳤었다. 마치 한 시간 후 지구에 운석이 떨어져 지구 상에 있는 모든 생명체를 전멸시키리라는 사실을 알고 누군가에게 키스를 하려는 사람 같았다고나 할까. 아주 잠깐이었지만 펠릭스도 그 순간에 열정적으로 몸을 맡겼었다.

“있잖어유, 만약에, 여자 손님분이 여그서 토를 하시면, 저, 무쟈게 화낼 거여유”라고 택시 기사가 말했고, 그러자 펠릭스가 나를 부드럽게 밀치고는 확신에 찬 어조로 택시 기사에게 말했다.

“지금 상태 멀쩡한걸요.”

하지만 그 말은 곧장 틀린 것으로 드러났다. 내가 이렇게 말했던 것이다.

“키스해줘요, 펠릭스.”

그 말을 하는 데에도 나는 매 단어마다 힘겹게 첫 음을 발음해야 했다. 그랬기 때문에 이렇게 들렸을 수도 있다. “피스해줘요, 멜릭스.” 아니면 이렇게도. “뷔스패줘요, 켈릭스.” 하지만 그에 비해 다음 말은 술술 나왔다. 앞서 포문을 연 키치(저속한 싸구려 취향의 물건이나 언행 혹은 문화적 현상을 이르는 말 — 옮긴이)에 급수를 매긴다면 9등급쯤 받을 말이었다. “제발! 나, 우리가 아직 할 수 있다는 걸 느끼고 싶단 말이야.”

“겨우 얼마 전에사 이런 일을 겪었는디…… 그때 인자 그거 없애느라 자동차 절반이 날아갈 뻔하지 않았겄슈.” 택시 기사가 말했다. “그리고 제가 한 말씀 허자면 말이에유, 코가 삐뚤어지도록 취하면 여자들이 남자들보다 더 엉망이라는 거여유.”

세상에, 이 사람이 남의 성질을 돋우네. "당신이 평생 동안 수집한 그런 삶의 지혜 따위에 관심 있는 사람, 여기 아무도 없거든요." 나는 그에게 독설을 날렸다. 하지만 그로 인해 일이 더더욱 꼬이고 말았다. 이제 이 남자, 공격을 받았다고 느꼈는지 자기는 자기 택시에선 말할 권리가 있으며 하물며 술에 절어 정숙지 못하게 행동하는 여자에 관해선 더더욱 그렇다고 말했다.

"나쁜 뜻은 없었시유." 그는 그렇게 덧붙여 말하며 백미러로 펠릭스에게 미안하다는 눈길을 보냈다. "하지만, 여자분이 '피크해줘요(영어로 하자면 'fuck me!' — 옮긴이)'라고 말씀하셨잖어유."

"뭐, 뭐라고요? 그건 당신이 이상한 상상을 하다가 그 장단에 넘어간 거죠." 내가 소리쳤다. "나는 '키스해줘요'라고 했다고요. 아님 '피스해줘요'라고. 아니면…… 딩스……."

"이 사람은 정숙지 못한 그런 여자가 아닙니다. 그냥 취…… 한 것뿐입니다." 펠릭스가 한 손으로 이마를 문지르며 말했다. "그리고 이 사람, 제 아내입니다. 그리고 저기…… 말이 나온 김에 말씀인데, 저는 '디크밀크(응유, 즉 우유에서 걸쭉한 요구르트가 되기 바로 직전 단계의 응고된 우유 — 옮긴이) 줘요'라고 들었거든요."

"그렇게 생각하신다믄야……. 암튼 나쁜 뜻은 없었시유." 택시 기사가 다시 한 번 말했다. 이번엔 동정 어린 목소리로.

나는 그의 말이 납득이 가지 않았다. "당신은 언제나 이렇게 나를 변호해줘. 얼마나 좋은지! 언제나 당신은 나를 지켜준다니까. 사자처럼. 아까 게레온이 있을 때도 그랬고 말이야."

"가디……."

나의 빈정거림은 이제 울먹거리는 목소리에 자리를 내주었다. "도대체, 게레온은 뭐 때문에 그렇게 끊임없이 나를 괴롭혀도 되는 거지? 그리고 당신은 왜 거기에 한 마디도 반박하지 않는 건데? 좋아, 게레온이 그럴 때는 대부분 당신이 주의를 기울이지 않을 때나 자리에 없을 때긴 하지. 하지만 이제 그만하면 할 만큼 한 거 아닌가? ……예를 들어 바로 조금 전에도…… 내 말은, '딕 운트 도프'가 뭐야, 응? 그게 웃자고 하는 말이야?"

펠릭스가 또다시 이마를 문질렀다. "그럼, 그랬겠지. 유감스럽게도 그 친구가 농담에 맞는 말투를 항상 잘 구사하는 편이 아니긴 해……."

"당신이 게레온의 비열함을 그냥 농담으로 흘려보냈기 때문은 아니고? 농담이라고 생각하기엔 비열한 정도가 이미 도를 넘어선 지 오래잖아." 내 혈중 알코올 농도를 고려해볼 때 이건 주목할 정도로 논리적인 문장 조합이라는 생각이 들었다. 그렇게 우물거리며 말하지만 않았으면 훨씬 더 훌륭했겠지만. "당신, 알아? ……당신이 나를 사랑한다면, 사랑한다면…… 당신이 나랑 사는 게 마치 당신이 평생 벌을 받는 것처럼 그렇게 나를 취급하고 또 그렇게 행동하도록 놔둬선 안 되는 거 아냐? 나는 '단 한 번'만이라도 당신이 나를 변호해주는 걸 경험해보고 싶어……." 나는 조금 전 마티아스가 내 어깨를 감쌌을 때의 그 느낌을 떠올리지 않을 수 없었다. 그리고 게레온의 보기 드문 바보 같은 표정도. "당신은 왜 한 번도 그렇게 하지 않는 거지, 펠릭스?"

희미한 불빛에도 펠릭스가 미소를 짓는 게 보였다. "카티, 나는 당신과 게레온 두 사람이 맞붙을 때마다 당신을 보호해야 한다는 느낌은 전혀 받지 못했었어. 반대로, 말솜씨에 있어선 당신이 그 친구보다 훨씬 월등하지. 늘 게레온이 불쌍하다는 생각이 들 정도로 말이야."

나는 황당하기 짝이 없어 펠릭스를 빤히 바라보았다. "게레온이 불쌍하다는 생각이 들어?"

"조금은. 그 친구는 당신한테 맞설 만한 최소한의 센스조차 갖지를 못하는데, 당신은 그 친구의 말을 아주 출중한 실력으로 철저하게 반박하며 매번 그 친구를 멍청이처럼 서 있게 만들지."

"그건…… 그건 사실이 아니야!" 나는 버럭 소리를 질렀다. "물론 난 게레온이 멍청이라고 생각해. 하지만, 내가 그러는 건 단지 나를 보호해야 했기 때문이야. 안 그러면 아무도 그렇게 해주지 않으니까. 그리고 또…… 언제나 시작하는 건 게레온이라고! 그리고 무슨 그런 뚱딴지같은 논리가 다 있어? 내가 원하는 건 당신이 내 편이 되어주는 거라고……. 당신이 나를 보호해주는 거…… 당신이 나에게……." 나는 입을 다물었다.

"……피스해주는 거겠쥬." 택시 기사가 말했다. 기사가 차를 세우고 뒤돌아보며 말했다. "이젠 저랑 상관없이 일들 보실 수 있겄네유. 그러니까유, 시방 다 오셨구유, 요금은 12유로 80 되겄시유."

내가 기억하는 한은 그랬다. 일고여덟 잔의 다이키리를 마신 것에 비해 꽤 디테일하게 기억하고 있다는 생각이 들었다.

하지만 바로 이 디테일(비단 택시에 관한 것만이 아니다) 때문에 나는 침대에 누워 신음을 하며 이리저리 몸을 뒤척여야 했고, 주는 게 진정한 대안이 아닐까 하는 고민에 빠지고 말았다. 오늘만은 펠릭스가 아침 일찍 병원으로 갔다는 사실이 기뻤다.

“오래 걸리진 않을 거야. 병원이 제대로 잘 돌아가는지만 확인하고 올게.” 그는 침대 옆에 아스피린 한 상자와 물 한 잔을 두고 나갔다. 그중 두 알은 이미 먹었고, 실제로 알약은 도움이 되었다. 아무튼 육신에 해당되는 부분은 그랬다. 나머지는 속절없이 계속 고통스러웠다. 고통에 시달리는 시간이 점점 길어지면서 이런 상태를 표현하는 데 남녀노소 막론하고 당연히 도움을 구하게 되는 상투적인 표현들이 점점 더 표면 위로 떠올랐다. 이를테면 나비가 뱃속에서 날갯짓을 하는 것 같다거나, 장이 롤러코스터처럼 꼬이는 것 같다거나, 누가 땅바닥을 끌어당기기라도 하는 듯 바닥이 꺼지는 것 같다거나, 불가사의한 무중력상태 등과 같은……. 나는 이 모든 표현에 해당하는 증상을 고루 갖추고 있었다. 이건 술기운 때문이 아니라 오직 마티아스 때문이었다. 아무리 그 반대라고 우기며 나 스스로를 설득해 보려 해도 소용이 없었다.

“언니, 내가 좀 바보 같은 처신을 하고 말았어!” 겨우 기운을 내 전화기를 손에 넣은 나는 절망적으로 말했다.

“**그 햄스터** 사건 때보다 더?” 언니가 말했다.

“그런 거랑은 성질이 달라.”

나는 사건의 전말을 들려주었다. 지난 월요일, 베를린에서 마티아스와 알게 된 것부터 시작해 게레온의 파티까지. 나는 아무것도, 그러니까 저 끔찍한 상투적 표현들 하나하나부터 아주 작은 가슴 떨림까지 하나도 빼놓지 않았다. 언니는 경청의 달인이었다. 그리고 몇 가지 반문이 필요할 때에만 내 말을 중단시켰고, 몇 번 크게 심호흡을 하고는 "아이고, 저런!" 혹은 "아휴, 카티라인"이라고 맞장구를 치며 필요한 대목에선 그 대목에 걸맞게 아주 깊은 한숨을 쉬기도 했다. 그러나 택시 안에서의 에피소드 대목에선 갑자기 자신의 역할에서 벗어나 큰 소리로 웃기 시작했다.

"웃을 일이 아니야." 내가 말했다.

"알아." 언니는 숨을 헐떡이며 말했다. "미안해. 하지만 네 이야길 듣다 보니 꼭 무슨 영화를 보는 것 같아. 장면들이 선하게 그려지는걸. 게다가 지금 라디오에선 보니 테일러의 '아이 니드 어 히어로*I need a hero*'가 흘러나오고 말이야." 언니는 웃음을 참으려고 애를 쓰는 듯했지만 소용이 없는 모양이었다. 그러다 보니 웃음소리가 재미있어서라기보다는 히스테리를 부리는 것처럼 들렸다. 그 소리를 듣자 나는 살짝 겁이 났다. "그런데, 그러고 난 다음에도 너희들 아직……."

"응, 못 했어. 우리 잠시 싸웠거든. 말하자면 내가 싸운 거지. 이성과 열정, 우주의 회전목마를 두고 말이야……. 펠릭스는 어리둥절한 얼굴로 날 빤히 바라볼 뿐이었어. 도무지 내가 그에게서 뭘 원하는지 이해하지 못한 거지. 그러고 난 다음…… 나는 잠이 들었고."

"천만다행이다." 언니는 여전히 〈뻐꾸기 둥지 위로 날아간 새〉(통제가 심한 정신병원을 배경으로 한 미국 영화 — 옮긴이)에 나오는 사람처럼 키득거렸다.

"나 이제 어떡해야 하지?" 내가 말했다. 그러자 언니가 갑자기 웃음을 뚝 그쳤다. 마치 누군가 언니의 입을 탁, 하고 닫아버리기라도 한 것처럼. 그보다 더욱 당황스러운 건 언니의 침묵이었다.

"언니?"

"나 심사숙고 중이야, 아직."

"심사숙고 중이라고?" 내가 물었다. 그렇게 묻고 나니, 진짜로 패닉 상태가 스멀스멀 차올라왔다. 보통 언니의 대답은 쏜살같이 튀어나왔다. 언니는 마치 요다 같았다. 모르는 게 없는 사람이었다.

"말 좀 해봐, 내가 지금 어떻게 해야 할지!"

그러나 내가 철들고 난 이래 처음으로 언니의 지혜가 한계점에 부딪힌 것 같았다. "아마……" 언니가 천천히 말을 시작했다. "아마도 가만히 두면 저절로 지나가지 않을까?" 바보같이 언니는 늘 말끝에 물음표 하나를 찍어둔다.

마침내 전화기를 내려놓았을 때, 나는 딱 예전만큼 영리해졌다. 그리고 딱 그만큼 절망적이었다. 베개에 얼굴을 파묻고 펠릭스의 체취를 맡았다. 그리고 다짐했다. 이성적으로 살자고. 이성적으로, 그리고 어른답게 살자고. 그에 대한 생각조차도 허락해선 안 되며, 그와의 접촉은 망설임 없이 끊어야 한다고, 그래야 일이 더 힘들어지지 않는다고. 결론적으로 그는 베를린에 살고 있다. 그러니 그 도시는 그냥 멀찍이 피해 다니면 된다. 가장 좋은 길은 앞으로 남은 평생 동안 그렇게 하는 것이다. 그렇게 하지 않으면 아마 나는 또다시 어리석은 행동을 하게 될지도 모른다. 그리고 만약 펠릭스가 그 사실을 알게 된다면, 그의 마음이 갈기갈기 찢어질지도 모른다.

하지만 이건 다음과 같은 점을 도외시한 결론이었다. 즉, 누가 지금 '마티아스도 너와 똑같은 상태야'라고 알려주기라도 했던가? 어쩌면 그는 어젯밤 릴리안과 함께 잠자리에 들었을지도 모르고, 그래서 나를 깡그리 잊은 지 오래인지도 모르지 않은가. 입장 바꿔 생각해보면 그런 시도조차 하지 말라는 법은 없지 않은가. 그래, 좋다. 어쩌면 꼭 릴리안이 아닐 수도 있다. 파티엔 다른 여자들도 충분히 많았다. 그리고 다들 단 1초의 망설임도 없이 오케이했을 것이다.

한창 골똘히 생각하고 있는데, 휴대폰 벨 소리가 생각을 뚫고 들어왔다. 나는 하마터면 침대에서 떨어질 뻔했다. 잠이 후다닥 달아났다. 내가 지금 떨리는 손을 뻗어 저 빌어먹을 휴대폰을 잡는다면, 아무리 상투적인 표현을 빌리더라도 그건 내가 보기에도 좀 과한 행동이었다.

마티아스 렌첸. 휴대폰 화면에 뜬 그의 이름을 읽는 것만으로 기쁨, 놀라움, 두려움 등등의 감정들이 한꺼번에 밀려왔다. 기쁨이라니! 그는 나를 잊지 않았다. 하지만 나는 전화기에 다가가지 않을 것이다, 전화벨이 저절로 멈출 때까지 그냥 기다리고 있을 거다, 이성적으로 행동할 거다, 그리고…….

"……여보세요?" 나는 가쁜 숨을 몰아쉬며 소리쳤다.

내 목소리를 듣자 마티아스 역시 나만큼이나 크게 놀란 것 같았다. 그리고 처음으로 그의 목소리에서 경쾌하거나 분방한 울림이 아닌 불안정한 울림을 읽을 수 있었다. "원래 전화하려던 마음은 전혀 없었어요." 그가 말했다.

"그리고 저는 전화받고 싶은 마음이 없었고요."

미친 듯 이어진 이 말들로 중요한 모든 이야기는 다 마친 것 같아 보였다. 몇 초 동안 우리는 침묵했다. 심장이 벽걸이 시계보다 더 큰 소리로 쿵쾅거렸고, 대략 다섯 배쯤 더 빨리 뛰는 것 같았다

"나는……" 깊이 숨을 들이마신 다음 그가 말했다. "우리 좀 만날까요? 부탁입니다."

"아니요, 그러면 상황이 더 힘들어져요. 모든 것이 저절로 잦아들 때까지 그냥 기다리기로 해요." 나는 쏟아내듯 말했다. 아뿔싸! '모든 것'이 무엇이냐고 묻지만은 말아주세요.

또다시 잠시 침묵. "그런데 저절로 잦아들지 않으면요?"

"굶기면, 없어져요." 내가 말했다. "영양분을 주지 않으면……."

"그건 말이 안 돼요." 그가 말했다. 불안정한 울림이 사라진 목소리였다. "그 반대죠. 프로젝션(projection, 투영, 투사라고도 하며 심리학적으로는 어떤 상황이나 자극에 대한 해석, 판단, 표현 따위에 심리 상태나 성격이 반영되는 것을 뜻한다 — 옮긴이)이라는 말 들어본 적 없어요? 우리가 서로를 더 잘 알게 되면, 아주 빨리 깨달을 수 있는 기회가 주어지는 거죠. 이…… 감정이…… 현실을 견뎌낼 수 있을지, 또 이……."

그의 논거엔 어딘가 사람을 매료시키는 데가 있었다. 그래서 나는 잠시나마 그의 말이 맞다고 인정하려고도 했다.

"한번 상상해봐요. 우리가 카페에 마주 앉아 있어요. 대낮에 알코올 기가 빠진 아주 맑은 정신으로 말이에요. 그리고 알게 되는 거죠, 우리 둘이 도무지 맞는 구석이 없다는 걸요." 그는 부드럽고 유혹적인 억양으로 말을 이었다. "나는 골프나 자동차에 관해 바보같이 중언부언 떠들 수도 있고, 당신은 당신 발가락 중 한 개가 휘었다는 이야기를 할 수도 있죠. 아니, 어쩌면 나에게 그 발가락을 보여줄지도 모르죠."

나는 그만 웃음을 터뜨리고 말았다. 1초 정도?

"오케이, 흰 발가락은 효과가 없겠네요. 지금은 내가 그걸 좋아하게 되었으니까." 마티아스가 말했다. "하지만 틀림없이 다른 것들이 있을 거예요. 우리가 싫…… 우리는 서로를 좀 더 알아야 할 필요가 있어요."

"뭘 얼마나요? 뭘 얼마나 더 알아야 하는 거죠?" 내가 물었다.

"그건 차츰 알게 되겠지요."

"아뇨! 그건 너무…… 위험해요, 나에게는요. 나는 많은 걸, 아주 많은 걸 잃게 될 거예요." '그러고 보니 독일어 샹송처럼 들리네.' "이제 그만 끊을게요." 하지만 실제로 나는 손가락 하나 까딱하지 못한 채 숨을 죽이고 그의 대답을 기다리고 있었다.

잠시 뜸을 들인 다음 그가 말했다. "내일 오후까지 시내에 있을 겁니다. 생각이 달라지면 전화주세요. 휴대폰 꼭 붙잡고 있을 테니까."

그리고 그는 나와 반대로 통화 종료 버튼을 누를 힘이 있었다.

한 번도 실수한 적이 없는 사람은
한 번도 새로운 것을 시도해본 적이 없는 사람이다.
_알베르트 아인슈타인

"피곤해 보이는구나, 아가." 펠릭스의 어머니가 내 볼을 살짝 꼬집으며 말했다. "비타민은 충분히 섭취하고 있니? 엽산이 임신부한테 그렇게 중요하댄다. 최근에 본 의학 잡지에 그렇게 나와 있더라, 얘."

"어머니, 저 임신 아니에요." 내가 말했다.

"내가 언제 너 임신했다 그러디?" 그녀가 눈을 찡긋해 보이며 말했다. 무슨 이유에서인지 그녀는 몇 달 전부터 내가 임신 사실을 숨기고 있다고 생각하고 있다. 정확히 말하자면 11개월 전부터였다. 아마도 그녀는 내가 코끼리라도 되는 줄 생각하는 모양이다.(코끼리는 임신 기간이 가장 긴 동물로 보통 22개월 정도로 알려져 있다 — 옮긴이) "옛날에 나도 7개월째가 되어서야 우리 시어머니께 희소식을 알려드렸단다."

나는 한숨을 내쉬었다. "저희가 아이를 갖게 된다면 그 소식을 세일 먼저 듣게 되실 분은 틀림없이 어머니일 거예요."

끔찍했던 스물네 시간을 뒤로한 다음이었다. 그 시간 내내 나는 마티아스를 생각하지 않으려 온갖 노력을 다했다. 하지만 실상은 그 외의 다른 생각은 전혀 하지 못했다는 것. 간단히 말하자면 이랬다. 나의 이성적 태도에 마치 병이 든 것 같은 느낌이었다. 그리고 나 역시도 틀림없이 그렇게 병든 사람 같아 보였을 것이다. 덧붙여 나의 인지능력도 강력한 제한을 받았다는 것이다. 그 빌어먹을 나비들과 고약한 롤러코스터와 그 귀찮은 바이올린 때문이었다. (바이올린에 관해 언급했던가? 바이올린들이 '사랑은 결코 죽지 않아*Love never dies*'와 '아직도 당신을 사랑해요*I'm still in love with you*'를 쉬지 않고 연주해 댔던 것이다.) 펠릭스가 나를 바라보거나 무슨 말인가 물어올 때, 혹은 나를 만질 때마다 번번이 나는 죄책감에 스스로 목을 조르고 싶은 심정이 들었다. 그리고 동시에 지금 내 마음속에서 무슨 일이 벌어지고 있는지 그에게 확 말해버릴까, 하는 삐딱한 욕구도 억눌러야 했다. 그건 미친 짓이었다. 하지만 에바 언니의 말처럼 결국 나를 가장 잘 이해할 수 있는 사람은 펠릭스였다. 내가 이 세상에서 가장 사랑하는 사람이자, 가장 상처 주기 싫은 사람.

인생에서 가장 힘든 것은 가슴과 머리가 함께 협력하도록 하는 것이다. _우디 앨런

린다의 생일 파티엔 그저 몸만 가 있었다. 오후의 일들 중 기억에 남아 있는 유일한 것은 린다가 자기가 다니는 바이오단자(그리스어 'bio'와 스페인어 'danza'의 합성어로 '생명의 춤'이라는 의미. 자기 계발 프로그램 중의 하나 — 옮긴이) 강좌에서 데려온 여인이었다. 파티의 재미를 더하기 위해 우리들의 손금을 봐주도록 초빙한 여인이었다. 그녀는 내 생명선에 점이 있는 걸로 보아 유감스럽게도 내가 젊어서 죽게 될 것이라고 주장했다. 그리고 지금 나는 그 예언이 그때 당장 일어났었더라면 좋았을 거라는 생각이 들었다. 그렇게 되었다면 적어도 펠릭스의 부모님과 함께하는 이 점심 식사는 피할 수 있었을 테니까.

손자바라기 증후군만 빼면 그래도 펠릭스의 어머니는 어느 정도 참을 만했다. 그러나 펠릭스의 아버지 헤르만은 플로리안과 똑같이 감당하기 힘들었다. 그는 둘째 아들의 백발 머리 버전 내지 유머 부재, 고집스러운 노인 버전이라 할 만큼 안하무인에 자만심으로 꽉 차 있는 데다 과시욕이 강한 사람이었다. 이런 이유에서 그는 가문의 문장(紋章)을 제작하려 했다. 슬레이트 석판에 새겨 벽난로 위에 걸어두려는 것이었다.

문장을 둘러싼 다양한 안(案)들이 종횡무진 식탁 위를 오갔다. "내가 바라는 건 우리 가족 한 사람, 한 사람이 하나씩 심벌을 가졌으면 하는 거야." 방금 시아버지가 한 말이다. "물론, 가능한 한 시대를 초월한 심벌이어야 해. 그러니까 테니스 라켓 같은 그런 건 안 된다는 말이야. 예를 들어 펠릭스는 단도를 들고 있어도 될 것 같아, 메스에 대한 상징으로 말이야."

"저는 내과의예요, 아버지. 외과 의사가 아니라." 펠릭스가 말했다. 그 말에 그의 아버지는 땅이 꺼질 듯 한숨을 쉬었다. 펠릭스의 의과 전공은 그에게 어마어마한 실망을 안겨주었다. 그는 한때 아들들이 그가 일구어낸 중개업과 부동산 제국을 나란히 다스리는 날이 오길 꿈꿨다 '로이에하겐과 아들들'의 꿈. 하지만 이젠 플로리안 혼자

서 언젠가는 그 제국을 넘겨받을 수밖에 없는 상황이었다. 그리고 벌써 오래전부터 모두가 분명히, 특히 그의 아버지가 가장 확실하게 인식하고 있는 바, 로이엔하겐 씨의 작은아들의 재능은 돈을 버는 것이 아니라 돈을 지출하는 것에 훨씬 빛을 발한다는 것이었다.

"문장에 들어갈 동물에 관한 건 말이야, 사자는 당연히 들어가야겠지. 라이온이라는 이름에 벌써 로이엔하겐의 이름 글자가 포함되어 있으니까. 그렇긴 해도, 다른 의견들이 있다면 고맙게 알고 받아들이겠다. 자!" 그는 독려하는 눈길로 좌중을 둘러보았다.

"나는 유니콘도 로맨틱할 거 같아요, 여보." 시어머니 루이제가 말했다.

"거참, 말도 안 되는 소리." 시아버지가 무뚝뚝하게 말했다. "새아가? 너한테선 쓸 만한 의견이 나올 것 같구나. 네가 로이엔하겐이라는 이름을 전혀 받아들이고 싶지 않다 하더라도." 그는 이 말로 항상 내 속을 긁어놓았다. 어디 내 속뿐인가, 기혼 여성이 혼전 성을 유지해도 된다고 허용하는 현행법에 대해서도 마찬가지. "우리 로이엔하겐 성씨엔 어떤 동물이 어울릴 것 같으냐?"

그런 건 묻지 않으시는 게 나았을 텐데. 나는 입술을 깨물었다. '못된 원숭이, 고집 센 숫염소, 허세 작렬 수탉, 자만심 센 공작, 미친 듯 날뛰는 가물치, 멍청한 황소, 비열한 벌레, 미련한…….' "해마!" 어이없게도 해마가 튀어나오고 말았다.

헤르만이 눈알을 굴렸다. "내 이럴 줄 알았다. 이런 일은 여자들한테 물어선 안 될 일이야."

나 역시도 눈알을 굴렸지만 말대꾸는 꾹 눌러두었다. 적어도 지금 상태로는 내가 펠릭스네 일당 중 절반인 두 명의 남자와 의견을 교환하면 이길 승산이 없을 것이 분명했다. 대신에 나는 두 채널에서 끊임없이 방출하는 음향 효과를 계속 참고 견뎠다. 시아버지와 플로리안의 화제가 가문의 문장에서 벗어나 시급하게 수리해야 할 페마른 섬의 별장으로 넘어가자, 시어머니는 그녀의 테니스 친구들과 그 친구들 친척들의 병증에 관한 이야기로 화제를 바꾸었다. 분명 다음 순서는 확실하게 원격 진단을 해달라는 요구로 이어질 것이었다.

고약한 것은, 다년간의 트레이닝에도 불구하고 나라는 인간은 시간이 되어 집에 돌아가도 될 때까지 귀에 들리는 것을 그냥 한쪽 귀로 듣고 한쪽 귀로 흘리거나, 가끔씩 졸거나, 딴생각 같은 걸 할 줄 모른다는 것이다. 언제부터인가 나는 화를 돋우거나 한심한 말들이 나올 때마다 엉덩이 근육을 꽉 조이면서 이 시간을 최소한 근육 수축 연습에라도 이용하려는 습관이 생겼다. 일요일마다 얼마나 이 트레이닝을 열심히 했는지 나는 내 엉덩이 근육으로 호두를 깨라고 해도 할 수 있을 것이다.

그러나 오늘은 그것조차도 할 여력이 없었다.

"정형외과의가 그러는데, 연골이 다 닳았다고 하더래. 그러면서 고통스럽게 살고 싶지 않으면 수술밖에는 도움이 안 될 거라고 했다더구나. 그래서 내가 이렇게 말했지. 세상에, 로지, 그런 줄 알았으면 내가 미리 우리 아들한테 물어보는 건데." 시어머니가 펠릭스 팔에 손을 얹었다. "네가 직접 전화해보는 게 제일 나을 것 같아. 내가 무슨 의학적인 전문용어를 이해할 수 있는 사람도 아니고, 또 그걸 잘 설명해줄 수도 없지 않니. 여보, 거기 전화기 좀 줘보세요. 펠릭스가 로지한테 전화해서 무릎에 관해 이야기를 좀 할 거예요. 고마워요. 로지 번호는 단축번호 9번에 저장해뒀어. '저는 닥터 펠릭스 로이엔하겐입니다'라고 말하렴. 그럼 로지가 곧바로 알아들을 거다."

펠릭스가 당황한 표정으로 전화기를 응시하며 말했다. "하지만 전 정형외과의도 아니고, 진찰을 하지 않고는 뭐라 말씀드릴 수가……."

"그래도 우리 문외한들보다야 네가 훨씬 더 잘 평가할 수 있지 않니." 그의 어머니가 계속 고집을 부렸다. "이제 점잔 좀 그만 빼고, 이 어미가 좋아할 일 좀 해주면 어디가 덧나니?"

이 순간, 왜 내 머릿속에서 '클릭!' 소리가 났는지 나도 모르겠다. 두 번째 문장의 중간 부분을 말하고 있을 때에 비로소 내가 이야기를 하고 있다는 걸 깨달았으니까. "세상엔 알지도 못하는 부인네의 빌어먹을 연골보다 더 중요한 일들도 많이 있어요. 두 분이 펠릭스와 저의 인생을 그런 일에 쓰시려 하다니 믿을 수가 없네요! 게다가 우리는 휴가도 항상 두 분의 별장에서 보내야 하죠. 별장을 수리하려면 착돌이 한 명이 필요하니까요! 그거 아니어도 사는 게 오라지게 복잡하거든요? 그리고 문장에 넣을 동물이나 단도 따위로 골머리를 앓는 거, 좋아할 사람 아무도 없어요. 적어도 그걸 누군가에게 보여주려고……." 나는 갑자기 입을 다물어버렸다.

'내가 지금 대체 여기서 뭘 하고 있는 거지?' 펠릭스를 포함해 온 가족이 마치 내가 정신줄을 놓기라도 한 것처럼 나를 바라보고 있었다.

어쩌면 그럴지도 모르겠다. 하지만 기분이 영 나쁜 건 아니었다. 대체 누가 인간은 항상 이성적으로만 행동해야 한다고 했나? 기한 내에 따박따박 공과금 내고, 예금액보다 초과 지출도 하지 않고, 매일 저녁 성실하게 화장을 지우는 것이면 충분하지 않나? 나는 부리나케 자리에서 일어섰다. 식탁 위의 사기그릇들이 서로 부딪혀 쨍그랑거렸다.

"신선한 공기 좀 쐬어야겠어요." 나는 문을 향해 뛰어갔다. "죄송해요."

가족의 품보다
더 살기 좋은 곳이 있을까?
_장 프랑수아 마르몽텔

"옛날 같았으면 여자들 입에서 저런 욕설이 나온다는 건 생각도 할 수 없었다." 펠릭스의 아버지가 말했다. "이게 다 알리스 슈바르처(Alice Schwarzer, 독일 여성해방운동가이자 저널리스트. 페미니즘 성향이 강한 잡지 『엠마』의 발행인이다 — 옮긴이) 덕분이지."

"몸 상태가 안 좋은 게 틀림없어요. 말이 나온 김에 말인데, 나도 임신했을 때, 항상 저렇게 발끈 화가 오르곤 했다니까요." 펠릭스의 어머니가 말하는 소리가 들렸다.

펠릭스의 대답은 기다리지 않았다. 나는 옷걸이에서 코트와 장갑을 낚아챈 다음 펠릭스를 기다리려고 문을 열고 밖으로 나왔다.

그러나 펠릭스는 나오지 않았다.

나는 5분 동안 보도블록 위를 이리저리 오갔다. 눈길은 현관문에 고정한 채. 그러나 문은 꿈쩍도 하지 않았다. 좋다, 어쩌면 5분이 아니었을 수도 있다. 아마 3분밖에 안 되었을 수도 있다. 아님 2분 30초이거나. 하지만 근본적으로는 1분도 이미 너무 긴 시간이었다. 그리고 나는 결론에 이르렀다. 용감무쌍하게 로이엔하겐 집안의 일요 회식을 무너뜨린 판에, 그보다 더 용감한 일을 못 할 이유도 없지 않은가. 전철역은 여기서 5분도 안 되는 곳에 있다. 전철역으로 가면서 나는 가방에서 휴대폰을 꺼내 들었다.

벨이 울리자마자 마티아스가 전화를 받았다.

나는 물었다. "기차가 언제 떠나나요?"

인생의 갈림길에는
이정표가 없다.
_찰리 채플린

"눈이 멀었어!" 내 바로 옆에서 누군가 절규하듯 소리쳤다. 웬 부랑자 한 명이 사방으로 뻗친 백발 머리에 코트 자락을 펄럭이며 역사를 가로질러 달려오고 있었다. "눈이 멀었다고! 모두들 명태 눈알이 박혀 있어. 제대로 볼 줄을 모르지! 당신들은 자기가 보고 싶은 것만 본다고!"

그가 스치듯 내 곁을 지나갔다. 숨결에 훅훅 뿜어져 나오는 술 냄새가 고스란히 느껴졌다. 나는 얼른 시선을 발아래로 떨어뜨렸다. 그는 신발을 질질 끌고 다니며 계속 외쳐댔다. "당신들은 당신들이 제정신이고 내가 돌았다고 생각하겠지. 하지만 실상은 완전히 정반대야. 미친 건 여기 있는 당신들이야!"

그 말에는 나도 반박할 수 없었다. 미친 눈으로 기차역을 뛰어다니며 사람들에게 소리를 지르는 건 아니지만, 나는 여기 스타벅스 커피숍 앞에 서서 내 마음속 나비들의 원인 제공자이자, 정확히 30분

뒤면 베를린으로 출발하는 기차에 몸을 실을 그 남자를 기다리고 있다. 미치지 않고서야 이럴 수 있겠는가.

마찬가지로 사람을 미치게 만든 건 기차가 모퉁이를 돌았다는 사실이었다. 그건 내가 달랑 12분 이내에 기차역까지 가야 한다는 것, 그리고 순수하게 이론적으로만 놓고 보자면 도저히 시간 안에 해낼 수 없다는 의미이기도 했다. 적어도 쾰른 운수업 협회의 운행표에 따르면 그랬지만, 이날 오후 실제로 그 불가능한 일이 이루어졌다. 그건 거의 마법과도 같은 일이었다. 운명은 분명 내가 마티아스와 만나는 데 찬성했다. 그 점만은 확실했다.

사실 나는 펠릭스에 대한 양심의 가책을 온전히 뿌리칠 수는 없었다. 그러나 정작 펠릭스는 내 감정이 분노로 변하진 않았을까 걱정했던 것 같다. 그런 생각이 든 근거는 그의 전화였다. 물론 이미 내가 기차역에 거의 다다른 후에야 걸려온 것이긴 했지만.

"당신 대체 어디 숨어 있는 거야? 당신 찾으러 정원을 샅샅이 뒤졌잖아." 걱정 어린 그의 목소리에 나는 잠시 당황했다. 그가 이 말을 하기 전까지는. "아직 후식이 남았어. 티라미수야. 당신이 좋아하는 거잖아."

이건 도무지 납득이 가지 않았다. "펠릭스, 당신, 로지 아줌마의 아픈 무릎을 생각하느라 그랬는지, 아니면 문장에 쓸 적당한 동물을 생각하느라 그랬는지 모르겠지만 아마 못 들었나 본데, 나 지금 당신 부모님네 부엌에서 진짜로 열폭하고 왔거든. 어머니의 티라미수 말이지, 그걸 먹는 대신, 그걸로 할 수 있는 일들이 한꺼번에 열 가지도 더 떠오르네." 그렇게 말한 다음 나는 그냥 종료 버튼을 눌러버렸다. 부당하고 비열한 행동이었다. 나는 헨리 8세 이후 가장 최악의 부인이 되었다. (헨리 8세가 여자가 아니라는 거, 나도 안다. 하지만 그렇게 쫀쫀하게 따지지는 말아주시길. 당신은 내가 무슨 생각에서 이렇게 말하는 건지 알고 있을 거라 믿는다.) 그러나 이제 와선 바꿀 수도 없었다.

내 심장이 그렇게 할 수 없었다.

기차역 역사로 올라가는 에스컬레이터는 정말로 날아가는 것처럼 보였고, 스타벅스를 향해 잰걸음으로 내딛는 질주는 올림픽에 나가도 손색이 없을 정도였다. 물론 머리 모양이 망가지지 않길 바라야 하긴 했지만.

그리고 지금 나는 여기에 서서 신경질적으로 머리를 묶고는 벨벳처럼 부드러운 눈을 찾아 두리번거리고 있다. 그 와중에 나는 어린아이들과 심박 조정기를 단 노인들 그리고 스타벅스 직원들이 놀라게 하지 않으려고, 비죽비죽 새어 나오는 웃음을 자제하느라 꽤나 애를 써야 했다. 하지만 이마저도 한계가 있었다. 계속해서 마티아스의 빛나는 눈이 머릿속에서 떠나질 않았던 것이다. 그에게서 얼마나 좋은 냄새가 났는지, 그가 얼마나 재미있게 이야기를 하는지, 그의 목소리가 얼마나 멋진지도.

그리고 그의 키스는 어떤 느낌일지에 대한 생각도.

나는 키스에 관한 한 언제나 좀 까다로운 편이었다. 나의 키스 통계(학문적으로 쓸 만한 통계는 아닐 거라는 거 인정한다. 자료가 너무 적으니까 말이다)에 나타난 남자들의 평균 점수는 특별히 좋은 편이 아니었다. 지금까지 살면서 (시촌 베르트람과의 키스를 뺀다면 열네 살 때 시작되어) 내가 격렬하게 키스를 나누었던 아홉 명의 남자 중에 한 명은 죽은 물고기처럼 키스했고, 여섯 명은 혀로 온갖 끔찍한 것들(이 쑤시기, 돌려 젓기, 날름거리기, 동굴 탐사하기 등등)을 시도했었다. 그리고 단 두 명만이(그중 한 명이 펠릭스였다) 제대로 잘했었다. 문제는 마티아스가 그 두 명 중 한 명과 겨룰 만한 실력이 되는가의 여부였다.

아니, 마티아스가 나와 키스하길 원하기는 할지, 그것도 문제였다.

그리고 도대체 지금 그가 어디에 있는지도.

나는 초조하게 역전 시계를 올려다보았다. 14시 34분. 24분 후면 그가 타고 갈 기차가 출발한다. 그의 말에 따르면 그가 묵고 있는 호텔은 중앙역에서 지하철로 한 정거장밖에 떨어지지 않은 곳에 있고, 그렇다면 그가 나보다 먼저 와 있어야 정상이었다. 생각이 바뀌었나?

갑자기 나는 신기록을 세우며 나를 이곳으로 데려다준 전철과 관련된 일들이 극도로 의심스럽게 여겨졌다. 일이 너무 단순하게 진행됐다. 운명은 일을 그렇게 처리하지 않는다. 적어도 나의 운명에선 말이다. 아마 운명이 원한 것은 내가 다시 정신을 차리고, 지금과 같은 경우에 얼마나 기다리면 자존심을 구기지 않을 수 있는지 잘 생각해보라는 것일지도 모른다.

몇 분이 흘렀다. 휴대폰 화면은 깜깜했고, 벨은 울리지 않았다. 대형 시계의 시곗바늘은 무자비하게 빠르게 돌아갔다. 아직 19분이 남았다. 이 시간이 지나면 그의 기차가 출발한다. 내 주변으로 지구별의 모든 눈 색깔들이 나타났다. 사냥꾼의 옷 같은 녹색부터 리놀륨 빛깔의 갈색 눈까지, 심지어 황야를 닮은 몇몇 노란 눈까지도(포스터에서) 볼 수 있었다. 다만 벨벳 천을 닮은 푸른 눈, 그 눈만이 오직 부재중이었다.

아직 16분이 남았다.

나는 어깨가 축 늘어졌다. 솔직히 말하자면 나는 마티아스가 여기에 나타나지 않는다 해도 절대로 그걸 나쁘게 생각할 수 있는 입장이 아니었다. 누가 여자 헨리8세와 상종하고 싶겠는가. 그것도 변덕이 엄청나게 심한 여자 헨리8세라면?

"눈이 멀었어." 어디선가 그 부랑자의 고함 소리가 들렸다. "당신들 모두 명태 눈알을 달고 다니느라 보지를 못해. 하지만 내 말해두지. 기다림에는 끝이 있는 법! 멸망의 날이 다가왔어."

이번에도 나는 그의 말에 반박할 수가 없었다. 나의 기다림에도 끝이 있었고, 세상의 멸망을 향해 가는 것같이 느껴졌기 때문이었다. 나는 마지막으로 기차역의 대형 시계를 본 다음 휴대폰으로 눈길을 돌렸다. 부재중 전화 표시도, 메시지 도착 표시도 없었다. 결국 나는 마지막 남은 자존심을 긁어모은 다음 천천히 움직이기 시작했다. 몇 분 사이에 한 30년은 더 늙어버린 것 같은 느낌이 들었다.

승강장으로 내려가는 에스컬레이터는 작동되지 않았고, 저렴해 보이는 엘리베이터는 땀 냄새를 푹푹 풍기는 뚱뚱한 털보 남자가 점령하고 있었다. 천장에 달린 안내판은 다음 기차가 다소 연착될 예정임을 알리고 있었고, 뒤에선 그 부랑자가 계속해서 세상의 종말을 알리고 있었다.

그러니까, 모든 것이 여느 때나 다름없었다.

내 뱃속에선 거대한 나비의 죽음이 시작되었다. 한 마리, 한 마리의 나비들이 차례차례 날갯짓을 멈추었다. 나비들은 짧은 생을 살다 갔다. 그러나 어쩌면 그 편이 더 나을 것이다. 어떻게 보아도 그게 더 이성적이니까. 마찬가지로 훨씬…… 더 어른다울 테니까.

"카티!"

나는 어리둥절해하며 방금 기차가 떠난 건너편 승강장을 바라보았다. 그 목소리는 남자들로 이루어진 일군의 가죽 바지 부대에서 들려왔다. 가죽 바지 남자들은 병맥주를 한 병씩 들고, '섹스의 신, 올림포스를 떠나다'라는 문구가 박힌 티셔츠를 입고 있었다.(사실 마지막 문구는 멀리 있어서 정확히 알아볼 수 없지만, 안 봐도 뻔하다. 별 의미 없는 미혼 딱지 떼기에서 남자들은 항상 그런 문구가 박힌 티셔츠를 입으니까.)

전적으로 자신을 믿는 사람은 타인을 능가할 것이다. _중국 격언

"카티! 기다려요!" 가죽 바지들 중 하나가 어떻게 내 이름을 알았는지, 그리고 갑자기 내 속에서 나비 몇 마리가 되살아나 날갯짓을 시작하는 건 왜인지 의아해하는데, 벌써 그가 눈에 들어왔다. 마티아스였다. 그가 자칭 섹스의 신들 사이에서 모습을 드러내는가 싶었는데, 예비 신랑의 팔꿈치에 인정사정없이 명치끝을 맞고는 내 시야에서 사라졌다. 그 후 몇 초도 안 되어 내 쪽 승강장으로 통하는 에스컬레이터로 뛰어 내려가는 그의 모습이 보였다. 나비들이 그랬듯 바이올린들도 다시 살아났고, 게다가 이번엔 'Oh what a man'을 연주하기 시작했다. 그런 다음 숨이 턱까지 차오른 그가 내 앞에 서 있었다. 벨벳 같은 푸른 눈, 웃음기를 머금은 눈가의 주름과 함께. 내가 꿈꾸었던 딱 그대로였다. 아니, 더 좋았다.

그가 미소를 지었다. 마치 지금껏 나처럼 아름다운 존재는 한 번도 보지 못했다는 듯이.

이 순간 궁금한 게 대략 천 가지는 되는 것 같았다. 이를테면 왜 이제야 온 건지, 전화는 어쩌다 못 한 건지, 내가 여기 있는 건 어떻게 발견한 건지. 하지만 단 한 마디도 나오지 않았다.

대신 그를 그저 가만히 바라보는 것밖에 할 수 없었다. 그가 역 승강장 가장자리에서 나를 살짝 끌어당긴 다음 이렇게 물을 때까지.

"어떻게 마음을 바꾼 거죠?"

'그냥 더 이상 견딜 수가 없었어요. 달리 어떻게 할 수가 없더라고요. 내 내면 깊은 곳의 나란 사람은 양심 없고 정숙지 못한 막돼먹은 여자인가 봐요. 당신이 미치게 멋진 눈을 가졌기 때문이기도 하고요…….'

"나도 잘 모르겠어요." 나는 목소리를 조절하기 위해 애를 써야 했다. "나, 난…… 이런 일을 경험해본 적이 없어서요. 그리고 나, 너무, 너무…… 당황스러워요."

"그건 당신만 그런 게 아니에요."

나는 정신을 집중하려 애썼다. "기차는 어쩌고요?"

그가 내 말 중간에 끼어들었다. "그 젠장맞을 기차는 잊어요. 미쳤다는 게 뭔지 알아요?"

'그럼요, 알다마다요.'

"우리 누나는 항상 결혼한 남자들과 사랑에 빠지죠. 그러면 얼마 뒤 우리는 누나의 찢어진 마음과 삶을 다시 이어 붙여줘야 하고요. 그럴 때마다 나는 매번 누나에게 말하죠. 누나가 그런 남자들과 사랑에 빠지니 얼마나 미련한 사람이냐고요. 그렇게 하면 문제만 생긴다는 걸 분명히 알고 있는데도 말이죠."

"당신을 장롱에 가두었던 누나 말이에요? 아니면 그 뉴욕에 산다는 누나요?"

"장롱 누나요. 하지만 그런 건 상관없어요. 내가 말하려는 건……" 그는 숨을 깊이 들이마셨다. 그리고 진지한 눈길로 나를 바라보았다. "이젠 알겠다는 거예요. 누나가 그렇게밖에 할 수 없었다는 걸요."

그가 몸을 숙여 내 입술에 키스했다.

말했다시피 나는 키스에 관한 한 항상 민감했다. 장소 또한 정말이지 어울리지 않았다. 쾰른의 전철역은 제아무리 눈 씻고 찾아보아도 로맨틱한 구석이 아무것도 없다. 그러나 지금 이곳에선, 모든 것이 정상으로만 느껴졌다. 잠시나마 카오스에 빠졌던 나의 세계가 다시 정상으로 돌아온 듯했다.

"젠장." 그 순간이 지나가자 내가 속삭이며 말했다.

마티아스가 웃으며 나의 머릿결을 쓰다듬었다. "그래요, 나도 그래요. 젠장, 내가 사랑에 빠졌네요."

우리는 한 번 더 키스를 했고, 나의 수천 마리 나비들이 혼신을 다해 날갯짓을 했다. 그러는 동안 나는 양심의 가책이 거대한 검은 모자처럼 나를 뒤덮기를 기다렸지만, 무슨 이유에서인지 그런 일은 일어나지 않았다. 경이로운 느낌. 경이로울 정도로 살아 있다는 느낌이 들었다. 경이로울 정도로 비이성적이었고, 경이로울 정도로 당혹스러웠다.

"눈들이 멀었다!" 그때였다. 다시 그 설교하던 부랑자가 나타났다. 그는 곧장 우리가 서 있는 쪽을 향해 비틀거리며 다가왔다. 마티아스가 잠시 그가 지나갈 수 있도록 나를 놓았다. "당신들은 세상의 진짜 모습을 볼 줄 몰라." 나는 남자의 숨결에서 배어 나오는 술 냄새에 기절할 것 같았고, 그것을 피하려면 거의 승강장 맨 끝 가장자리까지 가야 했지만, 달리 어떻게 할 수 없어 그를 향해 어정쩡한 미소를 띠었다. 세상의 진짜 모습이든 아니든, 지금 바로 이 순간 내게는 세상이 너무도 아름답게 느껴졌기 때문이다.

하지만 설교자는 나와 생각이 달랐던 것 같다. "세상은 몰락의 길로 가고 있어." 역으로 미끄러져 들어오는 기차 소음을 뚫고 그가 소리쳤다. "그리고 당신들도 모두 함께." 그 말과 동시에 팔다리를 쫙 펼치다 발이 꼬여 비트적거리던 그는 균형을 잡으려고 두 팔을 허우적거렸지만, 결국 허망하게 넘어지면서 순간적으로 내 팔을 움켜잡았다.

마티아스가 내 이름을 외치는 소리가 들렸지만, 이미 우리는 기차 선로 위로 곤두박질치고 있었다.

이게 바로 일생이 파노라마처럼 다채로운 그림을 그리며 지나간다는, 그런 상황 중의 하나로구나, 라는 생각이 머릿속을 스치고 갔다. 하지만 나의 경우는 그러지 않았다. 그러기엔 시간이 없었다. 내가 마지막으로 본 것은 내 얼굴 바로 앞에서 빛나던 지하철의 헤드라이트였다.

놀라움은 언제나
예기치 않은 곳에서 일어나는 법이다.
_빌헬름 부슈

말했다시피 나의 일생은 그렇게 내 곁을 지나가지 않았다. 다채로운 파노라마 같은 건 눈곱만큼도 없었다. 터널과, 광선을 발하는 빛과 천상의 음악은 무슨! 최후의 현명한 생각도 언감생심이었다.

그냥 깜깜해졌을 뿐이었다. 그리고 내가 생각했던 단 한 가지는, '나는 아직 죽고 싶지 않아!'였다.

거참…….

아픈 데는 전혀 없었다. 그렇다면 거의 99.99% 내가 죽은 게 확실하다는 뜻이었다. 그런데 어딘가 모르게 완전히 새로운 느낌이 들었다. 별난 일이었다.

나는 눈을 뜰 용기가 나지 않았다. 숨 쉴 용기도 나지 않았다.

"그래요, 전망이 이 정도는 돼야지, 안 그러우?" 웬 늙은 부인의 목소리가 들려왔다. "그래야 위로 올라온 보람이 있는 거지, 그렇지 않우?"

오케이. 그러니까 나는 하늘나라에 있는 것이고, 하느님은 발음이 새는 여성이다. 멀찍이서 들려오는 목소리가 어딘지 아는 목소리 같기도 하다. 그런데 사람들은 아마 죽은 후에도 숨을 쉬나 보다. 나는 조심스럽게 한쪽 눈을 떴다. 하늘은 눈이 시리도록 하얬다. 그리고 멋없는 홀딩 도어에 거친 회벽에 텅 앤 그루브 형태의 MDF 바닥재가 깔려 있었다.

"전에 저기 아래 2층에 한 번 이셨다우, 하체랑 관련한 일루다. 그런데 여기 위가 훨씬 더 마음에 드누만요." 그 여자 목소리가 말했다. "내 말은 대퇴 경부 골절로다 누워 있지만 않다면 말이에요. 아, 저기 좀 봐요, 이제 깨어났나 보구랴."

깨다뿐인가. 뜻밖에 몸을 움찔거리기도 했다. 나는 죽은 게 아니었다. 나는 병원 침대에 누워 있었고, 하느님은 여성이 아니라…….

"그라핀스키 부인!" 나는 비명을 지르고 말았다. 오, 하느님 맙소사. 그녀는 몇 년 전 내가 맹장염으로 병원에 입원했을 때 나와 한 병실을 썼던 그 친절했던 노부인, 바로 그분이었다. 그녀는 그때와 똑같이 여전히 흐트러진 백발의 곱슬머리였고, 입안에 느슨하게 자리 잡은 틀니도 여전해 보였다. 아마도 또 다리가 부러진 것 모양이다, 안쓰럽게도.

"바론스키예요." 그녀가 이름을 정정하고는 미소를 지었다. "아주 깊이 잠들어쉈나 봐요, 아가쉬. 언니가 아까부터 걱정하고 이셔서요. 하지만 내가 언니한테 얘기해줬다우. 잠이 부족해서 보충해야 해서 그런 거라구. 이 늙은이가 밤에 끔찍한 소음을 내서 간호사가 아가

쉬에게 그 뭐야, 부드러운 분홍색 약을 줬는데, 그 약을 먹으면 하루 죙일도 잘 수 있다고 말이유."

그때 당시와 똑같다! 마치 어제 있었던 일처럼 똑똑하게 기억이 났다. 바론스키 부인은 지독하게 큰 소리로 코를 골았을 뿐 아니라 야생 나귀처럼 방귀를 뀌어댔었다. 나는 창문 쪽으로 돌아누웠다. 에바 언니가 창가에 서서 나에게 눈짓을 했다.

두 가지가 동시에 눈길을 끌었다. 첫째, 언니가 다시 앞머리를 뱅 스타일로 잘랐다는 것, 둘째, 병실이 내가 바론스키 부인과 함께 입원해 있던 때와 똑같다는 것. 창문 왼쪽으로 비스듬히 늘어진 고장 난 블라인드까지 한 치도 다를 바 없이 똑같았다. 돌아버리겠다.

"오, 나 때문에 많이 놀라지 않았기를 바라." 나는 언니에게 말했다. "아쉽게도 추락한 그 순간부턴 아무것도 기억이 나질 않아. 세상에! 이건 거의 기적이다, 그치? 나는 정말이지 내가 죽었…… 그 남자는 어떻게 됐어? 그 사람도 다치지 않은 거지?"

"내 동생, 남자 꿈을 꿨나 보네? 그 남자한테 결혼식에 같이 가자고 물어는 봤어? 안 그러면 알다시피 너, 사촌 베르트람의 옆자리에 앉아야 하잖아." 언니는 뱅 헤어를 한 얼굴에 즐거운 표정으로 나를 보며 비죽 웃었다. 그건 그렇다 치고 언니는 심하게 얼굴이 좋았다. 밤을 새운 흔적은 찾아볼 수 없었고, 자칭 '어머니 요양 사업(경제적으로 취약한 어머니들이 요양 휴가를 다녀올 수 있도록 돕는 기관 — 옮긴이)의 관리 대상'이라던 깊은 이마 주름 역시 더 이상 찾아볼 수 없었다. 언니가 혹시, 아니 그럴 리는 없을 텐데…….

"언니 보톡스 했구나! 이해가 안 가네." 내가 말했다. "애꿎은 머리카락만 상한다고 다시는 브리지는 안 한다더니? 그리고 결혼식은 또 무슨 얘기야?"

언니가 당혹스러운 눈길로 나를 보았다. "얘, 네가 받아 먹은 그 약, 아무래도 너무 셌나 보다."

"언니 어떻게 나한테……." 말을 하다 말고 나는 입을 다물었다. 침대 옆 의자 등받이에 걸린 핸드백이 재작년에 소매치기당했던 가방과 똑같아 보였던 것이다.

언니가 침상 위로 풀쩍 올라앉더니 내 손을 쓰다듬으며 말했다. "걱정 마, 베르트람 이야기는 그냥 농담이었어. 우리, 걔는 로베르트의 직장 동료들과 맺어주자. 그리고 넌…… 너 지금 뭐 하는 거니?"

나는 이불을 젖힌 다음 잠옷(꽃무늬가 있는 플란넬 잠옷이었다. 벌써 몇 년 전에 헌 옷 재활용함에 버렸다고 생각했는데, 하필 펠릭스가 이걸 옷 무더기에서 파내어 병원으로 가져왔다니, 납득이 안 갔다) 소매를 걷어붙이고 팔뚝을 살펴보기 시작했다. 그런 사고를 겪고도 찰과상 하나 없이 살아났다는 건 불가능한 일이었다. 꽤 깊이 낙상했었고, 바닥이 부드러웠던 것도 아니었다. 그리고 전철이 나를 치지 않았다 하더라도 (불쌍한 전철 기사, 틀림없이 충격으로 고통스러워하고 있을 거다!) 최소한 여기저기 퍼런 멍 자국이라도 있어야 했다. 하지만 내 팔뚝은 전혀 다친 데가 없었다. 나는 윗도리를 걷어 올리고서야 비로소 배에 들러붙은 붕대를 발견할 수 있었다.

"여기 이건 뭐지?"라고 물으며 나는 조심스럽게 반창고 위를 눌러보았다. 통증이 약간 느껴졌다. 그럼 그렇지, 내장 손상이었어. 어쩌면 비장 파열일지도 몰라. 아니면 간 손상이든가.

"카티, 너 좀 걱정된다." 언니가 말했다. "계속 그렇게 이상하게 굴면, 간호사 불러서 너한테 대체 무슨 약을 준 건지 물어볼 거다. 간호사가 병원에서 사탕 수면제처럼 환각성 부작용이 있는 수면제를 나눠줬을 리도 없고……. 수술한 지 사흘밖에 안 지났잖아."

"정확히 무슨 수술을 해야 했던 거지?" 나는 상처를 덮은 붕대를 빤히 바라보며 물었다. 크기가 작은 게 심각해 보이진 않았다. 맹장 수술을 했던 당시와 아주 흡사했다. 붕대 위치도 그때랑 똑같은 곳에 자리 잡고 있었다.

최초로 콜럼버스를 발견한 아메리카인은 고약한 발견을 한 것이다.
_게오르크 리히텐베르크

그제야 나는 방금 언니가 했던 말이 어렴풋이 이해가 되었다. 사흘이라고? 수술한 지 벌써 사흘이나 지났다고?

갑자기 입안이 바짝바짝 타들어갔다.

"맹장을 떼어내는 것도 수술이라고 친다면." 언니가 눈알을 굴리며 말했다. "뭐, 비중격(鼻中隔) 수술 같은 거지."

나는 언니의 팔을 움켜잡았다. "언니, 나 얼마 동안 의식이 없었던 거야? 오늘이 며칠이지? 펠릭스는 어디 있어? 바론스키 부인 다리는 또 어떡하다 부러진 거고? 그리고 우리가 같은 방에 입원해 있는 건 또 왜지?" 점점 빨라지는 나의 질문 세례에 언니는 규칙적으로 어깨만 으쓱거릴 뿐이었다. "그 부랑자는 어떻게 됐어? 내 발톱에는 누가 이런 분홍 매니큐어를 칠해놓은 거야? 언니는 왜 또 그렇게 이상한 이야기를 하는 거고, 내 옛날 가방은 어디서 가져왔대? 그리고 언니, 귀고리는 왜 하고 있어?" 나는 숨을 크게 들이마셨다. "이젠 귀고리 안 하잖아. 헨리가 언니의 귓불을 잡아당…… 언니, 어딜 가려고?"

언니가 벌떡 일어서며 말했다. "이제 그만해! 얘가 정상이 아니네! 바론스키 부인, 카티에게 알약을 줬다던 그 간호사 이름이 어떻게 되죠?"

"자비네 간호사였다우. 엉덩이가 풍만한 간호사를 찾으면 돼요." 바론스키 부인이 쾌활하게 말했다. "얼마나 큰지 절대로 못 보고 지나칠 일은 없을 거유……. 이런, 자비네 간호사가 벌써 왔네요. 호랑이도 제 말 하면 온다더니, 양반은 못 되네."

"자, 자, 자, 껑충깡충 부인! 오늘 아침엔 또 어떤 뚱보가 요강을 가져올까, 계속 생각허구 계셨나 봐유?" 자비네 간호사가 순한 웃음을 지어 보였다. 그녀의 엉덩이는 진짜로 풍만했다. 뒤가 아니라 앞에서도 알아볼 수 있을 정도였다. 무슨 피아노라도 삼킨 것 같아 보였다. 그렇기 때문에 나는 더더욱 그녀를 잘 기억할 수 있었다. 그것도 그랬고, 또 그녀가 '껑충깡충(다리가 불편하거나 장애를 가진 사람을 토끼가 뛰는 모습에 빗댄 쾰른식 표현 — 옮긴이)'이라든가 '불평단지(매사 툴툴거리며 불평하는 사람을 일컫는 쾰른식 표현 — 옮긴이)', '찡찡이 자루(우는소리를 하는 어린아이를 뜻하는 쾰른식 표현 — 옮긴이)'와 같은 재미있는 표현을 사용했기 때문에도 그랬다. 당시엔 그런 말의 뜻도 몰랐던 때인데, 나는 그 표현들을 고스란히 기억하고 있었다. 그때도 자비네 간호사는 이미 이 병동에 있었다.

자비네 간호사는 그 넉넉한 눈길로 자신이 진정제를 주긴 했지만 인체에는 무해한 것이었고, 그것도 강도를 아주 낮춰 처방한 것이라고 숙련된 솜씨로 언니를 설득했다.

"그런데 그 아가쉬, 정말로 좀 정신이 없는 것 같긴 했어요." 바론스키 부인이 언니의 말을 보충해주었다. “오늘이 일요일인 줄도 모르지 뭐유? 오늘이 일요일 맞지요, 그렇쥬?”

한 번 내뱉은 말은
다시 주워 담을 수 없다.
_호라티우스

“좀 정신이 없다는 건 과소평가죠. 완전히 뒤죽박죽이라고요!” 언니가 소리쳤다. “아까는 우리 고양이 펠릭스에 관해서도 물어봤다니까요. 15년 전에 죽은 고양이인데 말이죠. 당신이 저 애한테 무슨 약을 줬는지 정확히 알아야겠어요. 그리고 담당 의사와 이야기해보려고요.”

“20년.” 내가 말했다.

“뭐?” 에바 언니가 물었다.

“고양이 말이야! 20년 전에 죽었잖아. 그런데 내가 말한 건 고양이가 아니었어. 난 진짜 펠릭스를 말한 거야.” 나는 떨리는 목소리로 말했다. “그이는 어디 있어?”

“보셨죠?” 언니는 이제 거의 울먹이고 있었다. “얘, 완전히 딴소리만 하고 있어요.” 언니가 내 손을 쓰다듬었다. “카티라인, 너 정말 모르겠니? 너 열다섯 살 생일날에 우리가 늙고 가엾은 펠릭스를 안락사시켜야 했잖아…….”

“당연히 알고 있지.” 나는 다시 베개에 몸을 기댔다. 한편으로는 배에 난 상처가 심하게 땅기며 아파왔고, 다른 한편으로는 지금 뭔가 결코 정상적이랄 수 없는 엄청난 일이 벌어지고 있다는 걸 어렴풋이나마 감지했기 때문이다. 다음 질문을 하기 위해 나는 두 눈을 감을 수밖에 없었다.

“오늘이 며칠이지?”

대답을 한 건 자비네 간호사였다. “4월 2일이어유.”

“일요일이라우.” 바론스키 부인이 한 마디 힘주어 거들었다. “아님, 월요일인가?”

나는 숨을 깊이 들이마신 다음, 속삭이듯 물었다.

“그럼, 연도는요?”

교훈을 얻을 수 있는 실수를
되도록 일찍 저지르는 건
인생의 큰 행운이다.
_윈스턴 처칠

그러니까 2006년이었다.

그해는 G&G 임풀스 컨설팅에서 지금 내가 일하는 그 자리를 위해 쾰른으로 이사한 해였다. 그해는 내가 이 전혀 쓸모도 없는 맹장을 떼어내고 펠릭스를 알게 된 해였다. 그해는 마를렌이 나의 베스트 프렌드가 된 해였다. 그해는 에바 언니가 뱅 헤어와 포니테일 머리를 한 해였다. 언니가 말했던 결혼식은 다름 아닌 **그 결혼식**이었다. 그리고 언니는 지금 그 결혼식을 앞두고 있는 것이었다.

이 말은 이를테면…… 다시 '출발 지점'에 서 있다는 뜻이었다. 아니, 자비네 간호사 식으로 말하자면 '이게 웬 귀신 씻나락 까먹는 소리래유, 나 좀 가만히 내비둬유'의 상태에 있는 것이었다.

그사이 밤이 되었고 내 옆에는 바론스키 부인이 코를 골며 누워 있었다. 밖에서 새어 들어오는 희미한 불빛 속에서 나는 천장을 올려다보며 생각을 가다듬어보았다. 그러나 생각은 속절없이 빙글빙글 돌며 꼬리에 꼬리만 물고 이어질 뿐이었다.

그리고 분 단위로 시간을 끈끈하게 연결해보았지만, 결국 일의 전말을 한 줄에 꿰는 건 단념했다.

아마도 그 지하철이 거의 5년쯤 되돌린 시점에 나를 다시 던져놓았나 보다, 라는 생각을 하고 또 하고, 거의 열 번쯤 했던 것 같다. 하지만 지하철이 사람들을 시간 여행 보내는 것과는 다른 일을 한다는 것, 그리고 어차피 이런 일은 전혀 있을 수도, 또 생각할 수도 없는 일이니까 내버려두더라도, 그야…… 그야 그런 일은 절대로 있을 수 없는 일이니까 그렇다손 치더라도, 에바 언니가 미용사에게 가서 브리지 염색을 했는지 역시도 명료하게 기억할 수 있는 것과는 거리가 멀었다.

그런데 다른 한편에서 보면, 증거들이 놀라우리만치 확실했다. 지금은 2006년이었다. 갓 수술한 맹장 수술 상처, 바론스키 부인의 코골이, 그리고 도둑맞은 내 핸드백이 함께 있었다. 그뿐만 아니라 핸드백 안에서 나는 내 옛날 휴대폰도 찾았다. 펠릭스의 번호는 없었다. 그때까지 그 번호는 전혀 마주칠 일이 없었던 것이다.

나도 모르게 신경질적으로 쿡쿡 웃음이 났다. 그 소리가 얼마나 컸던지, 바론스키 부인의 코골이 소리가 미심쩍을 정도로 낮아졌다. 나는 깜짝 놀라서 입을 틀어막았다. 어제 뒤죽박죽 질문하고 우기기까지 해서 언니를 엄청나게 겁먹게 한 것만 해도 충분했다. 다행히 어느 순간 나는 냉정을 되찾고, 잠자코 입을 다문 채, 헤매던 시선을 다잡아보려 노력했고, 그 덕분에 언니도 어느 정도 진정이 됐다. 그러지 않았다면 지금쯤 나는 정신병원에 누워 있었을 것이다. 정신분

열적 인격 장애 중에서도 특히 흥미로운 사례로 기록되겠지. '환자가 자신이 미래에서 왔으며, 현재 처한 모든 것이 진짜가 아니라고 믿음…….'

아, 그래! 이건 진짜일 리가 없다! 진짜처럼 보이고 진짜처럼 느껴지는 건 인정하지만 말이다. 바론스키 부인이 반대 방향으로 몸을 뒤척였다. 깜빡 속을 정도로 진짜 같다. 심지어 냄새까지 풍겨왔다. 진짜 냄새다, 유감스럽게도.

세상을 잠깐만 들여다봐도, 호러가 현실과 다름없음이 여실히 드러난다.
_앨프리드 히치콕

나는 긴가민가하여 팔을 한번 꼬집어보았다. 이런, 역시 아프다. 진짜 통증이다.

그럼 이건 진짜임에 틀림없다.

다른 한편에선 이렇게도 볼 수 있다. 즉 인간의 잠재의식은 터무니없는 것들을 할 수 있다고 우리는 알고 있다. 그러니까 어쩌면 나는 절대로 미친 것이 아니라, 2011년의 어디쯤에서 코마 상태로 병원에 누워 있고, 지금 이 모든 건 단지 내가 꾸는 꿈에 불과한 게 아닐까?

아니면 — 생각에 이렇다 할 논리가 없어서 아쉽긴 하지만 아무튼 — 나는 죽은 것이 맞고, 지금 이건 사후의 삶일 수도 있다. 단지 죽기 5년 전의 삶이 펼쳐지고 있다는 것이 이상하기 짝이 없긴 하다. 나는 내가 죽었다는 생각에 조금은 눈물을 보일 수밖에 없었다. 가여운 펠릭스! 이제 누가 그이에게 양 볼을 다 면도해야 한다고 상기시켜주고, 주름이 늘게 만드는 일상 속에서 그이를 웃게 만든다지? 친정 부모님과 언니 그리고 마를렌을 생각하자 쓰디쓴 눈물이 쏟아졌다. 내 장례식에서 빗속에 서 있는 그들의 모습을 상상하자(나의 장례식엔 틀림없이 비가 내렸을 것이다) 가슴이 찢어질 것만 같았다.

아마 마티아스도 내 장례식에 왔을 거다. 그리고 멀찍이 떨어진 나무 아래에 서 있었겠지……. 제일 불쌍한 사람은 바로 그이다! 나의 죽음을 목도한 것도 모자라 틀림없이 경찰서까지 가서 자세한 사고 경위를 설명해야 했을 테니. 맙소사! 그렇게 됐다면 펠릭스가 마티아스의 존재를 알았을 가능성이 높고, 그렇다면 족히 두 배는 더 찢어질 듯한 가슴을 부여안고 있을 것이다……. 다른 손님들은 이미 뿔뿔이 흩어진 지 오래인데, 창백한 얼굴에 면도도 안 한 얼굴로 무덤가에 서서 그의 아버지가 와서 그를 잡아끌 때까지 이렇게 묻겠지. "왜, 카티, 왜?"라고. 그의 아버지는 아마 이렇게 말하면서 그를 끌어냈을 거다. "얘야, 별장 지붕의 홈통 상태가 좋지 않더라. 네가 해결 좀 해야겠다. 플로리안이 시간이 없단다."

이럴 순 없어! 나는 죽고 싶지 않아.

더군다나 증거와 팩트들이 있는데, 이런 건 그렇게 간단히 무시할 수 있는 것들이 아니다. 그렇지 않은가? 명백한 사실들을 받아들이는 것이 바로 지능이라는 것이다. 나는 내가 나 자신의 과거 속에 존재하고 있다는 것이 얼마나 불가능한 일인지 계속 되뇌었지만, 이제 그것도 더는 고집할 수가 없었다. 아마도 그런 일이 가능'했었나' 보다. 그렇지 않고서야 내가 여기에 있을 리가 없지 않겠는가.

뭔가 이유가 있을 거다.

이 부분에 이르자 생각이 너무 복잡해진 나머지 머리가 아파왔다. 그래서 나는 최종적으로 역설적이기 그지없는 생각에 이르렀다.

만약에 내가 — 뇌종양 때문이든(누가 알랴) 아니면 내 의지와 상관없이 자비네 간호사가 준 분홍색 알약 때문이든 — 2011년까지의 삶을 통째로 상상한 것이라면, 어떻게 할 것인가? 펠릭스와 **그 결혼식**, 마티아스 그리고 다른 모든 것들이 전부 환각 속에서 본 것이었다면? 하지만 이 생각은 얼른 던져버렸다. 내 내면 깊은 곳에서 그 생각은 맞지 않다는 느낌이 왔고, 또 그 생각을 하자 뇌가 위험할 정도로 달아올랐기 때문이다.

"아니, 그게 아니라니까요!" 바론스키 부인이 잠꼬대를 하며 반대쪽으로 몸을 돌렸다. "들장미는 아니라니까." 부인이 진짜로 꽃을 생각한 건지, 아니면 꿈속에서 자신의 방귀를 우회적으로 표현할 예쁜 말을 찾은 건지 생각하는데, 들볶였던 내 뇌가 비상브레이크를 작동시켰는지 나는 곧장 깊은 잠에 빠져들었다. 적어도 내가 추측하기엔 그랬다. 그도 그럴 것이 다시 눈을 떴을 땐 날이 환했던 것이다.

이 모든 것이 단지 꿈에 불과할 거라는 희망이 다하기 전에 자비네 간호사가 환자용 변기를 들고 들어오며 경쾌하게 인사를 건넸다. "좋은 아침이어유, 크림치즈님 두 분."

좋은 아침이야, 친애하는 2006년. 너와 어떻게 시작해야 할지 모르겠네?

"어떠세유, 베데킨트 양? 머리는 다시 맑아지셨나유?"

나는 기분 나쁜 표정으로 자비네 간호사를 빤히 바라보았다. '그건 말해주지 않을 거예요. 만약 당신이 2011년도에 코마 상태로 누워 있는 내 잠재의식이 투사한 투영체가 아니라면요. 아니면 평행우주에 존재하는 당신 자신의 복제본이 아니라면, 아님……'

"아주 깨끗해요." 나는 얼버무리듯 말했다. 그리고 바론스키 부인이 환자용 변기 때문에 품위를 떨어뜨리는 과정을 참고 견디는 동안, 나는 나의 운명을 원망하고 있었다. 20년쯤 뒤로 갔다면 그건 분명 좀 견딜 만했을 거다. 그러면 나는 겨우 열다섯 살일 것이고, 무슨 일이 있어도 더 좋은 수능 성적을 거둘 수 있을 것이다. 악기도 하나 배우고, 견진성사 때 받은 돈을 주식 투자 혹은 문신 시술과 문신 제거 시술에 쏟아붓는 대신, 예를 들면 전동 칫솔 같은 것에 투자할 수도 있을 거다.

15년 전으로만 돌아갔어도 1년간의 오페어(Au-pair, 외국어를 배울 목적으로 외국 가정에 입주하여 약간의 보수를 받고 아이 돌보기 등의 가사 일을 돕는 일종의 어학연수 — 옮긴이)와 피아노 교습을 받기에 그다지 늦은 나이는 아니었을 것이다. 아니면 경영학 대신 인테리어 디자인을 공부하기에도.

단 10년만 뒤로 갔다 해도, 페이스북을 창안하거나, 사람들에게 9·11에 대해 경고하고, 질 좋은 아이크림도 사용했을 거다.

근데 고작 2006년이라니?

한편으로 보면, 여기 이러고 있는 것이 어느 모로 보나 죽은 것보다는 나을지도 모른다. 이 상황을 철저히 긍정적으로 볼 수도 있는 것이다. 지하철이, 혹은 나의 미쳐버린 잠재의식이, 아니면 아직 모습을 드러내지 않은 보다 고매한 어떤 힘이 결론적으로 내 팔뚝이 지금보다 몇 사이즈 더 작았던 시절로 나를 돌려보낸 것이다. 좋다, 직업상의 진로는 이미 확정된 터였다. 사실, 페이스북과 관련된 직장은 어차피 못 얻었을 것이다. 그리고 인테리어 디자이너는 배고픈

예술이다. 그리고 개인…….

"아얏!" 나는 맹장 수술 자리가 격하게 땅길 정도로 벌떡 침대에서 일어났다. 맞다! 오늘이 4월 3일. 4월 4일은 내가 내 차로 펠릭스의 자전거를 들이받아 납작하게 만든 날이었다. 저기 아래 병원 주차장에서 말이다. 그가 나를 집까지 데려다줬고, 바로 다음 날 내 안부를 궁금해하며 나에게 전화를 했었다. 그런 다음 함께 영화를 보러 갔고, 식사 초대를 했다. 오는 토요일이었다. 세 번의 토요일이 지난 후 그가 나에게 물었다. 내가 그의 집으로 이사하는 걸 생각해볼 수 있는지. 그로부터 1년 후 우리는 결혼했다. 모든 것이 최상이었다. 2011년도에 벨벳 천처럼 파란 눈의 그 남자가 뛰어들어 우리의 삶을 그리스 비극으로 바꿔놓은 그때까지는. 불쌍한 펠릭스! 정말이지 그에게는 그런 일을 당할 이유가 전혀 없었다.

이 모든 일은 결코 일어나지 않았을지도 모른다! 무엇보다도 내가 내일 저 주차장으로 가지 않는다면, 그래서 펠릭스의 자전거를 치고 지나가지 않는다면, 우리는 결코 만날 기회조차 없을 것이다. 그러면 그가 나를 집에 데려다주지도, 또 내 전화번호를 물어볼 일도, 우리가 결혼할 일 역시도 없을 것이다. 그러면 5년 뒤, 내가 그의 마음을 상심하게 하는 일은 아예 있을 수도 없을 거다.

일이 이렇게 간단한 것을. 펠릭스는 나 없이 행복한 삶을 영위할 것이고, 마티아스와의 일 때문에 고통받을 일도, 내 장례식장에서 울 일도 없을 것이다.

그리고 나는…… 나는 양심의 가책 없이 마티아스에게 올인할 수 있을 것이다.

어차피 지금 여기서 벌어지는 건 전부 진짜가 아니니까! 전부 다 코마 상태의 허무맹랑한 꿈일 뿐이니까. 나와 나의 뇌가 다시금 우리의 연애 사업에 좋은 반응(이것 또한 축하할 일이겠지)을 보이려면, 생각의 회전목마를 돌려야 한다. 그러나 다음 라운드의 중간쯤에서 나는 갑자기 구원과도 같은 멋진 생각을 하게 되었다. 만약 지금 이 모든 것이 전부 다 코마 상태에서 꾸는 허무맹랑한 꿈이라면, 내가 하고 싶은 대로 해도 되는 거 아닌가? 그렇잖은가.

"뭐, 웃을 일이라도 있대유?" 자비네 간호사가 바론스키 부인에게서 환자용 변기를 꺼내 들고 이마를 찡그린 채 나를 바라보았다.

"방금 전에 좀 근사한 생각을 했거든요." 나는 환하게 웃는 얼굴로 그녀를 바라보았다. 나는 이 종잡을 수 없는 평행 세계(아님 뭐라 이름 붙이든 간에)가 마음에 들기 시작했다.

인생에는 두 가지 비극이 있다.
하나는 가슴이 원하는 것을 얻지 못하는 것이고,
다른 하나는 그것을 얻는 것이다.
_버나드 쇼

나는 창밖을 더 잘 내다볼 수 있도록 4층 복도에 있는 라디에이터 위에 걸터앉았다. 여기선 주차장 전경이 한눈에 들어왔다. 내 차는 자전거 거치대 바로 앞에 주차되어 있었다. 약간 삐딱하게 세워져 있긴 했지만, 주차할 때 나는 심한 복통을 겪고 있었고, 그러니 이상할 것도 없었다.

더 이상 정확한 시간은 기억할 수 없지만, 내가 펠릭스와 처음으로 마주친 때는 대략 점심때쯤이었던 것 같다.

"글 읽을 줄 모르세요?"

나는 깜짝 놀라 몸을 움츠렸다. 웬 여자가 까칠하게 나를 내려다보고 있었다. "라디에이터 위에 앉으시면 안 됩니다."

"릴……." 나는 큰 소리로 말하려다 말고, 다행히 제때 손으로 입을 막았다. 릴리안이었다! 그이의 **전 여친** 말이다. 그녀가 내 코앞에 있었다. 그것도 의사 가운을 걸친 짜증 나게 멋진 모습으로! 마치 이미 나를 알고 있다는 듯, 거의 벌레 보듯 그렇게 나를 보고 있긴 했지만, 멋졌다.

"놀래라, 좀 친절하게 말씀하시면 어디가 덧나나요?" 나는 이미 '릴'이라고 내뱉었기 때문에 어떻게든 그걸 수습하려는 마음에 '놀'자로 시작하는 말로 물어보았다. "하기야, 여긴 병원이지 카페는 아니니까. 그래도 사람들이 다시 찾아온다는 점은 유의하셔야 할 것 같네요. 다들 알다시피 쾰른 시내에 병원이 여기 하나만 있는 것도 아니고. 개인적으로 엘리자베스 병원이 쾰른의 병원들 중 단연 최고라는 말을 들었어요. 이렇게 나오시면 다음번엔 그 병원을 우선순위에 둬야 할 것 같네요."

릴리안이 코를 찡긋거렸다. 보아하니 나와 말을 섞을 가치가 없다고 생각하는 것 같았다.

"저기 앞에 휴게실에 가시면 의자가 있을 거예요." 자리를 뜨면서 그녀가 말했다.

나는 그녀의 뒷모습을 바라보았다. 코마 상태에서 꾸는 꿈속의 어처구니없는 이 평행 세계가 어찌 이리 끔찍이도 작은 건지.

음, 하지만 다른 한편에서 보면, 그녀가 이곳에서 불쑥 나타나는 게 절대로 불가능한 일은 아니었다. 그녀는 이 병원에서 일하고 있었으니까. 펠릭스처럼.

나는 다시 라디에이터 위의 아까 그 관찰 지점에 앉아서 아래쪽 내 자동차가 있는 곳을 응시했다. 펠릭스는 대체 어디 있기에 안 나오는 걸까? 이럴 줄 알았으면 어제 펠릭스가 일하는 병동으로 가서, 거기에 그가 있는지 확인하고 싶은 유혹과 씨름하지 않아도 될 걸 그랬다. 그리고 그냥 먼발치에서 그를 잠시 살펴보고 싶은 유혹과도. 하지만 막상 그곳에 도착했을 때, 그러면 안 된다는 생각이 들었다. 펠릭스는 신실하지도, 그렇다고 밀교적인 것을 지지하는 사람도 아니었지만 우리의 만남과 관련해서는 '운명'과 '신의 뜻'이라는 말을 즐겨 사용했고, 항상 나와 만난 지 2분 만에 나를 사랑하게 되었다고 말하곤 했었다. 그것도 도저히 그럴 이유가 없었는데도 그랬다고. (그도 그럴 것이 내가 그의 자전거를 망가뜨린 데다, 내 얼굴은 부숭부숭 피곤에 찌들고 화장도 안 한 민얼굴이었다.) 나중에 펠릭스는 늘 이렇게 주장했다. 정말 터무니없는 것은, 내가 진짜 예뻐 보였다는 것이었다. 그러나 마를렌과 자비에의 집에서 열렸던 저 스펙터클한 파티에서, 내가 거의 밤새도록 변기에 머리를 박고 토하던 그때에도 그는 그 '터무니없는' 말을 했었다. 그때가 대략 2007년이었다.

이 일에 관한 한, 펠릭스는 정말로 희한할 정도로 맹목적이었다. 그렇기 때문에 그는 꽃무늬 환자복에 떡 진 머리를 하고 병동을 어슬렁거리는 여자 환자에게 첫눈에 반해 사랑에 빠지고도 남을 위인이었다. 나는 어떠한 경우에도 그런 위험은 감수할 수 없었다. 그래서 단 한 번이라도 그의 얼굴을 본다면 원이 없겠다 싶을 만큼 너무나 그리우면서도 그의 뒷모습을 보는 것으로 만족해야 했다. 모든 일은 이제 그가 잘못된 여자에게, 즉 나에게 그의 마음을 주는 걸 막는 방향으로 진행되어야 한다. 만약 내가 그에게 맞는 여자라면, 채 5년도 안 되어 헐레벌떡 다른 남자와 사랑에 빠지진 않았을 것 아닌가.

내 가슴은 나의 계획들을 알고 있고, 전적으로 인정했는데도, 펠릭스를 발견하자 미친 듯 쿵쾅거리기 시작했다. 나는 유리창에 코를 짓누른 채 한숨을 내쉬었다. 저만치서 그가 주차장으로 뛰어오고 있었다. 낡은 회색 후드티 차림에 자전거 헬멧을 팔에 걸치고.

아, 펠릭스! 나의 펠릭스. 나는 애잔한 마음으로 그가 헬멧을 쓰고 자전거에 올라 운명과 신의 뜻에 의해 방해받지 않고 그곳을 떠나는 모습을 지켜보았다. 나는 감동의 눈물을 몇 방울 눌러 짰다.

'잘 지내? 내 말 들려? 너무 일만 많이 하지 말고…… 그리고 이건 언제나 명심해, 뭐냐면…….'

"'라디에이터에 앉지 마시오'라는 말의 어느 부분이 이해가 안 되는지 말씀 좀 해주시겠어요?" 뒤쪽에서 이를 앙다물고 말하는 소리가 들렸다. 또 릴리안이었다.

나는 마지못해 그녀에게로 돌아섰다. 그리고 눈가에 맺힌 눈물을 훔치며 일어섰다. "고소해, 이 트집단지야." 그러고는 평소 자비네 간호사가 늘 입에 달고 다니던 거친 말들을 기억에서 더듬으며, 그에 덧붙여 단호하게 '날 가만히 내비두시지'라는 말도 할까, 생각해보았다. 결론적으로 지금 여기서 벌어지는 일은 전부 내가 코마 상태에서 꾸는 꿈이니 좀 삐딱하게 군들 어떠랴.

서로 총을 쏘는 것보다는
서로 욕을 하는 게 더 낫다.
_윈스턴 처칠

릴리안은 경멸 어린 눈길로 나를 본다고 보았지만, 나는 꽃무늬 잠옷 차림으로 홱 돌아서서 그곳을 뜨기 직전, 그녀가 겁먹은 표정으로 움찔거리는 것을 똑똑히 보았다.

말했듯, 이 평행 우주 속 세계도 그렇게 나쁘지만은 않은 것 같다, 전혀.

과거에는 겉치레가 더 많았다.
_로리오트(독일 코미디계의 황제)

"……엘베 강의 수위(水位)가 계속 높아지고 있습니다. ……모라비아(체코의 동부 지방. 원래 오스트리아령 — 옮긴이) 지역과 오스트리아에선 홍수가…… 민간인의 원자력 사용에 대한 양국 간의 협정이……." 뉴스 내용들이 정확히는 아니더라도 어딘가 내가 아는 정보 같았다. 어쩌면 2011년도에 방송에서 같은 뉴스를 들었을 수도 있었다. 며칠 전부터 나는 데자뷰를 고대했지만, 아무런 데자뷰도 일어나지 않았다. 그리고 유감스럽게도 미래는 검색도 안 되었다.

불행한 것은 현재도 역시 검색할 수 없었다는 것이다. 집에 있는 컴퓨터에 잠금 설정을 해놓았는데 도무지 비밀번호가 생각나지 않았던 것이다. 나는 복잡한 조합의 암호를 만들고 아무 데도 써놓지 않는 내 습관이 원망스러웠다.

"라이스 미(美) 외무부 장관이 인도에 대해 긍정적인 발표를 했습니다…….” 아! 드디어 뭔가 감이 잡혔다. 내용이 오래전에 들었던 뉴스처럼 들렸다. 라이스 외무부 장관은 이젠 더 이상 없다. 어쨌든 외무부 장관으로서는 그렇다. 그리고 2006년 이곳 독일에서 버락 오바마에 관해 들은 사람은 아무도 없었다. 내가 이 기회를 이용하려고만 든다면 차기 주자로 그의 이름을 흘릴 수 있을 거다. 아마 흡혈 백작 부인이 에이전시에서 가끔씩 개최하는 스탠딩 파티 같은 곳에서 말이다. “자, 굳이 물어보시니까 말씀인데요, 미국의 다음 대통령은 오바마라고 하는 사람이 될 겁니다……. 어떻게 그 사람을 모르세요? 미래가 촉망되는 지금 한창 떠오르는 젊은 정치인인데요…….”

지난 며칠 동안 나는 미래에서 왔다는 이유만 갖고서는 내가 무조건적으로 유리한 입장에 있지는 않다는 것을 분명히 알게 되었다. 그래, 좋다. 나는 미국의 다음 대통령이 누가 될지 알고 있다. 그리고 윌리엄 왕자가 케이트와 결혼하고, 오소리가 2010년 ‘올해의 동물’이 될 거라는 것(내가 왜 이걸 기억하고 있는지는 묻지 마시라)도 알고 있다. 그러나 이 모든 것들이 실제로 많은 도움이 되지는 못했다. 솔직히 대차대조표를 작성해보라면, 나는 지금까지 2006년도에서 보낸 3일이 반복이 아니라 철저히 새롭게 느껴졌다는 걸 인정할 수밖에 없다.

라디오가 켜져 있는 동안(음악들도 어딘가 희미하게나마 아는 노래들 같았다) 나는 내 옷장 속을 가만히 바라보고 있었다. 대체 이 촌스러운 옷들이 어떻게 내 옷장에 걸리게 된 거지? 내 기억에 2006년도에 에바 언니가 했던 뱅 헤어와 브리지 염색은 분명 보라색이었다. 내가 그걸 좋아했는지는 전혀 기억할 수 없다. 만약 내가 브리지 염색을 했다면 보라색은 나를 창백하고 늙어 보이게 했을 것이다. 나를 기쁘게 한 유일한 것은 내가 좋아하던 청바지와의 재회였다. 무릎에 아직 구멍이 없었다. 아쉽게도 출근할 땐 이 바지를 입고 갈 수 없었다. 당시 흡혈 백작 부인이 청바지 차림으로 출근하는 걸 엄하게 금지했기 때문이다. 유리창 밖 온도계가 0도를 나타냈고, 보라색이 아닌 겨울 용품을 고를 수 있는 선택의 여지가 사실 많지 않았기 때문에, 나는 보라색 코르덴 치마에 두꺼운 보라색 꽈배기 스타킹을 신고 검은색 터틀넥 스웨터를 입기로 결정했다. 그런 다음 내가 좋아하던 검은색 부츠를 필사적으로 찾았다. 2006년도엔 아직 그 부츠를 갖고 있지 않았던 게 생각날 때까지. 단언컨대, 그때까진 부츠라는 걸 가져본 적이 없었던 것 같다. 쯧쯧, 부츠도 없이 어떻게 살았을까. 아니, 아침마다 창문 안쪽에 습기가 서리고 밤새도록 라디에이터가 꿀럭거리고 쉼 없이 천장에 머리를 부딪혔던 그 코딱지만 한 옥탑방에선 또 어떻게 살았을까. 내가 그렇게 잽싸게 펠릭스의 집으로 이사한 건 놀랄 일이 아니었다.

'새 아파트 찾기!'는 몇 시간에 한 번씩 새로 고치고 채우던 '해야 할 일' 목록에서 상당히 위쪽에 자리 잡고 있었다.

기뻤던 것은 그 보기 흉한 보라색 치마가 아주 작은 사이즈였는데도 헐렁하게 내 골반 위에 걸쳐졌다는 사실이었다. 나는 한 해, 한 해 지나며 늘어난 5킬로그램이 온몸에 골고루 분산되어 있다고 늘 스스로를 납득시켜왔었다. 그러나 실제로 그 살들은 다른 데보다 바로 허리 주위에 안주하고 있었던 것 같다. 어쨌든 지금은 그 살들이 감쪽같이 사라지고 없었다. 웃을 때 생기는 눈가 주름 또한 찾아볼 수 없었다. 2011년도엔 웃지 않아도 눈가 주변에 햇살이 퍼지듯 방사선 모양의 주름이 자리 잡고 있었는데 말이다. 나는 무슨 일이 있어도 웃는 횟수를 줄이고, 어딜 가든 항상 선글라스를 잊지 않기로 결심할 수밖에 없었다.

그러고 보니 마티아스는 내 눈가 주름에도 불구하고 나에게 키스를 했다. 게다가 5킬로그램이나 불은 내 허리 살에도 불구하고. 마티아스를 보게 된다면, 그를 사랑하고 절대 다시 보내지 않을 이유가 한 가지 더 늘어난 셈이다.

나는 잠시 펠릭스가 자전거를 타고 주차장을 떠나도록 놔뒀던 장면을 생각할 수밖에 없었다. 그리고 기억이 불러낸 찌르는 듯한 고통을 필사적으로 무시하려고 했다. 아직도 여전히 그가 그리웠다. 펠릭스와 그의 덥수룩한 눈썹, 그리고 내가 머리에 목욕 수건을 감고 있어도 예뻐 보일 거라며 맹세한다던 그의 얼굴 표정이 그리웠다. 하지만 내 결정에 후회는 없다. 내 계산에 따르면 마티아스와의 키스는 겨우 나흘 전 일이다. 내 뱃속의 나비들이 아직 죽지 않고 생존해 있기에 충분한 시간이다.

나는 마티아스를 검색하려고 할 수 있는 한 빨리 사무실로 갔다. 주말까지 병가를 낸 상태였지만 더 이상은 기다릴 수 없었다. 흡혈 백작 부인은 직장에서의 데이터 보호에 관해선 결코 들어본 적이 없었고, 우리에게 항상 똑같은 비밀번호(123)를 사용하도록 강요했다. 전엔 욕했었는데, 지금은 그것이 탁월한 아이디어라는 생각이 들었다. 컴퓨터를 차치하고라도, 마를렌과 린다 그리고 벵트를 다시 볼

걸 생각하니 기분이 좋아졌다.

루돌프스플라츠 전철역에 내리자 조금 흥분이 됐다. 사무실 출입구 앞에서 벌써 마를렌을 만났다. 그녀는 경쾌한 마를렌표 '굿모닝 보조개 미소'를 선물했다. 나는 그녀에게 달려들어 그녀의 목을 감쌌다. 잠시나마 코마 상태에서 꾸는 나의 꿈을 지금 이곳에서 그녀와 공유하고 싶다는 마음이 강하게 들었다. 그러나 정확히 어디에서 시작해야 할지(2011년도에 있던 게레온의 파티에서? 마티아스의 키스에서? 아니면 차라리 곧바로 나를 친 그 지하철에서?) 나로선 전혀 알 수 없었다. 그건 그렇다 치더라도, 이 시점에서 서로 잘 알고 이해하는 여자 동료는 마를렌과 나 단둘뿐이었고, 마를렌이 내가 아는 인물 중 가장 마음이 넉넉한 인물이긴 했지만, 사무실에서 첫 모닝커피를 마시기도 전에 보라색 코르덴 치마를 입은 한 미친 여자의 시간 여행 문제를 분석한다는 건, 제아무리 너그러운 그녀라 해도 너무 부담스러운 일일 터였다.

"난 월요일이나 돼야 자기가 다시 올 거라고 생각했지." 마를렌이 말했다. 둘이 나란히 계단을 오르고 있을 때였다. 5년 어린 마를렌은 2011년도의 모습과 똑같이 빨강으로 물들인 파마머리에 귀여운 얼굴 그대로였고, 주름이 거의 없는 얼굴도 여전했다. 반면 이때까지는 당당하고 자신만만한 탄력 있는 걸음걸이에 대한 재능을 아직 발하지 않았던 때였다. 그 걸음걸이는 그녀가 발하는 감각적인 카리스마를 완성하는 큰 부분이었다. (또 이 걸음걸이는 어떤 여성이라도 지독하게 사랑스럽게 만들고, 남심을 부추겨 탐욕스러운 눈길로 그녀의 엉덩이를 응시하도록 만들었다.) 마를렌은 그것이 필라테스 강좌

덕분이라고 한 치의 흔들림 없이 말하곤 했지만, 나는 그게 전적으로 자비에 때문이라는 데 상당한 확신을 갖고 있었다.

“며칠 더 죽은 척하고 쉰 다음에 가비 사장의 노예 업무에 복귀해도 됐을 텐데, 그러지 그랬어.” 그녀가 말했다. “너, 조심해라. 그 미심쩍은 프랜차이즈 기업의 생애 설계사 세미나 있잖니? 그거 아무래도 사장이 인정사정 안 보고 너한테 떠맡길 것 같아. 며칠 전부터 그 일을 거절할까 말까 결정을 못 하고 끙끙 앓더라고. 그 사람들이 무슨 대기업도 아닌데 두 배나 더 많은 돈을 제안했거든. 그렇게까지 하는데 어느 누가 계약 위임자가 사기와 불법의 경계선에서 움직이는 것 같다고, 그걸 걸고넘어지겠니?”

나는 사무실 문을 열며 말했다. “걱정 마, 무슨 일이 있어도 난 그 일은 맡지 않을 테니까.” 결론적으로 내가 ‘다른 사람의 기분을 상하게 하지 않고 거절하는 법’ 강좌를 쓸데없이 들어둔 건 아니니까.

“좋은 아침이야, 린다!”

“어머, 카티! 벌써 왔어?” 린다가 리셉션 데스크에서 뛰어나와 진심을 담아 포옹해주었다. 이것 또한 평소와 다를 바 없었다. 린다는 근무 첫날부터 그랬다. 그녀는 생전 처음 보는 사람과도 포옹을 했고, 나무들을 보아도 그렇게 했다. 그리고 한번은 — 이때로부터 얼마 안 된 미래에 — 전봇대와 포옹한 적도 있었다. 전봇대가 너무 처량하게 서 있다는 게 이유였다.

이어서 린다는 마를렌도 포옹하려고 했지만, 마를렌은 팔을 뻗어 그녀를 저지했다. “날 안으려면 오줌 요법(자연 치료 요법의 하나. 오줌에는 몸에서 나오는 모든 파장이 그대로 투영되어 있으며, 병을 고칠 파동도 투영되어 있기 때문에 가장 우선적인 1차 치료제라는 인식하에 자신의 오줌을 약처럼 마시는 치료 요법 — 옮긴이)부터 그만두어야 한다는 거, 이미 얘기 끝난 걸로 알고 있는데!"

"나도 얘기했을 텐데. 심지어 확실하게 보여주기까지 했고. 오줌이 다 마르고 나면 전혀 냄새가 나지 않는다는 걸 말야." 린다는 기분이 상했는지 아랫입술을 삐죽 내밀었다.

오줌 요법에 관한 일은 기억이 잘 난다. 이 에피소드의 전말은 이랬다. 이때는 린다가 민간요법 치료사와 막 만남을 시작하던 단계였다. 그 남자는 치료를 비롯하여 다른 요법을 실천하기에 앞서 깜빡 잊고 자신이 결혼한 몸이고 애가 셋이라는 걸 린다에게 이야기하질 않았었다. 그 남자 이름이 뭐였더라? 우도였던가? 울리히였던가?

"그랬었지. 하지만 넌 내 코를 설득하는 데는 실패했잖니." 마를렌이 말했다. "네 머리카락에서 노인 요양원의 기저귀 통 냄새가 난단 말이야. 아니면 주차장 초입의 구석진 곳에서 나는 지린내 같은, 왜 그런 곳 있잖니……."

"첫째, 그건 전혀 사실이 아니야. 그리고 둘째, 나 같으면 비듬 없는 두피와 매끄러운 머릿결을 위해 약간의 냄새 정도는 눈 딱 감고 감수할 수 있을 것 같아." 린다는 마를렌의 말을 끊고 그렇게 말하곤, 고백한 대로 정말 아름답게 찰랑거리는 매끄러운 머릿결을 목 뒤로 홱 젖혔다. "오줌은 세상에서 가장 자연스러운 거야. 우베가 그랬어."

아, 그렇지. 그 사람, 그 간통남 치료사…… 이름이 우베였었지. 오줌 우베. 린다가 몇 주 동안 폐인처럼 지냈었고.

마를렌이 뭐라고 반론을 제기했으나 내 귀엔 전혀 들어오지 않았다. 나는 벵트의 책상으로 가려다가 얼음처럼 굳어버리고 말았다. 벵트의 책상에 벵트가 아닌 다른 사람이 앉아 있었던 것이다. 내가 완전히 잊고 있었던 어떤 사람.

옳은 말과 거의 옳은 말의 차이는 번개와 반딧불의 차이와 같다. _마크 트웨인

"다음부턴 사전 통고 없이 며칠간 회사를 못 나오게 되면 최소한 업무 인계 리스트 정도는 작성해두시죠!" 그 '어떤 사람'이 속삭이며 말했다. "여기 있는 우리 모두 동료에 대한 배려가 없는 당신의 행동에 분개하지 않을 수 없었습니다."

마고트 첼러 라이쓰도르프.('첼러'는 계수기, '라이쓰도르프'는 쾰른의 유명한 맥주 명가의 성씨이기도 하다. 자로 잰 듯한 성격과 맥주에 취한 모습을 연상시키는 모순적인 이름이다. 한편으로는 고지식하기 짝이 없고, 다른 한편으로는 저질스럽기 짝이 없는 마고트의 모습이 잘 드러나는 뉘앙스의 이름이다 — 옮긴이) 벵트의 전임자였고, 폐경기에 (직업) 재교육을 받은 교육학 학사 출신으로서, 항상 귓속말을 하듯 말했고 언제나 싸움거리를 찾아 다녔다. 논쟁과 의견 교환이라는 말로 위장한 채. 성씨 자체에서 이미 명백하게 이중성이 드러나는 바, 그녀는 사전에도 없는 말을 만들어 말하곤 했는데, 단어 사이사이에 '남성의 성기'를 의미하는 단어를 눈에 띄게 자주 끼워 넣는 식이었다.

"금요일에 사무용품이 배달되어 왔더군요. 당신 책임 소관이었죠. 그런데 내가 그걸 전부 다 X같이 분류해야 했었죠. 하지 않아도 될 일이었는데 말이에요. 참작 좀 해주시길 바라요."

"알았어요. 다음번에 맹장 수술을 받게 되면 생각해뒀다가 마취의에게 신속하게 업무 인계 리스트를 받아 적게 하죠." 나는 이렇게

대답하면서 다시금 내가 이미 똑같은 말을 한 적이 있었던 것이 기억났고, 뒤이어 왜 그녀가 배송된 물건을 그냥 두지 않았는지 궁금해졌다. 이것은 다시금 괴롭기 짝이 없는 길고 속살거리는 토론으로 이어졌고, 마를렌과 린다까지 끼어들면서 종국엔 첼러 라이쓰도르프가 그 후 2주간 나랑 한 마디도 하지 않을 거라고 다짐하는 것으로 끝이 났다. 15분간의 토론으로 진이 쏙 빠진 터라 내가 그녀를 그만 '첼러 라이쓰볼프(라이쓰도르프와 발음은 비슷하나 라이쓰볼프는 서류 분쇄기를 의미한다 — 옮긴이) 부인'이라고 불렀기 때문이었다. 고의는 아니었다. 그럼에도 불구하고 '서류 분쇄기'라는 이름은 불쌍한 그녀가 일을 그만둘 때까지 꼬리표처럼 붙어 다녔다.

내가 잠자코 있자 서류 분쇄기가 어리둥절해하며 이렇게 말했다. "나요, 정말이지 그렇게 X만 한 위인은 아니지만, 원칙이라는 것도 중요하지 않아요?"

나의 첫 번째 데자뷰였다. 두고 볼 일이다, 다르게 바뀔 수 있는지.

나는 서류 분쇄기에게 미소를 지어 보였다. "동료를 생각하지 못했던 내 행동에 대해 사과하고 싶네요. 그리고 그사이 저를 위해 업무를 처리해주신 것에 대해 감사드려요. 그렇게 해주시다니 정말로 친절하신 분이세요."

서류 분쇄기는 당황한 기색이 역력했다. 나는 분쇄기가 정신을 수습할 때까지 기다리는 대신, 린다의 데스크에 있는 화보집을 한 장, 한 장 넘기기 시작했다. 마를렌은 이미 자기 책상으로 돌아가고 있었고 린다는 오줌 냄새를 덮기 위해 에테르 향의 오일 믹스 스프레이를 뿌리고 있었다. 냄새가 감쪽같이 없어질 거라고 주장하면서 말이다. 몇 초 동안 열은 기저귀 통 냄새와 함께 라벤더와 로즈마리 향이 나는가 싶더니, 다시 오줌 냄새만 남았다.

"몇 주 후면 애기가 태어나겠지." 린다가 말했다. 그러고는 톰 크루즈와 케이티 홈즈의 사진을 가리켰다. "내 친구 중 한 명은 남자아이라는 쪽으로 기울었어."

"아니야." 나는 격하게 반기를 들었다. "여자아이야. 그리고 그 애 이름은……." 젠장, 그 불쌍한 아이의 이름이 뭐였더라? 사리……, 우리……. "수리야!"라고 나는 큰 소리로 외쳤다.

린다가 감격스러운 표정으로 나를 바라보았다. "너 방금 채널링(영계靈界와 교신하는 것과 같은 행위 — 옮긴이) 같은, 뭐 그런 거 한 거니?"

"뭐, 뭐 같은 거?"

"영계에서 온 누군가가, 아마도 너의 영적 인도자 중의 한 명이 방금 너에게 그 아이의 이름을 누설한 것일 수도 있어." 린다가 열광하며 속삭였다. "'수리'라고 말이야."

"아니, 내 생각에 그건 확실히 제쳐둬도 될 것 같아. 내 영적 인도자가 뭣하러 그런 일에 관여하겠어? 내 말은 남자애일지, 여자애일지, 아님 그들의 멍청한 애새끼의 이름이 무엇일지 그런 거에 관심을 두겠냐 이거지."

나는 서둘러 책장을 넘기면서 린다가 화제를 바꾸길 바랐다. 그러나 린다는 나의 바람대로 해주질 않았다. 오히려 영매의 능력을 넘어, 유니콘들에 관해 — 이 부분에서 나는 더 이상 보조를 맞춰줄 수 없었다 — 이야기하기 시작했던 것이다. 그다음 이어진 그녀의 이야기는 현관문을 밀치고 들어온 흡혈 백작 부인에 의해 중단되고 말았다. 백작 부인과 함께 '질 샌더' 향이 구름처럼 몰려왔고, 제아무리 오줌 냄새라 해도 이 향수 냄새엔 저항할 도리가 없었다.

"카티, 여기서 뭘 하고 있는 거예요? 다음 주까지 집에 있어야 하는 거 아니에요?"

"제 사촌 여동생은 맹장 수술 후 벌써 3일 만에 쾰른 마라톤 대회에 참가하던걸요." 서류 분쇄기가 구석에 자리 잡은 책상에서 경멸 어린 어조로 고해 바쳤다. "요즘 맹장 수술은 수술도 아니랍니다."

"아, 그래요오?" 흡혈 백작 부인이 나를 빤히 쳐다보았다. 사흘 전부터 마라톤을 뛸 수 있는 몸이었으면서 왜 이제야 왔느냐는 듯 탐탁지 않은 눈길이었다. 그러고는 혀를 끌끌 찼다.

"예쁜 꽃 감사드려요, 가비 사장님." 나는 서둘러 말했다.

"꽃?" 가비 사장이 어리둥절해하며 바라보았다. "무슨 꽃?"

"제가 사장님 이름으로 병원에 보냈던 그거요." 린다가 가비 사장에게 다 알면서 왜 그러냐는 눈길을 보내며 말했다. 나는 아무것도 눈치채지 못한 듯 천천히 내 책상을 향해 발길을 옮겼다. "우리 모두 쾌유를 빈다는 카드와 함께 보냈잖아요."

"아? 그랬군. 그렇담…… 원, 별말씀을요." 가비 사장이 말했다. "그리고 이렇게 와주어서 반가워요. 마침 자기한테 맡길 만한 아주 흥미로운 건수가 하나 있을 것 같았는데. 아주 흥미진진한 프랜차이즈 개념의 회사를 위한 생애 설계사 세미나인데, 토요일 오후에 있어요."

마를렌이 헛기침을 했다. 나는 얼굴 가득 환한 미소를 지으며 말했다. "정말 진심으로 그 세미나를 맡고 싶은데요, 사장님, 마침 토요일에 너무너무 중요한 일정이 잡혀 있어서 힘들 것 같아요." 나는 아쉽다는 듯 한숨을 내쉬며 내 사무용 의자에 앉았다. "유감스럽게도요."

> 문명의 창시자는 창 대신 처음으로 욕을 사용했던 사람이다. _지그문트 프로이트

"흠……." 가비 사장이 또다시 혀를 찼다. "그렇다면 내가 직접 말을 수밖에. 토요일 날 내가 언제 쉬었었는지 기억이 안 나긴 하지만." 그러고는 혀를 차며 사장실로 사라졌다.

'봤지? 내가 말했었잖아.' 나는 마를렌에게 눈을 찡긋해 보였다.

그녀도 눈을 찡긋해 보였다. "나쁘지 않았어." 그녀가 속삭였다. "다음 순서로 나를 부르기 전에 먼저 조카가 중병에 걸렸다고 둘러대야겠다."

살쾡이처럼 귀가 밝은 첼러 라이쓰도르프가 몸을 숙이고는 이렇게 말했다. "그 조카라는 이가 그럼 혹시 어젯밤 당신이랑 같이 가던 그 사람을 말하는 건가요?"

마를렌이 뭐라고 알 수 없는 말을 중얼거리면서 얼굴을 붉혔다. "아, 조카분이 아니구나." 라이쓰볼프가 착한 척하며 물었다. "나이로 보자면 딱 조카뻘이긴 했는데. 한편에서 보면 가족이라기엔 아무리 보아도 닮은 구석이 없어 보이긴 했어요. 지중해 타입으로 보이던걸요. 그렇죠?"

"아르헨티나 사람이거든요." 마를렌이 말했다. 그러고는 모니터 화면에 시선을 고정한 채 열심히 일하는 척했다.

그러나 첼러 라이쓰도르프는 그런 것에 속아 넘어갈 사람이 아니었다. 흡족한 미소를 짓더니 이렇게 속삭이는 것이었다. "그렇군

요. 그 남방 계통의 남자, 척 보니까 연상에 통통한 여자를 선호하는 타입으로 보이더군요."

우리가 벵트를 그렇게 빨리 좋아하게 된 건 놀랄 일이 아니었다. 서류 분쇄기에 비하면, 벵트는 우울증적 증상을 보이며 세계 종말의 환상에 빠져들 때조차도 해맑은 분위기를 자아냈다. 아, 그가 너무나도 그립다! 그가 있었더라면 틀림없이 자비에와 연애 초창기에 있던 마를렌을 지지하며 그녀의 감정을 응원했을 텐데. 그리고 정말로 사랑한다면 나이 차이와 국적은 아무 관계 없다는 확신을 심어주었을 것이다.(중요한 건 건강이라며!)

나는 왜 그러지 않았었을까? 그래, 아마도 나는 이 일에 대해 그다지 믿음이 가지 않았기 때문에 그랬던 것 같다. 한편으론 낮 동안 내내 자고 밤이 되면 음악을 만든다고 설치는 젊고 빈털터리에 살짝 돈 것 같은 음악가 때문이었고, 다른 한편으론 그보다 열 살이나 많은 데다 열두 살짜리 딸을 둔 엄마, 마를렌 때문이었다. 나는 단순히 이런 관계가 실제로 오래갈 수 있으리라는 확신이 서질 않았던 것이다. 그랬다. 나도 첼러 라이쓰도르프와 전혀 다를 바 없는 어리석은 편견을 갖고 있었던 거다.

"하지만 조심하세요." 서류 분쇄기가 다시 입을 열었다. "우리 시누이가 도미니카공화국 출신의 수영 강사와 스캔들을 일으킨 적이 있었는데, 결국 축난 건 10만 유로요, 늘어난 건 끔찍한 경험뿐이었죠."

마를렌이 한숨을 쉬었다.

"그리고 그 일에 대해 곰곰이 생각해봤는데, 나 같으면 이렇게 말해줬을 거예요. 그녀가 그 일로 다시는 절대로……." 내가 그녀의 말을 끊고 끼어들었다.

"그만하면 X나게 충분하거든요. 에, 엄청나게요." 나는 마를렌이 갑자기 사레 들린 기침을 하거나 말거나 계속 말했다. "몇 시간이고 들어드릴 수는 있겠지만, 제가 지금 회복이 많이 필요한 몸이라서요. 그러니까 일들 하죠!"

첼러 라이쓰도르프가 주름 잡히는 소리가 들릴 정도로 격하게 이마를 찡그렸지만, 나는 아무것도 못 본 것처럼 행동했다. 그리고 1분 뒤엔 일부러 그렇게 행동할 필요조차 없어졌다. 나는 이미 그녀의 존재를 완전히 잊고 있었다. 컴퓨터가 부팅되는 데만 엄청난 시간이 걸렸고, 브라우저도 기절할 정도로 느리게 떴던 것이다.

나는 검지로 키보드 가장자리를 신경질적으로 탁탁 치며, 2006년도판 IT 기술이 나를 계속 도와주겠다고 허락할 때를 기다렸다.

그것은 한편으로는 마를렌과 린다에 관해 좀 더 알고, 나의 데자뷰를 되살리는 것과, 다른 한편으로는 나의 '해야 할 일' 목록 때문이었다. 적어도 그 목록의 첫 번째 과제는 더 이상 미뤄둘 수 없었다.

그리하여 이제 나는 구글을 불러와 마티아스의 이름을 입력했다. 그리고 검색 버튼을 누르려는데, 그 순간 판도라와 그녀의 상자에 관한 일들이 다시 머릿속을 파고들었다. 내가 목욕 수건을 머리에 두르고 있을 때 나를 바라보던 펠릭스의 모습도.

나는 나 자신에게 단호해져야 했다. 펠릭스는 아직 한 번도 나를 만난 적이 없다. 그러므로 내가 지금 그를 속인다고 할 수 없고, 그는 슬퍼할 필요가, 나는 양심의 가책을 느낄 필요가 전혀 없는 것이다. 결국 이 일을 하는 의미가 바로 그것이기도 하니까.

그러니 내 발목을 잡을 것이 무엇인가?

아무것도 없다.

정말이지 아무것도 없다.

아무튼 여기서 벌어지는 건 모두 다 진짜가 아니니까. 나는 숨을 깊이 들이마시고 잠시 눈을 감았다. 그런 다음 단호하게 엔터 키를 눌렀다.

개선된 새 인생 혹은 2006년도에 리로드한 '해야 할 일' 최신 목록.

목요일 오후 작성.

1. 마티아스와 사귄다.

    1.1 첫 만남의 신비로운 순간을 다시 한 번 경험한다.

    1.2 양심의 가책을 받지 않고 내 인생 최고의 섹스를 한다.

    1.3 내 생애 마지막 날까지 마티아스와 행복하게 지낸다.

    1.4 내 생의 마지막 날이 먼 미래에 오길 희망한다.

2. 에바 언니의 **그 결혼식**은 완전히 판을 다시 짜기로 한다.

    2.1 좌석 배치를 바꾼다.

    2.2 '밴드'를 대체할 '밴드'를 찾아본다.

    2.3 **그 왕고모**가 다음의 행동을 못 하도록 막는다.

        2.3.1 노래하는 것.

        2.3.2 술에 취하는 것.

        2.3.3 약에 취한 키보드 주자(2.2 참조)와 옷 보관소 안에서 국센비릴러 부인의 코트를 깔고 거시기를 하는 것.

2.4 룩센비힐러 부인을 초대 명단에서 뺀다.

2.5 사촌 베르트람을 설득해 그날이 아닌 다른 날을 잡아 커밍아웃하게 한다. 필요한 경우 완력을 쓴다.

2.6 에바 언니의 시아버지가 연설을 못 하게 막는다. 필요한 경우 완력을 쓴다.

2.7 하임리히 구급법(기도가 막혔을 때 횡격막을 눌러 기도를 열어주는 응급 조치법 — 옮긴이)을 배운다.

2.8 기타 등등.

3. 보라색이 아닌, 미래 지향적이고 아름다운 옷과 부츠(!)를 산다.
4. 매일 밤 아이크림을 바르고 윗몸일으키기 120회를 한다.
5. 커리어를 쌓는다. 최상의 경우는 가비 사장과 전혀 연루되지 않는 것.
6. 닥터 게레온 베스터만의 병원에 예약한 조기 정기검진 일정을 취소한다.
7. 휴가 때 세계 일주를 한다. 페마른을 뺀 모든 곳으로.
8. 하루하루가 마지막 날인 것처럼 주어진 날들을 향유한다.
9. 기타 등등.

나의 '해야 할 일' 목록은 좀 두서가 없고 피상적이긴 하지만, 일단 대략적으로나마 새로운 인생을 위한 계획의 기둥들이 되어주었다. 나 자신의 잠재의식에서 파생된 비정상적인 평행 우주에서 세울 수 있는 한에선 대략적으로나마 계획이 세워진 셈이었다.

나는 적어도 지금 내가 처한 상황에서 장차 닥칠 파국적 상황(**그 결혼식**은 차치하고라도)을 미리 막음으로써 세상을 구하려는 시도를 해야 하는 건 아닌지, 오랫동안 곰곰이 생각해보았다. 그런데 내가 막을 만한 구체적인 파국적 사태가 떠오르질 않았다. 아, 아마 마이클 잭슨에게 편지를 써서 알약과 주치의를 너무 신뢰하지 말라고 경고할 수는 있을 거다. 그러나 내 머릿속에서 두서없이 떠오르는 희미한 살인 광란이나 쓰나미, 지진, 폭탄 테러, 대형 열차 사고와 같은 모든 사건들은 이미 일어났거나, 내가 모르는 장소에서 내가 모르는 날짜에 발생한 것들이었다.

그리고 이 사실은 상당히 충격적인 느낌으로 다가왔다. 그런 큰 사건들에 관해 오래 생각해볼수록 나 자신이 그만큼 더 표면적이고 이기적이었다는 생각이 들었던 것이었다. 마더 테레사나 오프라 윈프리 또는 귄터 야우흐(독일의 스타 MC. 바른 행실과 능숙한 토론 진행으로 많은 인기를 얻고 있다 — 옮긴이) 그리고 하다못해 릴리안조차도 그런 사건 중 한 건 정도는 아마 날짜라도 기억하고 있어, 세계를 구할 적합한 조치를 취했을 것이다.

반면 나는 기껏해야 '오소리 친구들'의 연례회에서 의미 있는 것과는 전혀 거리가 먼 이야기를 들먹이며 예언가 노릇이나 했을지 모른다.('회원 여러분, 제 말을 잘 들어두세요. 우리의 블랙&화이트 친구가 2010년도가 되면 드디어 상을 받게 될 겁니다.') 아니면 〈그레이 아나토미〉에 나오는 조지가 고인의 몸이 될 거라는 것도 누설할 수 있긴 했을 거다.

나는 나의 '할 일 목록'에 내가 과거에, 아니 미래에 했던 것보다 '훨씬 꼼꼼하게 신문을 읽는다'라는 항목을 추가했다. 그에 이어 내가 나쁜 인간이라는 감정을 위장 부근에서 몰아낼 수 있게 하는 뭔가가 더 생각날 것이라는 희망을 살짝 가져보기도 했다.

그러나 그러고 난 즉시 나는 또다시, 이를테면 극히 이기적인 행동을 하고 말았다. 곧장 목록의 1번 항목을 행동에 옮기기로 한 것이다. 이른 오후인데 나는 일찌감치 사무실을 나와 중앙로 쪽으로 향하고 있었다. 비록 마법과 같은 순간을 목록에 써 넣긴 했지만, 나는 가능한 한 보라색 코르덴 치마와 검은색 터틀넥 풀오버를 입고 그 순간을 체험하고 싶지는 않았다.

검색엔진은 마티아스 렌첸에 관해 8백 건의 검색 결과를 내놓았었다. 다행히 대부분의 마티아스는 't'자를 두 개씩 써서 일찌감치 빼놓을 수 있었다. 쾰른 전화번호부는 정확히 딱 한 명의 마티아스 렌첸을 내놓았다. 그는 아그네스 구역의 바이센부르거 슈트라세에 살고 있었다. 구글은 그 외에도 마티아스가 대형 재보험회사의 인사관리 책임자이고 쾰른 중소기업연합에서 일련의 강의를 맡은 객원강사라는 걸 알려주었다. 오늘 오후, 한 대학교에서 '효과적이고 시간을 절약할 수 있는 면접 요령'이라는 주제하에 그의 강연이 거행될 예정이었다. 사람들이 믿든 믿지 않든, 운명이나 숙명이라고 간주할 만한 타이밍치고 그보다 더 완벽한 기회는 없을 것 같다.

계획은 이랬다. 우선 눈에 띄지 않게 청중들 사이에 묻어 들어 멀찍이서 조용히 마티아스를 바라보는 것이었다. 만약 운명이 원한다면 — 그리고 그것에 관한 한 나는 느낌이 좋았다 — 언젠가는 그의 시선이 좌중을 훑다가 내 얼굴에서 딱 멈추어 설 것이다. 아마 나는 아주 옅은 미소를 지을지도 모른다. 마치 그가 어떻게 키스를 하는지 자세히 알고 있는 사람처럼. 그러면 마티아스는 우리 둘 사이에 흐르는 설명할 길 없는 친숙한 느낌에 놀랄 것이다. 그리고 당연히 그 느낌을 회피하진 않을 것이다. 그리고 그로써 마술적인 순간이 올 것이다. 바이올린 연주가 시작되겠지. 이번엔 샤를 아즈나부르의 'She'로 곡을 바꾸어서.(기왕 하는 거 확실한 곡으로 가자!)

강의가 끝나면 그가 나에게 물을 것이다. '우리 어디서 본 적 있지 않나요?' 그러면 나는 대답할 것이다. '이 생에선 아니에요.' 음, 예기치 않게 좀 더 나은 답변이 떠오를지도 모르겠다. 그러나 비상시엔 그냥 신비주의를 유지하며 미소를 지어 보일 수도 있다.

계획은 여기까지였다.

처음엔 모든 것이 눈부시게 잘 돌아갔다. 나는 아주 근사하다고는 할 수 없지만 부츠를 선택할 수 있는 상황이 극단적으로 제한된 평행 우주치고는 그래도 수용할 만한 가격에 아주 근사한 검은색 부츠 한 켤레를 찾아냈다. 그리고 균형을 맞추기 위해 내가 좋아하는 중고 가게에 가서 엄청나게 싼 가격에 톡톡 튀는 파우더 톤의 에투이 원피스(몸에 짝 달라붙어 몸매 라인이 고스란히 드러나는 원피스 혹은 드레스 — 옮긴이)를 샀다. 다시 얻은 나의 날씬한 허리를 완벽하게 강조하는 옷이었다. 구매 욕구가 상승한 데다 친절한 점원 아가씨가 내 보라색 옷을 전부 재판매용으로 가져와도 된다고 보장하는 바람에, 2011년도에도 내가 좋아할 만한 것들로 여섯 가지나 더 사들였다. 그중에는 고전적인 버버리 트렌치코트(솔직히 말하자면 내가 몇 년 전부터 찾고 있던 스타일이었다!)와 펠트 공예로 만든 연회색 장미 브로치도 있었다.

나는 새로 산 부츠와 새로 산 치마, 새로 산 풀오버에 아주 매혹적인 연회색 장미 펠트 브로치를 꽂고 일찌감치 대학 본관에 있는 제2강의실로 가, 기대감에 부푼 마음으로 우아하게 다섯 번째 줄에 자리를 잡고 앉았다. 좌석 사이의 틈으로 마티아스가 나를 곧바로 바라볼 수 있을 만큼 그렇게 가깝지도 않았고, 그렇다고 많은 사람들 때문에 결국 나를 못 보고 지나칠 정도로 그렇게 멀지도 않은 거리였다.

결과를 예상했었더라면,
나는 시계 제조공이
되었을 것이다.
_알베르트 아인슈타인

그사이 나 외에 달랑 두 명의 남자가 양복에 넥타이 차림으로 들어와 첫 번째 줄에 자리를 잡고 앉았다. 그리고 다음에 온 두 명(역시 넥타이 차림의)은 문 앞에서 서서 담소를 나누었다. 모두들 약간 의아한 표정으로 나를 훑어보았다. 방학 중이었고, 복도엔 무서울 정도로 정적이 흘렀고, 사람이라곤 찾아볼 수 없었다.

나는 점점 더 초조해져서 시계를 보았다. 아직 5분이 남았다. 결국 한 줌밖에 안 되는 소수만 강의를 들으러 온다면, 그것도 전부 양복에 넥타이 부대라면? 그 상황에서 매혹적인 연회색 펠트 공에 장미를 가슴에 꽂고 여기 앞쪽 다섯 번째 줄에 왕비처럼 앉아 있으면 정말로 이상해 보일 거다. 그렇지 않겠는가. 독특할뿐더러 수상쩍어 보이기까지 한다 해도 과언이 아닐 것이다. 그리고 쾰른 중소기업협회(혹은 그 비슷한 것)에서 주최하는 이 강의에서, 기업을 운영하는 것도 아니고 넥타이도 안 맨 몸으로 도대체 무엇을 구하고자 하는 건지 누군가 내게 묻기라도 한다면, 나는 어떻게 해야 하나?

이런 맙소사! 어서 이곳에서 나가야 한다. 그것도 눈에 띄지 않게. 나는 서둘러 가방을 집어 들었다. 첫 번째 줄에 앉아 있던 두 남자가 내가 아까보다는 덜 우아하게, 그리고 더 이상 기뻐하는 기색도 없이 그들의 곁을 또각또각 지나가자 이번에도 의아한 표정으로 나를 바라보았다. 문 옆에 서 있던 두 사람도 마찬가지였다. 나는 방금 OHP(오버헤드 프로젝터 혹은 광학 투영기 — 옮긴이)를 훔쳐 재킷 속에 숨긴 사람처럼 자리를 뜨는 것이 아니라 가능한 한 품위 있게 천천히 그곳을 벗어나려고 애써 마음을 가다듬어야 했다.

막 안도의 한숨을 내쉬며 모퉁이를 휘돌아 가려고 할 때였다. 마티아스가 보였다. 몇 미터 떨어지지 않은 곳에 그가 있었다. 나는 땅에다 뿌리를 내린 듯 제자리에 서서 꼼짝도 하지 않았다. 달리 아무것도 할 수 없었다. 그의 모습에 갑자기 무릎이 푸딩처럼 녹아내릴 것 같았기 때문이다.

그가 마지막으로 나에게 했던 말이 뭐였더라? '젠장, 내가 사랑에 빠졌네요'였다.

그랬다. 그리고 내가 먼저 그랬었다.

그는 노트북 가방을 옆구리에 끼고 한창 서둘러 걸음을 옮기고 있었다. (정확히 그는 적어도 1분 이상은 늦었다.) 바닥을 보며 오던 그가 처음으로 시선을 들었는데, 정확히 내 키 높이였다.

푸른 벨벳을 닮은 그의 눈을 보자 숨이 멎고 말았다. 그와 더불어 나머지 몸도 푸딩으로 변하고 말았다. 그러니까 지금 이것은 그 '신비한 순간'이었다. 우리의 삶을 영원히 변화시켜줄 바로 그 순간.

하지만 시작부터 바이올린 연주는 엉망이 되어버렸다.

마티아스의 시선이 나를 스쳐 지나긴 했지만, 아주 잠깐뿐이었던 것이다. 그것도 지나가다 대략 옆에 서 있는 기둥을 바라보는 시선 정도였다. 전혀 템포를 늦추지 않고, 그냥 걷던 속도 그대로 지나쳐 간 것이다. 마치 내 존재를 전혀 인식하지 못한 것처럼.

나와 운명은 모퉁이를 돌아가는 그의 뒷모습을 물끄러미 바라보았다. 그리고 이 상황을 납득할 수 없었다. 물론 운명은 그냥 물끄러미 바라보고 있지 않았다. 그건 가당치 않은 일이다.

대신, 운명은 일이 틀어져 고소하다는 듯 입을 비죽였다. 그러고는 모자를 툭툭 치더니, 그와 마찬가지로 모퉁이를 돌아 자취를 감추었다. 못된 것! 참담하다.

비행기가 그렇듯, 사랑에는 문제가 없다.
문제가 있는 것은 언제나 조종사와
승객 그리고 도로일 뿐이다.
_프란츠 카프카

오케이, 패닉에 빠질 이유는 없다.

방금 전은 그저 타이밍이 적절하지 못했던 것뿐이다. 요컨대 마티아스는 첫눈에 반하는 것을 옹호하는 타입이 절대 아니었다. 나 역시도 그렇다. 그 분야는 오히려 린다가 전문가였다. 그리고 펠릭스, 혹은 할리우드가.

그런데 마티아스와 나의 만남이 운명과는 아무 상관이 없는 것이라면 어떡하지? 아니면 2011년도가 되어야 비로소, 그것도 내가 지하철에 치이기 대략 1분 전쯤에야 서로를 알아보는, 그것이 우리의 운명이라면? 그리고 평생을 그때의 그 기적 같은 키스 한 번으로 만족해야 한다면 어떡하지? 운명은 원래 그런 종류의 장난으로 유명하지 않은가…….

나는 휴대폰을 집어 들었다. 에바 언니에게 운명을 믿는지, 그리고 운명이 모든 것을 위해 단지 딱 한 번의 적절한 타이밍만을 정해

됬다고 믿는지 물어보기 위해서였다. 그 순간, 나는 머리를 한 대 얻어맞은 듯 문득 깨달음이 왔다. 내가 이야기하고 싶은 건 2011년도의 에바 언니지, 다음 달에야 결혼을 하게 될 에바 언니가 아니라는 사실이었다.

갑자기 무지하게 외로운 느낌이 들었다.

대학에서 집으로 돌아오는 길에 나는 저녁 대신 레드와인 두 병을 샀다. 내가 사랑하는 모든 사람들이 지금으로부터 5년이나 떨어진 곳에 있다. 나는 완전히 혈혈단신으로 2006년도에 표착(漂着)했다……. 그리고 마티아스는 나를 못 본 채 지나쳐버렸다.

지금 여긴 전부 진짜가 아니다. 그러므로 전부 의미도 없다. 그리고 이것도 부족해 2011년도의 나는 전철 아래에 죽은 채 누워 있다. 끝내주는 전망 아닌가!

집에 도착해 레드와인 한 병을 비우고 나서야 나는 자기 연민을 내려놓을 수 있었다. 새로 산 멋진 부츠를 벗고 폭신한 소파에 누워 엄마가 떠준 모헤어 담요를 덮었다. (이 담요는 2009년 언젠가 펠릭스가 뜨거운 물로 세탁하는 바람에 냄비 받침만 한 크기로 줄어들었다.) 라디에이터는 홀로 평화롭게 꿀럭거렸고, 레드와인은 효력을 발휘하기 시작했다. 그리고 나는 긍정적인 방향으로 생각을 시도했다. 왜냐면 — 이건 내가 내 세미나를 듣는 사람들에게 무슨 일이 있어도 빼놓지 않고 하는 말이기도 한데 — 오직 긍정적인 사고만이 창조적인 해결책을 내놓을 수 있기 때문이다.

그러니까, 괜찮다. 이건 어쩌면 '방금 전'과 같은 아주 경미한 후퇴에 불과할 것일 수도 있다. 물론 나는 2011년이 그립다. 하지만 죽은 것보다는 지금 이곳에 있는 것이 백배 낫다. 게다가 오늘 하루만 해도 그렇게 나쁘지만은 않았다. 전부터 갖고 싶었던 바로 그 트렌치코트를 찾아냈고, 가비 사장과는 정면 돌파를 했고, 서류 분쇄기와의 싸움은 잘 피했다. 진짜…… 진짜로 맛있는 레드와인도 샀다. 특히 세 번째 잔은 맛이 압도적이었다. 물론 그로 인해 사고하기가 좀 힘들긴 하다. 방금 내가 무슨 이야기를 하다가 말았지? 아, 그래. 나에게 주어진 모든 긍정적인 면들이었다. 이를테면 내 허리 사이즈, 그리고 정말로 근사한 '해야 할 일' 체크 리스트.

오케이, 오늘은 1.1 항목 '신비로운 순간'이 오지 않았다. 하지만 어쨌거나 그래도 마티아스를 찾아내긴 했다. 그것도 여기 쾰른, 나와 아주 가까운 근방에서 말이다. 그렇게 서둘러 포기해선 안 될 일이다.

지금 이곳의 사람들은 어쩌면 5년 뒤의 그들이 아닐지도 모른다. 그러나 결론적으로, 그럼에도 불구하고 나는 이들을 사랑한다. 그리고 그들에게는 내가 필요하다. 물론 그래야 한다. 내일이면 나는 제일 먼저 에바 언니가 두려워하는 장래의 시어머니에게 전화를 걸어 결혼식 준비 과정 중 일부를 나에게 넘겨달라고 부탁할 거다. 그녀는 틀림없이 손사래를 치며 격하게 반대하겠지만, 나는 인정사정 보지 않을 거다. 나는 — 이 대목에서부터 내 생각이 혀 꼬부랑 소리를 내기 시작했다 — 결론적으로 내가 미래에서 온 건 어마어마한 지식을 그냥 허비하려고 온 것이 아니다. 나는 에…… '퓨처 우먼future woman'이다. 그리고 나는 내가 사랑하는 모든 사람을 보호할 것이다. 어쩌면 평범한 옷 속에 입을 수 있는 몸에 착 달라붙는 엘라스틱

소재의 의상을 맞춰 입어야 할지도 모르겠다. 가슴엔 황금으로 만든 'F' 자를 달고. 이런 무한 긍정의 생각을 하던 중에 나는 잠이 들었다. 그 전에 화장을 지우지 않긴 했다. 결국, 다음 날 아침 거울을 처음 본 순간 나는 전날만큼 그렇게 '몹시' 긍정적이지는 않았다.

긴 샤워와 아스피린 두 알 그리고 커피 세 잔까지 들이부은 다음 사무실에 도착한 나는, 퓨처 우먼이 미래에 관한 그녀의 지식을 진짜로 유익하게 투입할 능력이 있을지에 그다지 확신이 서질 않았다. 예를 들어 린다의 경우가 그랬다.

"우베가 그러는데, 우린 이제 올 데까지 왔대." 린다가 가비 사장과 서류 분쇄기가 오전 일정을 위해 사무실을 나갈 때까지 기다렸다가 마를렌과 내 책상 앞에 와서 떡하니 버티고 섰다.

예감이 좋지 않았다. 그리고 그 예감은 맞았다.

"자궁구 오르가슴을 위한 시간이 되었대. 그이가 그러더라고."

마를렌과 나는 잠시 시선을 교환했다. 먼 미래에도 우리는 린다가 그녀의 밀교적인 성생활에 우리를 동참시키려 할 때면 항상 이랬다. 유혹적인 호기심과 손가락을 귀에 찔러 넣고, 큰 소리로 "라라라라라라!"라고 노래를 부르고픈 욕구 사이에서 갈팡질팡하면서 말이다. 이 일은 유감스럽게도 어떤 일이 벌어질지 이미 내가 알고 있는 경우였다. '자궁구 오르가슴'에 관한 이야기는 생생하게 기억할 수 있었기 때문이다.

"소수의 여성들만이 그걸 경험할 수 있대. 우베가 그러더라." 린다가 설명했다. 그녀가 당시에 했던 행동과 판박이처럼 똑같았다. "그리고 소수의 남성들만이 여성에게 그걸 해줄 수 있대. 하지만 우베는 그와 관련해선 완전히 정통한 사람이야. 정확히 말하자면, 자궁구 오르가슴은 그가 고안한 것이거든." 그녀가 내 책상 위로 몸을 깊숙이 숙였다. 그녀의 목걸이 펜던트가 책상 위에 둔 내 찻잔 속에 빠져 목욕을 했다. "본질적으로 관건이 되는 건 여성이 자신을 완전히 헌신할 수 있어야 한다는 것, 모든 두려움과 트라우마에서 스스로를 해방시키는 것, 그리고 파트너를 무조건적으로 신뢰하는 거야."

그러고는 당시 그랬던 것처럼 자오선과 차크라(요가 용어로, 기가 모이는 신체 부위를 일컫는다 — 옮긴이), 여성의 대장에 있는 영적 차단(이 대목을 생각하는 것만으로 나는 이미 귀에 손가락을 찔러 넣고 노래까지 부르고 있다) 등에 관해 뒤죽박죽 강의를 시작하더니, 급기야 도무지 무슨 말인지 알아들 수 없는 음과 양까지 헤집고 다녔다. 마를렌의 시선이 살짝 게슴츠레해졌다.

이쯤에서 내가 뭐든 해야 한다는 확실한 감이 왔다. 문제는 오직 무엇이냐일 뿐. 뭘 해야 한다지? 내가 알고 있는 한, 이 관계는 몇 주간 더 지속되어, 오줌 우베가 저 쾌청한 하늘에서 그의 부인과 세 아이들을 데리고 빠져나가, 린다의 가슴을 갈가리 찢어놓을 때까지 이어졌다. 린다는 그 무엇으로도 위로할 수 없는 상태였었다. 몇 주 동안이나 웃지도 않았고, 울다 지친 앙고라 토끼 같은 꼴로 지냈다. 게다가 그 엿같은 놈은 일처리도 특별히 비열하게 했었다. 이메일로 가족사진을 보내면서, 린다와 정말 아름다운 시간을 보낸 것에 감사한다는 인사를 전했던 것이다. 그는 메일에 쓰기를, 이제 자기가 다시 가족들에게 헌신하려고 하는 마음을 린다가 이해해주리라는 걸 알

예감은 언제나
알게 될 것보다
먼저 오는 법이다.
_알렉산더 폰 훔볼트

고 있다고 했다. 그러고는 추가로 두 사람이 함께한 경험을 통해 영원히 서로 연결되어 있을 거라는 내용도 잊지 않고 덧붙였다. 밝은 표정에 낙천적이고 온 세상을 다 포용하던 린다에게 남은 건 그저 한 무더기의 서글픈 비참함뿐이었고, 그 한 무더기의 비참함에 어깨를 늘어뜨렸고, 문외한이 보더라도 알 수 있을 정도로 우울한 기운에 사로잡혔었다. 무슨 일이 있어도 그렇게 지독한 고민을 하도록 더는 허락할 수 없었다. 그러나 다른 각도에서 보면, 고통스러운 깨달음을 겪을 때까지 그 시간 동안 린다는 정말이지 엄청나게, 엄청나게 행복해했었다. 이제 어느 쪽에 중점을 두어야 할까? 대체 내가 뭐라고 이 일에 끼어들 수 있단 말인가? 퓨처 우먼이라서?

"우베가 그러더라. 대부분의 여성들은 생명의 조건상 양기를 과도하게 돋보이도록 강요받는다는 느낌을 받는대. 왜냐면……."

"내 생각엔 우베가 너의 신뢰를 받을 만한 자격이 없는 것 같다." 나도 모르게 이 말이 터져 나왔다.

"뭐라고?" 그녀가 넋 나간 얼굴로 나를 바라보았다.

그리고 나도 똑같이 넋 나간 얼굴로 그녀를 바라보았다. 내가 대체 뭘 한 거지? 그녀가 지금이라면 나중에 그녀가 그랬던 것처럼 그렇게 실망하고 슬퍼하지 않을 거라고 누가 그랬는가? 그렇다면 나는 일을 약화시키는 게 아니라 가속화시킨 꼴이 되는 거다. 그러나 적어도 나는 그녀가 자궁구 오르가슴을 경험하는 데까지 가지는 못하게 할 것이다. 내가 기억하는 한, 린다의 헌신과 무조건적인 신뢰에도 불구하고 그녀는 오르가슴에 이르지 못했었다.

"나도…… 나도 모르겠어……. 방금 뭐랄까, 일종의…… 계시 같은 걸 받았어……"라고 중얼거리며 나는 갑자기 흐리멍덩한 기운이 싹 가신 마를렌의 눈길을 무시하려고 했다.

"계시라고?"

나는 고개를 끄덕였다. "마치 누군가 나에게 말을 하는 것 같았어. 하지만 목소리가…… 한 목소리가 아니었어……." 나는 급히 덧붙여 말했다. 으이크, 이거 정말…… 간단치가 않네. 무엇보다 이제 마를렌이 이마를 찡그렸으니.

린다가 뚫어져라 주의 깊은 눈길로 나를 바라보았다.

"어제 톰 크루즈의 아이 이야기 때처럼?" 그녀가 두 눈을 반짝이며 물었다.

그리고 이 순간 나는 깨달았다. 린다에게는 나의 소위 초감각적인 능력에 대해 동화 따위를 꾸며댈 필요가 없다는 것을. 그녀는 내가 미친 걸로 오해받지 않고 진실을 이야기할 수 있는 유일한 인물, 제정신으로는 이해할 수 없는 내 이야기를 믿어줄 유일한 인물이 될 수 있을 것 같았다.

나는 곁눈으로 그녀를 바라보며 미소를 지었다. "오늘 점심때 밥 먹으러 갈까? 너랑 나랑 단둘이서만. 어때?"

잘못을 아는 데서 치유가 시작된다.
_에피쿠로스

평행 우주에서의 시간은 진짜 삶과 비교될 정도로 극명하게 빠르게 지나갔다. 적어도 나에게는 그렇게 보였다. 세미나 준비와 업무상의 전화 통화 중에도 나는 '해야 할 일' 목록의 여러 항목들을 체크해나갔다. 2번 항목(**그 결혼식**)과 그것의 부가 항목에 관한 것도 체크했지만, 에바 언니의 시어머니와 통화하는 것은 아직 실천에 옮기지 못했다. 마침내 내가 그녀의 전화번호를 누른 건 이미 점심시간이 거의 다 된 시간이었다.

벨이 울렸다.

나는 마를렌이 그녀의 책상에 앉아 나를 자세히 관찰하고 있는 걸 안 봐도 알 수 있었다. 그것도 한쪽 눈썹을 치켜세우고 말이다. 그렇다고 그녀에게 짜증을 낼 수도 없었다. 그녀는 하루 종일 내가 전화 통화를 할 때마다 귀를 기울였다. 코앞에 퓨처 우먼이 있다는 걸 모르기 때문에 나의 반응들이 그녀로서는 극히 이상하게 보일 수도 있었을 것이다.

예를 들어 방금 전 티트겐 부인이 전화를 걸어왔을 때처럼 말이다. 티트겐 부인은 한 화학계열 대기업의 인사 과장으로, 다음 주에 그녀의 수습사원들에게 팀워크에 관해 가르쳐주겠다는 내 전화를 기다리고 있었다. 나는 데니스 벵케(이름이 정확한지는 확실하지 않다. 그다음 해부터 그는 **그 수습사원**이라고만 불렀으니까)라는 이름의 수습사원 모두를 위한 길이니 그 세미나에서 제외시켜달라고 고집을 부렸다. 이 이야기는 파티에 갔을 때 직장 생활 중 겪은 가장 창피스러웠던 경험 열 가지를 주제로 할 경우 엄지를 치켜세울 만한 이야기이긴 하지만, 사실 나는 한 번 더 누가 내 강의 도중에 자위행위를 하는 그런 경험은 갖고 싶지 않았다. 티트겐 부인은 그 즉시 나의 청을 들어주기로 했다. 언급했던 수습사원이 그녀를 항상 '티트헨 부인('티트헨'은 유두를 점잖지 못하게 표현한 말이다 — 옮긴이)'이라고 불렀기 때문이었다.

그녀와 협상하는 동안 마를렌이 처음으로 눈썹을 치켜세우기 시작했었다.

"데니스 벵케, 네가 명심해둬야 할 이름이야." 나는 그녀가 질문하려 들기 전에 그녀에게 설명해주었다. "언제라도 그 이름이 네 세미나 참가자 목록에 나타나면, 그 즉시 거부 조치를 취해야 해. 그 사람, 잘못했다고 사과하면서 자기가 지닌 향정신성 물질은 자기 집에서 가져온 거라고 말할 거야."

"오…… 오케이." 마를렌은 그냥 그 정도에서 멈추었다. 그러나 그녀의 얼굴엔, '카티도 혹시 집에서 향정신성 물질을 만들어 온 게 아닐까', 잠시 궁금해하는 게 그대로 드러나 보였다.

점심을 먹으면서 나는 조심스럽게 린다에게 우베의 진짜 가정 상황에 관해 알려주려고 했고, 어쨌든 린다는 그렇게 하라며 지지해주었다. 다행히도 그녀는 내가 어디서 이런 정보들을 구했는지 더 이상 묻지 않았다. 왜냐면 우리가 대화한 시간은 정확히 3분(린다가 잠깐 화장실에 다녀왔었다)이었기 때문이다. 린다는 그래도 아이디어 자체는 좋았다며, 부인이 없었더라도 오줌 우베에 대해 이미 싫증이 났었다고 했다.

잠시 긴장감을 늦추고 난 뒤에도 나의 약물 소비에 관한 마를렌의 의심은 다시금 증폭된 것 같았다. 사연인즉, 마를렌이 가비 사장이 떠맡긴 주말 일정들을 한숨을 쉬어가며 하나하나 열거하던 중에, 내가 벌떡 일어나서 소리를 지르며 이렇게 말했던 것이다. "NLP 고급 과정 듣지, 마를렌? 지금 갖고 있는 게 그 서류?" 그러고는 그녀의 손에서 서류들을 잡아채려고 했다. 엄청나게 배가 고픈 사자가 사육사에게서 고기를 낚아채려는 것처럼. 불현듯 2011년에 마를렌이 몇 번의 NLP 고급 과정을 통해서 마티아스를 알게 되었다고 말한 것이 기억났던 것이다.

빙고! 나는 참가자 명단에서 마티아스의 이름을 발견하곤 기쁘고 흥분한 나머지 얼굴까지 빨개지고 말았다. 하마터면 승리감에 취하여 허공에다 주먹을 날릴 뻔했다. 이건 분명 그가 다시 개입한 것이었다. 운명이라는 나의 오랜 좋은 친구가! 이 세미나에서 차분하게 그와 만나는 것이 어디 다른 곳에 잠복해 있다가 '우연히' 그에게 다가가는 것보다 훨씬 더 나았다.

"너 괜찮은 거니?" 마를렌이 물었고, 나는 약간 신경질적이긴 하지만 확신이 선 어조로 말했다. 내 상태는 더할 나위 없이 좋을 거라고, 그녀가 (제발, 제발, 제발) 나도 세미나에 등록시켜준다면 그럴 거라고. '죽느냐 사느냐의 문제가 달려 있다'고 말하고 싶은 걸 참느라 무진장 애를 써야 했다.

"하지만 이건 벌써 2단계 고급 과정인걸. 너 내가 1단계 과정 할 때 그랬잖아, NLP는 학문을 빙자해 대화 상대자를 조종하는 헛소리라고……."

"방금 생각이 달라졌다니까." 나는 새된 소리를 내며 외쳤다. 그리고 마를렌이 마치 내가 계속 강도를 높여가며 그녀에게 겁을 주는 것처럼(직접 약물을 만들 경우, 부작용이 발생할 수도 있다) 나를 바라보았기 때문에 나는 단호한 정도를 조금 낮추어 이렇게 덧붙였다. "NLP는 언제든 쓸모가 있을 것 같아. 그리고 그 이론적 토대에 관해선 전적으로 믿음이 가. 제발 물어봐줘, 아직 자리가 남아 있는지. 가비 사장이 수강료를 지불하지 않겠다면, 내 돈을 낼게."

마를렌은 지금의 그녀가 그러하듯 마음 씀씀이가 좋은 사람이라 강좌 담당자에게 전화를 걸어 나를 — 이제는 이마 끝까지 눈썹을 치켜세우고 — 추가로 신청해주었다. 그런 다음부터 나는 입꼬리가 귀에 걸리도록 싱글벙글 웃으며 다녔다. 좋았어! 이제 2주 후면 마티아스와 재회하게 될 거다. 이번엔 수동적으로 주변을 어슬렁거리며 신비한 순간이 오기만 기다리고 있지는 않을 거다, 절대! 이번엔 더 철저하게 일을 진척해나갈 것이다. 보다 많은 시스템을 동원해서.

NLP도 마찬가지. 누구라도 할 수 있는 인생 설계. 새 차처럼 완전히 새로운 연인 만들기. 지속적인……

"지금은 또 누구랑 통화하는 거니?" 에바 언니의 시어머니가 전화받을 때를 기다리며 전화기를 붙들고 있는데, 마를렌이 속삭이며 물었다.

머릿속으로 마를렌에게 직접 작곡한 퓨처 우먼 시엠송을 목청껏 부르게 하면 어떨까 하는 유치하기 짝이 없는 상상의 나래가 펼쳐졌다. "시간 없어." 그 대신 나는 그렇게 속삭이고 수화기를 가리켰다. 수화기 너머에서 드디어 에너지 넘치는 언니네 시어머니의 목소리가 들렸던 것이다.

곧이어 나는 내 전문 분야 중 하나가 목적 지향적인 업무 협상 트레이닝이라는 데 감사하지 않을 수 없었다. 왜냐면 예상했듯이, 언니네 시어머니는 내가 뷔페 음식과 밴드를 맡겠다는 의사를 전달하자 전혀 달가워하지 않았던 것이다.

"베데킨트 양, 사돈아가씨가 맡을 건 아무것도 없어요. 전부 다 벌써 한참 전에 해결했거든요. 그것도 적절한 가격에요!" 그녀는 금방이라도 싸울 듯이 말했다. 그녀의 이름은 프리드린데(글자 자체로만 보면 '평화의 보리수'라는 의미로 해석된다 — 옮긴이)이다. 하지만 나는 진즉 알아차렸다. 그 이름이 그녀에게 맞지 않는다는 걸. 그녀가 누가 뭐래도 정말 맛있는 체리 크럼블 케이크를 만들고, 에바 언니에게 절대로 부담을 주지 않았어도 말이다. 물론 그건 언니의 밝은 품성 덕분이었다. 만일 내가 여기서도 체리 크럼블, 저기서도 체리 크럼블을 보고 하루에도 서른 번씩 "그래, 우리 귀여운 손자는 어디 있누? 응, 얘 어딨니?" 하고 고래고래 소리 지르는 시어머니 목소리를 들었다면 미쳐버렸을 거다.

"절 믿어보세요. 나중에 저에게 고마워하시게 될걸요? 상한 참치회와 위험한 생선 가시가 든 가자미 튀김 그리고 초코 스무디라는 라벨을 붙인 인스턴트 스무디가 어머니 탓으로 돌아가지 않게 될 테니까요"라고 나는 친절하면서도 단호하게 반론을 제시했다. 나의 커뮤니케이션 전략엔 우리 사장도 정기적으로 한계에 부딪히곤 했다. 하물며 열정적인 걸 강조한 프릴 블라우스를 입은 뮌스터 출신 주부에게 맞서는데, 내 의사를 관철시키지 못할까. "그뿐 아니라 믿을 만한 소식을 통해 알게 됐는데요. 밴드 멤버 중 개인적인 문제를 좀 안고 있는 사람이 있는데, 그 문제라는 것이 유감스럽게도 공연의 질에도 지속적으로 영향을 줄 거라서요." (이런 식으로 말이에요. 여자 보컬이 나타나지 않자 키보드 주자가 보컬 파트를 넘겨받아요. 그런데 그 사람이 할 줄 아는 건 아주아주 슬프거나 무지무지 거친 노래들을 번갈아 부르는 것뿐입니다. 그러는 동안 취기가 점점 더 오르면서 — 그 전부터 이미 취해 있긴 했지만 — 결국에는 옷 보관소에서 **그 왕고모**와…….)

"나는 당신이 왜 이제 와서 이렇게 갑자기 모든 일에 끼어들려고 하는지 이해할 수가 없네요." 프리드린데가 나의 기억을 중단시켰다. 완전히 분기탱천한 목소리로 첫 음절을 발음할 때마다 먼저 숨을 들이마신 다음, 뒤에 오는 말들을 꾹꾹 눌러 쉿소리를 내며 앞니 사이로 내뱉었다.

"아, 그런 게 아니라요." 내가 말했다. ('우리' 일이라는 정서를 양산하세요. 하지만, 누가 결정권을 가질지에 대해선 의심을 갖지 마세요.) "출장 배달 음식과 밴드까지 모두 사돈어른 손에 달려 있다는 거 알아요. 어머니께서 꽃 장식과 내부 장식 그리고 다정다감함이 묻어나는 세세한 모든 부분까지 아주 탁월하시다는 것도요. 또 이벤트도……. 아, 그런데 아마 비둘기를 사용한 깜짝쇼는 빼시는 게 좋을 거예요." (가령 이런 일이 벌어질 수 있으니까요. 비둘기 중 한 마리(**그 비둘기**)가 죽은 채로 화동 소녀의 발치에 떨어져요. 그다음부터 이 여자아이가 종일토록 내내 신경질적으로 훌쩍거리며 다니는 거예요. 그래서 결혼식 사진마다 번들거리는 콧물 줄기를 달아놓는 거죠…….) "말씀드리자면, 언니가 새 공포증이 있거든요. 본인은 극구 부인하지만요."

"그런데 어떻게 비둘기에 관한 걸 아세요? 그건 서프라이즈 이벤트였는데……"

"그냥 넘겨짚어본 것뿐이에요, 어르신. 말씀드렸듯이 비둘기는 안 됩니다. 풍선만으로도 충분합니다. 그 외에 튤(실크, 나일론 등으로 망사처럼 짠 천 — 옮긴이) 주머니에 넣은 조그만 결혼식 답례품은 정말정말 반할 만한 아이디어고요." '칭찬할 것이 있으면 항상 칭찬하십시오. 존중은 건설적인 토대를 쌓도록 해줍니다.' "그리고 아름답기 그지없는 과일 데코레……."

나는 검지로 '해야 할 일' 목록을 짚어 내려갔다. "아, 하지만 룩센비힐러 부인은…… 그 부인은 빼는 게 더 좋을 것 같은데." 나는 프리드린데에게라기보다는 혼잣말을 하듯 중얼거렸다.

"뭐라고요, 빼자고요?" 프리드린데가 놀라서 소리쳤다. "룩센비힐러는 좋은 이웃이랍니다."

이웃은 맞겠지만, '좋은'은 아니다. 그 부인이 벌인 행각을 보면 정말 고문관이 따로 없었다. 에바 언니와 로베르트 형부는 아주 싼 값에 그 부인에게서 홀딱 반하고도 남을 대지를 구입했다. 그 대지엔 홀딱 반할 만한 그들의 단독주택이 서 있다. 그 안에서 그들은 홀딱 반할 만한 그림 같은 삶을 살고 있다. 그러나 언니처럼 — 시부모와 룩센비힐러 부인 사이에 에워싸여서도 — 평정심을 잃지 않는 성격을 지닌 사람이라야만, 그렇게 평화로운 삶을 유지할 수 있을 것이다. 그도 그럴 것이 룩센비힐러 부인이 부인 소유의 대지를 판 지 5년이 흐른 뒤에도 변함없이 그 땅이 원래 자신의 땅이었다는 생각에서 벗어나지 못했던 것이었다. 그래서인지 부인은 느닷없이 언니네 집 테라스에 불쑥불쑥 나타나서는 거실에 머리를 들이밀곤 했다. 형부와 언니가 일흔 살의 나이인 그녀가 간단히 넘나들기 힘든 높은 울타리를 둘렀을 때는 있는 힘껏 심술을 부렸다. 하지만 유감스럽게도 여전히 울타리 너머로 안을 들여다볼 수 있었고, 그래서 부인은 보이는 것마다 전부 참견할 수 있었다.

지난해 여름(그러니까 지금을 기준으로 하면 4년 후) 어느 날, 헨리가 다른 꼬맹이 두 명과 패딩 풀(가정용 이동식 수영장 — 옮긴이)에서 놀고 있는데 마침 룩센비힐러 부인이 그곳을 지나치게 되었다. 그녀는 자기 땅에서 누가 벌거벗고 있는 걸 용납하질 못했고, 아이들에게 소리를 질렀다. 그것도 병균과 동성애를 이유로.

그로 인해 그녀는 심지어 천사 같은 형부와 언니의 인내심을 과도한 시험에 들게 했고, 울타리는 이제 사생활 보호막이 되고 말았던 것이다.

"좋은 이웃이에요. 우리 아이가 어렸을 적부터 알고 지낸걸요." 프리드린데가 같은 말을 되풀이했다. 이번엔 완전히 힘을 뺀 목소리였다.

맞다, 그건 룩센비힐러 부인이 **그 결혼식**에서 즉흥적으로 이루어진 연설을 할 때에도 손님들 앞에서 말했던 사실이다. 주요리가 나오는 사이 그녀가 놀랍게도 마이크를 낚아채더니, 내어줄 생각을 않고 형부가 어린 시절 겪은 이런저런 소소한 이야기들을 즐겁게 늘어놓았다. 그로 인해 우리는 무엇보다도 꼬맹이 로베르트가 (그녀 표현에 따르면 **그 로베맨라인**이) 한번은 가죽 바지에 오줌을 싼 적이 있었는데 그게 35번지 집에서 기르는 그레이트데인(맹견의 한 종류 — 옮긴이) 때문이었다는 걸 알게 되었다. 하지만 그건 전혀 놀랄 일이 아니었단다. 그도 그럴 것이 개를 기르는 건 금지 사항이었으며, 이유는 개들이 룩센비힐러 부인의 앞마당에도 그랬고, 아무 데서나 볼일을 거하게 보았기 때문이었다. 그러나 룩센비힐러 부인이 아주 어릴 적부터 알고 있는 바, 로베맨라인은 절대로 비위생적인 개를 기를 사람이 아니며, 평소에도 시험 삼아 약물 복용이나 흡연, 음악을 크게 틀거나 화장 등 이런저런 걸 하거나, 동성애자와 같은 쓰잘데기 없는 인간이 되거나 녹색당원이 될 소지가 있는 나쁜 청년들과는 소속이 달랐다고도 말했다. 그렇긴 했어도 1985년경에 했던 긴 머리는 룩센비힐러 부인의 마음에 들지 않았었단다. 하지만 갈색 곱슬머리 클라우디아는 그녀의 마음에 들었다고 했다. 그녀, 즉 기젤라 룩센비힐러는 클라우디아가 로베르트와 결혼하길 엄청 바라 마지않았는데, 이

화를 낼 때 정말 화가 나는 건 상대방에게는 아무런 도움도 되지 않고 자기만 손해를 본다는 사실이다.
_쿠르트 투홀스키

유는 그 클라우디아가 — 그녀는 이번에도 틀림없이 또 이 이야기를 꺼낼 것이다 — 로베르트가 여러 해 동안 집에 데려왔던 여자들 중 그와 가장 잘 어울렸고, 성격상으로도 잘 맞았기 때문이었다고 했다. 그리고 **그 클라우디아**가 음악을 전공하고, 또 플루트를 너무나도 아름답게 연주했으며, 그래서 그녀, 즉 기젤라 룩센비힐러는 〈카르멘〉에 나오는 그 아름다운 소절을 접할 때마다 항상 눈시울이 축축해진다고 했다. 그러고는 "그 멜로디가 어떻게 되더라?" 하더니 랄라 랄라라 랄랄라…… 노래를 했다.

우리는 — 특히 불쌍한 로베맨라인은 — 충격으로 온몸이 굳은 채 룩센비힐러 부인을 그저 빤히 바라보기만 할 뿐 바보처럼 아무것도 하지 못했었다. 나중에 아버지는 당신이 룩센비힐러 부인에게 던지려고 이미 복숭아를 손에 들고 있었다고 늘 주장하셨지만, 그걸 증명해 보이시진 못했다. 왜냐면 룩센비힐러 부인의 노래를 멈추게 한 건 복숭아가 아니라, 생선 가시 때문에 질식사할 위기에 처했던 로베르트의 삼촌 안톤이었다. 그 생사를 오가는 사건을 보고 처음엔 그저 하늘이 도왔다는 생각밖에 들지 않았었다.

"룩센비힐러 부인을 도로 뺀다는 건 불가능해요. 그렇게는 할 수 없어요." 사부인 프리드린데가 말했다. 내가 아무 말도 않고 있자 확신이 서지 않았는지 이제는 거의 울먹이듯 말했다.

"그야 물론 이해하지요." 나는 달래듯이 말했다. "중요한 건 우선 어머니께서 밴드와 출장 뷔페 회사에 취소 통보를 하시고 비둘기 주문을 취소하시는 겁니다. 자리 배치 때문에 제가 한 번 더 전화드릴 거예요. 아참, 그리고 일을 간단히 하는 차원에서 제가 아버님께 연설문에서 피하실 주제를 적은 목록을 작성해 드릴 겁니다."

"헤리베르트의 연설문을 지금 사돈아가씨가…… 검열하겠다는 거예요?"

"안전을 기하려는 것뿐이에요. 사돈어르신이 실수로 나중에 어르신이 곤란해질 말씀을 하시지 않도록 말이에요. 우리 두 사람 모두 이 결혼식이 우리 모두에게 좋은 추억으로 남게 되길 바라잖아요. 그렇지 않나요?"

프리드린데는 새로운 '우리' 정서에 완벽하게 기습 공격을 당하고 말았다. "그야, 물론이죠." 그녀가 말했고, 나는 만족해하며 전화를 끊었다. 일이 다 해결된 거나 다름없었다. 그리고 룩센비힐러 부인의 문제에 대해서는 곧 좋은 생각이 떠오를 것이다. 걱정할 것 없다.

보아하니 마를렌은 그사이 공격 전술을 쓰기로 결심한 것 같았다. 그녀는 실눈을 뜨고 나를 유심히 살펴보았다. "너 병원에서 돌아온 뒤로 어딘가 딴사람이 된 것 같아!"

이런. "아마 좀 더 목적 지향적인 인간이 되었을지도!" 내가 맞장구를 쳤다. "병원에서 배웠거든. 살아 있는 동안 허투루 허비할 시간이 없다는 걸."

"그랬구나, 틀림없이 뭔가 있다 했어." 마를렌이 말했다. 그런 뒤 놀랄 만한 일이 일어났다. 그녀가 한곳을 멍하니 응시하더니 길게 한숨을 내쉬며 이렇게 말하는 것이었다. "얼마나 더 골치를 앓아야 결정을 내릴 수 있을까……. 난 사실 아직도 잘 모르겠어, 가비 사장의 제안을 받아들여야 할지 어떨지."

"무슨 제……"라고 말을 꺼내는데, 머릿속에 다시 떠오르는 게 있었다. 실제로 2006년도에 가비 사장이 마를렌에게 파트너로서 에이전시에 참여할 것을 제안한 적이 있었다. 가비 사장이 무한한, 그리고 그녀와는 전혀 어울리지 않는 한순간의 지혜로 마를렌이 새로운 고객의 대부분을 유치하고, 전국적으로 여성 지도자를 상대하는 코치들 중 가장 인기 있는 코치 중 한 명이라는 — 그러니까, 곧 그렇게 될 거라는 — 걸 알았기 때문에 그런 건 아니었다. 그건 어림도 없는 소리다! 단지 마를렌이 어떤 대기업으로부터 상당히 매력적인 자리를 제안받았다는 걸 알게 된 것이었다. 그래서 파격적인 임금 인상으로 마를렌을 회사에 묶어두는 대신, 에이전시에 파트너로 영입하면 더 싸게 먹힐 거라는 계산을 했던 것이다.

마를렌의 아버지는 그 아이디어를 지지하며 마를렌에게 유한회사를 차릴 수 있도록 막대한 양의 유산을 미리 주겠다고 제안했었다. 그러나 그는 — 같은 해, 정확히 크리스마스 명절 때 — 마를렌이 자비에와의 관계를 끝내기를 거부하자 제안을 다시 거두었다.

결국 마를렌은, 직업적으로 볼 때 아무것도 손에 넣지 못한 상태가 됐다. 신용 대출 리스크를 감당하는 것이 너무 부담스럽게 여겨져 에이전시에 파트너로 합류하지도 못했고, 대기업에서 자리를 얻는 것도 허사가 되어버렸다. 그사이에 다른 사람이 그 자리를 꿰찬 지 한참 되었던 것. 그녀에게 남은 것은, 심술궂게 웃으며 계속해서 수익의 대부분을 자기 주머니 속에 찔러 넣는 가비 사장뿐이었다.

"그래, 장점과 단점을 비교해가며 신중하게 검토하는 일은 언제나 어려운 것 같아." 그녀가 조심스럽게 말했다. 그리고 퓨처 우먼은 '해야 할 일' 목록에 새로운 항목을 넣어야 할 것 같은 예감이 들었다.

"원래 내가 하고 싶었던 게 바로 그런 거였는데." 마를렌이 말했다. "다른 한편에서 보면…… 내가 장담하는데, 가비 사장과 파트너가 된다면 틀림없이 자기처럼 나도 밤낮 가리지 않고 일을 해야 한다고 요구할 거야. 게다가 내가 아멜리 때문에 그렇게 할 수도 없다는 걸 그녀가 이해해줄 리도 없고……."

그렇다. 가비 사장은 2011년에도 정확히 그 문제로 계속 마를렌을 비난했었다. 아이를 홀로 양육하는 어머니로서 마를렌은 한 회사의 사장 업무를 제대로 통제할 수 없을 것이고, 그러므로 그녀가 동업 제안을 거절했던 건 가비 사장으로서 달가운 일일 수도 있었다.

"에이전시를 운영하면 확실히 가능성이 있을 것 같아. 순수하게 개인 사업으로 말이야." 내가 말했다. "틀림없이 멋진 기업인이 될 거야. 사장이 된 마를렌 여사님을 보게 된다면 난 진짜 기쁠 것 같아."

마를렌이 미소를 지었다. "그렇게 말해주니 좋네. 우리 아버지도 내가 좋은 기회가 왔을 때 그걸 활용해야 한다고 생각하셔. 아버지는 딸이 개인 회사를 소유할 거라는 생각만으로도 좋아하고 계셔. 솔직히 이제껏 살면서 아버지가 날 정말로 자랑스러워하신다는 느낌을 처음으로 받았거든. 나는 아버지가 내게 돈을 지원해주신다는 게 아직도 실감이 안 나. 그것도 현기증이 날 정도로 큰 금액을 말이야."

나는 이가 갈리는 걸 억지로 참았다. 마를렌의 아버지는 혐오스럽고 늙은 전제군주였다. 마를렌은 평생 아버지의 인정을 받기 위해 고군분투했다. 그러나 이제 그녀는 2006년 크리스마스 때 아버지에게서 받은 편지 이후(지금의 시점에서 보자면 받을 예정인 그 편지 이후) 아버지와는 더 이상 왕래하지 않고 있다. 그 편지를 읽었던 나는 그녀를 잘 이해할 수 있었다. 자신의 딸이 자비에와, 아니 정확히 말하자면 '그 약물중독 망명객에 외국에서 온 결혼 사기꾼'과 함께 하는 한, 그녀는 부모님 집의 문지방을 한 발짝도 넘어올 수 없다고 편지에 썼던 것이었다. 그리고 유산에 관해 그녀는 아직까지 상속유류분(상속 재산 가운데, 상속할 사람이 마음대로 처리하지 못하고 정해진 상속인을 위하여 법률상 반드시 남겨두어야 할 일정 부분 — 옮긴이)조차 단 1센트도 보지 못했다. 그것마저도 움켜쥐고 내놓지 않으려 그는 사적으로 필요한 모든 걸 할 것이다.

"나 혼자 결정하기, 그것도 나를 매료시킬 것 같기는 해." 마를렌이 꿈꾸는 표정으로 창밖을 내다보았다.

"다른 한편에서 보면 네가 그 흡혈 백……" 나는 헛기침을 했다. "음, 가비 사장과 어깨를 나란히 하고 있는 건 나도 쉽게 상상이 가지는 않아."

나는 그 와중에 벌써부터 내 생각을 하고 있었다. 오예, 이 일은 무슨 일이 있어도 퓨처 우먼이 맡지 않으면 안 되겠는걸. 심지어 어떻게 할지 아이디어까지 떠올랐다. 상당히 대담무쌍한…….

마를렌이 다시 한숨을 쉬었다. "그래, 그건 네 말이 맞아. 그리고 첼러 라이쓰도르프 부인도 틀림없이 협조적으로 나오지 않을 거야."

…… 아이디어이긴 하지만, 지금 이곳은 평행 우주가 아닌가. 그러니 실제의 삶에선 감히 하지 못할 일이라도 위험을 무릅쓰고 한번 해볼 만하지 않은가. 열심히 메모를 하느라 나는 주변을 의식하지 못한 채 이렇게 말했다. "첼러 라이쓰도르프 부인에 관해서 말인데, 내 생각엔 그녀가 회사에서 보내는 날들도 이젠 다 된 것 같아." 왜

냐면 그녀는 가을에 남편과 슈투트가르트로 이사할 거고, 그리하여 완전히 기억의 저편으로 사라져버릴 사람이니까.

"거기엔 뭘 또 그렇게 끄적이고 있는 거니?" 마를렌이 물었다.

나는 재빨리 노트를 덮었다. "아, 그냥 '해야 할 일' 목록이야." 그리고 미소 띤 얼굴로 그녀를 보았다. "할 일이 진짜 많네!"

살다 보면 위험을 감수하고 일단 일을 시작해야 할 때가 종종 있다. 실수는 행하는 도중에 바로잡으면 된다. _리 아이아코카

**인간이 현명하게 행동하는 데는 세 가지 방법이 있다.
첫째는 충분히 생각한 후에 하는 것이고,
둘째는 가장 쉬운 방법인 남을 따라 하는 것이다.
셋째는 가장 어려운 방법으로,
바로 직접 경험하는 것이다.**
_공자

2006년도에 유기농 상품을 고르는 건 기대에 미치진 못했지만, 그래도 유기농 닭고기와 제이미 올리버(영국의 스타 셰프 — 옮긴이) 요리를 하는 데 필요한 아삭거리는 신선한 파와 버섯은 만족할 만했다. 이 요리가 지금 시점에 이미 개발되었던 것인지 어떤지는 잘은 모르겠다. 그러나 그런 건 중요하지 않았다. 나는 레시피를 이미 다 외울 수 있었으니까.(독자 여러분이 레시피를 알고 있다고 생각된다면, 그건 내가 앞에서 한 번 그 요리를 했기 때문일 거다.)

'다시 한 번 살게 된다면'이라는 말을 검색해보면 놀라울 정도로 많은 검색 결과가 뜨는 걸 보게 된다. 이미 2006년도에도 그랬다. 많은 사람들(물론 대부분이 나이가 좀 들었거나 죽음에 임박해 있는 사람들)이 진즉부터 그런 생각을 했었고, 내세를 위해 지혜로운 말들은 남겼다. 그리고 다음과 같은 점에서 한결같이 공통된 의견 일치를 보였다. 한 번 더 삶을 살도록 허락받는다면, 더 즐기고, 더 사랑하고, 실수를 그다지 겁내지 않을 것이다. 해 지는 노을을 더 많이 감상할 것이며, 쓰다듬고 보듬어주는 것도 더욱 많이 할 것이고, 집 안 청소나 다이어트는 더 줄일 것이다. '지금 안 하면 다음에 언제 하겠어'라는 마음가짐을 더욱 많이 지니고 살 것이며, '네 양말 좀 치워'라는 말은 줄이고, 사랑한다는 말은 더 늘릴 것이다. 허리띠를 졸라매는 건 줄이고, 즐길 수 있을 때 더 많이 즐길 것이다. 이 모든 걸 이제 나는 분명히 이해하게 되었다! 그랬기 때문에 나는 즉흥적으로 이번 주말에 린다와 마를렌, 아멜리 그리고 자비에를 저녁 식사에 초대했다. (더 많은 사람들을 초대할 수도 있었지만 사실 이 시기에 쾰른에서 사귄 친구들은 그 범주가 좀 제한된 편이었다.) 그리고 지루하게 저녁 식사를 하기엔 삶에 너무 면목이 없기에, 다 같이 함께 부활절 달걀도 색칠하고, 'Nobody is perfect' 게임(주사위 숫자에 따라 전세를 역전시키는 보드 게임 중 하나 — 옮긴이)도 해야겠다고 결심했다. (이날 행사 때문에 저녁노을을 위한 시간은 가질 수 없었다.)

채소 코너 위의 거울에 비친 내 모습이 눈에 들어왔다. 나는 멈추어 서서 호의적인 눈길로 나를 살펴보았다. 내가 가장 좋아하는 청바지에 몸에 딱 붙는 티셔츠를 입고 있었는데, 군살 하나 없는 몸매가 고스란히 드러났다. 그리고 그 위에 새로 산 트렌치코트를 무심하게 걸친 듯 오픈해서 입고 있었다. 거짓말 하나 안 보태고 말하건대, 나는 너무 멋져 보였다! 무조건 필라테스 코스에 등록해야 할 것 같다. 이 상태를 가능한 한 길게 유지할 수 있도록 말이다.

흡족한 마음에 흥얼거리며 나는 쇼핑 카트를 계속해서 앞으로 밀고 갔다. 내 의지와는 상관없이 방문하게 된 과거 속에서 내가 점차 긴장을 풀고 있다고 말하긴 아직 좀 무리인 것 같다. (사실 나는 매일 밤 잠들 때마다 2011년에 지하철 밑에서 다시 깨어나게 될까 봐 너무나도 큰 두려움에 휩싸이곤 한다. 그건 긴장이 풀린 게 아니다!) 그래도 이 상황에 적응하기 시작한 건 맞다. NLP 세미나에서 마티아스를 다시 만날 거라는 희망은 내가 여기서 미래에 관한 나의 지식을 근거로 이미 하나의 작은 성공을 거두어냈다는 사실과 함께 내 기분을 고양시켰다.

그리고 린다 덕분에 나는 더 이상 처음처럼 그렇게 외롭게 느끼진 않았다. 완전히 그렇다고는 말할 수 없겠지만, 최소한 그동안 일어난 일에 관해 함께 숙고할 수 있는 누군가는 찾았으니까. 그러니까, 내가 미래에서 왔다는 것을 린다는 단 한 순간도 의심하지 않았다. 아니, 그와는 반대로 그녀는 내 복잡한 이야기를 처음부터 끝까지, 그것도 휘둥그레 뜬 눈으로 귀 기울여 들었고, 내가 지하철에 치였던 대목에 이르러선 눈물을 흘리기 시작했다.

"정말이지 끔찍한 이야기야. 가여워서 어쩌니!" 그녀는 그렇게 속삭이고는 나를 포옹하며 위로해주려다 그녀의 바이오네이드(딸기, 허브 등을 넣은 약주 브랜드로, 일반적으로 순한 약주로 알려져 있다 — 옮긴이)를 엎지르고 말았다. "너 정말 끔찍한 기분이겠다, 얘! 하지만 넌 혼자가 아니야! 언젠가 영혼 체인지에 관한 책을 읽은 적이 있었어……. 나는 믿어, 너는 죽은 게 아니야. 정반대로, 삶이 너에게 두 번째 기회를 준 거야."

**친구란 내 면전에서 자신의 생각을 말할 수 있는 사람이다.
_랠프 월도 에머슨**

한결 가벼워진 마음으로 나는 끈끈한 — 그리고 약간 오줌 냄새가 나는 — 그녀의 포옹에 몸을 맡긴 채 잠시 흐느꼈다. 자기 연민에서라기보다 고마움이 더 큰 흐느낌이었다. "그러니까 지금 내가 2011년도에 안치실 어디쯤에 누워 있는 게 아니란 말이지?"

"응, 죽는 건 완전히 다른 식으로 전개되거든." 린다가 나를 진정시키며 말했다. "죽으면 그 시간에 평행 우주로 다시 자리가 옮겨지는 게 아니라 어떤 터널 속을 통과해야 하는데, 너 때문에 흘린 눈물의 호수를 걸어서 건너고, 너 때문에 죽은 모든 동물들 곁을 지나가야 한대. 그리고 그 동물들이 소처럼 순하고 둥근 눈으로 슬프게 너를 바라본단다. 그런 다음 너는 빛 속으로 걸어가, 다음 생애에서 채식주의자로 다시 태어나게 되는 거지."

"날 믿어주고 미쳤다고 여기지 않아줘서 너무 고마워." 나는 코를 훌쩍이며 말했다.

"당연히 널 믿어야지, 카티라인." 나는 그녀의 팔에 안겨 잠시 아늑하고 안정된 느낌을 받았다. 어쩌면 린다는 우리들보다 훨씬 더 지혜로울지도 모른다는 생각이 들었다. 그녀가 이 말을 더하기 전까지는……. "네 말이 거짓말이었다면 나는 즉시 너의 기운에서 그걸 알아챘을 테니까 말이야."

이 말은 나에게 하나의 큐 사인이 되어주었다. 나는 그녀에게서 다시 떨어져 눈물을 닦은 다음, 우베에 관한 고통스러운 이야기를 풀어놓아야 했다.

"거짓말이라는 말이 나온 김에……" 나는 무거운 마음으로 말을 꺼냈다.

하지만 나의 속마음은, 퓨처 우먼이 지금 당장 나타나 나에게서 린다에 관한 부담을 덜어가는 것이었다. (만약 내가 유니콘을 타고 이리로 온다면, 린다는 정신없이 녀석을 쓰다듬어줄 거다…….) 그래도 그녀는 우베가 몇 주 전부터 그녀를 갖고 놀았다는 말은 무조건 믿지 않으려 했다. 나는 온갖 수단을 다 써보았다. (결국 나는 해결의 실마리를 마를렌의 세미나 히트작에서 끌어냈다. 2009년도에 '효과적인 속이기 방법'이라는 프로그램으로 발전된 세미나였다.) 그러나 그 결과는 최소한 불신의 씨앗을 뿌렸다는 점에선 성공했다고 기록할 수 있는, 그 정도 선에서 초라하게 마무리되었다. 더불어 린다가 오줌 요법을 그만두었다는 선에서. 어쨌든 간에 나는 그것을 청신호로 받아들였다.

"죄송합니다, 잠깐 지나가도 될까요?" 나는 힘차게 쇼핑 카트를 밀면서 2인용 유모차를 밀고 가는 스트레스에 찌든 한 애기 엄마가 유제품이 진열된 냉장고와 아침 식사용 콘플레이크 진열대 사이의 통로를 점령하고 몇 시간이나 통로를 가로막고 있기 전에 얼른 그 옆을 지나갔다.

레시피에 적힌 4인분으로는 충분하지 않았기 때문에 재빨리 6인분의 음식을 준비하려면 얼마만큼의 생크림이 필요한지 대충 암산해보았다. 그리고 후식으로 여섯 개의 초콜릿 무스도 카트에 담았다.

마를렌은 조금 당황스러워했다. 내가 자비에까지 초대했기 때문이었다. "우린 아직 정식으로 사귀는 거 아니야, 알지?" 그렇게 우물쭈물 말하고는 "그이는 나에 비해 너무 어려"라고도 했다. 나는 그래도 그가 함께 오면 기쁠 거라고 말했었다. 그리고 그가 친구를 한 명쯤 더 데리고 와도 괜찮을 것 같다고 했다. 린다를 위해서 말이다. 린다가 자비에네 밴드의 타악기 주자와 사랑에 빠져서 우베가 먼저 손을 쓰기 전에 그녀가 우베에게 결별 선고를 날릴 수 있게 된다면 정말 멋질 거라는 생각이 들었다.

나는 쇼핑 카트를 들여다보며 잊은 것은 없는지 살펴본 다음 서둘러 계산대로 향했다. 집에 돌아가는 길에 재빨리 길모퉁이에 있는 와인 가게에 들를 예정이었다. 레시피대로 소스에도 넉넉히 넣고, 다른 한편으론 '즐길 수 있을 때 즐기는' 데 화이트 와인이 필요했던 것이다.

쾅!

마치 큐 사인이 떨어진 것처럼 나는 모퉁이를 빙 돌아 갑자기 내 앞에 나타난 쇼핑 카트와 부딪히고 말았다. 아마 내가 더 세게 밀고 있었는지, 나는 밀던 속도 그대로 다른 쪽 카트를 탑처럼 쌓아 올린 콘플레이크 상자들이 있는 곳으로 곧장 밀고 갔다. 콘플레이크 상자들이 격하게 흔들리는가 싶더니 이내 와르르 무너져 내렸다. 마치 영화의 한 장면처럼 말이다. 다만 영화였다면 아마 종이 상자 대신 어쩌면 사과 퓨레 병들을 세워두었을지도 모른다. 아무튼 그 경우엔 백이면 백, 음향 기술로 더욱 드라마틱하게 관중을 압도했을 것이다. 퓨레 병이 바닥에 떨어지더라도, 질펀한 퓨레와 깨진 유리 조각이 범벅이 되어 아무 소리도 나지 않을 테니까 말이다. 어쨌든 콘플레이크 상자들은 깨지지 않고 멀쩡하게 널브러져 있었다.

"이게 대체 무슨……." 쇼핑 카트 임자가 말했다. 그리고 — 슈퍼마켓에서도 우측 보행이라는 규칙이 통하는 건지 확신이 서지는 않았지만, 그래도 — 미안하다는 말을 하려고 막 입을 열려는 순간, 나는 내 앞에 선 사람이 누군지 알아채고 말았다.

펠릭스.

갑자기 심장이 마구 방망이질 치기 시작했다. 젠장! 이 슈퍼마켓은 그가 사는 곳과 거리가 멀었다. 술수에 능한 운명이 그가 내 쇼핑카트 앞으로 곧장 달려오도록 그를 어찌어찌 이곳으로 유혹한 것이 틀림없었다. 지금 그가 나를 보게 된다면, 필시 그는 1초도 안 되어 나를 사랑하게 될 것이다, 그의 방식대로 말이다. 운명은, 이 심술궂은 운명은 아마도 그렇게 계획을 세운 모양이었다. 그것도 하필이면 꽃무늬 환자복에 떡 진 머리가 아닌, 이 몸이 아주 멋있어 보이는 오늘 말이다. 교활한 운명 같으니!

하지만 나랑은 안 된다!

몸을 숙여 콘플레이크 상자를 들어 올리는 동안 — 펠릭스도 나와 똑같이 했지만 우리는 서로 시선을 교환하지는 않았다 — 나는 어떻게 해야 그를 최대한 겁먹게 해 멀찍이 떨어지도록 할 수 있을까 열렬히 생각했다. 그가 뭘 참을 수 없어 했지? 여자들이 어떻게 행동할 때 불쾌해하고 기분 나빠했었지? 눈썹 면도는 지금 당장 행동에 옮길 수 없는 일이었다. 남독 사투리를 구사하는 것도 그에 못지않게 에로틱하지 못하다. 뭐가 더 있었더라? 어서 잘 생각해봐, 카티! 너는 너 자신보다도 이 남자를 더 잘 알고 있어. 그가 못 참는 게 뭐가 있었지? 까슬까슬한 풀오버, 밀크 라이스, 식사 예절 없는 것, '돼지 거시기'라는 말, 그자비에 나이두(남아프리카공화국의 아랍계 어머니와 인도계 아버지를 둔 혼혈 가수 — 옮긴이), 로젠스톨츠(독일의 혼성 듀오 — 옮긴이), 결벽증 환자, 꽃분홍색 립글로스, 형편없는 문법,

그를 '자기야'라고 부르는 것, 혓바닥 피어싱, 크리스마스 스톨렌(독일에서 크리스마스 시즌이 되면 특히 빼놓지 않고 먹는 케이크로, 건포도와 각종 과일 젤리를 넣은 긴 케이크 위에 흰 설탕 가루를 두껍게 뿌린 것이 특징이다 — 옮긴이)에 들어간 레몬맛 젤리와 오렌지맛 젤리…….

세상에, 이제 이 사람이 내 쪽으로 완전히 돌아서서 나를 보고 있다. 친숙한 그의 시선을 마주하자 문득 그가 사랑했던 모든 것이 떠올랐다. 폭풍우가 치는 날씨에 바닷가를 산책하는 것, 코코넛 열매로 만든 기사(騎士) 장식, 그의 장딴지에 닿는 내 차가운 발, 소위…… 서클스퀘어라고 하는 그룹과 아케이드 파이어 그리고 그 사람 외엔 아무도 모르는 다른 그룹들의 음악, 고양이와 개…… 스톱! 이러면 안 돼. 절절한 심정으로 나는 식탁 예절이 나쁘고 결벽증이 있는 사람처럼 보이려고 했다. 그런데 펠릭스가 여전히 미소를 짓고 있는 것이었다.

"도와주셔서 감사합니다." 그가 말했다.

아, 안 돼! 이젠 좀 더 강도 있게 맞서야 했다.

나는 콘플레이크 상자 한 개를 집어 다른 콘플레이크 상자들 위로 던졌다. "여보시오, 잉. 내는 당신을 도와준 기 아이라예! 그야 전적으루다 당신이 잘못한 거 아녀유, 그지유?" 젠장, 이게 대체 어느 지방 사투리람? "당신이 미친 사람처럼 달려왔잖아예, 끔찍혀유." 어디 사투리든 간에 상관없다, 어쨌든 불쾌하게 들리기만 하면 된다. 펠릭스 역시 무척 헛갈려하면서 보고 있었다. 아마 내가 대체 어느 동네에서 이주해 온 사람일까 생각하는 것 같았다.

다행히 이때쯤 새파랗게 젊은 슈퍼마켓 직원이 나타났다. 아마도 그 바보 같은 콘플레이크 탑을 처음 생각해낸 실습생일 것이다. "괜찮습니다. 제가 다시 해놓을게요." 그는 놀라울 정도로 친절하게 말했다.

"고마워요." 심하게 마음이 놓인 나머지 나는 평소 말씨를 내뱉고는 서둘러 이렇게 덧붙여 말했다. "그라도 이건 알아두쇼, 잉. 이건 그랑께 저긔 잘못이요." 그런 다음 나는 낚아채듯이 내 쇼핑 카트를 움켜잡고 달려가 마침내 그 자리를 벗어났다.

복잡하지 않게 말하고, 천천히 말하고, 너무 많이 말하지 말라. _존 웨인

하지만 기뻐하기엔 일렀다. 펠릭스가 내 뒤를 따라 뛰어왔던 것이다. 나는 더욱 속도를 냈다. 코트 주머니에서 휴대폰이 울리기 시작했다. 그리고 그의 목소리도.

"저기요, 잠깐만요!" 펠릭스가 소리쳤다.

이게 대체 납득이 가는 일인가? 이 남자, 내가 이 난리를 쳤는데도 불구하고 나에게 전화번호를 묻는다거나 뭐 그러겠다는 건가?

"이 길은 쉬운 길이 아닐 거요, 잉." 그가 나를 앞지르자, 나는 사투리 버전으로 개사한 노래를 부르며 주머니에서 휴대폰을 낚아 올렸다.

"당신……." 펠릭스가 말을 시작했다.

"쉿! 전화해야 뒹께. 안 보여유?" 나는 전화기를 귀에 갖다 댔다. "어이, 린다 아녀. 내가 시방 시간이 없어부러. 뿌띠쏩에 가서 눈썹 쫌 밀고 다듬어야 한다 안 카나. 그다음은 집으로 내빼, 마, 우리 자기를 위해서 밀크 라이스도 해놔야 허는디……." 나는 펠릭스를 뚫어져라 바라보았다. '어보세요, 이 부인은 전혀 당신 타입이 아니랍

니다. 이 여자는 사람이 있어요, 알겠어요? 썩 물러가세요!'

"카티? 너 뭐, 뜨거운 감자라도 입에 넣은 거니? 말소리가 왜 그래?" 린다가 말했다. "음…… 음식 만드는 거 방해할 생각은 아니었고, 그냥 너한테 잠깐 얘기해주고 싶어서. 네가 옳았다고."

"뭐라카노? 안 된데이, 다 알면서 그라노! 내 동물들 싫어한다. 고기 요리랑 모피 코트만 빼고 말이데이. 애완동물들은 마, 똥이나 싸고, 안 된데이." 하! 펠릭스는 이제 정말로 혐오감을 느끼는 눈치였다. 그런데도 여전히 눈앞에서 사라질 기미가 보이지 않았다. 아니, 오히려 그 반대였다. 그는 고집스럽게 멈추어 서 있었다. 그러더니 이제 심지어 내 쇼핑 카트에 팔을 뻗치더니, 카트를 움켜잡기까지 하는 것이었다. 나는 그의 손가락을 찰싹 치며 말했다. "뭐 하시는 거예요!"

"오늘 오후에 우베의 치료원에 갔었어." 린다가 말했다. "예약 담당 간호조무사에게 그에 관해 좀 물어보려고. ……그 여자, 참 친절하게도 알려주더라. 그리고 너 그거 알아?"

"그이야 뭐 항상 나한테 불만이쟈, 나가 혀 피어싱을 갖고 자기 거시기를 매달아둔다고 말이여." 나는 힘주어 말했다. 이 정도면 펠릭스를 녹다운시키는 데 충분해야 마땅했다. 그런데도 그는 여전히 꿈쩍도 않고 서서 세계 8대 불가사의 중 일곱 번째라도 보는 듯 나를 노려보고 있었다.

"그 사람, 결혼한 지 11년 됐고, 애가 셋이래!" 린다가 훌쩍거리는 소리가 들렸다. "그건 너도 이미 알고 있는 거잖아. 너 그러니까, 누구랑 알고 지낸 거니? 그 간호조무사랑 개인적으로 잘 아는 사이였던 거니?"

"저런, 린다라인! 거 진짜로 짠해부리네, 잉. 나가 좀 이따 전화할게, 알았쟈?"

"지금 괜찮으시다면 저에게……" 그렇게 말하면서 펠릭스는 다시 쇼핑 카트를 잡으려는 제스처를 취했다. 상황이 뭔가 잘못 돌아가는 것 같았다!

"막내가 이제 겨우 한 살이래……." 린다는 내 귓전에 대고 말하고 있었고, 나는 점점 부담감이 느껴지지 시작했다. "아이가 심한 신경피부염을 앓고 있다는데, 동종 요법 치료 수단을 다 동원해봐도 소용이 없나 봐……."

"펠릭스? 여기 있었어? 온 사방을 다 헤매고 다녔네!" 뒤에서 어떤 여자의 손이 펠릭스의 어깨를 잡았다.

그 손이 누구의 손인지 깨달았을 때, 나는 나직이 끄억 소리를 내며 비명을 질렀다. **그 햄스터**가 숨을 거둘 때 냈던 소리와 비슷한 소리였다.

릴리안! 그의 **전 여친**! 아마 지금 이곳에선 해당 사항이 없는 말일 것이다. 분명 펠릭스와 그녀는 '둘 사이의 휴지기'를 끝마쳤을 것이다. 그리고 펠릭스가 이 슈퍼마켓에서 장을 보고 있었던 이유도 설명이 됐다. 바로 길모퉁이만 돌면 릴리안이 사는 곳이었다.

쓰흡…… 이 남자, 딱 한 번 그의 자전거를 치지 않았을 뿐인데 벌써 깃발을 휘날리며 전 여자 친구에게로 달려간 것이다.

뭐, 당연히 좋은 일이었다. 또한 순수하게 실질적인 면만 본다면 이보다 더 좋은 수는 없었다. 내 말은 펠릭스가 나 없이도 행복하다는 것이 '어메이징하다'는 말이다. 그렇다고 해서…… 맙소사! 그게 꼭 릴리안이어야 했을까?

나는 그녀가 아무렇지도 않게 그의 머리를 쓰다듬는 걸 화난 얼굴로 바라보았다.

"갈까?" 그녀가 물었다.

"그러고 싶은데, 이 미ㅊ…… 이 여자분이 우리 쇼핑 카트를 갖고 있어서." 펠릭스가 말했다.

"응? ……오!" 나는 펠릭스를 한 번 보고 쇼핑 카트 안을 한 번 보았다. "그러네요. 이건 제 카트가 아니네요. 나 같으면 절대로 호두 요구르트를 한 판이나 사지는 않았을 거예요. 그리고 스페인산 딸기…… 그리고…… 부활절 토끼……." 작은 종이 달린 황금빛 부활절 토끼. 그가 부활절 아침 식사 때면 목 끈에 작은 메모지를 끼워 접시에 세워두던 그 토끼와 똑같았다.

나는 나를 보는 펠릭스의 시선을 느끼곤 정신을 차렸다. "이런 토끼는 나가 좋아한다면 언제든 살 수 있는 거구만요! 하지만 나는 이런 거 전혀 좋아하지 않어유." 나는 심통이 나서 그를 노려보며 쇼핑 카트를 살짝 밀어주었다. "여그 당신 짜증 나는 물건들이 있네요!"

"고맙습니다." 펠릭스가 안도하는 표정으로 말했다.

"가자, 자기야. 우리 서둘러야 해. 곧 꽃집 문 닫을 시간이야." 가면서 릴리안은 한쪽 손을 펠릭스의 엉덩이 위에 올려놓았다. 아니면 엉덩이와 아주 가까운 허리 부근이거나. 아마도 그녀는 부활절 일요일이면 언제나 룰라드(잘게 썬 고기를 쇠고기의 얇은 조각으로 말아 만드는 요리 — 옮긴이)를 만들던 나의 전 시어머니를 위해 꽃이 필요했을 거다.

갑자기 나는 운명에 극도로 화가 치밀어 올랐다. 벌써 두 번째다, 나를 의도적으로 속인 것이. 게다가 이번에는 나를 진짜로 엄청나게 바보로 만들었다. 전혀 그럴 필요가 없었는데도 말이다. 결정적으로 나는 펠릭스에 관해 전혀 걱정할 필요가 없었다. 음, 어쨌든 이번 한 방으로 우리 둘 사이엔 이제 영원히 신비로운 순간이 찾아오지 못하게 막았다.

뒤늦게 내가 했던 말들을 떠올리자 부끄러움에 얼굴이 화끈화끈 달아올랐다. 하지만 다행히도 펠릭스는 이 모습을 보지 못했다. 이미 릴리안과 모퉁이를 돌아 간 지 한참이나 지난 터였다.

"……그리고 평소 우베가 했던 치유법들도 아무런 효과를 못 봤대. 나는 그 사람이 몹쓸 간통 사기꾼에 거짓말쟁이일 뿐만 아니라, 아주 몹쓸 자연 요법 치료사는 아니었는지 겁이 다 나." 린다가 내 귀에 대고 말했다. "이젠 나, 말할 수 있어. 귀에 했던 촛불 뜸(뜸 치료의 한 형태로, 촛불처럼 생긴 긴 초의 속을 비워 그 열기를 치료 부위에 가하는 요법 — 옮긴이)은 완전히 실패였어. 카티, 너 듣고 있는 거니?"

나는 한숨을 쉬고 말했다. "그려, 자깅, 나 여그 있어."

> **새로운 것을 발견하러 떠나는 여행의 진정한 의미는**
> **새로운 지역을 알아가는 데 있는 것이 아니라**
> **다른 눈으로 뭔가를 본다는 데 있다.**
> _마르셀 프루스트

물론 가비 사장은 NLP 세미나 참가비를 내줄 용의가 없었다. 그리고 하루 종일 회사를 비워야 한다는 것도 탐탁지 않아했다. 나처럼 그녀도 NLP를 특별히 지지하는 편은 아니었다. 내 말은 방법론, 무엇보다도 특히 모든 인간의 행동이, 그러니까 가비 사장이나 서류 분쇄기의 행동까지도 원칙적으로는 그 동기가 긍정적인 의도에 의한 것이라는 방법론을 진지하게 받아들일 수는 없다는 것이다.

"그런 확실치도 않은 교육 과정을 밟는 건 한 회사에서 한 명이면 충분한 것 같아요." 가비 사장이 말했다. 그러고는 평소처럼 모든 논거 제시에 대해 귀를 막았다. 하지만 평행 우주에서의 나는 이전보다 훨씬 더 끈질겼다. 결국 우리는 여러 번 혀를 끌끌 차고 눈알을 돌리는 중에, 세미나 비용은 내가 부담하기로 하고 그 대신 그날(금요일)은 휴가 처리를 하지 않기로 합의를 보았다.

그런데도 내 통장 잔고로는 더 이상 감당이 안 되었다. 전체 일정이 뒤셀도르프에 있는 5성급 호텔에서 개최되었기 때문이었다. 마를렌은 세미나 참가자 모두가 바에서 보내는 저녁 시간이 언제나 세미나 행사의 백미였기 때문에 그 호텔에서 묵는 것이라며 나에게 확신을 심어주었다. 그건 나에게 절호의 기회가 될 것이었다. 첫 만남을 위한 전제 조건으로 그보다 더 이상적인 기회는 없을 테니까. 친절하게도 마를렌이 자청해서 나와 2인실을 나눠 쓰기로 했다. 하지만 미용실에 가고 피부 관리를 받고 멋진 새 속옷(오직 그걸 입을 일이 생길 경우를 위해서!)을 사는 것까지 함께하느라 내 재정 상태는 이제 다음 월급 때까지 식료품조차도 살 수 없을 정도로 바닥이 나버렸다.

퓨처 우먼은 이전의 소박한 '그녀'에 비해 훨씬 돈이 많이 나가는 라이프스타일을 유지했다. 이곳에 있게 된 지 3주도 안 되었는데 벌써 땡전 한 푼 없는 신세가 되고 말 정도로 말이다.

하지만 그걸 제외하고 보면 최고였다.

톰 크루즈와 케이티 홈즈가 정말로 아이 이름을 '수리'라고 붙였기 때문이었다. 린다는 그 사실에 대해 전혀 놀라지 않았던 반면 나는 조금은, 안도의 한숨을 내쉬었다. 나는 이곳이 결론적으로 평행 우주이고, 그렇기 때문에 그들이 자기 아이에게 캘러미티 제인(Calamity Jane, 미국 서부 개척 시대의 여자 명사수 — 옮긴이)이라는 이름을 붙일 수도 있는 일이었다고 생각했었다. 아니면 단순하게 수지라고 하든가. 심지어 아들일 수도 있는 일이었다. 그러므로 적어도 나는 평행 우주가 내가 온 세상과 한 치도 다르지 않고 그렇게 작동하고 있다는 데 확신을 가질 수 있게 되었다.

나와는 반대로 린다는 평행 우주 이론과 가까워지길 원치 않았다. "네가 죽지 않은 건 우리가 이미 이해한 사실이야, 카티. 하지만 네가 코마 상태에 누워 있는 것도 아니지." 우리들이 사무실에 있고, 그러므로 혼자 있는 것과는 전적으로 다르지 않으냐며, 자기가 새로워진 나의 상태를 사람들에게 알린다 해도 말리지 말라고 그녀는 말했다.

목요일 오후였고 바로 15분 전에 우베와 — 이메일로 — 결별했다는 걸 생각하면, 깜짝 놀랄 정도로 린다는 기분이 좋았다.

"그녀가 죽지 않았다고? 그거 카티가 들으면 틀림없이 좋아하겠다." 마를렌은 이마를 찌푸리며 말했고, 반면 서류 분쇄기는 눈알을 굴리며 "주여, 하늘의 지혜를 내려주소서"라고 중얼거렸다. 나는 린다에게 '입 좀 다물어'라는 의미의 눈길을 보냈지만 소용이 없었다.

"카티, 마를렌한테 아직 말 안 했어?" 린다가 놀라며 나에게 캐물었다.

"무슨 말?" 마를렌이 물었다.

나는 초조해졌다. 주여, 제가 어쩌다 린다에게 모든 걸 털어놓는 어리석은 짓을 했단 말입니까.

"카티는 아마 다른 차원에서 우리에게 온 것 같아." 린다가 신이 나서 우리들을 주욱 둘러보며 말했다. "소위 미래의 평행 우주라는 곳에서 말이야. 아니면…… 뭐, 정확히 어떤 일이 벌어진 건지는 아직 두고 보면서 찾아내야겠지. 하지만 원래의 카티는 전혀 존재하지 않고, 지금 이곳에 있는 모든 것은 단지 하나의 투영 현상일 뿐이라는 발상은…… 그러니까, 이 말은 해둬야 할 것 같아. 그 발상은 생각할수록 마음에 안 들어. 만약 지금 이곳의 모든 것이 오직 카티의 잠재의식에 의해서 창조된 것이라면, 그렇다면 여기 있는 우리는 어떻게 해야 하지? 어젯밤엔 내가 '절대로 진짜 린다가 아닐지도 모른다'는 느낌이 들면서 아주 불쾌했었어. 그렇다면 너도 진짜 마를렌이 아닐 수도 있다는 얘기지……. 이해하겠어?"

"음…… 그래, 물론이지. 전부 다아." 마를렌이 말꼬리를 늘이며 이게 무슨 소리냐는 듯 나를 바라보았다. 나는 고개를 저으며 어깨를 으쓱해 보였다.

"린다, 그거 알지? 음, 모든 사람이 다 너처럼 초자연적인 것에 대해 이해할 수 있는 건 아니야." 그렇게 말하자니 나 자신이 부끄러웠다. 불쌍한 린다, 그녀는 그걸 좋은 쪽으로만 생각했던 것이다.

우리 집에서 열린 부활절 전야의 — 아주 재미있었던 — 달걀 색칠하기 게임, 파닭 구이 파티는 린다를 사랑의 번민에서 어느 정도 벗어나게 해주었다. 거기에는 함께 자리했던 자비에네 밴드 멤버의 역할이 아주 없었다고는 할 수 없다. 그 역할의 아름다운 부수적 산물로서 나는 두 사람의 사진을 찍었다. 사진을 찍으면서 의도적으로 달걀 내용물을 입으로 불어서 빼내는 기술에 관해 물은 덕분에 완벽하게 키스할 때의 입술 모양을 재현하게 할 수 있었다. 그리고 우리는 그 사진을 린다가 오줌 우베에게 이별 통보를 하는 메일을 보낼 때 첨부하게 했다. 오직 린다가 앞으로 누구와 자궁구 오르가슴에 도전해보려고 하는지 그가 확실히 이해할 수 있도록 해두자는 생각에서였다. 더 멋지게 할 수 있었는데도, 린다는 여장부답게 '꺼져버려!'라고 말하길 과감히 포기하고, 그 대신 그와 함께했던 아름다운 시간에 대한 고마움을 전했다.

그런데 지금 그 문제가 해소되자, 린다는 다시 퓨처 우먼 현상에 열중했다. 마를렌의 시각에 따르자면, 너무 심하게 열중했다.

"커피 한잔 해야겠다. 나랑 부엌에 같이 갈래?"라고 물으며 나는 린다가 대답할 때까지 기다리지 않고 그녀를 끌고 옆방으로 갔다. 부엌에 들어가자마자 나는 그녀의 양어깨를 꽉 잡고 두 눈을 똑바로 바라보며 단호한 어조로 말했다. "내 말 잘 들어, 린다! 내가 미래에서 온 건 너를 믿었기 때문에 말했던 비밀이었어. 그리고 모든 비밀이 그렇듯 그 비밀은 비밀로 남아 있어야 해! 내 말은 말이야, 만약 슈퍼맨이나 스파이더맨, 아니면 어, 팅커벨에 관해 만약 모든 사람들이 이미 그 정보를 알고 있었다면, 어떻게 됐을 것 같아? 우리는 그로 인해 다른 사람들을 혼란스럽게만 만들 뿐이야. 그러니까 제발 누가 있을 땐 그 일에 관해선 더 이상 아무 말도 하지 말아줘."

린다가 이성적으로 수긍한 걸 보니, 아마도 내가 적합한 어조로 말했던 모양이다. "아마 네 말이 맞을 거야. 대부분의 사람들은 그런 현상을 다룰 수 있는 능력이 전혀 없으니까. 만약 있다면, 그건 단지 자신의 배를 불리기 위해서겠지. 사람들은 너에게서 월드컵전에서 누가 승자가 될지, 또는 폭스바겐 주식을 사는 것이 그럴 만한 가치가 있는 건지 뭐, 그런 일을 알려고 하겠지."

여자란 티백과 같아서, 뜨거운 물에 들어가기 전에는 자기가 얼마나 강한 존재인지 알지 못한다.
_엘리너 루스벨트

오, 축구 내기로도 부자가 될 수 있었나? 나는 더 이상 린다의 말이 귀에 들어오지 않았다. 누가 (젠장, 제발 기억 좀 나라) 옆에 있을 월드컵 경기에서 최후의 승자가 되었더라? 프랑스였던가? 아니면 포르투갈? 스페인? 이건 2010년이었던가? 나는 도무지 아무 짝에도 쓸모가 없는 인간이다. 그래도 어쨌든 2006년도 월드컵이 최상의 날씨 속에서 개최됐다는 건 아직도 기억한다. 어떤 경우에도 네덜란드와 아르헨티나는 아니었다. 그리고 독일도. 독일은 3등이었다. 상대팀이…… 푸…… 스웨덴이었나?

린다가 커피 한 잔을 따라주었다. "그런 것들이 나를 가만히 내버려두질 않아. 너는 이미 알고 있는…… 그런 거 있잖아, 죽음이니 저승이니 평행 세계니 하는 것들 말이야……. 그래서 다시 한 번 더 철저하게 탐구를 해봤어. 보니까 너의, 음, 너의 상태에 대한 원인으로는 셀 수 없을 만큼 많은 가능성들이 있더라. 너만 그런 일을 겪은 게 아니더라고."

"나만이 아니라고?" 1초 동안인지, 얼마 동안인지 내 속에서 나와 같은 종류의 사람들이 생각보다 더 많을 거라는 희망이 자라났다. 시간 속에서 길을 잃고 헤매다 '무명의 시간 여행자들'이라는 모임을 만들어 매주 화요일마다 만나서 서로 유용한 정보를 교환하는 사람들이 있을지도. 하지만 그건 지금 내가 누구와 이야기하고 있는가를 잊은 '잠시' 동안만 존재했다.

"세상에! 이런 일이 지속적으로 벌어지고 있었다니." 그러면서 린다는 이렇게 단언했다. "대부분은 번개를 맞아서 그렇게 됐다는 거야. 아니면 아주 특별한 별똥별을 봤거나. 아니면……" 이 대목에서 그녀는 말하는 톤을 아주 엄숙하게 바꾸었다. "신비한 포춘 쿠키를 먹었을 때."

"아하. 그런데 어디서 그런 정보를 그렇게 자세하게 알아냈는데?"

"그야 뭐, 다양한 출처가 있지……."

"이를테면 어떤 거?"

린다는 순진한 표정으로 나를 바라보았다. "그야…… 책이나 영화에 다 나오잖아. 알면서. 사람들이 갑자기 몸이 바뀐다거나 다시 어린 사내아이가 된다거나, 못생긴 대신 아름답게 변하거나……. 너 〈완벽한 그녀에게 딱 한 가지 없는 것〉(열세 살짜리 여자아이가 하룻밤 새 서른 살의 여성으로 변하면서 벌어지는 에피소드를 그린 코미디 영화. 원제는 '13 going on 30' — 옮긴이)이라는 영화 알지? 거기선 그런 일종의 신비한 반짝이 소원 가루가 나왔었고……."

"알겠어." 나는 그녀의 말을 중단시키고 말했다. "하지만 내 경우엔 그런 가능성들을 전부 제외해도 돼. 나는 그렇게 생각해. 난 번개도 없었고, 별똥별도 없었어. 신비의 반짝이 가……."

"기다려봐, 그렇게 서두르지 말고! 먼저 내 말부터 한번 들어보라고. 마법을 부릴 수 있는 인물 내지 나아가 신성을 지닌 인물이 이런…… 차원의 변화를 담당하고 있을 가능성도 있어. 네가 뭔가를 배워야 하기 때문에 말이야. 아니면 풀어야 할 어떤 숙제가 있거나."

그래, 맞다. 나 역시도 벌써 수백 번도 넘게 그런 생각을 오락가락했었다. 그리고 내가 세상을 구하기엔 적합한 사람이 아니라는 생각도. 나의 숙제는 — 그러니까 내게 단 한 가지 숙제가 있다면 그건 — 마티아스와 행복하게 지내는 것과 **그 결혼식**을 길게 늘여서 말하는 일이 없도록 하는 것이다. 그리고 전체적으로 보다 착한 사람이 되는 것이다…… 예를 들어 펠릭스와 **릴리안** 때문에 조금이라도 나쁜 생각을 품지 않고, 오히려 반대로 새롭게 개선된 나의 자아가 마음 가장 깊은 곳에서부터 진심으로 그들을 위해 이 땅의 모든 행운을 빌어줄 수 있도록 말이다……. 적어도 펠릭스를 위해선 그럴 거다. 엊그제는 처음으로 병원에 있는 바론스키 부인을 찾아갔었다. 나의 첫 번째 삶에선 소홀히 하고 신경 쓰지 않던 행동이었다. 부인이 정말이지 얼마나 기뻐하던지……. 그리고 축구 내기에서 내가 이기게 된다면, 나는 그 돈을 좋은 목적에 쓸 것이다. 어쨌거나 대부분의 금액을 그렇게 쓸 것이다.

"그러니까, 그…… 음, 그 사고가 나기 전 며칠 사이에 혹시 어떤 마법 능력이 있거나, 아니면 신성한 인물을 이상하게 만났다거나 그러진 않았어?"

"린다라인, 그런 이야길 해주다니 너는 정말 좋은 친구야……."

"생각해보라고! 신비로운 노인, 지혜로운 여인, 반짝이 모자를 쓴 여자아이…… 이런 사람들 만나지 않았어? 있잖아, 정신적인 영도자나 데몬(신과 인간과의 중간자 — 옮긴이)은 메시지를 전해주기 위해 어떤 형태로든 원하는 형태를 취할 수 있대! 물론 데몬과 만나는 건 아무도 원치 않는 일이겠지만."

"음……" 나는 생각해보는 것처럼 행동했다. "아니."

그녀의 목소리가 좀 더 다급해졌다. "말하는 동상 같은 건 혹시 없었어? 비눗방울은? 어디서 들려오는지 모를 급작스러운 목소리는? 아니면 예수님은?"

나는 커피를 들고 문으로 나가려고 했으나, 그녀가 내 길을 막고 서 있었다.

"가끔씩 냉소적으로 쿡쿡 웃는 동양인도 해당돼." 그녀가 서둘러 말했다.

나는 고개를 가로저으며 부드럽게 그녀를 옆으로 밀쳤다. "그때 아무도 없었는데." 부랑자에 관해선 차라리 언급하지 않는 편이 더 나을 것 같았다. 보나 마나 린다는 그 사람은 예수님 아니면 사악한 마법사이고 "세상은 몰락을 향해 가고 있어"라는 말은 심각하게 받아들여야 하는 메시지였다고 말할 테니까.

"사팔뜨기 고양이도 있어!" 린다가 내 뒤에 대고 아주 날카로운 목소리로 소리쳤다. 그리고 그 순간 기억이 되살아났다. 이탈리아였어! 2006년도 월드컵 우승 국가는 이탈리아였다. 피자집 배달 차량들이 경적을 울리며 온 도시를 휘젓고 다녔고, 모두들 빨강, 하양, 녹색(이탈리아 국기를 빗대어 한 말 — 옮긴이)의 깃발을 흔들어댔다. 그리고 뚱뚱한 사팔뜨기 고양이를 기르는 우리 동네 길모퉁이의 이탈리아 식당에선 모든 고객에게 무료 맥주를 제공했었다. 하! 오늘 저녁엔 축구 내기가 어떤 식으로 진행되는지 한번 차분히 탐구 좀 해봐야겠다. 돈이 조금 더 있다고 해서 전혀 해가 될 건 없을 테니까. 더욱이 그 쇼윈도에 있던 멋진 옷도…… 아, 그러니까 내 말은 '세계를 위해 빵을' 재단에 기부할 생각을 하니 아주 기쁘다는 말이다.

사물의 본질에는 자신을 숨기려는 속성이 있다.
_헤라클레이토스

나는 다시 내 책상으로 돌아왔다. 마를렌과 서류 분쇄기가 또다시 말싸움을 하고 있었지만 귀에 들어오지 않았다. 새로 얻게 될 부(富)와 함께 내가 할 수 있는 모든 것들(고마운 마음으로 나를 바라보며 웃는 아이들의 눈, 반리 선이 이로운 해변……)을 그려보면서 잠시 다른 쪽으로 관심을 돌리고 있었기 때문이었다.

그런데 옆에서 큰 소리가 나기 시작했다.

“난 이 일이 당신 일인지 진짜로 몰랐네요.” 마를렌이 톡 쏘듯 말했다. 그러자 서류 분쇄기가 점잔을 빼며 대꾸했다. “그건 당신 말이 맞아요. 이 일은 절대로 내 일이 아니지요. 하지만 세상엔 어딜 가나 자기 일이 아니라며 눈길을 돌려버리는 사람들이 깔려 있어요. 극소수의 사람들만이 어린이들을 위해 전력투구할 도덕적 용기를 갖고 있죠. 당신이 그런 걸 긍정적으로 받아들이지 않을 거라는 거, 잘 알아요. 하지만 나는 당신의 어린 딸이 불쌍할 뿐이네요. 그게 다예요.”

마를렌이 그 말에 아무런 답변도 내놓지 못하는 걸 보고 나는 놀라고 말았다. 평소 우리 셋 가운데 서류 분쇄기에게 대놓고 쏘아댈 수 있는 유일한 사람이 바로 그녀였다.

“아멜리가 불쌍하다고요?” 자연스럽게 내 뒤를 따라온 린다가 황당해하며 물었다.

누군가 그 어린 악마를 동정할 수도 있다는 생각에 당혹스럽기는 나도 마찬가지였다. 나는 아멜리처럼 목적 지향적이고 되바라진 데다 자의식 강한 아이는 한 번도 보지 못했다. 그리고 아무것에도 더 이상 사랑을 주지 않는 아이도.

마를렌은 금방이라도 폭발할 것처럼 보였지만, 고집스럽게 모니터 화면에 시선을 꽂아두고 있었다.

“사춘기의 문턱에서 아이들은 특히 감성적이 되기 때문에 제지가 많이 필요해지죠.” 서류 분쇄기가 계속 말했다. “엄마의 일정치 않은 애정 생활들은 고스란히 당신 딸아이에게 부담을 줄 뿐 아니라

성장 과정에도 지속적으로 영향을 끼친답니다. 물론 긍정적인 의미의 영향은 아니죠. 한번 생각해보세요, 자기 오빠뻘이 될 수도 있고 그것도 모자라 전혀 다른 문화권에서 온 사람이 엄마의 애인이라고 말이에요……."

"아, 그건 말이 안 돼요." 내가 그녀의 말에 끼어들었다. "그 남자는 마를렌보다 딱 열 살밖에 어리지 않은걸요. 그리고 우리나라의 다른 많은 35세 남성에 비해 훨씬 더 어른스럽답니다. 그리고 그는……."

"……노래도 진짜 잘 부르고요!" 린다가 바통을 넘겨받았다. 토요일에 우리 집 부엌에서 자비에와 그의 친구 에밀이 기타를 잡았었다. 그리고 그 일 이후 나는 린다가 오줌 우베를 그리워하며 눈물짓지 않는 것이 더 이상 놀랍지 않았다. "그의 아우라와 마를렌의 아우라가 서로 완벽하게 조화를 이루며 어울렸답니다……."

"……정말이지 그 사람은 마를렌과 아멜리에게 가장 잘 어울릴 수 있는 그런 사람이에요."

"두 사람 다 그만하면 됐어." 마를렌이 자리에서 일어나며 말했다. 그녀의 아랫입술이 떨리고 있었다. "쓸데없는 말싸움들은 그만해. 왜냐면……" 이 대목에서 그녀의 목소리가 살짝 부서졌다. "자비에와 나는 더 이상 만나지 않아."

"뭐?" 린다와 나는 납득할 수 없다는 표정으로 그녀를 빤히 바라보았다. 나는 내가 이 상황을 예전에 이미 겪었던 적이 있었는지 머리에 쥐가 나도록 기억해보았다. 세상에! 내가 어떻게 그걸 잊을 수 있었을까. 자비에와 마를렌이 진짜로 그리고 진심으로, 그리고 아주 공식적으로 사귀기까지 총 몇 달이 걸렸다는 사실을 잊고 있었으면서 말이다. 단지 당시엔 내가 그간의 이런저런 사정을 완전히 알지 못했을 뿐이었다. 이유는 간단했다. 당시만 해도 우리는 서로 죽고 못 살 정도의 친밀한 친구 사이가 아니었던 것이다. 그리고 그땐 우리 부엌에서 경험한 그 멋진 달걀 칠하기의 밤도 없었던 까닭도 있다.

“그래요, 나도…… 어른다워져야지요. 그리고…… 그리고…… 책임 의식도 갖고요…….” 마를렌의 눈에서 눈물이 흘러내렸다. “미안해요, 화장실 좀 다녀와야겠어요.” 그녀가 멍한 눈길로 바라보는 우리들 사이를 지나 문 쪽으로 갔다. 한 다섯 걸음 정도 원래 걸음대로 가는가 싶더니 그다음엔 뛰어갔다. 그녀의 뒤로 쾅 하는 큰 소리가 울리며 문이 닫혔다.

첼러 라이쓰도르프 부인이 만족스러운 얼굴로 말했다. “이젠 에이전시도 생각해야 할걸요. 무엇보다 사장으로 승진하고 싶다면요. G&G의 명예를 실추시킬 수도 있으니까…….”

“그 입 좀 다무시죠!” 나는 혀를 끌끌 찼다. 이 여자, 착한 인간이 되려면 한참 멀었다. “당신은 정말 모르실 거예요. 당신이 슈투트가르트로 이사를 가면 여기 있는 사람들이 모두 얼마나 기뻐할지 말이죠.”

서류 분쇄기가 당혹스러운 얼굴로 나를 빤히 바라보았다. “당신이 그걸 어떻게…….”

“참, 내.” 내가 말해야 할 대목에서 린다가 고개를 뒤로 젖히고 말했다. “카티는 델리의 오라클과 같은 인물이거든요. 현대의 카시오페아라고나 할까. 그리스 신화를 잘 알고 있다면 무슨 말인지 아시겠죠."('델리Delri'는 신탁소를 뜻하는 '델피Delphi'를 오인한 것이고, '카시오페아'는 오라클(신탁, 예언자)과는 전혀 상관없는 그리스 신화에 나오는 왕비의 이름이다 — 옮긴이)

정신 차리고 잘 생각해보면
우리는 모두 벌거숭이 몸뚱이로
옷 속에 숨어 있는 것이다.
_하인리히 하이네

"카티는 카타리나의 준말이죠, 내 추측이 맞죠?"

"아니요, 유감스럽게도 아니에요." 나는 곁눈질을 하며 비죽 웃었다. "그런데 내 정식 이름을 밝혀도 될 정도로 우리가 잘 아는 사이인지 모르겠네요. 그게 말하자면 비밀이거든요. 우리 어머니는 지금까지도 그 이름을 창피해하세요. 아버지야 뭐, 처음부터 반대하셨고요."

마티아스가 웃었다. 나는 안타까운 마음에 한숨이 나오려는 걸 애써 참았다. 그러니까 우리는 지금 어떤 바에 다시 나란히 앉아 있게 되었다. 그리고 그 상황이 거의 모두 최근의…… 음…… 다음에 올 게레온의 파티 때와 똑같았다. 희미한 불빛, 흥분해 날뛰는 내 심장, 그의 눈 색깔에 관해 싸구려 키치 스타일의 어떤 표현을 하고 싶은 욕구, 누가 강요한 것도 아니건만 우리 둘 사이에 흐르던 기적과 같았던 신뢰감……. 단지 이번엔 재즈 여가수가 우리를 방해하지 않았다는 것, 그리고 지난번에 같은 시간 동안 적어도 네 잔의 다이키리를 쏟아부었다면, 이번엔 화이트와인을 마셨고 소심하게 잔을 기울인 것이 달랐을 뿐이었다.

사실 취할 이유도 없었다. 지금 나는 결혼한 몸도 아니었고, 마음을 아프게 만드는 사람도 없었다. 더불어 판도라의 상자와 관련된 일도 해결되었으니까. 단지 화가 나는 것은, 그럼에도 불구하고 내가 양심의 가책과 같은 어떤 것을 느끼고 있다는 것이었다. 그러나 펠릭스가 나를 언어장애를 지닌 미친 여자로 여기고 있다는 점, 그리고 아마 곧 릴리안의 손을 마주 잡고 결혼하게 될 것이라는 사실을 단호하게 기억 속에 불러들이자, 비로소 양심의 가책 비슷한 감정이 중단되었다.

"그 이름이 뭔지 듣지 못하면 궁금해서 죽을지도 모르겠다는 생각이 드는걸요." 마티아스가 말했다. "제가 땅콩 알레르기가 있다는 걸 처음 알게 되었을 때 어땠는지 말하면 역습이 될 수도 있을 거예요. 그게 말하자면, 비밀이거든요."

그건 이미 내가 알고 있는 내용이었다. 그러나 나는 못 이기는 척 그에게 말했다. "좋아요, 그렇다면 공정한 거래처럼 들리는걸요." 그러고는 말했다. "그러니까 제 세례명은…… 카톡베예요."

"카톡베요?" 마티아스는 믿을 수 없다는 듯 물었다. "그 이름을 호적 사무소에서 허락했단 말이에요?"

나는 고개를 끄덕였다. "초등학교 때까지 어딜 가나 그냥 '꼬마 감자' 카토펠(독일어로 감자를 뜻하는 '카르토펠'과 발음이 비슷해 붙여진 별명 — 옮긴이) 베데킨트라고 불렸다니까요."

마티아스가 소리 내어 웃었다. "부모님께서 어떻게 그런 이름을 다 생각해내셨을까요?"

"아프리카어고요, '행운이 나와 함께한다'라는 의미를 갖고 있대요. 70년대에 어머니께서 아프리카에 엄청 매료되어서 집 안에 무시무시한 아프리카 가면들이 그득하게 걸려 있었죠. 이웃과 친척들은 그걸 보고 속 편하게 이국적이라고들 말씀하셨어요. 하지만, 내 이름까지 그런 건 좀 정도가 심했죠. 언젠가부터 어머니가 만나는 사람마다 내 이름의 철자를 가르쳐주는 걸 고통스러워하게 되었고, 그래서 저는 그냥 카티라고만 불리게 됐어요."

마티아스가 빙긋 웃었다. 그러고는 "행운이 나와 함께한다"라고 되뇌며 우연인 듯 내 손을 스쳤다. "그 이름, 오늘 저녁 이곳에 잘 어울리는 것 같네요. 우리가 이렇게 알게 되다니 정말로 좋잖아요."

남자가 너에게 선물한 귀고리를 보면 그 남자가 너를 어떤 부류의 사람으로 생각하는지 알 수 있어.
_오드리 헵번

오, 세상에! 이 세미나에 투자한 건 정말이지 그만한 가치가 있었다. 이럴 줄 알았다면 심지어 두 달이라도 굶을 수 있을 것 같았다. 그리고 내가 이걸 위해 쏟아부어야 했던 자잘한 희생들 역시 다시금 잊을 수 있었다.

흠, '거의' 잊을 수 있었다.

나는 세미나실에 15분도 채 있지 않았다. 내가 NLP 세미나에 관해 가졌던 선입견들이 전부 옳았다는 것이 입증되었던 것이다.

첫째, 세미나 인도자가 이곳 독일이든, 라고메라 섬이든 어디로 세미나 장소를 선택하느냐에 따라 NLP뿐만 아니라 탄트라 워크숍과 '자유롭게 두드리세요(양손의 손가락으로 몸의 혈이 닿는 곳들을 두드려주는 일종의 경락 자극법 — 옮긴이)' 분야까지 세미나를 진행할 수 있을 것 같아 보였다. 흰색 와이셔츠를 가슴털이 보이는 곳까지 풀어헤친 차림으로 그는 온화한 미소를 지었고, 이름은 위르겐 부크라고 했다.

둘째, 개론 코스가 다른 참가자들에게는 전혀 도움이 되지 못했다는 것. 오히려 참가자들로 하여금 '페이싱Pacing', '리딩Leading', '앵커Anchor', '리프레이밍Reframing' 그리고 '라포르Rapport'와 같은 개념들과 과도한 씨름을 벌이게 만들었을 뿐이었다. 하지만 나는 위키피디아에서 그것을 전부 다시 참조하여 읽었고, 그랬기 때문에 나 자신을 열등하게 느낄 필요가 없었다.

셋째, 이어질 실제 훈련을 위해 오감을 강화할 수 있도록 우리는 다 함께 둥글게 둘러서서 눈을 감고 호흡을 했다. 마침내 조용한 가운데 드디어 마티아스를 응시할 수 있는 좋은 기회였다. 지금까지는 겁을 내며 제대로 그에게 황홀한 표정으로 미소를 지어 보이지도, 그렇게 해서 그를 놀라게 하지도 못했던 것이다. 이미 맥박이 미친 듯 뛰고 있었다. (그리고 — 솔직히 더 이상 언급하고 싶지 않은 — 나비들이 내 뱃속에서 미친 듯 기뻐 날뛰고 있었다.) 순전히 마티아스가 나와 같은 공간에 있다는 이유만으로.

그의 5년 전 버전 역시 믿을 수 없을 정도로, 비현실적이다 싶을 정도로, 납득이 안 될 정도로 잘생긴 모습이었다. 심지어 두 눈을 감고 그 바보 같은 호흡 훈련(우리가 무슨 출산 준비 코스에 온 것도 아니건만)을 할 때에도 그는 내가 이제껏 만난 사람 중에 단연코 가장 환상적인 남자였다.

"다음은 테이블당 소그룹으로 나누어 자기 성찰을 위한 훈련을 시작할 겁니다. 이어서 한 쌍씩 우리가 배운 방법론의 도움을 받아, 일상적인 영역에서 벌어지는 대화 상황에 의거해 문제 해결점을 얻어내도록 합시다." 위르겐 부크가 그의 미소와 꼭 닮은 부드러운 목소리로 말했다.

소그룹이라! 그것도 한 쌍씩 짝지어! 하! 이건 내게 기회였다.

"자, 그럼 한 번 더 코에서 횡격막까지 깊이 숨을 들이마신 다음, 천천히 입을 통해 다시 공기가 흘러나오도록 둡니다……."

할 수 있는 한 소리를 죽인 채 나는 내 자리에서 빠져나와 마티아스와 터키석 색상의 블라우스를 입은 어떤 여자의 틈 사이로 밀치고 들어갔다. 여자의 옷에는 '소냐'라는 이름표가 달려 있었다. 그래, '틈'이라기엔 적절치 않은 표현이긴 했다. 하지만 곧 소냐가 눈을 떴고, 자기 옆에 정확히 1센티미터 거리를 두고 웬 여자가 서 있는 걸 보자 소스라치게 놀라며 한 발짝 뒤로 물러섰다. 짜잔, 보시라! 벌써 충분한 내 자리가 생겼다. 맞은편에서 마를렌이 어처구니없다는 눈길로 나를 바라보았지만, 그 밖에는 아무도 놀라는 것 같지 않았다. 그래도 나는 상관하지 않았을 것이다. 중요한 건 내가 소그룹에서 마티아스와 같은 조가 되는 것이었다.

이제 무슨 말을 해야 하지? 잠시 후 나는 마티아스와 책상을 마주 보고 앉았다. 소냐 그리고 위르겐 부크가 몸소 우리와 소그룹을 이루었다. 이로써 위르겐이 공공연히 소냐를 노리고 있었던 것이 분명해졌다. 결론적으로 말하자면 위르겐이 아까 호흡 훈련을 할 때, 한 손을 그녀의 — 자, 일단 한 번쯤은 호의적으로 말하자 — 횡격막에 올려놓고 그녀의 호흡을 도와주었던 것이다.

마티아스는 내 이름표를 재빨리 훑어보더니 나에게 스치듯 미소를 보냈다. 나는 통제되지 않는 크리스마스트리처럼 환히 웃어주는 대신, 그와 똑같이 스치듯 미소를 지어 보이기 위해 무진장 애를 써야 했다. 하지만 내가 완벽하게 해냈는지는 확신이 서지 않는다.

위르겐 부크는 자기 성찰의 의미에서 우리가 서로 상대방에게 개인적인 두려움들을 털어놓기를 원했고, (나는 이것의 이론적 토대가 이해되지 않았다. 이미 'olfactory(후각적인)'라는 단어를 따라가지 못할 때부터 그랬다) 나는 그 즉시 **그 다람쥐**에 관한 이야기를 하기로 결정했다. 2011년도에 그 이야기로 마티아스를 웃게 했었으니까. 나는 몸을 꼿꼿이 세우고 자리에 앉아 내 차례를 기다렸다.

위르겐이 시작을 맡았다. 그는 ……북을 연속해서 빠르게 치는 것을 두려워했었다! ……아니, 이제는 사실 더 이상 두려운 것은 없었다. 그러나 예전에, 그가 아직 깨달음이 적어 오히려 우리와 다름없었던 시절, (뒤의 말은 사실 그가 입 밖에 낸 말은 아니었다. 그러나 그건 행간 사이에서 명백하게 읽을 수 있었다) 그때 그는 죽는 것에 대한 두려움을 갖고 있었다. 그러니까 죽음이 아니라, 죽어가는 그 과정이나 뭐 그런 것 말이다.

으…….

나도 모르게 마티아스의 시선을 보게 되었는데, 그의 시선에서 나는 그도 나와 똑같이 위르겐을 똥 같은 인간으로 보고 있다는 걸 알 수 있었다. 그럴수록 내 **다람쥐** 이야기는 그만큼 더 그의 기분을 북돋워줄 것이다.

그러나 소냐가 먼저였다. 그녀는 동료들에게서 오해를 사는 것이 가장 두렵다고 했다. 그녀가 이 세미나를 찾은 것도 그 이유 때문이었다.(위르겐은 그 점을 높이 산다며 그녀의 손을 쓰다듬었다.)

이제 마티아스의 순서였다. 나는 그가 그의 폐소공포증에 관해 이야기할 것, 그리고 그의 누나가 그가 어렸을 때 장롱에 그를 가두었던 것에 관해 이야기할 것이라 확신했다. 그러나 그 대신 그가 말한 것은, "산타클로스예요, 가짜 수염에 배가 불룩 나온 산타클로스"였다.

뭐라고요?

"어렸을 때, 그런 백화점 산타클로스에 대해 트라우마와 같은 경험을 한 적이 있었죠. 그리고 그때 이후로 그들을 보면 뱃속에서부터 불안감이 밀려온답니다." 마티아스는 진지하게 이야기를 이어갔다. "그리고 심박수도 빨라지고요. 나로선 어떻게 해볼 도리가 없게 말이죠."

위르겐과 소냐는 놀란 표정으로 고개를 끄덕였다. 마티아스의 입꼬리가 보일 듯 말 듯 실룩거렸다. 나 역시도.

"백화점 산타클로스가 정확히 뭘 했기에 그랬을까요?" 나는 자세히 물어보았다.

"너무 내밀한 이야기라면, 그건 대답하실 필요가 없습니다, 마티아스." 위르겐이 서둘러 말했다. 무슨 생각을 하고 그렇게 말한 건지, 하늘만이 알 일이다.

"그냥 말하죠, 뭐. 산타클로스가 역할에 맞게 행동하지 않았어요." 그는 그렇게 대꾸하고는 나를 바라보며 매력적인 살인미소를 선사했다. 이 기이한 평행 세계에서 처음으로 행복해하며 나도 그에게 미소를 지어 보였다.

“뭔가 감이 좀 잡히십니까?” 위르겐이 고무된 표정으로 물어보았다. “바로 이것이 신경언어학 프로그래밍(NLP)입니다. 우리가 지금 털어놓는 이런 내밀한 것들을 통해, 그러니까 이른바 각자의 자기 성찰적 관찰을 통해 현재 우리가 상대방에 대해 가졌던 선입견들이 자동적으로 해체되는 것입니다.”

그래, 그는 그렇게 말하고 싶을 거다. 그가 한 마디, 한 마디 말을 꺼낼 때마다 위르겐 부크에 대한 나의 선입견은 점점 더 심각해질 뿐이었다. 그러는 사이 나는 그가 ‘학창 시절에 뷔르겐 유크(위르겐 부크의 ‘위’와 ‘부’의 첫 음을 바꿔 ‘유크Juck’, 즉 ‘가려움증’이라는 뜻을 지닌 이름으로 낯간지러운 그의 행동을 패러디한 표현 — 옮긴이)라고 불렸을 것이다’에 얼마를 부르든 모든 돈을 다 걸 준비가 되어 있었다.

이제 뷔르겐은 나를 보며 독려하듯 고개를 끄덕였다. 내 차례였던 것이다. 나는 잠깐 만에 계획을 수정했다.

“그러니까 저는요, 엘리베이터만 타면 공황장애에 시달려요.” 내가 말했다. “저는 좁은 장소에만 들어가면 도저히 참을 수 없어요. 어린 시절 언니가 저를 옷장 속에 가둔 이후로 말이죠.” 예상대로 마티아스는 놀란 기색이 역력했다. 나는 다시 마음이 놓였다. 잠시나마 그가 혹시 나와 마주했던 그때, 지금의 산타클로스 이야기처럼 장롱 이야기도 지어냈던 건 아닐까 두려웠던 것이다.

다른 한편으로는 누가 나의 **다람쥐** 이야기를 아무렇지 않게 도용해 마치 제 이야기인 듯 말한다면 기분이 어떨까 생각해보았다. 그러나 다른 각도에서 보면, 그의 이야기에 비해 내 경우가 당연히 훨씬 독특한 이야기라고 생각되었다. 반면 장롱에 갇히는 건 누구나 한 번쯤 경험할 법한 일 아닌가. 아니면 둘 중 한 명 정도는. 나는 나직한 목소리로 다음 이야기를 이어가기 전에 먼저 에바 언니에게 (마음속으로) 사과를 구했다.

"언니는 놀러 나갔고, 그다음 절 새까맣게 잊었죠. 그리고 우리 부모님은 내가 이웃집에 있다고 생각했고요. 그래서 저는 반나절이 지나서야 다시 풀려나올 수 있었죠."

자, 이렇게 말을 했으니 이제 그는 그가 원하는 걸 시작할 수 있을 것이다. 가장 좋은 경우의 수는 그가 영적 친화력을 발견했다고, 이른바 영적인 면에서의 장롱 누나를 발견했다고 생각하게 되는 것이었다.

나머지 세미나 일정은 쏜살같이 지나갔다. 너무 거침없이 과하게 군다는 느낌이 들지 않도록 나는 이후의 모든 훈련 과정에서 마티아스의 파트너를 자청하거나 하지는 않았다. 그렇잖아도 사장과 담판 짓기를 주제로 한 역할극을 실감 나게 할 수 있는 파트너는 마를렌밖에 없었다. 다른 사람은 아무도 흡혈 백작 부인이 실제로 어떤지 상상하지 못했기 때문이다. 가비 사장으로 변신해서 조작해볼 수 있는 건 모두 조작에 반영했고 무척 재미있었다. (위르겐 부크는 "NLP에선 조작이 아니라 정서적인 접촉이 중요합니다!"라며 티베트 불교도들이 마니차(불경을 새긴 원통형 기도 도구 — 옮긴이)를 돌리듯 반복해서 말했지만, 그런다고 조작이 사실이 되는 건 아니지 않은가.) 실제 생활에서처럼 가비 사장의 역할을 하는 사람이 계속 이겼다. 그러자 결국엔 위르겐 부크조차도 NLP 방법이 확실한 한계를 보이는 인간들도 있다는 것을 인정할 수밖에 없었다.

그러는 내내 나는 마티아스가 계속해서 내 쪽을 넘겨다보는 것을 알아차렸다. 그리고 더러 우리의 시선이 맞닥뜨릴 때면, 나는 조심스럽게 보일 듯 말 듯 미소를 건넸고, 그러면 그도 미소로 답해주었다.

적을 끌어안는 자는
적을 움직일 수 없게 만든다.
_네팔의 속담

나의 계획이 완전히 무르익어가는 것 같았다.

바에서 마티아스는 제 발로 내 옆자리를 찾아왔다. (물론 나는 우연히 빈 것처럼 보이도록 그곳에 내 재킷을 벗어두었었다.) 그리고 그는 만난 지 몇 분도 되지 않아 상대방이 눈치채지 않도록 노련하게, 그리고 목적한 바를 염두에 두고(NLP?) 나이와 (남녀) 관계 상황, 사는 곳, 직업 등, 개인의 주요 신상 자료를 밝혀내는 그런 사람이기도 했다. 내가 하는 대답마다 그는 전부 마음에 들어하는 것 같았다. (그런데 나의 마지막 연인 관계에 관한 질문에서 나는 좀 허우적거렸다. 펠릭스를 만나기 전의 남자는 잊은 지 상당히 오래되었던 것이다.)

그러는 동안 나는 아주 서슴없이 그의 두 눈을 바라볼 수 있었다. 그도 역시 그렇게 했기 때문이었다.

모든 것이, 모든 것이 더할 나위 없이 조화롭게 느껴졌다.

그는 함께 있으면 뒷담화도, 지각 없는 행동도 즐겁게 할 수 있는 타입이었다. (우리는 둘 다 위르겐 부크가 보름달이 뜰 때마다 명상을 위한 북치기 동호인들과 만날 거라고 믿었다.) 그러면서도 정확한 시점에서 입을 다물고, 마치 내가 아주 특별하고 귀중한 어떤 존재라도 되는 듯, 그냥 나에게 미소를 지어 보일 수 있는 능력도 겸비하고 있었다.

나도 안다, 지금 이곳은 어딜 가든 그저 코마 상태에서 꾸는 꿈일 뿐이라는 걸. 지금 이곳에서 우리, 그와 내가 함께하는 이 순간도 꿈이라는 걸. 신비로웠다! 그리고 이 감정을 느끼기까지 이번엔 단 한 번도 바이올린 연주가 필요하지 않았다. 잠시 나는 운명이라는 나의 변덕스러운 친구와 다시 화해했다. 운명이 보기에도 좋았던 모양이다, 함께…….

마를렌이 딸꾹질을 하며 바 스툴에 털썩 주저앉았다. 그녀는 지금까지 소파에 모여 있던 다른 사람들과 함께 마시고 있었다. 간간이 그곳에서 떠들어대는 '부차적 양상'과 '독자적인 안구 운동'과 같은 용어들이 우리가 있는 곳까지 들려왔다. "저기서 이 음료를 찾아냈는데, 두 사람에게 진심으로 추천해줄 만한 음료야. 네그로니라는 술이지. 30분 안에 다섯 병을 마시면 새 사람이 되는 거야."

참 대단도 하다. 신비로운 순간을 위해 해야 하는 일들이 왜 이리도 많은 건지.

나는 마티아스에게 미안하다는 눈길을 보내고는 손을 빼냈다. (방금 어쩌다 그런 것처럼 그가 나의 손등을 쓰다듬던 중이었다.) 그러고는 대신 마를렌의 손을 쓰다듬어주었다.

"아니, 진짜라니까. 이거 진짜 물건이더라. 한 병만 마셨는데 벌써 맨손으로 누군가를 목 졸라 죽이고 싶은 욕구가 싸악 가시더라고." 마를렌이 또다시 딸꾹질을 했다. "두 번째 병은 나를 진심으로 웃게 해줬어. 전혀 웃을 일이 없었는데도 말이야. 그리고 세 번째는…… 음, 신다는 게 진짜 뭐라 말할 길이 없긴 한데, 지금 내 미릿속에서 느껴지는 어떤 솜털 같은 기분은 뭔가 의미가 있어. 속이 메스꺼운 건 유감이지만. 뭘 좀 먹어가면서 마실 걸 그랬나 봐. 롤몹스(청어 말이. 주로 올리브를 넣고 청어 살을 말아 안주로 먹는다 — 옮긴이)든 뭐든." 그녀의 휴대폰에 메시지 도착을 알리는 신호음이 울렸다. 그녀는 휴대폰 화면을 물끄러미 바라보았다. "이제 내 뇌가 생각을 정리할 때까지 기다려야겠어. 그리고 이 거지같은 심장이 더 이상 아프지 않을 때까지."

그러더니 그녀는 중간 단계도 없이 내처 울기 시작했다. 그녀는 테이블 위에 두 팔을 올려놓더니 그 속에 머리를 파묻고는 지독하게 흐느꼈다. 보고 있기가 끔찍했다. 그리고 순간적으로 그것이 두려움으로 다가왔다. 만약 이 평행 우주에서 마를렌과 자비에가 맺어지지 않으면 어떡하지? 심지어 모종의 행동을 통해 사건의 인과 고리 속으로 끼어들어, 두 사람이 서로 행복해지는 것을 방해하는 인물이 나 자신이라면 어떡하지? 결론적으로 나로 말할 것 같으면 〈백 투 더 퓨처〉풍의 영화는 모두 보았고, 『시간 여행자의 아내』를 읽었고, 과거에 있었던 단 한 마리의 나비의 죽음이 세상을 변화시킨다는 레이 브래드버리의 끔찍한 단편소설도 읽은 사람이었다……. 그렇다면 나는 나 자신에게 이렇게 말할 수 있다. 지난번에도 분명 지금과 똑같았다고, 단지 이 모든 드라마와 마를렌의 번뇌에 대해 들은 바가 훨씬 적었을 뿐이라고.

마티아스가 나를 보며 무슨 일이냐는 눈길을 보냈다. "애인과 헤어지기라도 했나 보죠?" 그가 속삭였다.

나는 고개를 끄덕였다.

그는 동정 어린 얼굴로 마를렌에게 몸을 굽히고 말했다. "지금은 별로 도움이 되지 않을 거라는 거 잘 알아요. 하지만…… 적어도 3개월쯤 지나면 그 남자가 당신과 사귈 자격이 없는 사람이었다는 걸 분명히 알게 될 거예요." 그러고는 나에게 속삭이며 말했다. "어쨌든 우리 누나의 경우엔 항상 그랬어요."

마를렌이 고개를 들고 충혈된 눈으로 마티아스를 노려보았다. "절대 그럴 일은 없을 거예요." 그녀가 말했다. "정확히 그 반대니까요. '내'가 그와 사귈 자격이 없었던 거죠. 자비에는 세상에서 가장 너그럽고 다정한 사람이에요. 잘생기고, 온유하고, 똑똑하고, 재능 있고……. 게다가 다정다감한 문자메시지는 또 얼마나 잘 쓰는지. 그래봤자 나는 그걸 읽지 않을 거라고 말했는데도 말이죠……. 여기 보세요! 심지어 시까지 써서 보냈다니까요. '내 마음이 당신에게로 갑니다, 더 이상 내게선 견딜 수가 없어서. 당신의 가슴에 제 마음이 누워, 돌처럼, 가라앉습니다, 당신의 마음속으로 가라앉습니다……. 독일어를 겨우 4년 배운 사람치고 엄청나게 잘 썼죠, 그죠?"

마티아스가 "그건 크리스티안 모르겐슈테른의 시네요. 아무튼 거의……"라고 말하다가 내가 팔꿈치로 그의 옆구리를 찌르자, 입을 다물었다.

"정말 아름다운 시야. 사람의 마음을 갈기갈기 찢어놓네." 내가 말했다. "그런데 왜 그렇게 멋있고 다정하고 똑똑하고 재능 있는 남자와 끝을 냈어?"

마를렌이 코를 훌쩍였다. "왜냐면 우리 둘 중 한 사람은 정신을 차려야 했으니까. 왜냐면 내가 그이에 비해 너무 나이가 많으니까.

왜냐면 난 애가 있으니까. 왜냐면…… 나, 토할 것 같아." 그녀의 얼굴은 정말로 약간 푸른 기운이 돌았다. 보아하니 2006년도의 그녀는 그렇게 술이 센 것 같지 않았다. 시간이 흐른 뒤의 그녀는 우리 모두를 코가 삐뚤어질 때까지 마시게 한 다음 함께 춤을 추러 가곤 했었다. "두 사람 말이야, 이 빙글빙글 도는 것 좀 멈추게 해줄 수 있어?"

나는 그녀가 바 스툴에서 꼬꾸라지기 전에 있는 힘을 다해 그녀를 부축했다. 마티아스가 말없이 다른 쪽을 부축했고, 우리는 마를렌을 끌고 바에서 나와 로비를 가로질러 여자 화장실까지 갔다. 마를렌은 화장실 안까지 채 들어가지도 못하고 끔찍한 소리를 내며 세면대에 토하고 말았다. 윤이 나게 갈고 닦은, 대리석으로 만든 아주 우아한 세면대였다.

유감스럽게도 누군가 토하는 것을 지켜보면서 구토증을 느끼지 않는 것이 나로선 어렵다고 말할 수밖에 없을 것 같다. 목구멍을 쥐어짜는 소리를 듣는 것만으로도 충분한데, 냄새에 관해 말해서 무엇하랴. 내가 입으로 얕은 숨을 내쉬며 마를렌의 등을 두드리는 것만으로도 힘겨워하는 동안, 마를렌의 붉은 곱슬머리가 얼굴로 흘러내리지 않도록 침착하게 붙잡고 있었던 것은 마티아스였다.

"이런 거 자주 해봤어요?" 덩달아 헛구역질을 하며 내가 물었다.

"늘 하고 있어요"라고 대꾸하며 그는 마를렌의 머리를 사이에 두고 나를 바라보며 비죽 웃었다. "원래 간단하게라도 뭘 좀 먹으러 가지 않겠냐고 물어보려던 참이었어요. 그런데 지금 당신 상태를 보니 그럴 생각이 전혀 없을 것 같군요."

나도 세면대를 들여다보지 않으려고 노력하며 비죽이 웃어 보였다. 세상에, 지금 이곳보다 낭만적인 분위기를 자아내기에 더 좋은 곳이 어디 있을까.

"나 이제 어디 가서 조용히 죽어버릴 거야, 말리지 마." 속을 다 비워내고 몇 리터나 되는 찬물을 얼굴에 축이고 난 다음 마를렌이 말했다.

나는 마티아스를 쳐다보았다. "위로 데려가서 재워야겠어요. 아마도……." 나는 입을 다물었다. '아마도 당신은 친절하니까, 내가 다시 올 때까지 나를 기다리겠지요. 난 그냥 빨리 옷을 갈아입고 세수를 하고, 그런 다음 이를 닦고 화장만 한 번 고치면 되는데…….'

마를렌은 안간힘을 다해 굳세게 세면대를 움켜쥐고 있었다.

"내가 도와주는 편이 더 나을 것 같네요." 마티아스가 말했다. 미소가 어찌나 매력적인지 얼마 전에 먼저 그에게 반하지 않았더라면, 틀림없이 지금 그와 사랑에 빠졌을 것이다.

우리는 마를렌을 끌고 엘리베이터까지 함께 갔다. 자기를 여자 화장실에서 그냥 죽게 내버려달라는 그녀의 청을 무시한 채 말이다.

"엘리베이터 타는 걸 두려워하는 줄 알았는데." 마티아스가 나에게 말했다.

"예, 맞아요." 나는 그제야 내가 꾸민 말이 생각났다. "하지만 자신의 두려움에 스스로를 가두면 안 될 것 같아요……." 게다가 방이 젠장맞을 5층에 있을 때는 더더욱.

"그냥 아무 데나 날 부려놓고 가도 된다니까." 마를렌이 중얼거렸다. 그녀는 눈을 감고 있었고, 그사이 젖은 포대 자루가 되어 우리 둘 사이에 무겁게 매달려 있었다. 우리는 그녀를 거의 엘리베이터에 들어 올려 구석에 기대어놓았다. 문이 닫히기 직전, 나이 든 부부가 엘리베이터에 타는 바람에 소형 엘리베이터 안이 몹시 비좁아졌다. 게다가 여자는 **그 왕고모**가 늘 사용하던 것과 똑같은 끔찍한 향수를 뿌렸고, 그 냄새는 즉각적으로 다시 욕지기를 불러일으켰다. 다람쥐와 다른 설치류 이외에 나에게 공포심을 불러일으키는 어떤 것이 있다면, 그것은 이브 생 로랑의 향수 '오피움'이었다.

나는 숨을 멈추었다.

"내가 뭐 하나 말해줄까요?" 엘리베이터가 움직이기 시작하자, 마티아스가 내 귓전에 대고 속삭였다. "나도 좁은 공간에 들어오면 좀 두렵답니다."

"아하." 나는 질식할 것 같은 상태에서 속삭여 말했다. 보아하니 마를렌은 선 채로 잠이 들었는지 나직이 코 고는 소리를 냈다.

"왜냐면요, 당신이 나를 믿지 못할 인간이라고 생각할 거란 사실에 내기를 걸 수도 있겠지만, 내가 어렸을 때 누나가 날 옷장에 가둔 적이 있었거든요. 그래서 원래 저는 항상 계단만 이용……."

마티아스가 그 말을 하는 바로 그 순간, 갑자기 엘리베이터가 덜컹거리며 반동이 일더니 멈춰 섰다. 나는 다시 숨을 쉬는 수밖에 없었다.

"대체 무슨 일이지?" 오피움 부인이 말했다.

그리고 마를렌은 화들짝 놀라며 몇 초 동안의 짧은 잠에서 깨어 눈을 번쩍 떴다. "여기가 어디야?"

"3층과 4층 사이요." 오피움 부인의 남편이 그렇게 말하고는 미친 듯 이리저리 버튼을 눌러댔다.

마를렌이 다시 눈을 감더니 중얼거렸다. "나 속이 이상해."

"무슨 일이 있어도 우린…… 제발 비상벨 좀 눌러주세요." 마티아스가 말했다. 그의 목소리가 약간 쉰 듯이 들렸다. 그리고 그의 얼굴을 보았을 때, 나는 그의 동공이 부자연스럽게 확대된 것을 알 수 있었다. 불쌍한 사람! 겨우 용기를 내어 한 번 과감하게 탄 엘리베이터가 이렇게 곧바로 멈춰 서버리다니.

다른 상황들, 그러니까 마티아스의 폐소공포증과 사람들, 코를 찌르는 오피움 향수로 인한 비상사태 그리고 1분이 멀다 하고 욕지기를 시작하는 마를렌만 없었으면, 지금처럼 마티아스와 한 엘리베이터 안에 갇혀 있는 건 모든 점에서 지극히 낭만적일 수 있었다. 금색 도장의 벽에 은은한 불빛까지.

하지만 이건 말 그대로 악몽이었다.

"두려워할 필요 없어요." 마티아스가 나에게 말했다. 목소리가 아까보다 훨씬 덜 갈라져 있었다. "여긴 산소가 충분히 들어오니까요……. 그리고 절대 아무 일도 일어나지 않을 거예요……. 하지만 당신이 원한다면, 손 잡아줄게요."

"그러세요." 나는 그렇게 말하곤 그의 손에 내 손을 올려놓았다. 그의 손이 살짝 떨리는 듯한 느낌이 들었다. 다음 단계로 분명 그의 이마엔 구슬땀이 맺힐 거다. 그다음엔 과호흡 증상이 시작될 거다. 그러고 나면 마를렌이 깨어나서 다시 토할 것이다. 그러면 오피움 부인은 토 냄새를 누르기 위해 히스테리를 부리며 가방에서 향수를 꺼내 들겠지. 그러면 나는 튕겨 나가듯 달려가 그녀 남편의 손에서 지팡이를 잡아채어 마구 휘두를 것이다……

그다음, 나는 그냥 행동하기로 했다. 평행 세계에서의 나는 실제 삶에서보다 훨씬 더 용감하기 때문에, 손을 잡지 않은 한쪽 손을 마티아스의 목에 얹고는 조심스럽게 그에게 다가가 그의 입술에 키스를 했다. 처음엔 아주 조심스럽게 하다가, 그가 거부하지 않자 약간 힘을 주었다. 그리고 이번엔 몇 초쯤인가 당황해하던 그가 다시 키스를 했다. 엘리베이터 안에 우리 단둘이 있는 것처럼 그렇게. 아, 다시 그것이, 그 순간이 찾아왔다. 정확히 상상했던 그대로 신비롭게. 마티아스가 믿을 수 없을 정도로 달콤하게 키스를 한다는 건 이미 알고 있었지만, 그런데도 나는 다시 발이 땅에 닿지 않고 공중에 뜨는 느낌이 들었다. 쿵 하면서 다시 반동이 오고, 오피움 부인이 "다시 가네요!"라고 말할 때까지. 그리고 이렇게 말할 때까지. "아휴, 다행이네! 신이시여, 감사합니다!"

신께 감사한다고요? 아니요, 아마 우리 모두 다시 한 번 운명에 감사해야 할걸요. 남들 농담하는데 찬물 끼얹는 게 취미인 제 오래된 친구 말이에요.

나직하게 팅! 하는 소리가 나면서 엘리베이터의 문이 열렸다.

나는 마티아스에게서 떨어졌다. "다 왔어요." 이렇게 말하고 나는 마치 거대하고 창백한 케테 크루즈 인형(독일의 대표적인 수공예 인형 브랜드 — 옮긴이)처럼 구석에 쭈그러져 있는 마를렌의 팔뚝을 움켜잡았다.

"뭐라고요?" 그는 깊은 잠에서 깨어난 사람처럼 당황해하며 나를 바라보았다. 나는 마를렌의 다른 쪽 팔을 그의 손에 가져다 댔다. 우리는 방까지 그녀를 끌고 가서, 함께 힘을 모아 그녀를 침대 위에 뉘었다.

"진짜 부끄럽기 짝이 없네요." 마를렌이 마티아스에게 말했다. "당신 이름이 어떻게 되는지는 잊었지만, 벌써부터 내일 아침 당신의 눈을 똑바로 볼 수 없을 거라는 예감이 드네요. 젠장, 내가 당신 구두에다 토해놓기 전에 좀 나가주시겠어요?"

"걱정 마세요, 내일 아침이면 전부 다 잊을 테니까요." 마티아스가 그렇게 말하며 비죽 웃고 있는 동안 나는 서둘러 호텔 방 안을 둘러보았다. 하룻밤만 잘 방이긴 했지만 좀…… 뒤죽박죽 어지러워 보였다. 나는 마티아스가 눈치채지 않도록 소파와 마티아스 사이로 슬금슬금 밀치고 들어가려고 했다. 소파 위엔 아까 벗어서 던져놓은 브래지어가 널브러져 있었다.

"가버리라고!" 마를렌이 말했다. 어찌나 퉁명스럽게 말했던지 마티아스는 달리 어쩌지 못하고 문 쪽으로 향해 갔다. 나는 그의 뒤를 따라갔다.

"고마워요, 덕분에 진짜 큰 도움이 됐어요." 바깥 복도에서 내가 말했다. "당신과 좀 더 시간을 보내고 싶지만…… 마를렌을 혼자 둘 수가 없을 것 같네요."

"그럼요, 그건 절대 안 되죠"라고 말하며 마티아스는 깊은 한숨을 내쉬었다. "만약 필요한 일이 생기면, 난 412호실에 묵고 있으니까요……." 그는 망설이며 나를 바라보다가, 손을 뻗어 내 볼을 쓰다듬었다. "있잖아요, 음, 우리가 이제 막 서로 알게 되었는데 지금 이런 말을 하면 아마도 좀 황당하게 들릴 거라는 거 알아요. 바보 같은 말이긴 한데, 나는…… 그러니까, 내일 오후면 난 호텔에서 바로 공항으로 가요. 그런 다음 4주 동안 떠나 있을 겁니다. 그런데 방금 전, 문득 그게 무척이나 긴 시간이라는 기분이 들었어요."

'그래, 다시 한 번 고마워, 친애하는 운명 친구. 그런데 나 말이야, 방금 이것도 알게 됐지 뭐야. 네가 우리의 로맨틱한 만남의 밤을 위해 가벼운 술독(毒)보다 더 많은 것을 창고에 쌓아두고 있었다는 걸 말이야. 가당키나 하니, 이렇게 완벽한 타이밍이라니! 이건 거의 파국적 재앙 수준이지……. 4주 후면 그 사람은 또다시 나를 까맣게 잊을 것이고, 그러면 나는 다시 또 맨 처음부터 시작해야 할 테니까……. 지금 그의 방으로 가서 그와 엄청나게 잊기 힘든 어떤 일을 저지른다면 모를까…….'

그렇게 한다면 일이 어떻게 될까 막 생각하는데, 뒤에서 마를렌이 가련하기 짝이 없는 신음 소리를 냈다.

"어디로 가시는데요?" 나는 의연하게 미소를 지으며 물었다. 4주라니! 요즘 경영진의 위치에 있는 어떤 직장인이 그렇게 오랫동안 휴가를 낼 수 있단 말인가.

"칠레에 있는 친구들을 방문하러 가요." 그가 불행한 얼굴로 말했다. "그리고 그 전엔 누나가 뉴욕으로 이사하는 걸 도와줘야 하고요. 괴테 인스티튜트(전 세계적으로 체인망을 갖고 있는 독일어 전문 어학원 — 옮긴이)에서 정말 좋은 자리를 얻었거든요."

그래, 그의 누나는 참 좋겠다. 그리고 그는 좋겠다, 그렇게 멋진 세계 곳곳의 장소에 친구들과 친척들이 있으니. 다른 어떤 사람들처럼 뮌스터 시의 그레멘도르프 일대에만 있는 것이 아니라. 아마도 그는 아름답고 지적인 여성 뉴요커와 칠레 여인들을 몇 다스는 만나게 될 거고, 돌아오는 길에 내 전화번호가 적인 메모지를 보고 '카티가 누구지?' 하며 별생각 없이 재활용 종이함에다 던져버리겠지. 이젠 의연하게 미소를 짓기도 힘들었다.

그가 다시 내 볼을 쓰다듬기 시작했다. "말해줄래요? 아까 엘리베이터에서……."

"예, 그건요…… 내 치료 요법 트릭이었어요." 나는 즉흥적으로 둘러댔다. "두려운 마음이 들 때면, 무언가 다른 것을 함으로써 신속하게 전환을 시도해야 하거든요."

마티아스가 한쪽 눈썹을 치켜세웠다. "효과 만점이었어요, 고마워요."

나는 미소를 지었다. "별말씀을요. 그런데요, 어떻게 생각하세요? 만약 엘리베이터 안에 변장한 산타클로스가 있었더라면, 내가 무슨 행동을 했을지……."

그러자 그의 동공이 아까 엘리베이터에서 그랬던 것처럼 다시 확장되었다. 만약 이 순간 마를렌이 다시 욕지기질만 하지 않았다면 그는 분명 나에게 키스를 했을 것이다.

비교는 행복의 끝이며
불만의 시작이다.
_쇠렌 키르케고르

뉴욕과 칠레는 너무 멀리 떨어져 있었다. 그리고 4주는 너무나도 길었다.

이런 인식은 유감스럽게도 평행 세계에서도 통용되었다. 하지만 마티아스가 비행기에 올라타자마자 곧바로 나를 잊지도, 뉴욕의 한 하수구에 내 휴대폰 번호를 빠뜨리지도 않았다는 건 아마도 감사해야 할 일인 것 같다.

그 대신 그는 이틀이나 사흘에 한 번씩 살아 있다는 신호를 보내왔다. 내가 원하는 만큼 그렇게 친밀하거나 애정 어린 내용은 아니었지만, 없는 것보다 백배 나았다. 나는 그와 비슷하게 짧고 간단 명료한 답신을 유지하기 위해 애를 써야 했다. 시와 하트도 곁들여서 엄청 길고 그리움에 가득 찬 메일을 보낼 수 있었지만 말이다. 하지만 그러기까지는 좀 더 시간이 필요했다.

그렇게 우리는 각자에 관해서도 서로 소식을 주고받았다.

'안녕, 카티, 방금 크림 치즈를 넣은 오븐 구이 감자를 먹었어요. 그리고 자연스레 당신 생각을 하지 않을 수 없었죠. 안녕히…… 뉴욕에서 마티아스.'

'친애하는 마티아스, 치즈 크림을 곁들인 감자를 보고 날 생각하지 않을 수 없었다니 기쁘네요. 다니는 길에 감자, 많이 만나길 바라요. 잘 지내요. 카티.'

아니면 소형 엘리베이터에 관해서.

'친애하는 카티! 엠파이어 스테이트 빌딩에서 보이는 풍경이 굉장하네요. 하지만 엘리베이터 안에선 당신이 너무 그립더군요.'

'안녕, 마티아스, 계단을 이용할 수 있다는 거 몰랐어요? 1567계단이고요, 기록을 보면 다 오르는 데 9분 33초가 걸린답니다. 애정을 담아, 카티.'

그와 문자메시지나 메일을 주고받는 틈틈이 계속해서 그의 연락을 기다리며 나는 **그 결혼식**(아직도 내가 뭔가 잊은 게 있는 것 같다는 것, 그건 확실히 알겠는데……), 그리고 더 착한 사람이 되기 위한 계획을 추진해나갔다. 쉬운 건 하나도 없었지만 특히 좋은 사람이 되는 건 더더욱 그랬다.

어쨌든 마를렌과 자비에를 다시 묶어주려는 나의 시도는 결실을 맺은 듯 보였다. 물론 그것이 내가 말한 이성적이고 심리학적인 현명한 조언들에서 비롯된 것인지, 아니면 두 사람이 서로에게 끌리는 힘이 내가 없었어도 될 만큼 충분히 강했기 때문인지는 나도 확신이 잘 서지 않는다. 다른 2006년도에도 역시 나의 개입 없이 일이 그렇게 되었으니까. 이렇든 저렇든 그들은 지금 다시 사귀고 있고, 마를렌은 행복하다. 적어도 우리들 가운데 한 사람은 행복하다.

린다는 자비에의 밴드 동료인 에밀 덕분에 오줌 우베와의 이별의 고통에서 잠시 벗어나긴 했지만, 허겁지겁 새로운 관계에 올인하려 들진 않았다. 에밀의 입장에서도 그 틈바구니를 메우는 대타 역할을 꺼리는 것 같지 않아 보였는데 말이다.

"그거 알아? 그 말 말이야, 네가 2011년도의 린다에 관해 해줬던 말. 그게 나를 진짜 고민스럽게 만들었다는 거." 린다가 나에게 말했다. "5년 뒤에도 내가 여전히 나랑 맞는 사람을 찾아다니고, 또 매번 새로운 사람을 만날 때마다 잘못된 타입과 관계를 맺게 된다니! 그렇다면 내가 그때까지 아무런 깨달음도 얻지 못했다는 거잖아?"

"음……" 나는 시간을 벌려고 뜸을 들였다. "아마 그랬겠지. 하지만 잘못된 타입도 종류가 아주 가지가지라서, 전혀 듣지도 보지도 못한 타입들도 있겠지."

"아, 말도 안 돼." 린다가 말했다. "내가 나한테 잘해주지도 않는 남자들과 계속 깊은 관계를 맺는다면, 그건 나한테 문제가 있는 게 틀림없어. 하지만 다행인 건 네가 이렇게 나를 일깨워주려고 미래에서 와줬잖아. 그러니까 이제부턴 모든 게 달라질 거야." 그녀가 환한 얼굴로 나에게 말했다. "나, 나 자신이 갖고 있는 가치에 대해 다시 좀 더 생각해보려고. 그리고 좋아할 자격도 없는 남자들에게 에너지를 낭비하느니 직업 교육에 에너지를 쏟겠어. 봐봐, 난 아직 서른한 살이야. 가비 사장의 조수 노릇을 하며 늙고 싶지는 않아."

이 말은 기본적으로 흠잡을 데 없이 좋은 말이었다. 그녀가 이렇게 덧붙이기 전까지는. "그래서 은행에서 대출을 좀 받았어. 샤너니

즘 치료사 과정에 필요한 재정을 확보하려고 말이야."

"아이고, 린다." 나는 신음을 했다. 이제 그녀가 금전적으로 바닥을 치고, 혹시라도 아주 가까운 시기에 무당들과 게르(몽고식의 넓고 둥근 지붕 모양의 천막 — 옮긴이)에서 살게 된다면 그것도 모두 내 책임인 거다. 퓨처 우먼은 모든 면에서 실패자가 되는 거다.

그것도 모자라 NLP 세미나 후 나흘 만에 나는 길을 건너다 다시 한 번 펠릭스와 릴리안을 보게 되었다. 아니면 그들이 나를 보았거나. 뭐, 생각하기 나름일 것이다. 맞은편에서 둘이 손을 꼭 잡고 걸어오는 것이었다. 나는 그들이 볼까 봐 침착하게 한 건물의 출입구로 뛰어 들어갔다. 그러고는 우편함에 있는 이름들을 살펴보는 척하다가, 마치 누가 원격조종이라도 한 듯 고개를 돌렸다. 어쩔 수 없이 두 사람을 그냥 응시할 수밖에 없었다.

다행히 그들은 나를 알아보지 못한 것 같았다. 그래서 이번엔 진짜로 집중해서 그들을 볼 수 있었다. 릴리안은 무슨 일에 관한 이야기를 하는 중이었다. "……그래서 그다음에 내가 얘기했어. 상상이 가세요, 후베르투스 박사님? 저도 의학을 공부했습니다……." 그 얘기를 듣더니 펠릭스가 웃었다. '참 예쁜 한 쌍이네.' 더 착해진 새로운 카티가 그렇게 생각하려는데, 내 옛날의 카티가 그렇게 놔두질 않고 이렇게 중얼거렸다. '오, 제발, 펠릭스! 정말로 꼭 릴리안이어야 하는 거야?'

'중요한 건, 그가 행복하다는 거야.' 더 착해진 새로운 카티가 한 번 더 시도했다. '봐, 그이 생긴 것도 정말로 잘생겨 보이잖아.'

그래, 맞는 말이다. 펠릭스는 잘생겨 보였다. 그런데 어딘가 좀 달라 보이기도 했다. 이유를 깨닫는 데는 단 1초도 걸리지 않았다. 그의 눈썹! 우거진 숲처럼 덥수룩한 눈썹은 온데간데없고, 남성적으로 짧게 다듬어져 있어 아주 스타일리시해 보였다. 플로리안처럼 말이다. 아마 같은 뷰티 관리사에게서 관리받았나 보다. 나는 **그 햄스터**가 죽으면서 내던 끽끽거리던 소리를 겨우 억누를 수 있었다. (여기서 잠깐, 이 책을 읽는 내내 대체 **그 햄스터**에게 무슨 일이 벌어졌는지 궁금해할 모든 분들을 위해 그 얘기부터 해보겠다. 먼저 경고부터 해야겠다. 아주 슬픈 이야기인 데다, 나에게 나쁜 영향을 끼칠 수도 있는 이야기니까. — 이제야 햄스터 이야기를 털어놓는 것도 이 때문이다 — 나는 겨우 다섯 살이었다. 지금도 많은 사람들은 생각한다. 에버하르트 삼촌이 잘못한 거라고. 하지만 나는 그 잘못을 전적으로 내 잘못으로 받아들였다. **그 햄스터**는 이름이 막스였다. 할머니 생신날 나는 허락도 받지 않고 녀석을 몰래 빼냈다. 그날은 내 어린 시절의 가장 어두운 날이었다. 처음에 막스는 즐겁게 놀았고, 당근 케이크도 오물오물 잘 먹었다. 그러고는 소파 쿠션 사이로 요리조리 숨바꼭질하듯 숨어 다녔다. 마른하늘에 날벼락처럼 에버하르트 삼촌의 엉덩이가 짠하고 나타나서 막스의 인생에 갑작스러운 종말을 초래할 때까지……. 말이 나온 김에 말인데, 에버하르트 삼촌은 그때 이후로 트라우마에 시달리고 있다. 의자에 앉기 전 삼촌이 얼마나 구석구석 의자를 털고 앉는지, 여러분도 꼭 한 번 봐야 한다.)

가방에서 혀 짧은 아이 목소리가 이렇게 읊조렸다. '문짜 와쪄요! 문짜 와쪄요!' 아멜리가 내 휴대폰에 새로 저장해준 문자 알림음이었다. 이제는 '대학 졸업자를 위한 입사 지원 훈련' 세미나가 한창인

중에 '테오, 우리 로츠로 가요(유럽의 여가수 비키 레안드로스가 1974년에 발표한 곡 — 옮긴이)'가 울려 퍼졌었다. 그 바람에 나는 '면접 시간 동안엔 무슨 일이 있어도 휴대폰을 꺼놓는다'라는 규칙 25를 분명하고 구체적으로 설명할 수 있었다.

거의 다 지나쳐 가던 펠릭스와 릴리안이 '문짜 와쪄요' 소리에 내가 있는 쪽을 바라보았다. 그러나 두 사람은 내가 '젠장, 뭘 그렇게 빤히 보시오, 잉?'이라는 말을 꺼내기도 전에 다시 시선을 거두고 여전히 두 손을 꼭 잡은 채 가던 길을 계속 갔다. 보아하니 언어장애를 가진 슈퍼마켓의 미친 여자를 다시 알아보지 못한 모양이었다.

나는 그들의 뒷모습을 바라보며 중얼거렸다. "잘 살기를 바라요, 잉. 적어도 둘 중 한 사람은요."

말했다시피 더 착한 인간이 된다는 건 절대 간단한 일이 아니다. 바론스키 부인의 경우에도 그랬다. 그저 이따금 꽃을 들고 들렀을 뿐, 누가 보더라도 내가 착한 사람이라는 걸 단번에 알아차릴 정도로 충분히 착하다고 할 수는 없었다. 부인은 병원에서 나와 곧바로 양로원으로 옮겨가야 했다. 원칙적으로는 그녀의 입장에선 그에 반대할 아무런 이유도 없었다. 그녀의 고양이 무쉬만 아니었다면. 무쉬는 양로원에 함께 들어갈 수 없었다. 그리고 지금까지 매일 녀석에게 먹이를 주던 이웃집에도 머무를 수 없었다.

"무쉬가 애완동물 보호소에 들어가면, 난 울고 말 거라우"라고 말하며 바론스키 부인은 애원하는 눈길로 나를 보았다. "우리 무쉬는 그런 취급을 받을 이유가 없어유."

나는 어떤 경우에도 그녀가 우는 건 원치 않았다. 그래서 무쉬를 위해 새 보금자리를 알아봐주기로 약속했다. 그리고 나는 — NLP 세미나에서 배웠던 조작 기법이 큰 역할을 한 덕분에 — 성공적으로 그 일을 해냈다. 우리는 단순히 많은 사람들이 좋은 일을 할 때를 기다리고 있다고 믿고 앉아 있어선 안 된다. 그들이 그걸 할 수 있도록 관심을 이끌어내는 데 힘써야 한다. 이틀 후, 나는 뮌스터에 계시는 부모님께 무쉬를 데려다주었다. 부모님은 굉장히 행복해하며 무쉬를 받아들였고, 곧바로 '바바 N바네네'라는 이름으로 개명해주었다('무쉬'라는 단어는 여성의 음부를 뜻하는 속어이기도 하다 — 옮긴이). "바바 N바네네는 아프리카어야"라고 엄마가 말했다. "'할아버지에게 용기를'이라는 뜻이지." 무쉬는 바바든 바나나든 상관하지 않고, 아버지가 가장 좋아하는 소파 위에서 가르릉거리며 뒹굴었다. 나는 녀석의 사진과 뿌듯해하시는 부모님의 사진을 찍었다. 바론스키 부인에게 무쉬가 잘 지내는 걸 보여드리기 위해서였다.(하지만 이름과 연관된 일은 부인에게는 말하지 않을 것 같다.)

> 작은 일을 하기에
> 자신이 너무 큰 인물이라고
> 생각하는 사람은
> 대부분 큰일을 하기에
> 너무 작은 사람이다.
> _자크 타티

나는 주말 내내 뮌스터에 머물렀다. 한편으론 생활비가 여전히 바닥 상태였고, 뭔가 제대로 된 걸 다시 먹어야겠다는 절박함 때문에, 다른 한편으론 **그 결혼식**에 쓸 출장 뷔페와 관련된 일을 멀리 떨어진 곳에선 조정하기 어려웠기 때문이었다. 분명 같은 주말, 전 독일에선 2만 쌍의 다른 쌍들이 결혼식을 올릴 것이고, 모든 레스토랑이 무스 오 쇼콜라(선택하기에 따라선 티라미수도)를 개별적으로 만들어주었으면 좋겠다고 하는 나의 바람에 긍정적인 반응을 보이는 건 아니었다. 나는 매력적인 이탈리아 식당 한 곳을 찾았는데,

3주 전 처음 오픈한 곳이었다. 그래서 결혼식이 많은 주말에도 사람들을 받을 수 있었다. 그 식당에서 나에게 서비스로 준 시식용 음식들은 정말 맛있었고, 부모님에게서 얻어 온 음식들과 함께 나머지 남은 기간 동안 배불리 먹기에 충분했다.

그리고 언니의 시어머니인 프리드린데와도 자리 배치를 새롭게 짜보기로 약속했다. 더불어 기회가 닿으면 언니네와 함께 두 사람이 살게 될 집의 1층 시멘트 바닥을 살펴보기로 했다.

우리가 공사 현장 이곳저곳을 올라가보고, 언니가 어디에 어떤 가구를 놓을지 생각해둔 것을 이야기할 때였다. 불현듯 장차 거실이 될 곳이 어두워지면서 창구멍에서 꽥꽥대는 목소리가 들렸다.

"유감스럽지만, 인부들 중 한 명의 음란한 행동을 그만두게 했으면 해요."

그 순간 한 대 맞은 것처럼 그동안 새까맣게 잊고 있었던 것이 생각났다. 바로 룩센비힐러 부인이었다.

언니가 한숨을 쉬었다. "그 사람이 혹시 노상에다 실례를…… 하지만 볼일 보는 거라면 이동식 화장실이 있는걸요."

"아휴, 아니에요. 당신이 생각하는 그런 게 아니라니까요." 룩센비힐러 부인이 말했다. 그녀의 목소리는 새 분필로 칠판에 글을 쓸 때 나는 소리와 비슷했다. 나의 내면에선 친절한 새로운 카티와 옛날의 카티가 격하게 투쟁을 벌였다. 친절한 새로운 카티는 '룩센비힐러 부인은 늙고 외로운 사람이야. 그러니 결혼식에서 그녀를 빼면 그녀가 마음의 상처를 입을 거야'라며 나를 설득하려고 했다. 옛날의 카티는 과격했다. 결혼식 날, 그냥 룩센비힐러 부인 집의 문과 창문들을 모조리 못으로 박아버리라고 외쳤다.

"그 남자…… 거 왜 늘 다른 사람들에게 이래라저래라 지시하는 그 힘 좋게 생긴, 냄새나는 터키인 있잖아요. 그치가 아무런 거리낌도 없이 자기 생식기를 긁더라고요!" 룩센비힐러 부인은 잠시, 연극을 하듯 가만히 쉬었다. 그 쉬는 사이 친절한 새로운 카티는 이를 부득부득 갈며 옛날의 카티가 옳았다는 걸 인정했다. 룩센비힐러 부인은 아마도 외로울 것이다. 그렇긴 하나, 방금 전의 그녀는 인종차별을 하는 늙은 노파에 불과했을 뿐이다.

"그러니 이제 그 사람은 공사장에 발을 들여놓지 못하게 해야 해요. 우리는 외국인들에게 너무, 심하게 관대해요."

언니의 두 눈이 휘둥그레졌다. "그…… 현장감독을 공사장에서?"

룩센비힐러 부인이 흡족해하며 고개를 끄덕였다. "내가 벌써 그 사회적 식충이에게 말해뒀어요. 한 번만 더 이 땅에 발을 들여놓았다가는 주택 평화 파괴범 표시판을 목에다 걸어둘 거라고요. 내 좌우명은 항상 '살리고 살게 하라'예요. 하지만 이곳은 독일이고 독일의 거리예요. 아직 기강과 규율이 지배하는 곳이고요. 이곳을 지나다니는 어린 학생들을 생각해야지요."

지금 부인이 뒷발질을 하여 온전히 실수로 저 공사장 구덩이에 빠진다면, 저 부인 없이 결혼식을 거행할 수 있을 거다…….

"하지만 룩센비힐러 부인, 그렇게까지 하실 건 없을 것 같아요. 단지……." 언니가 말을 시작했지만 룩센비힐러 부인이 가차 없이 말을 잘랐다.

"아니요, 베데킨트 부인, 나에게 감사할 필요는 없어요. 불쌍한 로베맨라인이 그런 일에 신경 쓸 수 없다는 건 나도 잘 알고 있으니까요. 직장 생활 하는 것만으로도 늘 긴장되어 있을 텐데, 게다가 결혼식에 관련된 일들까지 신경 쓸 일이 좀 많겠어요. 그리고 그 클라우디아, 그녀만 있었다면…….”

이제 참을 만큼 참았다.

“그건 그렇다 치고 결혼식 말이에요.” 내가 말했다. 깊이 생각할 것 없었다. “그게, 좀 큰 착오가 있었어요. 그러니까, 우리가 마흔한 명이나 되는 무지 많은 손님을 초대하게 됐거든요.”

에바 언니가 멍한 표정으로 나를 바라보았다. 룩센비힐러 부인도 언니와 다를 바 없었다.

“일이 이렇게 된 건, 프리드린데가 실수로 우리에게 로베맨라인 아버님의 칠순 잔치 초대 명단을 줬기 때문이에요. 그 명단엔 결혼식에 오지 않아야 할 사람들이 들어 있었거든요. 이를테면 남성 합창단 회원들이라든가, 그리고 부인도요.”

“나요?” 룩센비힐러 부인이 씩씩거리며 말했다.

“그나마 다행인 건 우리가 제때 그걸 알았다는 거죠.” 내가 말했다. “그 홀엔 그렇게 많은 인원이 들어갈 수가 없거든요. 난리가 나는 거죠. 분명 부인도 초대장을 받으시고 놀라셨을 거예요. 어쩌면 이렇게 생각하셨을 거 같아요. ‘이 사람들이 온갖 어중이떠중이들을 다 초대한 모양이네’라고요.”

“하지만…….”

가방 속에서 휴대폰이 울렸다. ‘문짜 와쪄요! 문짜 와쪄요!’ 여차저차 하는 사이 나는 짜증 나는 이 애기 목소리에 애정을 갖게 됐다.

말하자면 파블로프의 개처럼 반응했다. 침만 안 흘렸다 뿐이지 히죽이 웃으며 말이다. 뉴욕은 이제 아침일 것이다.

"그러니 이제 초대장은 잘게 좍좍 찢어버리세요. 그리고 한가롭고 아름다운 토요일을 즐기시길 바라요!"라고 경쾌하게 말한 다음 나는 당황한 표정이 역력한 얼굴로 서 있는 언니의 팔짱을 꼈다. "가자, 언니. 언니 시어머니한테 가봐야 해. 분명 아까부터 기다리고 계실 거야. 안녕히 가세요, 룩센비힐러 부인. 그리고 조심하세요! 무덤에 빠지지 않도록요!"

"너 미쳤니?" 거리로 나와서 휴대폰을 꺼내 들자 언니가 나직이 쉿소리를 내며 말했다. "이제 저 부인이 우리를 엄청 못살게 굴 거야."

'안녕, 카티 감자 양, 방금 당신 생각을 할 수밖에 없었네요. 센트럴 파크의 유니콘들은 분명 당신 마음에 들 거예요. 인사를 전하며, 마티아스.'

나는 환한 얼굴로 언니를 바라보았다. "날 믿어. 그러나저러나 어차피 그럴 사람이니까! 하지만 적어도 결혼식에서만큼은 조용히 지낼 수 있을 거야, 언니. 아참, 그리고 언니, 그 어깨끈 없는 짧은 드레스도 굉장하긴 한데, 난 언니가 긴 팔소매에 목까지 올라오는 드레스를 택하는 게 더 좋을 것 같다는 생각이 들어. 언니 생각은 어때? 내가 아는 기상학자가 한 명 있는데, 그 사람이 그러더라. 언니의 결혼식 날은 날씨가 더럽게 추운 데다 짜증 나게 비까지 내릴 거래. 극비에 부쳐둔 데이터들에서 나온 결과인데, 그 데이터들은 아주…… 음…… 음…… 은밀한 현대적 기계들에서 나온 거래. 그러니까 나는 언니가 언니 결혼식에서 퍼렇게 얼어서 사진들마다 우주에서도 보일 정도로 왕 소름을 달고 있을까 봐, 단지 그게 겁이 나서 그래."

"오! 오케이." 언니는 언제나 그렇듯 못 미더워하며 되묻거나 하는 일 없이 선뜻 대답했다.

"아직 늦지 않았어. 목까지 올라오는 드레스는 마침 내가 눈여겨 봐둔 게 있으니까. 그레이스 켈리 스타일이야. 언니는 어때?"

언니가 곁눈질로 나를 보며 빙그레 미소를 지었다. "기상학자라고? 결혼식에 데리고 올 거니?"

나는 유감스럽다는 표정을 지으며 고개를 가로저었다. "아니, 혼자 갈 거야."

그 말은 내가 엄마의 재봉실(예전 나의 침실)에서 무섭게 생긴 아프리카 가면들과 슈름프코프(영어로는 'shrinkhead'. 아프리카 원주민들이 적의 머리를 자른 다음 그것을 건조해 전리품으로 전시하곤 했다 — 옮긴이)들 아래에서 묵어야 한다는 걸 의미했다. 그리고 에버하르트 삼촌과 다른 모든 친척들이 동정 어린 표정으로 내 팔뚝을 토닥이며 나를 '늙은 소녀'라고 칭하리라는 것, 그리고 그런 유형의 말들이 계속되다가 마찬가지로 다음과 같은 장례식 이야기를 꺼내면서 비로소 끝이 난다는 걸 의미했다. "아담 리제가 먼저고, 너는 원래 그 애 다음이어야 했었지."

당신이 아는 것을 모두 말하지는 마라.
그러나 당신이 무슨 말을 하는지는 모두 알고 있어라.
_마티아스 클라우디우스

'카티! 아타카마 사막엔 인터넷이 없어요. 감자도 없고요. 그런데도 당신 생각이 나네요. 잘 있어요. 마티아스.'

칠레는 뉴욕보다 훨씬 더 먼 것 같았다. 어쨌든 그곳에선 드물게 문자메시지가 왔고, 생존 신호를 기다리는 동안 나는 약간의 우울함이라도 덜어보려고 했다. 그리고 그사이 여기저기에서 주목할 만한 성과를 거둘 수 있었다. 원래는 기분을 좋게 해주었을 성과들이었다. 예를 들어 언니의 결혼식을 위해 자비에네 밴드를 섭외하는 일이 그랬다. 밴드 멤버들이 어찌나 기뻐하던지 나중엔 내가 다 창피해질 정도였다. 쾰른을 떠나올 때 미리 돈을 정산해야 했지만, 그래도 그들은 가격 면에서 예산에 딱 맞았다. 그리고 그보다 훨씬 더 좋았던 점은 멤버들이 에버하르트 삼촌과 에리카 숙모님 댁의 지하 취미 활동실에서 묵는 것에 아무런 이의도 제기하지 않았다는 것이다. (결혼식이 끝나면, 나는 그들에게 얘기할 것이다. 앞으로는 그렇게 헐값에 밴드를 팔면 안 된다고!)

그 밖에 나는 바론스키 부인이 양로원으로 이사하는 걸 도와드리고, 공식적으로는 무쉬라고 알려진 바바 N바네네의 사진이 든 액자를 그녀의 침대 위에 걸어놓았다. 그런데도 기분이 마냥 좋아지지는 않았다. 이사를 하면서 나는 바론스키 부인의 태도를 귀감으로 삼을 수도 있겠다는 생각을 했다. 무심하게, 그리고 어떤 감상에도 빠지지 않고 노부인은 그녀 소유물의 대부분과 작별했고, 그녀가 가장 좋아하는 소파만 갖고 이사했다. "이 소파에 앉아 죽고 싶어서 그래요"라고 속내를 털어놓으며. 부인은 용감하게, 그리고 말 그대로 경쾌한 기분으로 레드 와인 한 잔을 곁들이며 새로운 보금자리에서 첫날 밤을 마감했던 반면에, 나는 부인을 혼자 두고 나오자니 자꾸 눈물이 나는 걸 참을 수 없었다. 나이가 들어서 그렇게 혼자 있는 건 무조건 좋지 않은 것 같다. 그녀의 주변엔 사랑하는 자녀와 손자, 증손자 그리고 고양이 무쉬가 함께할 수도 있었다. 마찬가지로 돌아갈 집도. 그러나 그녀의 인생에는 단 한 번도 '미스터 바론스키'라는 존재가 없었다. 그녀가 거의 결혼할 뻔했던 남자는 전쟁에서 전사했다. 나는 그것들이 전부 너무나도 슬펐고, 그래서 더 많은 레드와인을 찾게 되었다.

그날 밤 나는 새로운 '해야 할 일' 목록을 완성했다.

그리고 다음 날 아침 그 목록을 보았을 때, 난 내 두 눈을 의심할 수밖에 없었다.

1. 마티아스와 함께 아주 잘생기고 푸른 눈을 가진 아이들을 만든다.

1.1 로타(미들네임은 에리카. 벨벳 커튼을 닮아서.)

1.2 릴리(미들네임은 아스토리아. 왜냐면 이 아이는 발도르프 아스토리아(뉴욕의 유명한 명소 가운데 하나인 월도르프 아스토리아 호텔을 의미 — 옮긴이)에서 만들어졌기 때문. 만약 그곳이 아닌 마기오레('긴 호수'라는 의미를 지닌 스위스의 관광 명소 — 옮긴이)에서 아이를 만들게 된다면, 베르바니아로 한다.)

1.3 루이스(미들네임은 펠릭스. 덥수룩한 눈썹과 약간 덜렁거리는 면이 있다면.)

2. 나머지 아이들은 입양한다.

2.1 최소 세 명.

2.2 최상의 경우는 아프리카 출신의 아이들. 엄마 때문이다.

3. 정식으로 노후 대비 연금을 든다.

그 목록을 내 손으로 박박 찢어버렸다는 이야기를 추가로 언급할 필요는 없으리라고 생각한다.

월초에 월급이 들어왔건만, 5월 중순 내 통장 잔고는 다시 제로가 되었다. 상황이 그렇다 보니 언니의 결혼식을 위해 새 옷을 사는 건 힘들었다. 결국 중고 가게에서 찾아낸 살구색 드레스를 입게 될 것 같다. 물론 거기에 어울릴 예쁜 구두도 한 켤레 봐두긴 했었다. 마이너스 통장 한도 증액을 위해 은행에 간 것도 그것 때문이었다. 그러나 은행에선 증액 승인을 해주지 않았다. 나중에 월드컵 우승국 내기에서 벌게 될 많은 돈을 생각하면 내 생각엔 아주 적은 돈에 불과하건만. 창구 직원은 얼굴에 여드름이 가시지 않은 청년이었다. 아마도 아직 미성년자이지 싶었다. 5분간 모니터 화면을 뚫어져라 보며 나의 청구 건을 검사하던 청년이 고개를 가로저었다. "죄송합니다만, 현재 고객님께선 고객님의 수익에 비해 지출이 훨씬 더 높은 것으로 보입니다."

참내, 빨리도 알아내시네. 혹시 지금 내가 증액 요청을 하는 이유가 바로 그것 때문이라는 말씀? 그리고 은행에 해될 것도 없는 나의 청을 거절하는 건 좀 부당하지 않나? 샤머니즘 치료사 교육을 위해 대출을 하려던 린다에게는 군소리 하나 없이 허락했으면서?

꿈꿀 수 있다면 이룰 수 있다. _월트 디즈니

그래봤자 소용없었다. 그렇다면, 결혼식에 새 신발을 신고 가는 건 물 건너간 셈이다. 어차피 내 발끝에 시선을 돌릴 사람도 없을 거다. 이렇게 마음을 먹어도 역시 기분이 좋아지지는 않았다. 마지막으로, 이것도 중요한데, 날씨 또한 5월다운 날씨를 거의 보이지 않으며 나를 우울하게 만들 뿐이었다.

언니의 결혼식을 앞둔 주 월요일, 나는 다시 예전의 행동 방식으로 거의 되돌아가 첼러 라이쓰도르프 부인과 격하게 싸울 뻔했다. 보아하니 그녀도 마찬가지로 (갱년기 증상인지, 날씨 때문인지) 매우 민감해져 있는 것 같았다. 그녀는 온종일 이런저런 일로 트집을 잡았다. 그것도 과감하게 누군가를 개별적으로 겨냥해 말하는 것이 아니라, 전부를 싸잡아서 비난의 화살을 쏘아댔고, 그래서 그걸 듣는 사람은 누구나 자신이 그 대상이 된 것 같은 느낌을 갖게 만들었다.

"이거 세미나를 날짜별로 정리하지 않고 누가 알파벳 순서로 정리만 해놨어도 지금 내가 이 개고생을 해가며 X같이 다시 정리할 일은 없었을 텐데." 그녀가 말했다. 그리고 어떤 이유에서인지(좋다, 세미나를 날짜별로 분류한 건 아마도 나인 것 같다. 그게 훨씬 더 중요하다고 봤던 것이다) 그 말은 나를 길길이 날뛰며 불같이 화를 내게 만들었다.

'X같이 정리해야 한다는 말은 없어요'라고 대놓고 말하려고 했다. 그러나 '정'까지 말하는데, 휴대폰이 '문짜 와쪄요, 문짜 와쪄요!'라며 빽빽거렸다.(그사이 나에게 이 소리는 세상에서 가장 귀여운 소리가 되었다.) 그래서 나는 서류 분쇄기에게 불쾌한 시선을 던지고는 내 책상으로 뛰어갔다. 마티아스였다!

'나는 당신이 너2ㅜ 보고시3ㅛ 당신은 너무나도 스릉스러꼬키ㅆ7ㅗ 멋지죠 나는'

어휴! 갑자기 이건 또 뭐야? 이 사람, 언제부터 맞춤법에 문제가 있었던 거지? 게다가 문장을 시작하다 만 건 또 왜지? 술에 취한 건 아닐 거다. 칠레는 지금 이른 새벽일 테니까. 세상에, 혹시 다른 사람에게 쓰고 있다가 화들짝 놀란 걸까? 이 말은 전혀 나를 생각하고 쓴 말이 아닌 것 같다. 나는 몇 분 동안이나 휴대폰 화면을 응시했다. 두 번째 문자가 올 거라는 바람을 안고. 하지만 아무 일도 일어나지 않았다.

30분쯤 지나자 나는 더 이상 참을 수 없어 답신 문자를 날렸다. '마티아스! 별일 없는 거죠?'

몇 분 후 그에게서 답신이 왔다. '지진이 발생했었어요. 이제 마지막이구나 생각했죠. 얼마나 무섭고 두려웠는지 거의 오줌을 지릴 뻔했어요. 다른 사람들이 날 보고 한참이나 웃었답니다. 이곳은 폐번

가라서 아무래도 대지의 진동 현상이 거의 일상적인 일인가 봐요.'

오, 정말 친절한 사람! 꿀꿀했던 기분이 순식간에 사라졌다. 삶의 마지막이라고 생각된 시간에 마티아스는 나에게 문자를 보냈던 것이다. 나에게! 그 말은 내가 그에게 의미 있는 어떤 사람이라는 것이 아주 분명했다. 안 그랬으면 그는 그의 어머니에게 편지를 써 보냈거나 단순히 기도만 했을지도 모른다.

그러고 나자 이 사건이 두려움으로 다가왔다. 칠레에서 엄청난 대지진이 발생했던 때가 언제였더라? 2006년도가 아니었던가?

'나도 당신이 너2ㅜ 스릉스러ㅂ다꼬 생각해요'라고 나도 답신을 썼다. '집으로 돌아와요, 칠레는 너무 위험해요.'

뒤이어 그가 스마일 이모티콘을 보내왔다.

그런 다음 나흘 동안 그에게선 아무런 소식도 없었다.

다섯째 날, 그러니까 결혼식을 앞둔 금요일의 내 기분은 그로 인해 다시금 이제껏 모르던 깊은 바닥에 다다르고 말았다. 인터넷상으로는 칠레에서의 급작스러운 지진에 관한 뉴스를 찾아볼 수 없었지만, 나를 안심시키기엔 부족했다. 나는 스마일 이모티콘은 답신이 될 수 없다고 생각했다! 스마일 표시에 나흘을 빼앗기다니. 오늘까지 닷새를. 밖에서는 비가 내리고 있었다. 그리고 가비 사장은 마를렌과 나에게 한 달 동안 참가자들에게 돌렸던 설문지에 대한 평가서를 내놓으라고 압박했다. 정말 바보 같은 작업이었다. 우리는 설문지 더미를 친자매처럼 사이좋게 나누었다. 그리고 나는 나 자신과 거래를 했다. 각 강좌의 통계치를 완성하기 위해, 내 개인적인 전화번호부를 활용하는 것을 허락하는 방향으로.(물론 가비 사장이 사무실에 없을 때에만.)

벌써 첫 번째 코스 명단에서부터 나는 아는 이름을 발견, 장애물에 부딪히고 말았다. 게레온 '다이하드' 베스터만. 펠릭스의 베스트프렌드.

"마를렌, 너 그거 아니? 네 전남편이 개인 병원 경영 원리 세미나에 참석했던 거."

"응." 마를렌이 말했다. "내가 그걸 맡지 않아서 얼마나 좋아했는데. 그 인간, 틀림없이 나를 아주 녹다운시켰을 거야. 못돼빠진 잘난척쟁이가 어디 가겠어? '말이 되니, 자영업에 관해 네가 뭘 안다고. 너는 너네 집 세금 고지서도 잘 이해하지 못하잖아.'"

"그 사람, 가비 사장에게도 최고점을 주진 않았을걸." 나는 속으로 고소해하며 단정적으로 말했다. "익명으로 하면 사람들이 마구 불평만 털어놓을 거라는 생각에 설문지에 별도로 개인 표시를 하도록 하긴 했지만 말이야."

2006년은 흡혈 백작 부인이 의사를 목표군으로 발굴, 건강 마케팅과 개인 병원 매니지먼트에 관한 일에 대대적으로 편승했던 해였다. 약사 및 의사 전용 은행과 유명한 제약회사를 클라이언트로, 아울러 세미나 개최는 골프장을 겸비한 5성급 리조텔에서 열 것으로 전망했던 터라 그녀는 우리들 가운데 아무도, 심지어 그녀 자신조차도 그 분야에 대해 거의 경험이 없다는 사실을 아주 통 크게 넘겼었다. 그런데 여기서도 다시 한 번 입증된 것은, 성공이라는 것이 자신만만함과 능청스러움으로도 달성될 수 있다는 것이었다.

"개인 병원이든 꽃집이든 뭐가 됐든, 그건 전혀 문제가 되지 않

아. 도표상의 계산은 어디까지나 도표상의 계산일 뿐이고, 마케팅은 마케팅일 뿐이야." 가비 사장은 완전히 백지 상태에 있는 우리들에게 강제로 의사들이 양질의 매니지먼트를 할 수 있는 프로그램을 구성하거나, 아니면 '파워포인트를 활용한 의학 강연문 작성 및 프레젠테이션'이라는 주제에 맞춘 강의 시리즈를 구성하도록 시킬 때마다 기도문을 외듯 이 말을 반복했다. 최고로 좋은 행사들은 — 그러니까 가장 아름다운 호텔에서 개최된 행사들은 — 그녀가 직접 맡아서 하곤 했지만, 그녀가 사전 준비 작업까지 직접 맡고자 했다는 뜻은 절대 아니다. 어쨌거나 우리는 '임상 내분비학'이나 '예방 접종학' 같은 것과는 거리를 두자고 그녀를 설득할 수 있었다. 물론 그녀는 잘만 준비하고 거기에 기름칠을 해 제대로 버무리기만 한다면, 그것도 가르칠 수 있다고 주장하긴 했지만 말이다.

다음 설문지를 살피다가 나는 또다시 어떤 이름 앞에서 멈칫했다. 릴리안 베르크하우스. 대체 **릴리안**이 개인 병원 경영 원리에 관한 세미나에는 뭘 하러 온 걸까? 마취의인 그녀가 자영업을 하려 했을 리도 없고. (그렇긴 하지만, 어쩌면 마취 병원이 틈새시장이 될 수도 있지 않을까? '신경 끄고 푹 쉬고 싶으세요? 그렇다면 저희 병원에서 간단히 마취받으시고 몇 시간 동안 누워 계십시오. 외과적 시술 없이 진행됨을 보장해드립니다…….') 아니면 그냥 호화 호텔에서 한 사흘쯤 쉬고 싶은 기분이 들었을 뿐이고 병원 행정실에선 정확한 내용을 살피지 않고 심화 교육 코스라 생각하고 허락했을 수도 있었다……. 나는 호기심이 발동하여 린다에게로 건너가, 해당 강좌의 데이터를 불러와달라고 부탁했다. 내 예상대로였다. 세미나는 슈프레발트(베를린 동북부에 위치한 곳 — 옮긴이)의 한 우아한 호텔에서 개최되었다. 3식 제공에 단돈 120유로만 추가로 내면 예약할 수 있는 건강 관련 패키지 상품도 있었다. 또한 원할 경우엔 사우나가 딸린 방도 있었다……. 아니나 다를까, 릴리안도 그런 방들 중 한 곳을 차지했다.

"다음 생애엔 의사도 되어볼 거야." 린다가 말했다.

……그런데 혼자가 아니었다. 그녀는 그 빌어먹을 방에 게레온 베스터만 박사와 함께 묵었다.

"아야!" 린다가 외쳤다. 나도 모르게 그만 린다의 어깨를 움켜잡은 것이다.

그렇다면 이건 분명……. 세미나는 4월에 거행되었고, 그렇다면 내가 거리에서 손을 맞잡고 걸어가는 릴리안과 펠릭스를 만나기 전의 일이다.

뭐 이런 쓰레기 같은 여자가 다 있어! 이런 역겹고, 천하고, 게다가 남을 속여 먹는 나쁜……. 이 여자, 어떻게 펠릭스에게 이런 짓을 할 수 있지? 그리고 게레온은 또 뭐야? 뭐 이런 개자식이 다 있어! 게레온, 이 자식, 내가 생각했던 것보다 훨씬, 훠얼씬 저질이었네! 절친한 친구의 여자 친구와 바람을 피우다니. 아, 이건 정말이지…….

"카티? 괜찮아? 너 얼굴이 백지장 같아." 린다가 말했다. 하지만 내 귀에 그 말이 들어올 리 만무했다.

"다이하드, 나쁜 자식." 나는 이를 갈며 말했다. 무슨 이유에서인지 맥박이 빠르게 뛰었다. 아마도 분노 때문일 것이다. 펠릭스가 너무, 너무 불쌍하다! 그는 이런 취급을 받을 만큼 잘못한 것이 아무것도 없다. 그리고 나는 무슨 일이 있어도 릴리안과 게레온이 계속해서 이렇게 그의 감정을 짓밟고 상처 주는 짓을 하도록 가만히 둘 수 없었다. 나는 앞으로…….

'문짜 와쪄요! 문짜 와쪄요!' 휴대폰이 빽빽 소리를 질러댔다. 나는 잠시 펠릭스와 그의 못된 사기꾼 친구를 잊었다.

하지만 발신인은 웨딩 플래너인 프리드린데 사부인이었다. '밴드가 사운드를 체크해야 하니까 늦어도 정각 세 시까진 도착해야 해요. 전달 좀 해주세요.'

아, 사람 좋은 프리드린데. 그사이, 그녀와 나는 거의 친구 같은 사이가 되었다. 우리는 멋진 팀이었다……. 아, 물론 이건 헛소리다. 사실 부인은 룩센비힐러 부인에게 한 거짓말만으로도 진즉부터 나를 못마땅해했다. 그리고 너무나도 비둘기를 날리고 싶었기 때문에도 그랬다. 하지만 상관없다! 웨딩 플래너로서의 그녀는 진짜로 쓸모 있는 사람이었다. 자리 배치는 이론의 여지 하나 없이 우리들이 머리를 쥐어짜내어 내놓은 결과물이었다. 사촌 베르트람은 이제 로베르트의 잘생긴 직장 동료와 마주 보고 앉지 않을 것이며, 룩센비힐러 부인의 동성애자에 대한 적대적 발언 때문에 도발당했다고 느낄 일도 없을 것이다. 내가 바라 마지않은 것은 반드시 그렇게 되어 사촌이 커밍아웃을 나중으로 미루게 되는 것이었다. 그렇게 되지 않을 경우, 나는 그를 예의 주시하고 있다가 미심쩍다 싶으면 복숭아를 던져 그를 뻗어버리게 만들 거다.

막 프리드린데에게 답신을 보내려는데 휴대폰에서 '테오, 우리 로츠로 가요'가 울려 퍼졌다.(나는 아직까지도 이 벨 소리를 지우질 못했다.) 그리고 나는 휴대폰 화면에 뜬 마티아스의 이름을 보았다. 오, 세상에! 지금까지 그가 전화를 한 적은 없었다. 이제 그의 목소리를 듣게 될 것이다.

"여부세오오오!" 흥분한 나머지 나의 '여보세요'가 불의의 사고를 조금 당하고 말았다.

"카티? 당신이에요?" 마티아스가 말했다. 아, 그의 목소리가 얼마나 섹시한지를 거의 잊고 있었다. "이렇게 목소리를 들으니, 정말 좋네요!"

나는 헛기침을 했다. "당신 목소리가 먼저죠. 감이 아주 가깝게 들리는걸요?"

"나도 그래요. 나 다시 쾰른에 왔거든요."

"어머, 진짜……" 얼마나 좋은지! 그러고 보니 그때 말하지 않았던가. 4주 동안 있다가 올 거라고. "……잘되었네요. 대체 언제부터 여기 있었던 거예요?"

"10분 전부터요." 마티아스가 말했다. 그 말에 온몸이 행복에 겨워 간질거리기 시작했다. "우리 볼 수 있을까요?"

"오늘요?" 그가 내 앞에 서 있지 않아 얼마나 다행인지 모르겠다. 허니 케이크 조랑말처럼 헤벌쭉 웃고 있는 내 모습이라니.

"그래요, 오늘 그리고 내일도요, 될 수 있다면요. 그리고 모레도." 전화기 너머에서 스피커 소리가 들렸다. 진짜로 공항인 게 분명했다.

"있잖아요…… 나도 당신을 만나고 싶은 마음이 굴뚝같아요." 내가 이야기를 시작했다. "그 시간대에 우리 언니가 결혼식을 올려요. 뮌스터에서요."

"아," 마티아스가 말했다. "이번에도 또 타이밍이 좋지 않다는 말이네요. 당신 보려고 일부러 일찍 돌아왔는데……."

"그럼 당신도 함께 갈래요?" 나도 모르게 이 말이 입 밖으로 새어 나왔다. "내 말은요, 그게 좀…… 독특한 집안이라서 말이죠. 나는 아직까지도 잘 모르겠어요. 어떻게 해야 **그 왕고모**가 교회에서 '아베 마리아'를 부르는 걸 막을 수 있을지요. 게다가 결혼식이 잘 진행되는 데는 어느 정도 내 책임도 있기 때문에, 전반적으로 나는 전체적으로 내가 가진 최고로 좋은 면만 보여주지는 못할 수도 있어요. 내 사촌 베르트람이 결정적인 순간에 자존심을 꺾고 내가 예상했던 행동을 할 경우, 어쩌면 복숭아를 던져도 그 애를 맞히지 못할지도 몰라요. 학교 다닐 때 구기 종목은 완전 꽝이었거든요. 그리고 정말이지멋진구두도없고그리고……."

"그래요." 마티아스가 말했다. "그래요, 그렇게 할게요." 그가 미소 짓는 소리가 들리는 것만 같았다. "당신 언니분 결혼식인데, 나야 기꺼이 가고 싶죠."

무덤가에 선 대부분의 사람들이
베일로 얼굴을 가린 채 비통해 마지않는 건,
그들의 활력 없는 삶이다.
_게오르크 옐리네크

밤에 나는 악몽을 꾸었다. 에바 언니와 로베르트가 제단 앞에 서 있었고, 반면 **그 왕고모**는 무시무시한 아카펠라 버전의 '아베 마리아'로 교회 유리창을 덜컹거리게 하고 있었다. 나는 그녀를 향해 절망적인 심정으로 복숭아를 던졌지만 복숭아들은 하나같이 모두 빗나갔고, 찬송가 책으로 다시 던져봤지만 그것 역시도 모두 엉뚱한 곳에 떨어지고 말았다. 결국 나는 손에 잡히는 건 전부 집어 들었다. 그러다 어느 순간 **그 왕고모**가 끔찍하게는커녕 너무나도 아름답게 노래한다는 걸 깨닫게 되었다. 모두들 깜짝 놀라 나를 바라보고 있었다. 마티아스와 나의 부모님, 언니, 형부 그리고 프리드린데 모두. 게다가 교회는 오지 않아도 될 사람들로 꽉 차 있었다. 내 예전 독일어 선생님뿐 아니라 가비 사장과 린다, 벵트, 마를렌, 아멜리에, 펠릭스, 릴리안, 플로리안, 게레온, 나의 시부모님, 심지어 비른스키 부인과 자비네 간호사까지 와 있었다. 펠릭스와 릴리안이 두 손을 마주 잡고 있었는데, 두 사람 모두 눈썹을 면도기로 밀어낸 모습이었다. 아주 불쾌하기 짝이 없어 보였는데, 그 모양을 하고도 릴리안은 깔보는 눈길로 나를 머리끝부터 발끝까지 훑어보았다. 그 순간 나는 내가 살구색 드레스가 아니라 흰색 상복을 입고 있다는 걸 깨달았다. 제단 앞에는 이제 언니와 형부가 아닌 쓸쓸한 관 하나가 놓여 있었다. 이젠 더 이상 아무도 나를 바라보지 않았다. 갑자기 내가 투명 인간이 되어 눈에 보이지 않는 것처럼 그렇게. **그 왕고모**는 여전히 '아베 마리아'를 부르고 있었다. (그사이 그녀의 노래는 분위기에 맞게 'In hora mortis nostrae('천주의 성모마리아여, 이제와 저희 죽을 때에 저희 죄인을 위해 기도해주소서'에 나오는 한 구절 — 옮긴이)'라는 소절에 이르렀고, 조성調性 변경을 위해 그녀는 — 전혀 그럴 필요가 없는데도 — 손을 번쩍 들어 올렸다.) 그러나 나는 그녀를 향해 아무것도 던지지 못했다. 도무지 몸을 움직일 수가 없었다. 더 이상 속눈썹 하나 까딱할 수조차 없었다. 완전히 마비된 채 나는 천천히 교회 천장 방향으로 둥실둥실 떠올랐다. 오르간이 있는 발코니를 지나는데, 발코니에 갑자기 지하철에서 본 그 부랑자가 나를 향해 손을 흔들며 서 있었다. 그다음 내 주변을 둘러싼 모든 것이 어두워졌고, 나는 제단 앞의 관 속에 누워 있는 것이 '나'라는 것을 알게 되었다…….

나는 숨을 헐떡이며 버둥거리다 이불을 걷어 차내고는 벌떡 일어나 앉았다. 틀림없이 이 꿈은 나에게 무언가를 말해주려는 것이다. 꿈이란 항상 뭔가를 말해주길 원한다. 그리고 지금 이 꿈의 메시지는 분명했다. 잘못 해석할 여지가 전혀 없었다. 내가 죽었다는 것.

나는 아침 어스름을 응시하며 미친 듯 뛰는 맥박을 진정시켜보려고 했다. 이렇게 생생하게 살아 있다고 느끼는데, 어떻게 내가 죽을 수 있는 거지? 이렇게 촉감까지 진짜로 느낄 수 있는데 — 시간이 흐르면서 어떨 땐 진짜의 삶보다 더 현실적으로 느껴질 때도 종종 있었는데 — 어떻게 멀리 떨어진 바깥 어딘가에서 내 삶이, 그것도 전철 밑에서 끝날 수 있다는 걸까?

아마도 꿈이 내게 알려주려던 것은 이제 시간이 다 되었다는 것, 운명이 내게 빌려준 두 번째 삶이 이제 내가 원하던 것, 아니 그보다는 내가 원하던 사람을 얻은 지금, 끝났다는 것인가 보다.

그렇다 할지라도, 나는 아직 그를 얻지 못했다. 물론, 어젯밤 시 남부에 있는 아늑하고 조그만 한 레스토랑에서 있었던 우리의 재회는 전적으로 시차 부적응이 강한 인상을 남긴 만남이었다. 마티아스는 열여덟 시간이나 비행기를 타고 왔는데도 눈을 의심할 정도로 잘생겨 보였다.(짙은 다크 서클 때문에 그의 눈 색깔이 더욱 도드라져 보였다.) 그는 진심을 담아 나를 포옹했고, 정말 상냥한 미소를 지었다. 하지만, 전채 요리가 나올 때부터 그의 두 눈은 거의 감기다시피 했다.

"어이쿠, 이런." 그는 손바닥으로 볼을 철썩 때리며 깨어 있으려고 했다. "당신을 만날 생각에 정말 기뻤는데, 지금 당신 앞에 앉아 있는 꼴이 무슨 좀비 같네요. 혓바닥까지 졸고 있는 것 같아요."

"하지만 아주 귀여운 좀비인걸요." 내가 말했다. 그다음, 미련이 전혀 없었다고 말할 수는 없었지만, 그래도 나는 저녁 식사를 중단하고 마티아스를 집으로 보내 자게 하는 방향으로 결정을 내렸다. 안 그러면 내일 결혼식에서 수프에 코를 박고 잘 것 같기도 했다. 전

말이지 그럴 필요까진 없지 않은가.

그건 그렇다 치고, 결혼식이 끝난 뒤에도 그에게 여력이 있다면 정말 좋을 것 같았다. 호텔에 2인실을 예약해두었기 때문이다. (나는 마스터 카드로 지불할 작정이었다. 그러면 곧바로 눈에 띄진 않을 테니까.) 뮌스터를 통틀어서 가장 신뢰가 가는 접수처 직원이 있는 마지막 호텔 방이었다. 부모님 댁의 손님용 침대 역시 우리 둘이 쓰기엔 넉넉하고도 남을 크기였지만, 우리의 첫날밤을 슈름프코프가 바라보는 가운데 보내고 싶지는 않았다. 부모님의 코골이(두 분은 밤마다 숲 전체를 다 톱질하실 것처럼 코를 골아대신다)가 낭만적인 분위기에 도움이 되지 않을 거라는 건 차치하고라도 말이다.

어쨌든 나는 진짜 일찍 잠자리에 들었다. 그런데 아마도 너무 '일찍'이었던 것 같다. 시간이 남아 갖은 음울한 생각들, 무엇보다도 펠릭스와 릴리안 그리고 게레온에 관한 생각들을 할 틈이 생겼던 것이다. 아마 그런 생각들이 직접적으로 악몽으로 이어진 모양이었다.

틀림없이 면도기로 밀어버린 눈썹도 뭔가 의미하는 바가 있을 것이다. 그러나 꿈의 상징에 관한 한 나는 문외한이다.

저녁에 나는 언니에게 한 번 더 전화를 했다. 명목상으로는 결혼식을 앞두고 떨고 있는 건 아닌지 물어보려고 한 전화였지만('약간'이라고 그녀는 대답했다) 사실은 아주 중요한 뭔가를 물어보려던 것이었다. "만약에 말이야, 어떤 사람이 자기 여자 친구에게 기만을 당했어. 그런데 그게 그와 가장 절친한 친구와 함께 벌인 짓이라는 걸 언니가 알게 되었다고 가정해봐. 언니라면 그걸 그 사람에게 말해주겠어?"

"너, 그 누구랑 친구 사이니? 아님 친척?" 언니가 되물었다.

"음…… 어떤 의미에선 그 둘 다야." 정확히 따지면, 그 둘 중 아무것도 아니고.

"그렇다면 말해줘야지! 그 사람 귀에 직접 들어가기 전에."

"하지만…… 어쩌면 그 사람은 나중까지도 그걸 모르고 지낼지도 몰라……. 그러면 그냥 행복하고 만족스러운 삶을 살아가지 않을까?"

"자기 여자 친구가 자기 베프와 함께 자기를 속이고 있는데도?"

"뭐, 딱 한 번 그런 걸 수도 있지 않을까?"

"그런데 너 왜 말끝마다 물음표로 끝내는 거니? 솔직히 말하자면, 카티, 난 친구에게 그런 일을 숨기는 건 부당하다고 생각해. 친구를 보호하기 위해서라고 해도, 그건 아니야."

분명 언니 말이 옳다. 언제나 그랬듯이. 그러나 한편에서 보면…… 펠릭스는 결코 내 친구가 아니다. 어쨌든 지금의 생애에선 그렇다. 그리고 나는 허락도 없이 남의 일에 끼어드는 인간을 혐오한다. 펠릭스에게 어떤 식으로 그걸 알려줘야 할지("제길, 댁으 여자 친구 안 있능교, 그 가스나, 아주 쌩불여시라 아입니꺼. 불여시, 예!") 아무 생각도 나지 않은 걸 빼면, 린다의 말처럼 모든 일엔 어찌되었든 좋은 면이 있다는 그런 일일 수도 있었다. 린다의 만사교훈설(萬事敎訓說)에 따르면, 설마 그러랴 싶지만, 살면서 겪는 모든 일은 보다 높은 뜻이 있고, 보다 심오한 목적을 이루기 위해 일어나는 것이니까……. 아, 다 헛소리다. 젠장, 회전목마처럼 돌고 도는 이 빌어먹을 생각들! 머리가 아픈 게 놀랄 일도 아니다. 오늘 같은 날 두통이라니, 이런 영양가 없는 일이 또 어디 있을까. 한한 얼굴에 이름다워 보여도 모자랄 판에.(결론적으로 오늘은 마티아스와의 정식 첫 데이트가 있는 날이니까.) 절대 흐트러진 모습을 보여선 안 된다. 자, 그러니 이제 골똘히 생각하는 것도, 꿈 해몽도 다 집어치우자.

나는 두통약 한 알을 털어 넣고는 아이 쿨 팩 두 개를 눈 위에 얹었다. 그런 다음 거꾸로 스물을 세기 시작했다. 그리고 진짜로 다시 잠이 들었다.

여덟 시간 뒤, 나는 교회 의자에 마티아스와 나란히 앉아서 눈물을 흘리고 있었다. 오로지 감동에서 우러난 눈물이었다. 제단 앞에서 있는 언니와 형부가 너무나도 아름답고 풋풋해 보여서. 그리고 목사님이 감동을 주는 지혜로운 말씀을 해주셔서.

지난번에도 저런 말씀을 해주셨던가? 전혀 기억이 나지 않는다. 아마도 그날 있었던 재난에 준하는 모든 사건들이 내 기억 속에 훨씬 더 생생하게 남아 있어서 그런 것 같다. 두통이 사라졌다. 그리고 생각에 드리워졌던 음울한 구름도 걷혔다. 대신 밖에선 양동이로 퍼붓듯 억수같이 비가 쏟아졌다. 그러나 그건 이미 가족들에게 대비해 두라고 말해둔 터였다. 흐린 날씨 덕분에 오히려 예배당을 밝힌 촛불이 더욱더 로맨틱한 분위기를 자아냈다. 꽃 장식 역시 환상적으로 보였다.

언니가 나직한 목소리로 "예, 그렇게 하겠습니다"라고 말하고, 형부가 언니의 손가락에 반지를 끼울 때 나는 그만 큰 소리로 흐느껴 울고 말았다. 어쩜, 저렇게 아름다울 수 있을까! 왜 펠릭스와 나는 교회식 결혼식을 하지 않았을까? 시청보다, 심한 쾰른 사투리로 랍비식 유머를 구사하던 공무원과 함께하는 시청 등기소보다 훨씬 더 낭만적이었다. 저런 흰색 드레스를 입었더라면 분명 나도 예뻐 보였을 거다. 펠릭스도 멋진 양복을 입었더라면 분명 더 멋있어 보였을 것이다.

펠릭스는 이제 릴리안과 결혼하겠지? 나는 그녀가 어떤 식으로 결혼식을 준비할지 눈에 선했다. 아마도 그녀는 저 무시무시한 웨딩 플래너 중 한 명을 고용해 수천 명의 주요 인사를 초대할 것이다.(그들 중 절반은 귀족 칭호가 붙은 사람들이고, 나머지 절반은 닥터 타이틀이 붙은 사람들일 거다. 칭호를 사들였든, 나면서부터 귀족이든 간에.) 성(城)을 빌릴 것이고, 현악 합주단 아니면 'Take That(영국의 인기 남성 5인조 그룹 — 옮긴이)'과 같은 그룹을 섭외할 것이다. 그러면 펠릭스는 지루해서 죽을지도 모른다. 그게 오히려 다행일 수도 있다. 그렇게 되면 그녀가 결혼식 날 밤조차도 게레온과 함께 그를 속였다는 걸 알 길이 없을 테니까…….

나는 좀 더 큰 소리로 훌쩍였다. 그러자 마티아스가 내 손을 쓰다듬었다. 눈물을 흘리면서도 나는 그에게 미소를 지어 보였다. 내가 지금 대체 뭘 하고 있는 거지? 지금 내 곁에 마티아스가 있다는 것이야말로 이 결혼식에서 가장 좋은 일인데! 나라는 어리석은 여자는 릴리안과 펠릭스 생각에 골몰하느라 이 꿈같은 순간을 와르르 무너뜨리고 있지 않은가. 이제부터 긍정적인 것에만 집중하고 터무니없는 생각은 눈물과 함께 그냥 닦아버려야겠다. 그리고 지금 이곳에서 보내는 시간을 내 생애 최고로 아름답고 로맨틱한 주말로 만들 거다. 내 두 생애에서 최고의 시간으로.

쾰른에서 뮌스터로 차를 타고 오는 것만으로 이미 더 이상 아무것도 바랄 게 없었다. 마티아스는 시차 적응 문제를 완전히 날려버린 것 같았다. 그는 한 번도 하품을 하지 않았고, 유쾌하고 싹싹했다. 그리고 내가 무심코 면도로 눈썹을 밀어버린 꿈이 무엇을 상징하는지 혹시 아느냐고 물어보았을 때에도 눈썹 하나 까딱하지 않았다.(그는 몰랐다.) 그뿐만 아니라 우리는 대화도 매끄럽게 이어나갔다. 뮌스터에 가까워오면서 점점 더 긴장하는 나를 위해 내 손을 잡아주겠다고 자청했다. 나는 유감스럽게도, 정말 유감스럽게도 그의 청을 거절할 수밖에 없었다. 그것이 내게는 더 현명한 처신으로 보였다. 그의 차가 내 차보다 마력이 높은 건 물론이고, 그가 어림잡아 백 마력 정도는 아무렇지도 않게 밟는 걸 눈으로 직접 본 이상 그렇게 할 수밖에 없었다. (그 대신 시속 130킬로 이상으로 달리는데도 자동차에선 전혀 이상한 소리가 나지 않았다.)

다시 오르간이 울려 퍼졌다. 그리고 나를 중심으로 다른 한쪽에 앉아 있던 **그 왕고모**가 큰 소리로 코를 훌쩍였다. 나는 그녀에게 손수건을 건네주었다. 그녀가 감동해서 우는 것이 아니라 나 때문에 운다는 걸 나는 잘 알고 있었다. 아까 그녀를 옆으로 데리고 와서 그녀와 몇 마디 진지한 말을 나누었는데, 그건 나로서도 정말이지 쉬운 일이 아니었다. 그러나 복숭아나 상한 달걀로 내 만다리나덕(세계적으로 유명한 명품 가방 브랜드 중 하나 — 옮긴이) 핸드백을 망가뜨리는 것보다는 훨씬 더 잘된 일이었다.

"하지만 나는 그걸로 신랑, 신부에게 깜짝쇼를 해주고 싶었어." **그 왕고모**가 말했었다. 그녀는 진한 흑발로 염색한 곱슬머리에 빨간색 수건을 동여매고 있었다. 그런 데다 카르멘으로 분장해 검은색과 빨간색으로 의상도 갖춰 입었다. 캐스터네츠만 빠졌지 영락없는 카르멘이었다. 음, 진짜 카르멘은 아마도 망사 스타킹은 신지 않았을 것 같기는 하다. 그리고 립스틱도 그렇게 야한 색은 아니었을 거고. 오히려 카르멘의 고고(7080세대들에게 유행했던 대중적인 춤의 한 종류 — 옮긴이) 버전이라고 할까. "정확히 말하자면 그게 바로 두 사람을 위해 준비한 내 결혼 선물이거든. 이것 말곤 아무것도 준비한 게 없어."

'우리도 알고 있어요, 노랭이 할머니 같으니.'

"근본적으로는 좋은 생각이지요." 내가 말했다. '단, 당신이 노래를 잘 부를 수 있다면 말이죠.' "그 시간에 프리드린데께서 플루트 주자와 음악 전문대학 출신의 여자 기타리스트 한 명을 배치하셔서요."

"내가 노래를 불러도 별 상관 없을 텐데." **그 왕고모**가 말했다. 그녀의 검붉은 폴리에스테르 블라우스에서 불똥 같은 번개가 나를 향해 튀었다. "5분밖에 안 걸리는데, 뭘."

'아세요? 당신의 노래를 듣는 5분이 얼마나 긴 시간인지.'

나는 한숨을 쉬었다. "왕고모님께서 선의에서 그러신 거, 저도 알아요. 알지만, 연주 부분은 음악에 대해 좀 이해하는 사람들에게 맡겨야 하지 않을까라는 것이 제 생각입니다."

이제 **왕고모**의 표정에 독기가 서렸다. "너, 이제 보니 진짜 말이 안 통하는 애로구나! 내가 이래 봬도 1년 동안 성악 교육을 받은 몸이야. 그리고 대체 네가 뭔데 여기서 이렇게 잘난 척하는 거니? 미스 '중요한'이라도 되니?"

오케이, 이렇게 나오신다면 나도 상냥하게만은 굴 수 없지. 나는 잠깐 기억을 돌이켜보았다. **왕고모**가 했던 행동들 전부와(소위 천성적인 색정증色情症과, 내 생각엔 순전히 음흉한 기질 때문에 그녀가 벌인 남자들과의 스캔들, 다시 말해 그녀의 여자 친척들의 남자들과 벌인 스캔들을 목록으로 작성하면 길이가 어마어마할 것 같다. 나의 사촌 다니엘라와 확실한 관계였던 그녀의 남자 친구를 비롯하여 에버하르트 삼촌 역시 그 목록에 올라와 있다) 그녀가 하게 될 행동, 그리고 어린 시절 나를 항상 '뚱땡이 얼굴'이라고 불렀던 것까지 다 기억났다.

진실을 말하되, 말하는 방식은 상냥하게 하라. _에밀리 디킨슨

그 후, 나는 내가 들어도 등줄기가 서늘해지는 목소리로 그녀에게 말했다. "사정이 어떻든 간에, 왕고모님은 노래를 부르시면 안 됩니다! 만약 그럼에도 불구하고 노래를 하시면, 그 순간부터 제가 고모님을 못살게 괴롭혀드릴 겁니다. 잊지 마세요, 제가 왕고모님의 실제 나이를 알고 있다는 걸. 그리고 누가 에리카 숙모님의 핸드크림을 탈모 방지 크림과 바꿔치기했는지도. 이제 우리 더 이상 할 얘기 없겠죠?"

결과는 효과 만점이었다. 그녀는 진짜로 나에게 겁을 먹은 것 같았다. 안전을 기하기 위해 내가 그녀의 옆자리에 가서 앉아 있긴 했지만, 예배는 '아베 마리아'의 '아' 소리 한 번 없이 진행되었다. 아주 완벽했다!

교회를 떠날 때, 나는 또 한 번 울 뻔했다. 이번엔 안도하는 마음에서. 다 잘되었다. 대신에 왕고모는 그녀의 삶이 다할 때까지 나를 미워하겠지만, 그런다고 크게 신경 쓸 나도 아니다.

친절하게도 교회 계단에서 결혼식 사진 촬영을 하는 30분간 비

가 그쳤다.(이 경우는 내가 공을 들이지 않은 부분이었는데, 이례적으로 날씨가 도왔다.) 그리하여 이번엔 확실하게 긴장을 푼 모습이었으면 좋겠다던 근거 있는 바람도 이루어졌다. 여하튼 언니는 목까지 올라오는 드레스를 입고 있어 얼어 죽을 지경까지 가지 않을 수 있었고(내가 말했던가? 언니와 형부가 얼마나 풋풋하고 행복해 보였는지), 정장에 새똥 세례를 받은 사람도 없었다. 그리고 화동을 맡았던 소녀가 발작적으로 히스테리를 부리며 울지도 않았다. 이번엔 비둘기들이 영화 〈새〉에 영감을 받은 것처럼 결혼식 하객들에게 달려들지 않았던 것이다. 사부인 프리드린데만 약간 뚱한 표정으로 보고 있었을 뿐이었다. 하지만 그럴수록 내 얼굴은 점점 더 환해졌다. 그리고 마티아스가 내 손을 잡고 있었다.

촬영이 끝나자 다시 비가 오기 시작했고, 모두들 서둘러 차로 들어갔다. 물론 이번에 나는 우산을 준비했다.

차를 타고 가는 동안 나는 마티아스에게, 알아서 잘하겠지만 그래도 친척들에 대해 마음의 준비를 하고 있으라고 했다. 그러자 그는 자기 집안 친척들도 별반 나을 것이 없다고 했다.(나로선 믿을 수 없는 말이기도 했고, 또 그는 그렇지 않았으면 한 부분이기도 했다. 아니, 나의 가장 못된 적이라고 해도 나는 그런 면은 원치 않았다.)

물론 그는 모든 이들의 이목을 끌었고, 이런저런 질문 세례를 받았다.(할머니는 "우리 카티를 좀 보살펴줄 수 있겠수?"라고 물어보셨다.) 에버하르트 삼촌은 주차장에서 우리를 붙잡아 세우더니 한쪽 눈을 찡긋거리곤 큰 소리로 이렇게 말했다. "잘했어, 우리 늙은 소녀. 아주 비싼 차를 몰고 다니는 녀석을 잡았네, 그려. 이단 괴제가 있었으면 네가 제일 나중에 결혼식장에 서야 했어!"

그런가 하면 **그 왕고모**는 지나가면서 그의 엉덩이를 쓰다듬더니 머리카락을 목 뒤로 홱 젖히며 그에게 윙크를 했다. (그러면서 나를 보고는 쉿소리를 내며 이렇게 말하는 것이었다. "네가 무슨 짓을 했는지 이제 보게 될 거다, 이 뚱땡이 얼굴아.")

잘 버티던 그였지만, 엄마가 "아, 당신이 그 기상학자로군요!"라고 인사말을 건네며 포옹하고는 그의 귀에 대고 "비공개 날씨 데이터를 알려주어서 너무너무 고마워요. 그리고 당연히 그 비밀은 지켜드리도록 할게요"라고 속삭이자 처음으로 잠시 어리둥절해하는 것 같았다. 나는 오해를 풀어주고 싶었지만, 바로 그 순간 잊고 있던 일이 갑자기 생각났다. 그 일은…….

"빨랫감이었어!" 소리와 동시에 모두들 꺅! 소리를 질렀다.

……우리 바로 앞에 웅덩이가 있는 걸 잊고 있었다. 그 웅덩이로 형부의 삼촌인 안톤 아저씨가 아주 활기찬 모습으로 메르세데스를 몰고 지나갔다. 그때 당시와 마찬가지로 수백 개의 진흙 방울이 엄마의 드레스에 땡땡이 무늬를 수놓았고, 에버하르트 삼촌은 양복 정장에 떡고물을 얹어놓은 것처럼 보였으며, 내 트렌치코트는 영 못쓰게 되었는데, 거기서 그치지 않고 나는 이마에 큼지막한 갈색 점까지 하나 얻고 말았다. 그리고 **그 왕고모**는?

그녀는 완전히 예의를 상실한 채 발작하듯 웃고 있었다.

행복이란 근본적으로
지금 이 생의 조건을 받아들이며 살겠다는
대담한 의지에 다름 아니다.
_모리스 바레스

"도와줘요! 이러다 질식사하겠어요!" 누군가 날카로운 목소리로 비명을 질렀다. 그리고 나는 한순간 놀라서 온몸이 굳는 것만 같았다. 안톤 아저씨의 얼굴이 처음엔 붉게 달아오르는가 싶더니 이윽고 자주색으로 변했다.

세상에, 이럴 수가! 일을 그르치고 말았다. 운명이 다시 한 번 한 방 먹인 것이다. 운명을 속여 넘겼다고 나는 확신했었다. 왜냐면 이번엔 메뉴판에 생선 요리를 전혀 넣지 않았던 것이다.

어쩐지 일이 너무 잘 풀린다 싶었다. 진즉 미심쩍다 생각했었어야 했다……. 오케이, 웅덩이와 관련한 일은 그렇다 치고 넘어가자. 엄마와 에버하르트 삼촌이 옷을 갈아입으러 그래도 그렇게 멀리 떨어지지 않은 집까지 갔다 올 정도로 심각하진 않았으니까. 그리고 다행히 내 옷은 멀쩡했다. 겉에 입었던 트렌치코트가 완벽하게 흙탕문은 막아준 더분이었다.

분위기는 최상이었다. 새 자리 배치는 완벽했고, 음식은 맛있었다. 음악은 꿈만 같았고, 데커레이션 역시 눈이 호강할 정도였다……. 그리고 마티아스가 내 옆자리를 지켜준 것이야말로 그 무엇보다 의미 있는 일이었다. 그는 다른 하객들과 상냥하게 담소를 나누었다. 그러는 사이사이 우리는 애정 어린 시선으로 서로를 바라보곤 했다. 하지만 오래 바라본 적은 한 번도 없었다. 내가 계속해서 사촌 베르트람을 (아주 조용히) 보고 있어야 했던 데다, **그 왕고모** 역시도 시야에 항상 붙잡아둬야 했기 때문이었다. (그녀는 필스 맥주를 연달아 마시고 있었다. 언제라도 정신을 잃을 만큼 거하게 취할 준비를 하고 있는 듯했다. 하지만 그녀가 모르는 것이 있는데, 지금 그녀가 마시는 것은 무알콜 맥주라는 것! 아, 난 천재인가 봐. 그렇지 않은가?) 언니와 형부 역시 누가 더할 것도 없이 행복에 겨운 환한 얼굴이었다. 그런 두 사람을 볼 때마다 나 자신이 그렇게 대견스러울 수 없었다. 모든 것이 마땅히 그래야 하는 모습들 그 자체였으니까.

두 명의 결혼 입회인(언니의 절친한 친구인 앙케와 형부의 오랜 친구인 에르칸)의 공동 연설은 재미있고 감동적이었다. 단, 연설 중간에 격식에 맞추어 잠깐 쉬는 사이에 룩센비힐러 부인이 "땅콩만 하던 꼬맹이가 언제 이렇게 컸는지 믿기지 않수!"라며 끼어드는 바람에, 사람들이 얼쯤해하며 몸 둘 바를 몰랐던 것만 빼면. 웨딩 케이크는 한 편의 시(詩)였다. 그리고 잠깐 비가 멎은 15분 사이에 우리는 하늘 높이 풍선을 날려 보냈고, 그 덕분에 사진 기사는 아름답기 그지없는 몇 장의 사진을 더 찍을 수 있었다.

언니의 시아버지가 파워포인트로 띄운 연설문을 읽기 위해 미리

자리에서 일어났을 때, 나는 긴장이 거의 다 풀려 의자에 비스듬히 기대어 앉다시피 했다. 연설과 관련한 나의 지시 사항은 바보가 아닌 다음에야 누구라도 지킬 수 있는 것들이었다. 최대 10분을 넘기지 말 것.(지난번 결혼식의 경우, 45분이 지나고도 끝나지 않자 아버지가 몰래 나가 두꺼비집 스위치를 내리고 들어오셨었다.) 사냥에 관한 주제는 절대 금지.(사돈어른은 로베르트 형부가 밤비(아기 사슴 — 옮긴이) 아빠의 내장을 꺼내 보이는 사진을 보여주면서 이렇게 말했었다. "로베르트가 잡은 첫 번째 수컷입니다. 견갑 쏘기 한 방으로 말입니다. 이때 아들아이는 겨우 열네 살이었죠! 아들아이가 얼마나 자랑스럽던지!" 그걸 보고 적잖은 하객들이 전채 요리를 다시 토해내야 했고, 언니는 형부가 정말로 지금껏 자신이 생각해왔던 남자가 맞는지에 대해 진지한 회의에 빠졌었다.) 마찬가지로 등산(과거에 중국식 물고문이 있었다면, 그날은 15분이 지나면 사람들이 모든 걸 불게 되는, 그것도 무엇보다 산 정상의 십자가 옆에서 가죽 바지 차림으로 서 있는 로베르트 형부에게 집중해야만 마침내 끝이 나는 사진 고문이라는 것이 있었다)과 낚시(사냥 항목 참조. 낚시는 사냥과는 비교도 안 될 정도로 심했다. 물고기 내장이 밤비 내장보다 훨씬 더 구역질나게 생겼기 때문이다), 아울러 지방 정치에 관한 발언도 절대 금지였다.(당시 사돈어른은 시의원에 입후보했었다. 그리고 그만 자제력을 잃고, 이 연설을 새로운 우회로 건설을 위한 일종의 선거용 연설로 변질시켰다.)

사실 사부인에게는 **그 왕고모**에게처럼 그렇게 졸렬하게 위협하지 않았었다. 그런데도 그녀의 남편은 내가 지시한 사항을 준수했다.

물론 연설은 담소를 불러일으킬 만한 불꽃이 되지는 못했지만, 그럭저럭 괜찮았다. 게다가 감동적이기까지 했다. 어쨌든 내게는 그랬다. 벌거벗은 채 곰 가죽에 누워 있는 형부의 애기 때 사진을 보자 눈물까지 났다. 꼬맹이 헨리와 쏙 빼닮았던 것이다.

그리고 바로 그 순간, 사달이 났다. 안톤 아저씨의 기도로 이물질이 들어가 질식사할 위기에 처한 것이었다. 지난번엔 생선 뼈였었다. 룩센비힐러 부인이 한창 연설 중일 때 생선 뼈가 그의 목에 가로로 걸렸었다. 당시 펠릭스는 평정심을 유지한 유일한 사람으로서 그를 구해냈다.(생선 가시의 절반이 우리 할머니의 무릎에 가서 떨어졌다. 그리고 이미 펠릭스에게 제법 빠져 있었던 나는 그 일 이후로 그에게 더더욱 빠져들었다.)

하지만 이번엔 펠릭스가 없었다. 이건 오롯이 내 잘못이었다. 만약 오늘 안톤 아저씨가 돌아가신다면, 나는 그를 죽인 장본인이 되는 것이고 결혼식은 번개를 맞은 듯 급작스럽게 끝나게 될 것이다. 이 생각이 채 끝나기 전에 나는 안톤 아저씨에게로 달려가고 있었다. 아저씨는 그의 음식 접시를 앞에 두고 몸을 웅크린 채 양팔로 테이블을 단단히 붙잡고 있었다. 그사이 아저씨의 얼굴은 푸르데데하게 변해 있었다. 아저씨의 부인이 곁에 서서 어쩔 줄 모른 채 그의 등을 여기저기 두들기며 "안톤! 숨 좀 쉬어봐요!"라며 소용없는 말만 계속하고 있었다. 나는 그녀를 옆으로 밀치고 양팔로 그의 배를 그러안았다. 그러고는 할 수 있는 한 단단하게 양손을 교차한 다음, 말뚝을 박듯 그의 몸에 눌러댔다. 그가 이상한 소리를 내는가 싶더니 입에서 작은 덩어리 하나가 뿜어져 나왔고, 덩어리는 테이블 위로 비스듬히 날아가 할머니의 V 자형 네크라인 속으로 들어갔다. 나중에 살펴보니 덩어리는 과당을 입힌 호두 조각이었다. 질식사시킬 만한 물질을 선택하는 것이 중대사였다면, 분명 운명은 그렇게 꼼꼼한 편은 아니었던 것 같다.

안톤 아저씨가 힘겹게 숨을 내쉬었다. 그리고 나는 안도감에 거의 기절하듯이 아저씨 부인의 의자에 주저앉았다.

하마터면 큰일 날 뻔했다.

모두가 박수갈채를 보냈고, 나는 이날 밤의 여주인공이 되었다. 인터넷에서 만일의 경우를 대비해 하임리히 구급법을 철저히 공부해두었던 것이 너무나도 감사했다.

마티아스에게로 돌아오자 그가 나를 보고 히죽 웃었다. "와우! 지금도 사랑스러운데 당신이 더 사랑스럽게 보이리라곤 생각지도 못했어요. 그런데 아까 진짜 인상적이었어요……." 그는 나에게로 몸을 숙이더니 키스를 했다. "고마워요, 당신과 함께 오도록 허락해줘서. 정말로 멋진 첫 번째 데이트인걸요."

오예, 이거다! 멋진 첫 데이트와 멋진 결혼식. **그 결혼식**은 이제 영원히 사라졌다! 이른바, 역사에서 말소된 것이다.

그리고 그건 더더욱 잘된 일이었다.

그런데 10시 15분 전, 나의 촘촘한 감시에도 불구하고 사촌 베르트람이 갑자기 사라졌다. 하지만 그를 찾아다니고 얼마 후 테라스에 있는 그를 발견할 수 있었다. 그는 주변은 아랑곳 않고 정신없이 은박 포일 포장을 뜯더니 깊이 한숨을 쉬었다. 이제 나는 그가 불쌍해 보였다. 내가 중요하게 생각했던 건 근본적으로 그가 커밍아웃 하는 걸 막자는 게 아니었다. 나는 그저 베르트람이 마이크를 채어간 다음 "'친해'하는 가족 여러분들! 속물들! 위선자들! 내가 당신들에게 해야 할 말이 있으니 들어보세요. 당신들은 이성애로 똘똘 뭉친 멍텅구리들이야!"라고 소리를 질러서 결혼식을 망가뜨리지 않기만을 원했던 것이다.

> 생각엔 한계가 정해져 있지 않다. 원하는 곳이면 어디로든, 그리고 얼마나 멀든 우리는 생각만으로 그곳에 갈 수 있다.
> _에른스트 얀들

"너 괜찮니?" 내가 물었다.

"응." 베르트람은 그렇게 말하고 다시 한 번 한숨을 쉬었다. "아니, 사실은 안 괜찮아. 너 그거 알아? 내가 오늘을 위해 마음먹은 일이 있는데, 나 지금 실패할까 봐 떨고 있어. 사람들의 저녁 시간을 엉망으로 망가뜨릴 수도 있을 것 같거든, 내가."

나는 조심스럽게 한 손을 그의 팔에 얹었다. "아, 베르트람! 너 서른한 살이잖아. 너희 부모님께서도 오래전부터 알고 계시는 걸 말씀드리는 건데 뭘 더 기다리려고 그러니?"

베르트람이 황당한 표정을 지으며 나를 빤히 바라보았다. "뭐 말이야?"

"흠, 네가 동성애자라는 거. 너희 부모님도 벌써 몇 년 전부터 그렇게 짐작들 하고 계셔. 다만 이야기를 꺼낼 용기를 내지 못하시는 것뿐이지……. 네가 먼저 이야기를 꺼내면 정말로 도움이 될 거야. 두 분이 네가 생각했던 것보다 훨씬 더 그 일에 대해 잘 받아들이실 수 있다는 걸 알게 될걸." 나는 그를 격려하며 미소를 지어 보였다. "그리고 너 알고 있니? 너랑 천 유로 내기할게. 1년 혹은 2년쯤 뒤, 네가 페ㅌ…… 음, 네 천생연분인 남자를 만나게 된다면, 두 분이 그를 아주 좋아하실 거야. 장담할 수 있어." '그래, 그뿐만이 아니야. 두 분은 심지어 너보다도 그를 훨씬 더 좋아하시게 된단다. 우리들도 마찬가지고. 그래서 너는 샘이 나서 아주 심술궂게 굴었지. 딱 버릇없던 꼬맹이 베르트람처럼.'

베르트람은 여전히 의아한 표정으로 멍하니 나를 바라보았다. "내가…… 대체 언제부터 나에 대해 알고 있었던 거야?"

'그야, 네가 에바 언니의 결혼식에서 떠벌렸을 때부터지. 하지만 원래는 네가 나랑 프렌치키스 연습할 때부터 대충 짐작했던 것 같아.' "대략 5년 전부터." 나는 솔직하게 말했다.

"진짜?" 베르트람이 고개를 저었다. "난 여기 있는 사람들이 모두들 놀라서 정신을 못 차릴 거라고 생각했어." 그가 손에 든 작은 팩을 가리켰다. "그래서 특별히 담력 강화제를 가져왔거든."

"은박 포일로 만든 강화제?"

"무슨 소리야. 이건 해시시(대마초 — 옮긴이) 브라우니야. 암스테르담의 한 커피숍에서 구한 거야. 이걸 먹으면 용기도 함께 먹는 거야, 배불리."

나는 그의 손에서 브라우니 팩을 낚아챘다. "이런 건 필요 없어, 베르트람. 그냥 안에 들어가서 너의 부모님과 이야기를 나눌 만한 어디 조용한 구석 같은 곳을 찾아봐." 마이크에서 뚝 떨어진 자리로 말야.

10분 뒤 나는 베르트람과 그의 부모님이 서로 포옹하는 모습을 보았다. 그리고 그가 나를 향해 미소 짓자, 나는 가슴이 몹시 따뜻해졌다. 나는 나 자신이 너무나도 자랑스러웠다. 이리하여 퓨처 우먼은 또다시 한 가족을 행복하게 해주었고, 추문을 막았다……. 분위기에 딱 맞게 밴드는 '오버 더 레인보우'를 연주했다.

에바 언니와 로베르트 형부가 서로 딱 붙은 채로 얼싸안고 내 곁을 미끄러지듯 지나갔고, 아버지는 안사돈인 프리드린데와, 엄마는 안톤 아저씨와, **그 왕고모**는 혼자서 춤을 췄다. 그녀의 카르멘 블라우스가 어깨 위로 반쯤 흘러내려 있었다. 그녀는 에밀(아니면 자비에)의 주의를 끌기 위해(둘 중 누구든 그녀에게는 상관없었다) 유혹적으로 몸을 움직였다. 그러나 아까와 마찬가지로 그녀는 전혀 취하지 않은 상태였다. 너무 맨정신인지라 그보다 더 막되게 처신하긴 힘들었다.

"자비에와 밴드 멤버들, 정말 대단하더라." 자정이 되자 나는 마를렌에게 문자메시지를 날렸다. "사촌 베르트람과 아울러 여자 하객들 모두 밴드에게 홀딱 반해서 아르헨티나의 탱고를 췄단다. 나는 세상에서 가장 행복한 사람이야!"

진짜로 그랬다.

음, 그러니까 펠릭스와 릴리안 그리고 마지막으로 게레온과 관련된 신경질 나는 일만 성공적으로 페이드아웃 할 수 있다면, 무슨 일이 있어도 세상에서 가장 행복한 사람이 되었을 것이다. 교회에서도 마티아스에게 완전히 집중하기로 굳게 마음먹었었는데, 계속해서 그 생각을 뿌리치질 못했었다.

그런데 이곳, 댄스홀에서 마티아스의 팔에 안겨 있는 시간조차도 나는 그 생각을 떨쳐내지 못하고 있었다. 심지어 그가 키스를 하는 지금도 말이다. 솔직히 말하면 지금 이 순간도 생각을 떨쳐내는 데

실패했다. 어쩌면 정확히 지금 이 순간 펠릭스 역시도 릴리안의 표리부동한 입술에 키스를 하고 있을지도 모른다. 그러는 동안 그녀는 게레온을 생각하며 은밀하게 타협을 시도하고 있을 것이다. 불쌍하고 불쌍한 펠릭스는 그의 선량한 심성을 부끄러운 줄도 모르고 이용하고 있는 이 음흉한 두 인간에게 놀아나고 있는 것이다…….

시대는 변하게 마련이다.
_밥 딜런

"괜찮아요?" 마티아스가 물었다.

"예, 그럼요, 괜찮고말고요! 그냥 좀 지쳐서 그래요"라고 말하고 나는 다음 춤을 위해 언니에게 그를 넘겨준 뒤 천천히 우리가 앉았던 테이블로 돌아왔다. 내가 대체 왜 이러는 거지? 드디어 천하에서 가장 완벽한 남자와 함께하게 되었는데 말이다. 믿을 수 없을 정도로 잘생긴 데다 섹시하고 유머도 있고 매력적인 남자. 그런데 그걸 얌전히 누리질 못하고 다른 사람들의 문제로 골머리를 앓다니! 아마도 배가 고파서 그런 것 같았다. 야식용 과자라도 얼른 먹어두면 좋을 것 같은데, 뷔페 음식이 남김 없이 다 비워져 있었다. 웨딩 케이크의 마지막 조각은 그 위에 얹어져 있던 마지팬(으깨거나 간 아몬드와 설탕, 달걀을 버무린 것으로 과자를 만들거나 케이크 토핑 장식을 하는 데 쓰인다 — 옮긴이) 풍뎅이까지 전부 에버하르트 삼촌의 몸과 일체가 된 뒤였다.

먹을 것을 찾던 건 나 혼자만이 아니었다. 내 자리로 다시 돌아와 보니, 그 작은 화동 소녀가 — 에바 언니의 두 번째로 친한 친구인 프리데리케 언니의 딸이었는데, 아무튼 — 내가 사촌 베르트람에게서 압수한 해시시 브라우니의 은박 포일을 막 벗기고 있었다

나는 순간적으로 정신이 퍼뜩 들면서 소리를 질렀다.

"자암까안!"

꼬마 아이는 벌써 브라우니를 — 혹은 **그 브라우니**를(앞으로 이렇게 부르게 될 테니까) — 입으로 가져가고 있었다. 나는 아이에게로 가서 아이의 손목을 그러쥔 다음 마구 흔들어 매혹적인 초콜릿 향이 나는 케이크를 테이블 상판에 도로 놓게 했다. 휴, 하마터면 큰일 날 뻔했다.

화동 소녀가 눈이 쟁반만 해져서 나를 바라보았다. 아이의 아랫입술이 달싹달싹 떨리기 시작했다.

"이거 내 거거든!" 나는 과격하게 말했다.

"하지만……" 아이가 다시 브라우니를 향해 손을 뻗었다. "나 아직 후식 못 먹었져. 그리고 이거 초코 케이크야, 내가 제일 좋아하는 거." 그러고는 휘익 케이크를 가져가 다시 입안으로 밀어 넣었다.

"아아안 돼!"

이번에 나는 찰싹 소리가 나도록 아이의 손가락을 때렸다. 당연히 아이는 울기 시작했고. 내가 아이 입장이었어도 그랬을 거다. **그 결혼식** 당시 아이가 비둘기 때문에 나이아가라 폭포로 변했던 것이 기억나면서 나는 끔찍해졌다. 그래서 아이의 관심을 다른 데로 돌리려고 애를 써보았지만 헛수고였다. "이모 코트 주머니에 목캔디가 있는데, 그거 이 멍텅구리 브라우니보다 훨씬 더 맛있어"라고 말해 봤지만 아이의 울음소리는 커지기만 했고, 결국 엄마까지 불려 오게 만들었다. 다른 테이블에 있던 사부인도 서둘러 오고 있었다. 딱히 누구랄 것도 없이 모두들 우리 쪽을 응시했다. 그 바람에 나는 굉장히 어리석은 짓을 하고 말았다. 그 대마초 케이크를 덥석 잡아채 번개같이 입속에 마구 밀어 넣고는 은박 호일을 구겨 작은 공처럼 만들었던 것이다. 아이의 엄마와 사부인 프리드린데가 우리에게 왔을 때 코퍼스 델릭타이(corpus delicti, 범행에 사용된 증거물 혹은 범죄의 주체를 의미하는 라틴어 — 옮긴이)는 더 이상 아무것도 남아 있지 않았다. 나는 케이크를 씹어 삼키는 동안(이 물건은 더럽게 맛있었고, 초콜릿도 풍부했다. 혹시 대마초 성분이 전혀 들어 있지 않은 것이 아닐까?) 입술에 묻은 부스러기를 닦아내고, 공처럼 만든 은박지는 눈에 띄지 않게 재빨리 테이블 아래로 던졌다.

"이 아줌마가 나한테 아무것도 안 주려고 해." 화동 소녀가 소리를 지르며 손가락으로 나를 가리켰다. "그리고 나를 때렸어!"

고자질쟁이 같으니. 얘한테 그냥 브라우니를 넘길 걸 그랬나 보다……. 어쨌든 안사돈은 아이의 말을 믿는 눈치였다.

나는 잘못이라곤 전혀 하지 않은 듯 아주 순진한 표정을 지었다. "어머, 어머, 얘가 무척 졸린가 보네요. 벌써 헛것이 보일 정도로 말이죠." 내가 말했다. "제 생각엔 이 꼬마 아가씨가 제 두통약을 사탕이랑 혼동한 것 같아요."

"사탕 아니었져, 그거 초코 케이크였져. 그리고 그건 내가 찾은 거야." 꼬맹이 울보가 징징거렸다. "그런데 이 아줌마가 그걸 입속에 다 마구 넣었져."

'그래, 정확해! 그게 다 건강에 해롭고 네 잠재의식을 변화시키는 물질로부터 너를 보호하기 위해서였거든! 고마운 줄 알아야지, 이 버릇없는 녀석.' 아, 이런 세상에! 이제야 나는 내가 무슨 짓을 했는지 알아차렸다! 내가 완전히 미쳤었나 보다! 나는 계속해서 여유 만만한 미소를 지으려고 노력했지만, 패닉에 빠지고 말았다.

나는 이런 것에 대한 경험이 완전 제로였다. 딱 한 번 조인트(해시시나 마리화나를 섞어 만 담배 — 옮긴이)를 빨아본 적이 있긴 했다. 하지만 그때 나는 발작적으로 끔찍하게 기침을 해댔었다. 그 밖엔 전혀 경험이 없었다. 나는 서둘러 사촌 베르트람을 찾아보았다. 한 번 효력을 발휘하기 시작하면 얼마나 가는 거지? 그리고 혹시 내가 먹은 양이 과다량은 아니었을까? 조금 있다가 나도 마이크를 낚아채고는 "가족 여러분! 속물들! 이성애로 똘똘 뭉친 멍텅구리들! 퓨처우먼이 여러분에게 할 말이 있으니 잘 들어보세요!" 하고 고래고래 소리 지르지는 않을까? 그러면 마티아스는 나를 어떻게 생각할까?

"미안해요, 화장실이 급해서요." 나는 온 얼굴에 여유 만만한 미소를 담은 채, 사부인을 지나쳐 서둘러 홀을 떠났다. 보시다시피 이 밤의 아름다운 시간은 지나가버렸다. 어쨌든 나에게는 그랬다.

사랑하고, 사랑하는 펠릭스.

만약 당신을 어떤 색깔로 표현한다면, 당신은 갈색일 거야. 편안하고, 초콜릿과도 같고, 믿음직스럽고 다정한 갈색. 그리고 때로는 노란색이기도 하지. 따스하고, 햇살 가득하고, 유쾌한 노란색 말이야. 당신이 해변에서 낯선 개에게 작은 막대기를 던져줄 때, 예를 들자면 말이야. 나는 빛나는 오렌지색이지. 놀라웠어, 정말로. 내 생각에 난 오히려 희미한 청회색일 거 같은데. 아니면 초록색 유리병 색깔이거나.

정말 놀라워, 이 색들 말이야! 당신도 이것들을 볼 수 있었으면 좋겠다. 이 색깔들은 어딜 가나 있거든! 아름다워. 모든 게 정말 너무너무 아름다워. 내 주위엔 다채롭기 그지없는 생각들이 자라고 있어. 그리고 내가 원할 때, 난 그것들을 딸 수도 있어. 마치 꽃처럼 말이야.

"우표 있나요, 젊고 여드름은 좀 났지만 진짜진짜 예쁜 우리 아가씨?" 하고 나는 리셉션에 있는 앳되고 여드름은 좀 났지만 진짜진짜 예쁜 아가씨에게 물었다. 그녀를 색에 비유한다면 터키석 색깔일 것…….

그녀는 나를 유심히 바라보았다. "우편엽서 말씀이세요? 아니면 편지인가요?"

"편지요." 이렇게 말한 후에 나는 평소 서로 믿고 지내는 사이처럼 상체를 앞으로 숙였다. "아세요? 내가 방금 전 내 인생에서 가장 멋진 섹스를 했거든요. 이제 난 그 비밀을 알게 되었답니다. 그건 정말이지…… 간단해요! 누구든지 그건 알아둬야 할 것 같아요. 아가씨가 원한다면, 돌아와서 말해줄게요." 나는 발레리나처럼 과감하게 한쪽 발가락으로 몸을 돌렸다. "먼저 편지를 좀 부쳐야 돼서요. 내 남편에게 말이에요. 우표값도 계산에 함께 넣어주시겠어요? 그리고 물도 한 병 더 주시고요, 네? 미니바에 있는 물을 전부 마셔버렸거든요. 입이 너무 말라서요. 고마워요! 나중에 봐요! 당신 저엉말 사랑스럽네요!"

난 그 누구에게도
섹스와 마약, 미친 행동을
추천하지 않을 것이다.
하지만 나의 경우 그것들은
언제나 큰 도움이 되었다.
_헌터 톰슨

나는 정말 모든 사물과 모든 사람들이 사랑스럽게 느껴졌다. 온 세상이 사랑스러웠다. 반짝이는 로비의 대리석 바닥, 재미있는 히전문, 놀라울 정도로 시원한 공기, 신비로운 아침노을, 맨발 아래 느껴지는 젖은 아스팔트, 얼굴에 떨어지는 보슬비 그리고 매혹적인 노란 우체통마저도 사랑스러웠다. 녀석은 가볍게 찰칵 하는 소리와 함께 펠릭스에게 보내는 편지를 삼켜버렸고, 난 노란 뚜껑이 이리저리 흔들리는 모습이 너무 재미있어 웃음을 터뜨리고 말았다. 보도 위를 깡충거리며 호텔로 돌아오면서도 혼자 흥얼거리기도 하고 또 킥킥대기도 했다. 아니, 정확히 말하자면 나 스스로 흥얼대고 킥킥댄 것이 아니라 저절로 그렇게 된 것이었다. 정말이지 기분이 끝내줬다.

마흔 살의 나이에도 아직 약물중독이 안 되었다면, 더 이상은 중독될 일이 없다. _스팅

이런 기분을 깨닫기엔 내가 너무 늦은 나이라는 건 사실이다. 그것도 우리 이웃 나라에서 단돈 3유로 50센트면 합법적으로 구입할 수 있는 브라우니를 통해서 말이다. 이런 것쯤은 이미 오래전에 졸업할 수도 있는 문제였다!

나는 붕 날듯이 회전문을 밀치고 호텔로 들어갔다. 그런데 너무 재미있는 것이었다. 그래서 다시 한 번 돌았다. 그리고 또 한 번! 회전목마다! 와! 인생은 정말, 정말 멋지다. 위대하고, 불꽃을 발하는 신비. 무수한 가능성들로 씨실과 날실을 삼아 한 올, 한 올 짜들어가는 편물, 그것이 바로 내 앞에 펼쳐진 책처럼 놓여 있었다. 단지 어려운 건 하나하나의 생각들을 포착하는 것이었다. 생각들이 저마다 마치 바람 부는 들판의 무지갯빛 밀짚처럼 휘어졌다. 그래서 원래 잡으려고 했던 것과는 다른 것이 손에 잡히곤 했다. 하지만 상관없다. 중요한 메시지는 이해했으니까. 그것은 바로 사랑하는 한 뭐든 다 좋아 보인다는 것이었다. 단지 모든 사물이나 사람들뿐만 아니라, 무

엇보다 자기 자신이! 그렇다, 이건 정말이지 천재적이라 할 정도로 간단했다.

유감스럽게도 여드름 난 젊고 예쁜 아가씨가 자리에 없어서 비밀을 전수할 수가 없었다. 그래서 나는 데스크에서 물병만 챙겨 들고 방으로 돌아갔다. 그곳에는 천사처럼 생긴 마티아스가 깊은 잠에 빠져 있었다. 그를 색에 비유한다면, 맑고 왕처럼 당당한 코발트블루일 것이다. 형용할 수 없이 아름다운 파란색. 아, 내가 이 사람을 얼마나, 얼마나 사랑하는지! 행복에 겨운 나는 터져 나오는 웃음을 참으며 이불 속으로 들어가 미끄러지듯 그의 옆으로 가서 눈을 감았다.

만약 지금 내가 죽어야 한다면, 상당히 유감스럽기는 하겠지만 그래도 아무 상관 없을 것 같다. 인생은 완전무결했다. 입안에 남아 있는 이 망할 놈의 건조한 느낌만 빼고. 하지만 그 외에는! 모든 게, 모든 게 다 좋았다. 심지어는 펠릭스와의 일도 정리를 했다. 이젠 그가 그 일을 알게 되더라도, 무엇을 할지는 그가 결정할 문제였다.

새벽 4시, 정신이 또렷하다. 사촌 베르트람의 커밍아웃을 위한 강심장 브라우니를 먹었기 때문이다. 나는 화장실에 가서 브라우니를 다시 토해내려고 했지만 허사였다. 사람들이 어떻게 자기 손가락을 그렇게 목구멍 깊숙이 집어넣을 수 있는지 모르겠다.

난 완전히 탈진해버렸다. 멋지고 낭만적인 주말을 단 한 번의 경솔한 행동으로 망쳐버린 것이다.

"우리 여기서 나가야 해요!" 그렇게 토하려 했는데도 되지 않지

나는 마티아스에게 말했다. 공황에 빠진 내 상태가 고스란히 목소리로 드러났고, 댄스장에서 그를 끌고 나올 땐 거의 눈물까지 흘릴 지경이 되었다. "실수로 해시시 브라우니를 먹었는데 효과가 언제 어떻게 나타날지 모르겠어요. 베르트람 말로는 사람에 따라 다르게 반응을 한다는데, 반만 먹어도 효과가 나타난다는 거예요. 그게 나한테 어떤 식으로 반응할지 전혀 모르겠지만, 어쩌면 망상증 발작이 생겨서 사방에서 다람쥐가 보인다고 할지도 몰라요!"

마티아스는 어떻게 하면 '실수로' 해시시 브라우니를 먹을 수 있는지 금방 이해하진 못했지만 진짜 정성껏 나를 도와주었다. 우리는 아주 차분하게 그 자리를 떠났고, 그는 좀 일찍 자리를 뜨게 된 데 대해 자기가 아직 시차에 적응하지 못해서라고 세련되게 둘러댔다. 나는 파티가 끝나기 전에, 특히 **그 왕고모**가 떠나기도 전에 자리를 뜨게 된 것에 양심의 가책을 느꼈다. 하지만 내가 그곳을 떠나지 않는다면, 결국 그 결혼식을 망치는 장본인은 내가 될 것이었다. 그런 일은 절대 일어나서는 안 될 일이었다.

호텔로 가는 길에 마티아스는 나를 위로하려고 했다. "대부분의 사람은 마리화나로 인해 그냥 단순히 피로가 풀리면서 좀 피곤을 느낄 뿐이에요. 제일 좋은 경우는 내내 그저 킥킥거리며 혼자 웃는 거고, 제일 안 좋은 경우는 우울해지는 거죠. 하지만 상관없어요. 내가 옆에 있잖아요."

그 말도 내게는 위로가 되지 않았다. "일이 이렇게 될 줄 정말 몰랐어요." 내가 한탄하자, 마티아스는 그저 웃을 뿐이었다.

호텔 방은 나쁘지 않았다. 특히 이 방이 이 지역에서 최하급 방이라는 것과 내 신용카드로 깜짝 놀랄 일을 했다는 점을 고려하면 더욱 그렇다. 브라우니의 효과가 나타나기 시작할 때 나는 막 우아한 대리석 욕실에서 이를 닦고 옷을 갈아입으려던 참이었다. 처음에는 그저 몇 가지 시각적인 효과만 나타났을 뿐이었다. 거울이 갑자기 다른 세계로 통하는 관문처럼 보이더니, 할로겐 불빛이 춤을 추기 시작했던 것이다. 그런 다음 번쩍하고 플래시가 터지듯 지평이 넓어지면서 우주가 내 의식을 가득 채우더니, 지금까지 단 한 번도 사용된 적이 없던 뇌 안의 시냅스가 제멋대로 작동되었다.

그 바람에 다른 많은 것들에 마비가 일어났다. 예를 들어 한 가지 생각을 유지하는 능력이 마비되고, 내 머릿속을 스쳐가는 모든 생각을 큰 소리로 떠들어야 했던 것이다. 흥분한 상태로 나는 욕실 문을 열어젖혔다. "그 부랑자는 예수가 아니었어요." 나는 마티아스를 향해 소리쳤다. "만약 그 사람이 예수였다면, 세상의 종말에 관한 말로 사람들을 불안하게 만들지 않았을 거라고요! 불안은 정말 비생산적이잖아요. 불안은 우리 인생을 망가뜨리죠. 나는 항상 매사에 불안했어요. 예를 들어 내가 충분히 사랑스럽지 못한 것에 대해, 훌륭하지 못한 것, 예쁘지 못한 것, 충분히 똑똑하지 못한 것에 관해서 말이죠. 하루 24시간 내내 불안에 떠는 것, 그게 어떨지 한번 상상해봐요. 하지만 나는 흠잡을 데 없이 사랑스러워요. 그리고 훌륭하고 예쁘고 충분히 똑똑하다고요!"

나는 마티아스의 시선을 따라 내 몸 아래쪽을 내려다보았다. 팬티 한 장만 달랑 걸치고 있었다. 하지만 아무려면 어떠리. 나는 너무나 아름다운걸! 머리끝부터 발끝까지 탐날 정도로 아름다운걸. 내 인생에서 처음으로 애써 배를 집어넣지도 않고 벌거벗은 채 누군가의 앞에 서 있었다. 설사 내 배가 좀 나왔더라도, 집어넣지 않았을 것이다. "우리는 모두 충분히 훌륭해요! 아니면, 마침내 불안을 거두어들인다면, 그 순간 우리는 그렇게 될 수 있을 거예요. 이거 신기하지 않아요?"

마티아스는 고개를 끄덕이고는 내 쪽으로 한 걸음 다가와 두 팔로 나를 감싸 안았다. "그래요, 정말 신기해요." 그가 내 머리칼에 대고 속삭였다.

"당신의 향기가 정말 좋아요! 참, 그거 알아요? 당신을 만난 이후로 내가 얼마나 행복했는지." 내가 물었다. "그리고 내가 몇 주 전부터 당신한테 해주고 싶었던 말이 있는데, 당신은 세상에서 제일 아름다운 눈을 가졌어요. 맑은 산속의 호수나, 사파이어, 오팔, 아니면 캐리비안베이, 그리고 에리카 숙모님의 벨벳 커튼처럼 말이에요. 이 말을 해주고 싶었는데, 너무 유치한 것 같아서 자신이 없었어요. 당신은 깜짝 놀라고, 나는 웃음거리가 될 것 같아 불안했죠. 이게 바로 언제 어디서나 나를 따라다니는 가장 큰 불안이에요. 내가 다른 사람에게 긍정적이지 못한 영향을 줄 수도 있을 거라는 생각은 사실, 그러거나 말거나 전혀 신경 쓸 일이 못 되는데 말이죠. 왜냐면 사람들은 오로지 자기가 원하는 것만 생각하기 때문이죠. 하지만 이런 깨달음에 이르기 위해 난 먼저 브라우니를 먹어야 했던 거죠. 그래서 이제 난 끊임없이 말을 할 수가 있어요. 이건 좀 멍청한 짓이기도 해서, 나도 꺼림칙하긴 하지만, 봐요, 입을 다물고 있으면, 곧바로 다시 입을 열어 새로운 생각을 뱉어내지 않으면 안 되잖아요……."

마티아스는 나를 침묵하게 만드는 단 한 가지 정당한 방법을 사용했다. 키스. 그리고 이어지는 시간 내내 그는 키스를 멈추지 않았다. 그 와중에도 혹여 그가 잠깐이라도 키스를 멈추면, 그사이 나는 큰 소리로 그의 마음에 들 만한 말들을 떠들어댔다.

휴! 벌써 종이 색깔이 세 번이나 바뀌었네. 이제 좀 아껴 써야겠어. 종이가 세 장밖에 없거든. 당신에게 할 말이 정말 많아, 펠릭스! 이젠 믿음직스럽고, 남 돕기를 좋아하는 담갈색은 그만둬. 당신 부모님은 별장 수리할 정도의 돈은 충분히 가지고 있으니까. 당신 부모의 골프 클럽 친구 가운데 만날 아파죽겠다는 사람들은 벌써 전부터 다른 의사들한테 치료를 받고 있어. 당신은 당신이 맡은 환자들만으로도 충분해. 그들도 당신의 훌륭한 보살핌이 절실한 사람들이잖아. 그리고 당신은 당신을 있는 그대로 사랑해주는 여자가 필요해. 담갈색과 함께 당신의 그 헝클어진 눈썹까지. 정말이야! 당신 어떻게 그걸 뽑아버릴 수가 있지? 그게 얼마나 귀여운데! 릴리안은 꺼져버리라고 해. 그녀는 게레온과 함께 당신을 속였어. 그 작자도 마찬가지로 꺼지라고 해. 게레온은 정말 개자식이야. 이것 보라고, 지금 내가 모든 사물과 모든 인간이 사랑스러워 보이는 이 순간까지도 그렇게 말한다는 건, 게레온이라는 인간이 정말로 그렇다는 거야. 또 게레온과 플로리안이 요트에 공동출자하라고 해도 당신, 절대로 그들의 말에 넘어가지 마. 세금상의 이득은커녕 당신이 거기서 건질 건 아무것도 없어!

그리고 생각해봐, 자신의 귀중한 휴가를 희생하면서 아버지의 별장이나 수리하는 사람이 어디 있겠는지. 없어, 진짜로 없다고, 펠릭스! 릴리안은 당신한테 맞지 않아. 당신한테 필요한 여자는, 함께 있으면 당신을 노란 태양빛으로 만들어줄 수 있는 그런 여자라고! 당신은 멋져! 내가 아는 당신은 흠잡을 데 없이 가장 멋진 사람이야. 그러니까 당신한텐 최고만이 어울려! 당신은 해변을 가로지르며 당신이 기르는 개에게 막대를 던져야 해. 그리고 고양이를 품에 안을 수도 있어야 하고. 그리고 아이도 가져야 하겠지. 당신은 훌륭한 아빠가 될 거야. 그러면 나는 울 수밖에 없겠지. 하지만 괜찮아. 난 언제나 울었다 웃었다 하니까. 당신을 사랑해, 펠릭스. 그리고 나는 당신이 행복해지길 너무나도 간절히 원하고 있어. 그러니 노란 태양빛이 되길.

당신의 영원한 새끼 당나귀가.

다른 사람의 행동을
보장할 수 있는 사람은 아무도 없다.
_스폭

"자, 카티, 이제 그만 기운을 내요. 절대로 부끄러워할 이유가 없다니까요!" 마티아스는 내 기를 살려주려고 애를 썼지만, 나는 차마 그의 눈을 쳐다볼 수 없었다.

"운전대 좀 양손으로 잡아줘요." 나는 작은 소리로 말했다. 올 때와 마찬가지로 마티아스는 무서울 정도로 속도를 냈다. 거의 고속도로 위를 날고 있는 것 같았다.

"아, 카티! 지난밤 당신은 정말 지혜로운 말들을 많이 했어요. 사람들이 자기 삶을 힘들게 만드는 이유는 단지 다른 사람들이 자기를 어떻게 생각하는가를 걱정하기 때문이라고 했다고요."

오, 맙소사! 사실 내가 말한 건 그것만이 아니었다. 유감스럽게도 나는 내가 한 말들을 전부 다 기억할 수 있었다. 내가 한 말뿐만 아니라 내가 냈던 신음 소리까지도. 나는 양손으로 얼굴을 감쌌다.

"그러지 말아요!" 마티아스가 말했다. "당신, 지난밤에 진짜 매혹적이었어요! 그리고 정말, 정말 섹시했죠. 진심이에요! 뜻하지 않게 드러난 당신의 자아 덕분에 우린 아주 즐거웠지요! 그리고 당신이 원한다면, 다음번엔 나도 그런 브라우니를 한번 먹어보려고요. 그런 다음 어떻게 되나 같이 한번 보도록 하죠." 그가 쿡쿡거리며 말했다. "혹시 우리 함께 아슈람(힌두교도들이 수행하는 암자를 가리키는 말로 히피촌을 의미하기도 한다 — 옮긴이) 한번 만들어볼까요? 그래서 정말 멋진 우리 제자들에게 생각의 바다에 핀 꽃들처럼 우리들이 꺾어온 색깔과 지혜를 나눠주는 건 어떨까요……."

"왜 그래요, 조용히 좀 해요." 이렇게 말하곤 나 역시 쿡쿡거리며 웃을 수밖에 없었다. 그래 좋다, 전부 다 진짜로 심하게 나쁜 건 아니었을 수도 있다. 어쨌든 마티아스와 리셉션의 그 불쌍한 여드름 아가씨만이 환각 상태 중의 내 행보의 증인인 셈이다. 그리고 펠릭스도……. 하지만 그가 그 편지를 받기 전이라면? 게다가 오늘은 일요일이니 우체통 속의 편지들은 내일이나 돼야 수거될 테고, 그러면 그 편지는 화요일 이전엔 그에게 도착하지 않을 것이다. 난 편지를 우체통에서 다시 끄집어내는 건 생각도 하지 않았다. 그게 불가능하다는 것을 별로 유쾌하지 못했던 경험을 통해 이미 알고 있었기 때문이다.(열다섯 살 때 나는 장난삼아 독일어 선생님에게 연애편지를 쓴 적이 있었는데, 내 친구 잉가 역시 나처럼 장난기가 발동해 그 편지를 우체통에 집어넣었던 것이다……. 그리고 그때 우린 **그 우체통**을 열기 위해 정말이지 모든 수단과 방법을 다 동원했었다. 심지어 마지막엔 우리가 직접 제조한 화염병으로 폭파하려고까지 했지만, 허사였다.)

"유감스럽게도 이번 주 내내 완전히 계획을 잘못 잡았네요. 하지만 주말에 같이 파티에 갈 순 있겠죠?" 마티아스가 물었다.

난 고개를 끄덕였다. 펠릭스가 그 편지를 손에 넣기 전에 어떡해서든지 가로채리라…….

"공항에서 고등학교 졸업 이후 한 번도 못 만난 옛 동창을 만났어요." 마티아스가 웃었다. "그 녀석, 산부인과 의사가 되었더라고요, 하필. 하지만 경제적으로는 괜찮은 거 같았어요. 주말에 자기 펜트하우스 준공 파티를 한다는군요. 허풍쟁이 같은 친구죠. 당신이 같이 간다면, 나도 갈 거고요."

'옛 동창'이라는 말에 나는 깜짝 놀라 몸을 벌떡 일으켰고, '산부인과 의사'라는 말에 부르르 떨며 움츠렸다가, '준공 파티'와 '펜트하우스'란 말에 허리를 곧추세웠다. 그 파티엔 한 번 간 적이 있었다. 펠릭스의 제일 친한 친구가 내 산부인과 의사라는 사실을 알게 되었던 파티였다.

그 파티에서 나는 처음으로 게레온에게 '다이하드'라는 별명을 붙여주었었다. 그런 곳에 나를 두 번이나 집어넣으려는 운명은 도대체 얼마나 끔찍한 것인가? 그리고 도대체가 일이 이렇게 되면 운명의 법칙에 저촉되는 게 아닌가? 마티아스는 그 멍청한 게레온을 2011년에야 비로소 재회해야 되는 게 아닌가? 그래서 재회 후 곧 그의 마흔 살 생일 파티에 나타날 것이고, 내가 그에게 반하게 되는 거 아닌가?

다른 각도에서 보면 그는 지금 나 때문에 계획보다 빨리 칠레에서 돌아왔다는 것. 그게 자연스럽게 다시 이 모든 사건의 고리를 엉망으로 만드는 것이 아닌가 싶기도 하다…….

마티아스가 태연스럽게 한 손으로 운전대를 잡고 속도를 높여 추월하며 한숨을 쉬었던 반면, 나는 만약을 대비해 눈을 감았다. "그런 의사들의 라이프스타일이 어떤지 당신은 믿지 못할 거예요. 게레온(이 인물이 동창이라니!)의 말을 따라보자면, 일주일 중 딱 반 주만 일을 해야 하고, 나머지 시간에는 여기저기 골프장을 돌거나 다른 취미 생활에 몰입하면서 살 수 있어야 하죠."

다른 취미 생활이라 함은, 헬스 트레이닝, 여자 따먹기, 대머리 광내기, 요트 타기, 별 볼 일 없는 위스키 경매장에서 빈둥거리기, 친구의 여자 친구와 함께 친구 속이기 등이 있겠지……. 오, 맙소사. 무슨 일이 있어도 그 편지를 가로채야 한다! 펠릭스는 어찌 됐건 한 마디도 이해하지 못할 것이다.

"왜 아무 말도 없어요, 카티 감자님! 머리 아파요?" 마티아스가 옆에서 유심히 나를 바라보았다. 시속 2백 킬로미터로 달리면서.

"아니에요." '앞 좀 봐요.' "어쨌든 말은 지난밤에 충분히 한 거 같아요. 한 일주일 치는 한 것 같아요."

마티아스는 웃었다. "자, 그러지 말고 조금만 더 나랑 이야기해줘요. 일주일 내내 못 볼 텐데. 당신이 정말 보고 싶을 거예요. 아, 당신한테 말해줄 게 있었는데 새까맣게 잊고 있었네. 수요일에 베를린에서 면접이 있을 거예요!" 그는 국제 콘체른의 이름을 말해주었다. 우연히도 그가 2011년에 사장으로 근무하게 될 바로 그곳이었다. "그게 성공하면, 나도 펜트하우스를 살 수 있게 될 거예요."

"베를린에요?" 약간 놀란 내가 물었다.

"당연히 베를린이죠." 그가 다시 고개를 돌려 나를 바라봤다. "베를린은 멋진 곳이에요. 그 도시에 관해서 좀 아나요? 그리고…… 혹시라도…… 당신이 거기에 산다는 상상을 해본 적은 있나요? 그러니까 내 말은, 그렇게 될 경우에 말이에요."

"음……." 무슨 생각을 하는 거지? 그가 자리를 얻었을 경우를 말하는 건가? 아니면 우리가 함께 살기라도 하게 될 경우를 말하는 건가?

내 대답을 기다리지 않고 — 그리고 유감스럽게 속도도 줄이지 않고 — 그는 계속 말을 이어갔다. "내게 정말 완벽한 꿈의 직장일 거예요. 내가 산티아고에 있을 때 헤드헌터가 전화를 걸어왔는데, 나는 곧바로 전기에 감전된 것 같았어요. 어찌 됐건 한번 시도해봐야겠다고 생각했죠……."

"그러면 빨리 돌아온 건 전혀 나 때문이 아니었네요?"

마티아스가 다시 오른손을 운전대에서 떼어내 내 머리를 헝클어뜨렸다. "그야 물론 아니죠, 카티 감자님. 당연히 첫 번째 이유는 당신이었죠."

이젠 내 쪽에서 고개를 옆으로 돌려 그를 유심히 바라보았다. 내가 지금까지 그를 거의 알지 못했다는 확신이 들었다. "저기, 고양이 좋아해요?" 내가 물었다.

"그럼요." 그가 미소를 지었다. "단지 그 깡마른 사팔뜨기 샴고양이만 빼고요. 걔들은 무서워요. 누나한테 그런 고양이가 한 마리 있었는데, '난 당신이 무슨 생각을 하는지 다 알고 있어'라고 말하는 듯한 큰 눈으로 언제나 나를 뚫어져라 바라보곤 했거든요."

“그럼 개는요?” 나는 큰 눈으로 그를 뚫어져라 바라보았다.

그의 미소가 깊어졌다. “개들도 좋아하죠. 그 밖에 아이들하고 노인들, 그리고 에, 돌고래……. 시험은 통과된 건가요?”

“1등.” 이렇게 말하고 나는 좌석에 몸을 기댔다. “파티가 토요일이랬죠?” 제기랄, 그럼 또 새로 입을 옷이 필요하단 말이네. 내 신용카드가 또 울겠군.

드라마는 지루한 부분을 잘라낸 삶이다.
_앨프리드 히치콕

먼저 나는 펠릭스가 아직 집에 오지 않은 걸 확인하기 위해 그의 집 벨을 눌러보았다. 당연히 아무도 문을 열지 않았다. 평행 세계에서도 아마 그는 절대로 제시간에 병원에서 나오는 일이 없는 모양이었다. 연이어 나는 하이드캄프 부인 집의 벨을 눌러보았다. 그녀는 언제나 현관문 개폐기를 곧장 눌러주었기 때문에, 나는 스피커에 대고 "편지요!"라는 말만 외치곤 재빨리 건물 안으로 들어갔다. 우편함은 계단 입구 왼편에 설치되어 있었다. 볼품없는 갈색 철재 우편함은 입구가 좁고 가장자리가 날카로웠는데, 그것 때문에 펠릭스와 나는 「쥐트도이체 차이퉁」(독일의 메이저급 일간지 — 옮긴이) 구독을 해지했었다. 매일 아침 갈가리 찢어진 신문 면수를 짜 맞추는 소소한 작업이 여간 힘들고 짜증 나는 일이 아니었기 때문이다.

원래 내가 오려고 했던 시간은 점심시간이었다. 하지만 가비 사장이 나를 붙잡아놓고 혀를 끌끌 차며 내 보고서를 인정히 짚이몽게는 바람에 어쩔 수 없이 사람들이 눈치 못 채게 오후 세미나를 30분 일찍 마치고 펠릭스가 도착하기 전에 이 망할 놈의 우편함으로 온 것이다. 최소한 편지가 이미 와 있다는 건 확신할 수 있었다.

나는 가방에서 포크 두 개를 꺼냈다. 여기에 쓸 요량으로 특별히 사무실 부엌에서 가지고 온 것이었다. 하지만 이 망할 우편함이 너무 높이 달려 있는 바람에 도무지 봉투를 끄집어 올릴 수가 없었다. 주위를 살펴보니, 구석에 청소용 양동이가 세워져 있었다. 아마도 건물 관리인 피쉬바흐 씨의 것일 거다. 양동이를 엎어 우편함 앞으로 밀어놓자 멋진 발판이 되었다. 아주 안정적이라고는 할 수 없었지만, 이 평행 우주에서 이래 봬도 이 몸은 경량급이었다.

하지만 그것도 큰 도움이 되진 못했다. 크림 색깔의 호텔 편지 봉투 모서리가 보이기에 포크를 넣었더니 봉투에 가 닿았다. 거기까지는 성공했으나, 포크 끝으로 봉투를 찍어 밀어 올리는 데는 실패하고 말았다. 설상가상으로 포크마저 우편함 속으로 떨어졌고, 30초 후엔 두 번째 포크도 마찬가지 신세가 됐다.

이런 젠장! 나는 우편함 구멍 사이로 안을 살펴보았다. 바로 그것, **그 편지 봉투**가 거기 있었다. 얼마나 또렷이 보이던지 뮌스터 우체국 소인까지도 알아볼 수 있을 정도였다. 손을 조금만 더 안으로 집어넣으면 잡을 수 있을 것도 같았다. 아야, 좀 날카롭네. 하지만 됐다, 성공이다. 만세! 거의 손끝에 봉투가 닿았다. 이제 조심스럽게 위로 끌어 올리는 일만 남았다. 1밀리, 1밀리만…….

그리고 마지막으로 봉투를 손으로 막 움켜쥐려는 바로 그 순간, 양동이가 세 쪽이 나버렸다. (경량급에 관한 이야기는 이것으로 끝이다.)

그 결과 야기된 사실은, 내가 40센티미터 아래 플라스틱 잔해 위에 서 있었다는 것과, 반면 내 손목은 위쪽에 있는 우편함 구멍 사이에 끼어 있었다는 것이었다. 그것도 아주 꽉. 손을 뺄 수도, 더 밀어 넣을 수도 없었다. 오라지게 아팠다. 날카로운 모서리가 곧바로 맥박 혈관을 베는 것 같았다. 아무튼 핏방울이 떨어지는 느낌이 들었다.

아아아아아아아아! 아니, 소리를 지르면 안 된다. 그러면 괜히 다른 세입자들만 끼어들게 만드는 셈이 된다. 웬 낯선 여자가 우편함에 손이 끼인 모습을 보게 되면 그들은 멋대로 오만 가지 상상을 해댈 것이다.

다른 한편에서 볼 때 나 혼자 우편함에서 벗어날 수 있는 유일한 방법이 있다면, 혹시나 내가 만반의 사태에 대비해 쇠톱을 가지고 온 경우일 것이다.

더 이상 조용히 있기가 힘들어졌다. 아마 머지않아 사람들이 들어오기 시작할 것이다. 5시 반경이면 소위 이 집의 러시아워가 시작된다. 이 말인즉슨 내가 당장 이곳을 벗어나거나, 아니면 신속하게 다른 좋은 핑계를 생각해내야 한다는 것이었다.

해결책이 있었다. 해결책은 언제나 있는 법이다. 그러고 보니 나는 핸드백을 메고 있었다. 그리고 그 안에는…… 정말 쓸데없는 것들과…… 그리고…… 휴대폰이 있었다!

나는 자유로운 왼손으로 휴대폰을 끄집어내 생각나는 번호를 눌렀다. 마를렌의 번호였다. 하지만 마를렌은 세미나 중이었고, 음성 사서함으로 연결됐다. 그래도 일단은 거기에 음성 메시지를 남겼다.

히스테릭하게 쿡쿡거리며 전화를 끊기 전 정신병동이라는 단어가 머리를 스쳤다. (나를 꼼짝 못하게 붙잡고 있는 우편함 이야기를 하면서 좋은 변호사를 구해달라고 말했던 것이다.)

다음은 린다였다. 그녀는 당연히 퇴근하고 사무실을 나온 상태였다. 전화는 받았지만 이미 전차를 타고 라인 강 저편에 가 있었다. 비록 그녀가 — 내 위기 상황에 대해 이상할 정도로 열광하면서 — 곧바로 다음 정거장에 내려서 도와주러 오겠다고("난 항상 드라이버를 갖고 다니니까, 그냥 덮개 나사를 풀어버리면 될지도 모르잖아.")했지만, 그녀가 나를 구하러 이곳까지 오려면 시간이 너무 오래 걸릴 것 같았다.

"그냥 구멍이 뚫린 뚜껑 부분만 통째로 들어내보도록 해봐." 그녀는 열심히 안을 내놓았다. "그러면 편지도 가로챌 수 있고, 우편함 뚜껑도 가지고 사라질 수 있잖아. 주머니칼 있어?"

"아니!" 그런 다음 나는 주머니칼 대신 볼펜으로 해보겠다고 했지만, 린다는 그걸로 될지 모르겠다며 회의적이었다. 그러는 사이 손이 두 배 정도 부어오른 것 같았다. 적어도 내게는 그렇게 느껴졌다. 하지만 볼펜은 전혀 사용할 여지가 없었다. 왜냐하면 그 순간 내 등 뒤에서 문이 열렸기 때문이다. 돌아볼 것도 없이 나는 펠릭스라는 것을 알았다. 그는 겨드랑이 밑에 그의 자전거를 끼고 들어왔는데, 분명 핸들이 문에 부딪힐 때 나는 둔탁한 쿵 소리가 났던 것이다.

"나 끊어야 돼, 린다." 나는 속삭였다.

"누가 왔어? 안 돼애애! 끊지 마, 제ㅂ……."

나는 두 번 깊은 심호흡을 한 후 용기를 내어 천천히 펠릭스 쪽으로 몸을 돌렸다. 그가 영문을 모르겠다는 듯 나를 응시했다…… 라고 말한다면, 너무 약한 표현일 것 같다.

2초간 기다렸다가 나는 입을 열었다. "그래요, 이건 댁의 우편함이에요. 그리고 내 손이 여기에 끼어 있는 것도 사실이고요."

"그러네요." 펠릭스는 이렇게 말하고는 자전거를 내려놓았다. "문제는 왜 당신의 손이 내 우편함에 끼어 있느냐는 겁니다."

"아니, 문제는 그게 아니에요." 내가 말했다. "문제는 내가 어떻게 여기서 빠져나올 수 있느냐는 거라고요."

펠릭스는 한 걸음 다가와 상태를 살펴보았다.

"아야." 그가 내 손을 잡고 조심스럽게 흔들자 나도 모르게 비명이 튀어나왔다.

"우편함 열쇠가 있어도 도움이 안 되겠군요. 입구 틈새에 너무 꽉 끼어버렸습니다. 망할 「쥐트도이체 차이퉁」처럼." 펠릭스는 노련한 의사의 음성으로 설명했다.

"아." 그가 내 바로 앞에 서자 나는 정신을 차릴 수가 없었다. 너무나도 친숙한 그의 체취 때문이었다. 그리고 동시에 강한 남성용 애프터 쉐이브의 낯선 냄새가 났다. 분명히 릴리안이 선물한 것일 게다. 달콤한 냄새였지만, 나는 그 냄새를 싫어했다. "로션 냄새가 역하네요." 내가 말했다.

그가 눈썹을 찌푸리고 나를 훑어보았다. "아니, 도대체 내 우편함에서 뭘 찾는 겁니까?"

"음, 정 알고 싶으시다면, 포크 두 개요!" 내가 말했다. "그리고 여기로 오면 안 되는 편지 한 통하고요."

"여기로 오면 안 되는 편지라면?"

"여기로 올 것이 아니라…… 저기요, 나도 알아요, 당신한텐 분명 어처구니없게 보이겠지만, 나는 그저 당신이 어떤 사실을 아는 것을 막으려고 했을 뿐이에요. 그 사실은 당신에게……" 나는 한숨을 쉬었다. "거기엔 그저 정신없는 말들만 쓰여 있어서, 내가 다시 가져가려는 것뿐이에요."

"그러고 보니 당신, 최근에 슈퍼마켓에서 봤던 그 여자분이네요. 그 콘플레이크랑 씨름하던." 원래 사람 기억하는 데는 꽝이던 펠릭스가 웬일로 기억을 해내고 말했다. "왜 당신이 나한테 편지를 써요? 그리고 그 이상한 사투리는 다 어디로 갔나요?"

나는 그를 속이기로 결심했다. "당신이 나를 여기서 풀어주면 다 설명해줄게요. 약속할게요, 네?"

펠릭스는 여전히 의심스러운 표정으로 눈썹을 찌푸렸다. 그건 그렇고, 눈썹이 다시 조금 자란 것 같았다. 아직까지 예전처럼 그렇게 무성하지는 않았지만, 그렇게 되어가는 중이었다. 아마 릴리안은 벌써 그를 위해 뷰티 숍에 예약을 해두었을 것이다.

그가 한숨을 쉬었다. "집에 가서 당신을 풀어줄 몇 가지 연장을 가지고 올게요, 알았죠?"

나는 고개를 끄덕였다. 그럼, 알았다마다! 그는 분명 어떻게 해서든 우편함 뚜껑을 열 것이다. 그러면 손이 풀려나오는 즉시, 나는 그 망할 놈의 편지를 움켜쥐고 가능한 한 빨리 튈 거다. 펠릭스가 나를 따라오면 편지를 입에 밀어 넣고 삼켜버릴 거다. 그런 건 어렸을 때, 절대로 선생님이 읽으면 안 되는 메모지들 때문에 몇 번 해본 적이 있었다. (그리고 어른이 되어선 종이가 아니라 브라우니를 먹은 것일 뿐.)

"꼼짝 말고 있어요." 벌써 계단을 올라간 펠릭스가 어깨 너머로 소리쳤다. 하하, 참 일이 웃기게 되었다.

> 너는 지금 내 자존심의 마지막 부스러기를 얻은 셈이다. 맛있게 먹기를!
> _〈어바웃 어 보이〉

뒤에서 건물 문이 다시 열렸고, 4층 오른쪽에 사는 부부가 장바구니를 들고 내 옆을 지나갔다. 그들은 친절하게 인사를 했다. 내가 그네들의 이웃집 우편함 구멍에 손을 끼우고 있다는 데 전혀 관심을 두지 않는 듯했다. 계단에 올라서서야 비로소 남자가 나를 향해 다시 몸을 돌렸다.

"그거 로이엔하겐 씨도 알고 있죠?" 그가 물었다.

"음, 네, 알고 있어요." 내가 말했다. 아직도 연장을 다 못 챙겼나?

휴대폰이 울렸다. '테오, 우리 로츠로 가요.' 다시 휴대폰을 가방에서 꺼내야 했다. 내 입에서는 큰 신음 소리가 흘러나왔다. 분명 호기심으로 폭발 직전인 린다일 것이다. 하지만 그건 린다가 아니라 바론스키 부인이었다. 응급 상황에 대비해 부인에게 내 전화번호를 알려주었던 것이다. 아니면 그냥 이야기를 하고 싶을 때라도. 하지만 지금 이건 분명히 응급 상황이었다.

"아휴, 연결이 돼서 천만다행이유, 아가쉬. 그 사람들이 날 여기서 데려가려고 혀유!" 부인이 큰 소리로 말했다. "하지만 내가 말했잖우, 나는 이 안락의자를 떠나지 않을 거라고 말이우!"

잠시 후에야 나는 무슨 일인지 자초지종을 알 수 있었다. 그러기까지 바론스키 부인은 간호사에게 몇 번이나 수화기를 건네주어야 했다. 보아하니 부인이 독감에 걸린 것 같았는데, 어제 부인을 검진

한 의사가 폐렴 초기일지도 모르니 증상이 나빠질 경우 병원에 입원하기를 권했다는 것이다. 하지만 바론스키 부인은 절대 병원에 가고 싶지 않다는 것이었다. 부인은 폐렴으로 죽을 수밖에 없다고 확신했고, 그녀는 절대로 병원에서 죽고 싶지는 않았던 것이다. "……온갖 기계들에 줄줄이 연결된 채로 죽고 싶지는 않수, 아가씨"라며, 대신에 그녀가 좋아하는 안락의자에서 죽고 싶다는 것이었다. 간호사들이 아무리 설득하려 해도 요지부동이었다.

그동안 펠릭스가 다시 돌아왔다. (나는 계단에서 그가 이웃들에게 "예, 알고 있습니다"라고 말하는 걸 들었다.) 그는 그사이 내가 또 전화를 하고 있는 걸 보고는 절레절레 고개를 저었다.

바론스키 부인이 울음을 터뜨렸다. 이제 머지않아 사람들이 그녀에게 간단한 단계의 조치를 취할 것이 분명했다. 누군가 그녀의 팔에 진정제 주사를 꽂을 것이고, 깨어나면 그녀는 자신이 병원에 와 있다는 것을 알게 될 것이다…….

"여보세요." 나는 부인의 손에서 수화기를 빼앗은 간호사에게 말했다. "부탁이니 부인을 잠시만 더 안락의자에 앉아 있게 해주세요. 가능한 한 제가 빨리 갈 테니까, 그때 우리 어떻게 할지 함께 생각해 보도록 하죠."

예상했던 대로 펠릭스는 우편함 뚜껑을 열었다. 그러고는 뭔가로 내 손목 양쪽을 문지르기 시작했다. 다시 보니 그건 마가린이었다. 역시 똑똑한 건 알아줘야 한다니까.

"벌써 저녁이라서 의사 선생님을 다시 부를 순 없어요." 간호사가 말했다. "의사들이 어떤지 아시잖아요. 의사 선생님이 기침이 더 심해지면 부인을 병원으로 보내야 한다고 말씀하셨어요. 벌써 호송할 사람들도 와 있는데. 하지만……."

"부탁이니…… 잠시만 더 기다려주세요. 서둘러 갈게요……. 할 수 있는 한요. 아야!" 펠릭스가 플라스틱 구둣주걱을 꺼내 들고는 마가린 칠을 한 내 손목과 우편함 구멍 사이로 밀어 넣었다. 상당히 큰 소리와 함께 손이 감옥에서 미끄러져 나왔다. 안도의 숨을 쉬던 나는, 펠릭스가 간신히 꺼낸 내 손목을 잡고 이리저리 더듬어보는 바람에 깜짝 놀라 몸을 움츠렸다.

"그럴 수는 없어요." 간호사가 말했다. "바론스키 부인과 친척도 아니잖아요."

"나도 알아요." 뒤에서 바론스키 부인이 흐느끼는 소리가 들리자 나는 가슴이 찢어지는 것 같았다. "하지만 만약 내가 의사 선생님을 모시고 간다면 어떨까요? 그 자리에서 곧바로 진찰을 하고 판단을 내릴 수 있는 내과 의사와 함께 말이에요."

펠릭스가 내 손을 놓았다. 보아하니 부러진 데는 없는 것 같았다.

"그렇다면 물론 얘기가 달라지겠지요." 간호사가 말했다.

"금방 도착할게요! 부인에게도 그렇게 말해주세요!" 나는 통화 종료 버튼을 누르고 애원하는 표정으로 펠릭스를 바라보았다. "이건…… 긴급한 의료 상황이에요. 차 어디다 세워놨죠? 우리 지금 루이젠슈티프트 요양원으로 가야 해요. 어딘지 아세요?"

다시금 펠릭스가 회의적인 표정으로 눈썹을 찡그렸다. "지금 나한테 당신하고 같이 가자는……."

"제발……" 그의 말을 가로막은 나는, 지금 부인이 아닌 내가 눈물을 흘리기 직전이라는 것을 깨달았다. "이 부인은 완전히 혼자예요. 나밖에 없다고요. 그리고 무슨 일이 있어도 부인의 안락의자에서 죽기를 원하세요. 다른 곳에선 절대로……."

길가에 놓인 돌들로도 아름다운 것을 세울 수 있다. _요한 볼프강 폰 괴테

"알았어요." 펠릭스는 이렇게 말하곤 자동차 열쇠 꾸러미를 들어 올렸다. "차는 바로 근처 모퉁이에 있어요."

"정말로요?" 착하고, 훌륭하고, 옛 모습 그대로인 펠릭스. 그는 누가 봐도 미친 것 같은 사람의 청도 거절하지 않았다. "고마워요!" 감동한 목소리로 내가 말했다. 너무 안심하는 바람에 나는 편지를 거의 잊을 뻔했다. 내 시선의 움직임을 감지한 펠릭스가 10분의 1초 정도 더 빨랐다. 그가 크림 색깔의 편지 봉투를 먼저 낚아챈 것이다.

"아…… 그거 그냥 나에게 주시죠." 내가 말했다.

"절대로. 이건 내 주소로 온 우편물이에요." 펠릭스가 말했다. "지금 빨리 루이젠슈티프트로나 갑시다, 마음 변하기 전에."

나를 변호하기 위해 했던 모든 것이
내가 했던 실수들이었다.
_찰스 부코스키

펠릭스는 내가 아는 사람 가운데 가장 믿을 만하고 남을 도울 준비가 가장 잘되어 있는 사람이었다. 하지만 그가 이상한 사투리를 쓰고, 낯선 사람의 우편함까지 뒤지는 성향이 있는 여자 스토커를 자기 차에 태웠다는 사실에 나는 정말 진지하게 걱정하지 않을 수 없었다.

내가 과거에 그의 환자였다가 결국 정신병원에 가게 된 사람일 수도 있고, 혹은 복수심에 불타는 과거 환자의 가족일 수도 있지 않은가. 그런데도 그는 나와 함께 차를 타고 가고 있다! 이 사람은 도대체 영화 〈미저리〉도 안 봤나? 내가 언제든지 총을 빼어 들고 그를 납치할 수도 있고, 또 그에게 무슨 짓을 할지 전혀 모르지 않은가!

원래 루이젠슈티프트에서 라테나우 광장까지는 10분밖에 안 걸리는 거리였는데, 퇴근길 교통 사정과 마티아스와는 반대로 제한 속도를 엄수하는 펠릭스의 성격 탓에 약 두 배 정도가 더 걸렸다. 그 시간 내내 나는 안절부절못한 채 조수석에 쪼그리고 앉아 있었다.

"그건 그렇고……" 펠릭스는 상당히 엄격한 목소리로 물었다. "이 편지는 무슨 내용입니까? 당신은 도대체 나를 어떻게 아는 거죠?"

"원래 난 당신을 전혀 모르고, 당신 여자 친구를 알고 있어요." 나는 거짓말을 했다.

"어떤 여자 친구요? 릴리안이요?"

"맞아요." 내가 말했다. "내가 그녀를 꽤 잘 알고 있는데, 아세요? 그녀의 성격이 좀…… 그게, 말하자면, 미성숙하다고 할까." 아니, 그건 맞는 말이 아니다. '그녀는 초등학교 때부터 이미 '신뢰'라는 단어의 철자조차 제대로 쓸 줄 몰랐던, 가식적이고, 역겹고, 자기만 생각하는 나쁜 년'이란 말이 입가를 맴돌았지만, 그 말을 뱉는 대신 나는 헛기침을 했다. "편지에는 그저 그녀가 당신에게 맞지 않다고 쓰여 있어요. 그냥 당신에게 안 맞는 여자라고."

"그래요, 그랬군요." 펠릭스가 말했다. "그런데 슈퍼마켓에선 왜 내 카트를 훔친 겁니까?"

"그러니까…… 그건 그러려고 그런 게 아니었어요. 이건 정말 내 말을 믿어줘야 돼요!"

"그리고 말은 또 어째서 그렇게 이상하게 했던 거죠?"

"전혀 그런 적이 없는데요." 나는 재빨리 말했다.

"그랬거든요! 완전히 정신 나간 말들에, 아주 독특한 사투리를 썼죠."

"그렇게까지 독특하진 않았어요." 나는 나 자신을 변호했다. "그리고 사투리 쓰는 사람들을 비난하는 건 그리 좋은 태도는 아니라고 생각해요. 난 독일 중에서도 아주 특별한 지역 출신이거든요. 네 개의 연방주와 경계를 접한 곳이에요. 바이에른, 헤센, 슈바벤 그리고 자를란트…… 그리고 팔츠. 그래서 그렇게 낯설게 느껴지는 거예요. 당신 같은, 에, 북독 출신에게는."

"지금 다섯 개 연방주를 말한 건 아시죠?" 펠릭스가 건조한 목소리로 사실을 확인시켜주었다. "그리고 바이에른, 헤센, 슈바벤, 자를란트 그리고 팔츠와 한꺼번에 경계를 접한 지역은 없습니다."

이런 젠장! 뭘 그렇게 꼬치꼬치 캐물으시나? 하지만 위협적인 말은 자제하도록 하자. 어차피 내가 한 말이 설득력 차원에서 그다지 뛰어나지 않다는 건 분명하니까.

그 대신 나는 애걸조로 나가기 시작했다. 그리고 그건 나로서도 전혀 힘들지 않았다. 우리 바로 앞에서 차가 막히면서 다시금 바론스키 부인이 생각났기 때문이었다. 그녀는 지금 울면서 안락의자에 기대어 우리를 기다리고 있을 것이다. "제발 부탁이니, 그 편지를 돌려받을 수 있을까요?"

"아니요!" 펠릭스가 말했다. "먼저 편지를 읽어야겠어요." 잠깐 쉬는 사이 그는 깜빡이를 넣고 오른쪽으로 꺾었다. 그런 후에 그가 덧붙였다. "어쨌든 릴리안과 나는 더 이상 사귀는 사이가 아니에요."

"뭐라고요? 대체 언제부터요?" 나는 놀라 큰 소리로 외친 다음, 릴리안과 내가 아주 친한 사이라고 했던 것이 퍼뜩 떠올랐다. "그러니까 내 말은 물론, 언제부터 '공식적'으로 그렇게 됐냐는 거죠."

끝을 낸 게 그녀였을까? 그녀가 그 이유도 말했을까? 아니면 양심의 가책을 받지 않기 위해, 그녀 쪽에서 펠릭스가 먼저 관계를 끝내도록 꾸몄던 걸까?(사람을 잘 믿는 그라면 절대 눈치채지 못했을 것이다.) 아니면 지금 이런 것이 그저 그들의 그 지긋지긋한, 이른바 휴지기에 불과한 걸까?

펠릭스가 고개를 돌려 나를 한 번 힐끗 쳐다봤으나, 곧바로 다시 도로 쪽을 바라보았다. "릴리안과 나는…… 우린 서로 동의하에 우리가 맞지 않는다는 결론에 이르렀어요."

아하. "그럼 둘 중 누가 먼저 그런 결론에 이른 거죠?"

그가 다시 한 번 옆쪽에 짧게 시선을 두었다. 그런 다음 살며시 미소를 지었다. "그냥 그녀가 내게 맞지 않는 상대라고 해두죠."

지당한 말씀. 나는 그가 마침내 문제를 깨달은 점이 정말 기뻤다. 하지만 그럼에도 불구하고 그것으로 내 편지 문제가 해결된 건 아니었다. 왜냐하면 게레온이 그런 식으로 자신을 속였다는 사실을 알게 되면 펠릭스는 어찌 됐건 마음에 상처를 입을 것이기 때문이다.

어휴, 내가 이놈의 편지만 안 썼어도…….

하지만 다른 한편에서 보면, 편지를 쓰지 않았더라면 내가 바론스키 부인의 전화를 받았을 때 펠릭스는 그 자리에 없었을지도 모른다. 그 점을 생각하면 이 일이 적어도 나쁜 일만은 아니었다.

"그녀가 정말로 폐렴에 걸렸다면……" 요양원의 주차장으로 접어들 때, 나는 불안한 마음에 이렇게 말했다. "그녀는 무슨 일이 있어도 병원에 가는 건 원치 않을 거예요. 살아서 다시는 병원을 떠나지 못할 거라고 생각하면서 무서워하고 있으니까요. 그녀는 폐렴이 고관절 골절보다 훨씬 더 나쁘다고 생각하고 있어요, 한마디로 죽을병이라고요."

펠릭스는 고개를 끄덕였다. "걱정 말아요." 그가 말했다. "내가 알아서 할 테니까." 그리고 그는 정말로 그렇게 했다. 안락의자에 앉아 하염없이 흐느끼고만 있는 바론스키 부인을 몇 분 만에 진정시켰던 것이다. 그녀는 기꺼이 그가 청진기를 댈 수 있게 해주었고, (간호사가 그의 의사 신분증을 요구한 것으로 보아, 그녀는 진짜로 우리가 그렇게 오리라고 생각지 못했던 것 같았다) 내가 건네준 손수건으로 눈물을 닦았다. 바론스키 부인은 열이 없었고, 청진 결과 별다른 이상도 없었으므로 펠릭스는 안심하고 폐렴 가능성은 제외시킬 수 있다고 소견을 냈다. 기침이 심한 이유는 기관지 문제라는 것이었다. 그러니 바론스키 부인은 안정을 취하고 가능한 한 물을 많이 마셔야 한다고 했다. 나는 안도의 한숨을 내쉬었고, 바론스키 부인은 다시 완벽하게 예전의 모습을 되찾았다.

"내가 아까부터 내내 저 사람들한테 그렇게 말했다니까." 그녀가 간호사를 가리키며 이야기했다.

간호사가 고개를 저으며 문 쪽으로 갔다. "부인께선 이렇게 말씀하셨죠, 카멜리아의 여인(뒤마의 자전적 소설 『춘희』를 바탕으로 쇼팽의 음악을 차용해 만든 존 노이마이어의 발레극 — 옮긴이)처럼 시들어버릴 때까지 안락의자에 앉아 있겠다고요. 그리고 누가 당신에게 손끝 하나만 대도 폐에서 피를 토할 때까지 소리를 지르겠다고도 하셨죠. 그뿐인가요, 화장실에 가시게 될까 봐 불안해서 아무것도 마시지 않으셨죠. 이 의사 선생님이 오시지 않았으면, 저는 정신병동에 근무하는 사람들에게 연락을 돌려야 했을 거라고요."

"내가 말한 거랑 어째 말이 좀 다르우." 바론스키 부인이 뒤에서 겸연쩍어하며 그녀를 바라보았다. 하지만 문이 닫히자 부인의 얼굴이 다시 환해졌다. "고마워유, 친절한 의사 양반." 그녀가 말했다. "정말 천사가 따로 없군요. 그리고 당신도 마찬가지고, 카티! 당신이 없었더라면 난 어쩔 뻔했수? 그리고 오늘 저녁 정말 예쁘네요! 이 사람 예쁘지 않아요, 의사 양반? 이 아가쉬는 정말 사랑스러운 사람이에유. 이 아가쉬가 내 고양이 무쉬를 얼마나 감동적으로 돌봐줬는지 절대 믿지 못하실 거유."

내가 부인의 큰 잔에 물을 따라주고 부인이 그걸 다 마시는지 신경 쓰는 동안, 부인은 펠릭스에게 무쉬의 사진들을 보여주었다. 그런 다음 부인은 고개를 갸우뚱한 채 진심 어린 눈길로 그를 바라보며 이렇게 물었다. "분명히 당신도 나를 속이는 건 아니겠지요? 내가 폐렴이 아닌 게 분명하지요? 그리고 또 카멜리아의 여인처럼 시들지는 않는 거죠?"

"아닙니다." 펠릭스가 말했다. "제가 아는 한, 카멜리아의 여인은 결핵으로 시들어갔고요, 결핵은 현재 항생제로 충분히 극복할 수 있습니다."

"아, 의사 양반, 진짜 친절하시네유." 바론스키 부인이 감격하며 말했다. "게다가 박식하기까지 하시고. 그리고 얼마나 늠름한 젊은 이인지. 안 그래유, 카티 양? 우리 의사 선생님, 잘생기지 않았어유?"

"네." 나도 부인의 말에 동감했다.

나와 시선이 마주치자 펠릭스는 그만 가봐야겠다는 생각이 든 모양이었다. 그가 왕진 가방을 집어 들었다. 바론스키 부인은 굳이 그에게 키스를 해주고 싶어 했다.

"내가 당신을 다시 데려다줘야 하는 건가…… 아니면 어디 중간쯤에 내려줘야 하나?" 그가 물었다. 아마 아직도 〈미저리〉 생각을 못한 모양이었다. 그리고 지난 몇 시간 사이 언제부터인가 그의 말에서 경어체도 슬그머니 없어졌다. 이제부터 자신의 여자 스토커에게 말을 놓기로 결정한 모양이었다.

나는 미소를 짓지 않을 수 없었다. "정말 고마워요. 하지만 바론스키 부인 곁에 조금 더 있다가 나중에 버스 타고 갈게요." 부인이 아직 저녁 식사를 하지 않았을 게 분명했다. 먹을 걸 좀 조달한 다음 잠자리도 봐드려야 할 것 같았다. "펠릭스, 정말…… 너무너무 고마워요! 뭐라 감사의 표시를 해야 할지 모르겠네요."

펠릭스가 고개를 살짝 기울이며 미소를 지었다. "뭐…… 그냥 이제부터 나를 가만 놔둔다면?"

나는 침을 삼켰다. "당연하죠, 그럴게요. 약속해요. 당신이 나한테 그 편지를 돌려준다면!"

"아, 맞다, 그걸 완전히 잊고 있었네." 그는 바지 뒷주머니로 손을 돌려 편지 봉투를 꺼냈다. 어휴, 멍청이! 바론스키 부인을 진찰할 때 주머니에서 슬쩍했었어야 했는데! 그는 망설이듯 양손 사이에서 편지를 돌렸다.

"거기엔 정말 쓸데없는 말들만 쓰여 있다니까요." 나는 단언했다. "제발, 그냥 나한테 돌려줘요. 그럼 절대로 나를 다시 볼 일이 없을 테니까."

펠릭스는 고개를 저었다. "이 편지가 당신이 쓴 거라는 증거도 없잖아, 카티."

"정말이라니까! 그게 내가 쓴 게 아니라면 내가 왜 그걸 편지함에서 다시 꺼낼 생각을 했겠……." 나는 말문이 막혔다. 스스로 생각해도 말이 안 됐기 때문이다.

"미안." 이 말을 한 뒤 펠릭스는 가버렸다. 내 편지를 가지고.

나는 어쩔 줄 몰라 어깨를 늘어뜨린 채 뒤에서 그를 보고 있었다. 그 모든 소동이 완전히 헛일이 된 것이다.

내가 너무 눈에 띄게 큰 소리로 한숨을 쉬었는지, 바론스키 부인이 내 까진 손을 가볍게 쓰다듬었다. "그러게, 유감이네. 나는 그 사람이 당신더러 극장이라도 같이 가자고 했으면 싶었는데." 부인은 노회한 미소를 지으며 날 위하는 말을 해주었다. "하지만 지금 안 된 일이라도 나중에 성사될 수도 있다우. 내가 내일 또 아픈 척하면서 고집 한번 부려볼까나? 그러면 그 사람, 분명히 다시 올 거라고."

"어휴, 아니에요, 바론스키 부인. 지금 이대로가 좋아요." 내가 말했다. "전 이미 남자 친구가 있는걸요. 그리고 이제 절대로 그렇게 고집부리시면 안 돼요. 안 그러면 괜히 사람들이 화낼 일만 생길 뿐이에요."

인생은 도박이다.
잃을 것을 감수하지 않으면
더 큰 것을 얻을 수 없다.
_크리스틴 폰 슈베덴

"매일 뒤셀도르프까지 가야 했을 거야!" 경쟁사의 자리 제안을 거절한 마를렌은 이제 그 이유들을 찾기 시작했다. 그것 때문에 가슴앓이를 하지 않기 위해서다. "우리 아버지도 그건 선택의 대상이 아니라고 말씀하셨어. 아버지는 여전히 내가 가비 사장의 파트너로 참여하는 안에 대해 매우 기뻐하고 계셔."

"그래, 나도 알아." 내가 말했다. 그녀의 아버지는 마를렌이 자비에와 정말 심각한 사이라는 것에 대해 아직 들은 바가 없었다. 만약 그가 자비에의 존재에 대해 조금이라도 알게 된다면…….

"하지만 다른 곳에서 자립하기에 충분한 돈을 얻을 수 있다고 가정해봐. 완전한 자립, 그것도 가비 사장은 빼고 혼자 말이야! 그렇게 할 거지, 그럼? 나는 물론 너와 함께하겠지……."

"……나도!" 린다가 말했다. "오전 타임으로."

"그거 정말 꿈같은 이야기야." 마를렌이 한숨을 쉬었다. "하지만 가비 사장 없이는 너무 위험해. 매번 엄청난 수의 새로운 고객들을 유치해야 한다고. 그리고 시장은 이미 좁아질 대로 좁아졌고."

"맞아." 내가 말했다. "하지만 우린 그동안 이 분야에서 어느 정도 이름을 알렸잖아. 특히 너는 말이야. 그리고 새로운 고객을 유치하는 건 전혀 문제 삼을 것 없어."

그리고 나 역시도 전혀 문제 삼을 것이 없었다. 결론적으로 난 퓨처 우먼이니까. 퓨처 우먼으로서 나는, 마를렌과 내가 그 흡혈 백작 부인에게 이후 몇 년 동안 상당수의 새로운 고객들을 대령했다는 것을 너무나 잘 알고 있었다. 그 고객들 가운데는 다양한 여성 경영인 연맹과 젊은 여성 기업인들 등등이 있었다. 또한 가비 사장을 부자로 만들고 우리는 그저 고도로 숙련된 혀 차는 소리나 들어야 된다는 것도 알고 있다. 자기 소유의 에이전시가 있다면 혀 차는 소리는 곧 나쁜 기억에 불과하게 될 것이다. 그리고 비즈니스 코칭에 관한 한 우리가 시(市)를 통틀어 최고라는 것도 알고 있다. 우리는 린다를 채용할 것이다. 벵트도 물론이고, 그리고…….

"아이고, 로또 당첨이라도 돼야겠다." 마를렌이 말했다.

혹은 로또와 비슷한 어떤 것. 나는 점차 상당한 정보를 얻게 되었고, 월드컵 결과에 관한 나의 지식으로 엄청난 부자가 될 수 있다는 것도 꽤 확실히 알게 되었다. 이탈리아가 세계 챔피언이고 독일이 3등이 되리라는 조합은 가장 진기한 결합에 속하진 않았어도 배당률은 엄청났다. 맞힐 경우 손쉽게 열다섯 배나 판돈을 불릴 수 있는 것이었다. 나는 부모님께 융자를 부탁하기로 굳게 결심했고(문제는 그것을 위해 적당한 구실을 생각해내야 한다는 것), 시간 날 때마다 그 많은 돈으로 무엇을 할지 꿈꾸었다. 개인 소유의 에이전시에 관한 꿈엔 당연히 체크 표시를 했다. 회사를 연다면 이곳 쾰른이 될 것이다. 반면 마티아스는 베를린에서 일하게 될 것이고……. 근데 내가 주말부부로 지내기에 맞는 유형인지 어떤지는 사실 확신이 서질 않았다.

토요일 저녁, 일주일 정도 만에 마티아스를 다시 만났을 때 나는 그가 거의 낯선 사람처럼 느껴졌다. 나의 나비들조차 처음엔 자제하는 듯한 날갯짓만 했을 뿐이었다.

우리는 매일같이 서로 전화를 하고, 또 재미있는 이메일을 주고받았지만, 그건 매일 눈으로 보는 것과는 달랐다. 혹은 같이 잠자리에 드는 것과도. 솔직히 말하자면, 내가 가장 아쉬웠던 건 그것이었다. 펠릭스의 옆에 누워서 그의 숨소리를 듣는 것은 어떤 안정제 같은 역할을 했다. 나는 가끔씩 잠자는 그를 조심스럽게 쓰다듬곤 했는데, 그러면 그는 자면서도 내 이름을 중얼거렸다.(만약 그에게 다른 여자가 있었다면, 밤에 쓰다듬기만 해도 간단히 그 여자의 이름을 알아낼 수 있었을 것이다.)

나는 게레온의 준공 파티를 위해 새 옷을 사지 않았다. 왜냐하면 첫째, (아직!) 돈이 한 푼도 없었고, 둘째, 게레온을 위해 영양가 없이 과도하게 차려입을 이유를 전혀 찾지 못했고, 셋째, 다행스럽게도 마티아스는 내가 청바지에 티셔츠만 입어도 예쁘게 봐줬기 때문이었다. 어쨌든 파티에 가는 길에 세 번이나 그렇게 말했었다.

분명히 그곳엔 릴리안도 와 있을 거다. 아마 펠릭스는 없을 거다. 그사이 내 편지를 읽었을 테니. 그가 얼마나 감정이 상했을까 하는 생각에 나는 몇 날 며칠 제대로 잠을 이루지 못했다. 내가 그의 입장이라면 치미는 울분에 게레온의 포르쉐에 ― 녹슨 못으로 ― 니스 문신을 새겨줬을 테지만, 펠릭스는 그런 유형이 아니었다. 그는 그냥 혼자서 조용히 괴로워하고 있을 것이다. 아, 그나저나 나의 멋진 평행 우주 속의 세계도 내가 나름대로 바로잡느라고 애쓴 것에 비해 어딘가 온전히 회복된 것 같지 않아 보였다.(뮌스터만 제외하고. 그곳에선 아직까지도 유사 이래 가장 멋졌던 결혼식 때문에 흥분을 가라앉히지 못하고 있었다.)

"당신 깨물어주고 싶을 정도예요, 카티." 또 이런다. 벌써 네 번째다. 이젠 나도 서서히 이 말을 진짜로 믿어야 할 것 같다. 아니면 혹시 이 칭찬을 그에게로 돌려야 하는 건가? 여기서 깨물어주고 싶게 생긴 사람이 있다면, 그건 바로 마티아스였다. 아마도 그 자리에 참석한 모든 여성 하객들은 침을 흘리면서 그를 바라볼 것이다. 과연 이런 면을 끝까지 무시할 수 있는 사람이 있을까? 이 남자, 조만간 자연스럽게 나보다 더 예쁘고, 더 똑똑하고, 더 재미있는 여자를 만나게 되는 건 아닐까? 아니면 그저 나와는 다르게 예쁘고, 다르게 똑똑하고, 다르게 재미있는 그런 여자는 어떨까? 그때도 그가 그것을 영웅답게 무시할까? 몇 년 동안이나 그럴 수 있을까? 평생토록 그럴 수 있을까?

"오래 있지는 않을 거예요. 약속해요." 마티아스가 말했다. 아무래도 나의 침묵이 불편했나 보다. "그냥 펜트하우스나 한번 둘러보고, 게레온에게 세상에서 가장 달콤한 여자 친구를 보고 감탄할 기회나 줬다가 한잔한 다음에 사라지는 거예요. 오케이?"

나는 억지로 미소를 지어 보였다. 이봐, 모든 게 최상이잖아. 토요일에, 여름에(물론 아직 그 정도는 아니다. 일주일 내내 비가 왔고 더럽게 추웠다), 나는 세상에서 가장 달콤한 여자 친구이고, 세상에서 제일 쿨한 남자와 파티에 가는 길이다. 이 도시에서 좀 모자란 바보들이 모두 모이는, 좀 끔찍한 파티이긴 하지만 그래도 샴페인은 차고 넘칠 것이다. 그리고 한두 잔 혹은 세 잔 정도만 마시면 우울한 내 기분도 사라질 것이다. 나는 집에서 긴장 완화용으로 가볍게 한 잔 마시고 나오지 않은 것이 짜증 났다. 하지만 **그 브라우니**를 경험한 후로 사실 술은 어딘지 좀 심심하게 느껴졌다.

"어이, 친구! 진짜 반가워! 그리고 당신은 분명 카티겠죠." 게레온은 우리를 보자 말도 못 할 정도로 기뻐했다. 그가 나에게 이렇게 친절한 미소를 보낸 적은 단 한 번도 없었다. 그에 반해 나는 그저, 잘 봐줘야 점잖다고 말할 수 있을 정도로 입의 각도만 살짝 일그러뜨렸을 뿐이었다. 그에게서 평상시와 같은 비열함을 기대했는데, 그런 일은 생기지 않았다. 이 평행 우주에서 나는 아직 그의 진찰을 받지 않았기 때문에 그걸로 나를 모욕할 수도 없었다. 하지만 나는 그 역시도 그럴 생각이 전혀 없는 것 같은 인상을 받았다. 아무래도 그는 내가 펠릭스의 파트너 역할을 하는 것이 극도로 싫었던 것이고, 마티아스의 여자 친구로서는 전혀 아무렇지도 않은 것 같았다. 게레온이란 인간, 마음만 먹으면 이렇게까지 친절하고 눈치 빠르고 사랑스러운 인간이 될 수 있다니.

그는 아주 매력적인 호스트로서 마티아스와 나에게 샴페인 잔을 건네주었다. 그러고는 우리에게 자신이 펜트하우스 이곳저곳을 보여주면서, 연이어 그의 명품 디자이너 가구들과 더불어 다른 손님들을 소개해주었다. "여긴 필립 슈타르크이고, 또 여긴 카롤리네입니다." 예상했던 대로, 펠릭스는 없었다. 그리고 릴리안도 보이지 않았다. 하지만 그 대신 예전의 도련님, 플로리안이 있었는데, 막 치아 미백을 마친 것 같은 그의 미소에 당장이라도 구역질이 나올 것 같았다. 심지어 걸음조차도 빨리 옮기기 힘들 지경이었다.

우리는 우리에게 있는 것은
별로 생각하지 않고,
항상 우리에게
없는 것만 생각한다.
_아르투어 쇼펜하우어

유감스럽게도 다음 정착지는 게레온의 쇼 '보고 있나, 동창? 나라는 놈이 얼마나 어마어마한 부자인지'라는 무료하기 짝이 없는 위스키 컬렉션 소개 순서였다. 나는 우아하게 하품을 해댔다. 하지만 마티아스는 한 병당 가격 상승에 관한 지루하기 짝이 없는 게레온의 강연에 진심으로 관심을 보이는 것 같았다.

"……어제 막 도착한…… 희귀품 중의 희귀품…… 지금 벌써 최고가를 오가는 수집품……." 게레온은 두 개의 위스키 병을 마치 갓 태어난 아기의 머리를 쓰다듬듯 하며 웃음을 터뜨렸다. "좋은 위스키는 좋은 친구 사이와도 같지. 오래될수록 좋은 거라고."

그 말은 안 하는 게 좋았을 걸 그랬다.

어쩌면 그게 지난날들의 긴장 때문이거나, 나의 분홍빛 평행 우주에서도 내 감정의 진짜 주인이 내가 아니라는 인식 때문이었는지도 모르겠지만, 어쨌든 그 말은 게레온을 향해 — 과거와 현재를 합쳐 한 군데로 — 쌓여 있던 모든 분노가 외부로 나갈 길을 터준 셈이 되었다.

나는 위스키 병 가운데 하나를 들고, 라벨을 꼼꼼히 살펴보는 척

했다. 그러고는 그냥 병을 놓아버렸다. 병은 번쩍번쩍 윤이 나는 돌 바닥에서 수천 조각으로 산산이 부서졌고, 위스키는 필립 슈타르크 주변에 그룹을 지어 앉아 있던 사람들의 다리 사이로 흘러들었다.

"어머, 이런!" 나는 소리를 지르며 게레온의 두 눈이 놀라 쟁반만 큼 휘둥그레지는 걸 아주 만족스러운 기분으로 관찰했다.(그건 절대 쉬운 일이 아니었다. 게레온이 당황해서 어쩔 줄 모른 채 눈을 깜빡 이면서 병 조각들과 흐르는 위스키와 나 사이를 오가며 바쁘게 눈길 을 돌렸으므로.) "이럴 생각은 없었어요! 어쩌면 좋아!"

마티아스는 조각들을 모으려고 쪼그려 앉았다. 하지만 게레온이 애써 여유를 가지려고 노력하면서 말했다. "놔둬, 마체. 직원들이 있으니까!"

그는 나에게 관대한 미소를 지어 보였다. 보아하니 돌처럼 굳은 내 얼굴 표정(이 표정을 방패막이로 나는 유치한 승리의 웃음과 더불어 하늘을 향해 주먹을 뻗치면서 '퓨처 우먼, 잘했어!'라고 부르짖고 싶은 욕구를 숨겼다)을 액면 그대로 경악과 후회로 해석한 것 같았다. "그럴 수도 있지요, 카티. 괜찮아요."

"이런, 하필 6백 유로나 하는 술병을, 어쩌다가"라고 마티아스가 말하는데, 내 귀에 화가 난 말투처럼 들렸다. 그의 시선 또한 분명 나무라는 눈길인 듯했다. "이건 아마 카티의 변상 책임 보험에서 해결해줄 거야. 그렇죠, 카티?"

여보세요? 어떻게 그런 생각을 다 할 수 있죠? 당연히 변상 책임 보험 같은 건 안 들었죠. 거두절미하고, 게레온이 그 사실을 받아들이지 않는다면, 통 큰 탕아라는 그의 자화상에 맞지 않는 일이었다.

"정말 뭐라 말해야 할지 모르겠네요." 내가 말했다.

"오! 이게 오늘 아침 자네가 나에게 설명했던 그 55년산 보모어였나?" 누군가 우리 뒤에서 무척 안되었다는 듯한 목소리로 말했다. 펠릭스였다!

그는 '공룡이 두 짝 걸러 한 짝씩 내 양말을 먹어버렸어요'라고 프린트된 티셔츠를 입고 있었다……. 어떻게 그는 그의 가장 친한 친구에 관한 내 편지를 읽은 후에도 이렇게 태연히 게레온의 집을 어슬렁거릴 수가 있을까? 혹시 결국 편지를 읽지 않은 것은 아닐까?

나는 옆에서 그를 바라보았다. 하지만 그는 나를 못 본 것처럼 행동했다. 그러고는 허공에 대고 킁킁거리며 이리저리로 냄새를 맡았다. "정말 향기 대단하네."

"정말 재밌군, 친구. 정말 재밌어." 이렇게 말하며 게레온은 통상해오던 대로 친근한 포옹으로 펠릭스를 맞았다. 펠릭스가 릴리안의 문제로 그와 이야기를 나눴다면, 아마도 그렇게 행동하진 못했을 것이다. 스킨십을 좋아하는 게레온은 그답게 다른 쪽 팔로 마티아스를 자기 쪽으로 끌어당겼다. 그림 참 정겹다!

"펠릭스, 여긴 마체야. 학창 시절 제일 친했던 친구였지. 지난주에 우연히 공항에서 만났다네. 마체, 여긴 펠릭스야. 펠릭스는 내 친구들 가운데 소위 39링크우드(스카치몰트위스키협회SMWS에서 부여한 고유번호. 그만큼 귀한 친구라는 뜻 — 옮긴이)라고 할 수 있지……."

오, 이런, 나는 금방이라도 토할 것만 같았다.

아마도 병 깨지는 소리에 왔는지 플로리안이 나타나 샘을 내며 물었다. "펠릭스가 링크우드라면, 난 대체 뭐지?"

'뭐긴, 아무 짝에도 쓸모없는 병 나부랭이지.'

"아, 넌 1948년산 글렌리벳이야." 이렇게 말하며 게레온은 펠릭스를 좀 더 세게 끌어안았다. "펠릭스 다음으로 사랑하는 친구지."

"눈물 나게 고마워!" 펠릭스는 웃으면서 그룹 포옹에서 빠져나와 다른 위스키 병을 손에 들었다. 그건 어제 게레온이 최고가로 구입한 건데, 피지 섬의 국민 총생산량보다 더 비싼 가격이었다. 아니면 그 정도 수준. "그건 그렇고, 너희들이 구상하는 요트 문제 말이야. 여전히 기발하다고 생각되긴 하지만, 나는 빠져야겠어. 아무래도 내겐 너무…… 앗!" 마치 그의 손가락에 마가린이 묻은 것처럼, 갑자기 손에서 병이 미끄러지더니 내 경우와 똑같이 산산조각이 나고 말았다. 모두들 펄쩍 뛰며 몇 걸음 뒤로 물러섰다. 그 와중에 정신이 몽롱해질 정도의 위스키 냄새가 사방에 진동했다.

"오, 안 돼!" 게레온이 거의 울먹이는 듯한 목소리로 외쳤다. "글렌리벳마저 그럴 순 없어."

"이게 대체 무슨 일이람." 이렇게 말한 후에 펠릭스는 잠시 내 눈을 똑바로 응시했다. "정말 뭐라 말해야 할지 모르겠네."

위험을 무릅쓰지 않는 자,
위험 가운데 죽게 된다.
_헤르베르트 아호테른부쉬

나는 숨이 멈출 것만 같았다. 오, 하느님! 그도 나하고 똑같이, 일부러 그렇게 한 것이었다. 이런 적은 한 번도 없었다. 펠릭스 로이엔하겐이 순전히 악의적인 계산하에 어떤 행동을 하다니.

그리고 무슨 이유에서인지 모르겠지만 나는 그 사실이 너무, 너무 기뻤다.

"정말이지 너무 미안하네." 펠릭스가 말했다. "자네가 이 두 문건을 얼마나 자랑스러워했는지 다 알고 있는데."

"됐네, 되었어." 게레온이 말했다. 하지만 이젠 진짜로 약간 힘이 빠진 것 같아 보였다.

마티아스가 그의 어깨에 팔을 얹고는 말했다. "자네, 우선 뭐라도 좀 마시는 게 좋겠어."

"그래, 일단 뭘 좀 마시고 있게. 마시면 도움이 좀 될 거야." 펠릭스가 자꾸만 삐치는 곱슬머리를 이마에서 쓸어 올리며 말했다. "잠깐 시간 있어, 카티?" 그가 덧붙여 말했다. 내 심장이 가속도를 내며 뛰기 시작했다.

"음," 나는 마티아스 쪽을 건너다보았다. 그러나 그는 게레온에게 신경을 쓰느라 무척 분주했다. 그는 심한 손해를 입은 게레온을 위로해주려고, 수집품으로는 보이지 않는 아주 평범한 위스키 병 하나를 열었다. "편지에 관한 문제라면…… 이미 말한 대로, 거기에 적힌 말들은 그냥 쓸데없는 것들밖에 없어요. 처음으로 경험한 약물이 문제였어요……. 그리고 어떻게 그렇게 당신에 관해 잘 아는지 묻는다면……." '말하자면, 내 이름은 퓨처 우먼이고 우리 둘은 결혼한 사이였거든요. 정말 사이가 좋았죠. 그러다 내가…….'

갑자기 나는 펑펑 울고 싶어졌다.

"그래, 내가 진짜로 궁금했던 게 바로 그거야." 펠릭스가 심각하게 나를 바라보았다. 그의 눈썹은 다시 거의 예전의 모습을 되찾았다. 하마터면 나는 몸을 구부려 두 엄지손가락으로 그 눈썹들을 매끄럽게 쓰다듬어줄 뻔했다. "어떻게 그렇게 나에 대해 많이 알고 있는 거지, 카티?"

나는 상당히 오랫동안 심각하게 그를 마주 바라보는 것 외에는 아무것도 할 수가 없었다. "운명을 믿어, 펠릭스? 그리고…… 전생을?" 나는 속삭였다.

"잘 모르겠어." 주저하며 펠릭스가 말했다. "그런데 왜 우는 거야?"

"울긴 누가 운다고 그래." 오 하느님, 나는 진짜로 울고 있었다. 눈물이 눈에서 샘물처럼 솟아 나와 뺨을 타고 시냇물처럼 흘러내렸다. 이곳에서 나가야 한다, 가능한 한 빨리.

오직 소수의 사람들만이 카이사르가 되지만,
누구든 한 번은 자신의 루비콘 강을 직면하게 된다.
_크리스티안 에른스트 카를 폰 벤첼 슈테르나우 백작

이곳이 좀 품격 있는 평행 우주였다면 지금쯤 나는 내 등 뒤로 아주 스펙터클한 양쪽 날개를 펼친 채 펜트하우스의 테라스를 넘어 석양을 향해 훨훨 날아갔을 것이다. 하지만 여긴 그저 현실 세계의 초라한 표절에 지나지 않으므로 나에게 날개가 생기지 않은 것은 당연했다.

"카티?" 걱정스럽게 날 바라보고 있는 펠릭스의 시선을 문득 깨닫고, 나는 그를 옆으로 밀어버렸다. 나는 위스키로 진창이 된 바닥 한가운데를 걸어갔다. 지금 이 순간 그런 건 아무 상관이 없었다. 마찬가지로 게레온의 고귀하신 하객 무리들이, 내가 흐느끼면서 그들 사이를 느릿느릿 걸어갈 때 멍하니 내 뒤를 바라보고 있다는 사실도 상관이 없었다. (사실 이건 그때 그들의 모습을 훨씬 조신하게 표현한 것이다.)

유감스럽게도 펜트하우스들이 흔히 그렇듯이, 이곳도 맨 위층이었다. 그리고 누군가 날 붙잡을지도 모른다는 생각에 불안했던 나는 엘리베이터를 기다리지 않고 계단으로 내려갔다. 눈물이 앞을 가려 거의 아무것도 볼 수 없었던 터라 비틀거리지 않도록 조심해야 했다.

3층과 4층 사이에서 나는, 때마침 그 사람이 재빨리 옆으로 피했기에 망정이지, 누군가와 세게 충돌할 뻔했다. 릴리안이었다. 그건 목소리를 듣고 알았다. 그녀가 구찌가 어쩌고저쩌고 하면서 내 뒤에서 앙칼진 목소리로 욕을 퍼부었던 것이다. 하지만 나는 멈춰 서서 내 감정을 설명하고 말고 할 시간이 없었다.

저만치 위에서 게레온네 현관문이 열렸다가(파티의 소음이 밀려 나왔다) 다시 닫히는 소리가 들렸다. 그런 후에 계단 난간 위로 마티아스가 내 이름을 부르는 소리가 들렸다.

나는 더욱더 걸음을 재촉했다.

"카티! 저기요! 기다려요!" 발소리가 계단 전체에 울려 퍼졌고, 위협적으로 점점 더 가까워졌다. 그는 나처럼 큰 소리로 울부짖지 않으니 당연히 한 번에 두 계단씩 내려올 수 있었을 것이다.

거리로 내려온 나는 오래 생각하지 않았다. 여기서 집으로 가는 가장 빠른 길은 지하철이었다. 역은 바로 저 앞 교차로 맞은편에 있었다. 백 미터. 나는 내 달리기 기록을 새로 갱신했다.

"카티!" 뒤에서 마티아스가 부르는 소리가 들렸지만, 나는 이미 승강장 계단을 미친 듯이 달려 내려가고 있었다. 무엇 때문에 내가 그렇게 달아나는 건지 나 자신도 알 길이 없었지만, 지금은 생각을 할 수조차 없었다.

아래에 도착한 나는 선로를 보는 순간, 명치를 한 대 맞은 것처럼 갑작스러운 공포에 휩싸였다. 온몸에 소름이 쫙 끼치면서 나는 자동적으로 발걸음을 늦추었다. 데자뷰……. 곧 마티아스가 내 이름을 부를 것이고, 내게 키스를 할 것이다. 그런 후에 부랑자가 오고, 지하철, 그리고…….

"카티! 그러지 말고 좀 기다려봐요……"

나는 완전히 멈추어 섰다. 온몸이 순식간에 얼어붙는 것 같은 느낌이 들었다. 나는 겨우겨우 마티아스를 향해 돌아섰다.

"이런, 카티!" 그는 숨을 헐떡이며 내 앞에 서서 고개를 저었다. "대체 무슨 일이에요?"

나는 애써 마음을 가다듬고, "우리 저쪽으로 가서 좀 앉을까요?"라며 벽 쪽을 가리켰다. "선로에서 멀리 떨어진 데로." 어찌어찌 나는 얼어붙은 내 다리를 움직였다. (어쨌든 근처에 지하철은 전혀 보이지 않았고, 디지털 전광판도 꺼져 있었다. 또한 그곳엔 승강장 반대편 끝에서 서로 껴안고 입을 맞추는 십 대 한 쌍과 우리 외에는 아무도 없었다. 근처에 부랑자라곤 눈 씻고 찾아봐도 없었다.) 나는 자리에 털썩 주저앉았다.

"왜 그렇게 도망간 거예요? 그리고 왜 울어요?" 마티아스가 내 옆에 앉았다. "위스키를 떨어뜨려서 그런 거예요? 아니면 혹시 내가 잘못한 거라도 있나요? 내가 당신 마음을 충분히 헤아리지 못하고 뭐 실수한 거라도 있나요?"

나는 뺨에서 눈물 자국을 지웠다. "아니에요. 위스키는 내가 일부러 떨어뜨린 거예요. 그리고 당신이 나한테 잘못한 건 아무것도 없어요."

"그러면 대체 왜 그래요?" 그는 위스키에 관해선 아무 말도 하지 않았다. 그 대신 그는 내 양어깨를 잡고 자기를 바라보도록 돌렸다. "베를린 때문이죠, 그렇죠?"

나는 고개를 저었지만, 그는 그냥 말을 계속 이어갔다. 꽤 빠른 속도로. "난 당신이 뭔가 달라졌다는 걸 금방 눈치챘어요. 너무 조용하고 서먹서먹해서. 하지만 첫째, 그건 아직 완전히 결정 난 게 아니에요. 그리고 둘째, 베를린은 도쿄가 아니에요. 뉴욕도 아니고요. 당신이 그곳으로 이사할 생각이 전혀 없더라도, 사실 당신은 그곳에서도 분명 당신에게 잘 맞는 멋진 직장을 분명히 구할 수 있을 거예요. 어쨌든 내가 이 세상을 떠나는 건 아니잖아요. 정말 멋진 관계를 유지하는 주말 연인들을 난 수도 없이 많이 알고 있어요. 심지어 그걸 걸고 맹세까지 하는 사람들도 있다니까요. 게다가 우린 엄청난 항공 마일리지를 모아서 함께 발리로 휴가를 떠날 수도 있다고요." 그는 말하는 내내 내 어깨를 꼭 잡고 있었다. 내가 다시 도망갈까 봐 불안한 듯이.

"세상에, 당신 눈이 참 예쁘네요." 내가 작은 소리로 말했다.

"당신 또 실수로 브라우니 먹은 거 아니에요?" 그가 짓궂은 미소를 지었다.

나도 미소로 응답했다. "아니요! 하지만 솔직히 말해 지금 하나 먹고 싶네요."

그는 금방 다시 진지해졌다. "그런데 왜 울었어요, 카티? 당신이 달아날 때 당신 모습을 봤어요. 그리고 게레온의 친구도 영문을 몰라 하던데."

'게레온의 친구라고…….'

나는 깊게 숨을 들이마셨다. "있잖아요…… 마티아스, 내가 확실히 깨달은 게 하나 있어요. 그건 벌써 한참 전에 제가 알았어야 했던 거였죠." 다시금 눈물샘이 내 코를 간질이기 시작했다. "그거 알아요? ……당신은 정말이지, 내가 만났던 사람들 중에 제일 멋진 남자예요! 제일 잘생긴 남자이기도 하고요! 난 이제껏 한 번도 당신처럼 그렇게 갑작스럽게, 또 그렇게 격렬하게 누군가를 사랑해본 적이 없었어요. 그건 마치…… 강력한 자연의 힘, 쓰나미와 같았어요……. 도무지 저항할 수가 없었어요." 나는 내 내면의 소리에 귀를 기울였다. "그리고 여전히 당신을 사랑할 거라는 것도 알죠. 아마도 내가 죽을 때까지 그럴 거예요. 하지만 난…… 난 당신과 함께 살 수는 없어요. 다른 남자를 사랑하고 있거든요. 내가 오래전부터 알고 있던 사람이죠. 내가 너무나도 그리워하는……." 그때 다시 눈물이 흐르기 시작했다.

마티아스의 얼굴이 창백해졌다. 그리고 천천히 내 어깨에서 손을 거두었다. "알겠어요." 그는 이렇게 말하고는 코를 훔쳤다. "아니, 솔직히 말하면 하나도 모르겠어요. 그 남자가 대체 어떤 사람인데요?"

"그건 무척 길고 복잡한 이야기예요." 나는 코를 훌쩍였다. "아니, 당신이 생각하는 그런 것과는 달라요. 당신을 속이거나 그런 건 아니에요. 그저 내가 몰랐을 뿐이에요……." 나는 말을 끊었다. "나는 당신이 나한테 꼭 맞는 사람이라고 철석같이 믿었어요. 그리고 어쩌면 그게 맞을지도 몰라요. 왜냐하면 꼭 맞는 그런 사람은 전혀 존재하지 않을지도 모르고, 살다 보면 서로에게 맞으면서 함께 행복을 누릴 수 있는 사람은 꼭 한 사람뿐 아니라 한 사람 이상 만날 수도 있기 때문이죠…….” 나는 몇 초간 하염없이 흐느껴 울었다. 그러다가 불현듯 마티아스도 지금 이 순간 그다지 좋은 기분이 아닐 거라는 생각이 들었다. “정말 미안하게 됐어요. 전혀 그럴 생각은 없었어요. 당신에게 아픔을 주고 싶진 않았어요. 난 정말이지, 당신을 몹시 원했었어요.”

“그런데 그 다른 남자를 더 많이 원한다는 거죠?”

나는 고개를 끄덕이면서, 그걸 깨달은 나 스스로에게 놀랐다. “설령 내가 이 보잘것없는 평행 세계에서 그를 절대로 가질 수 없다 해도요. 그는 내가 함께 늙어가고 싶은 남자예요.” 나는 선로를 바라보았다. “아니면 적어도 나에게 남아 있는 시간 동안만이라도.”

“아니, 그런 말은 하지 말아요.” 마티아스가 일어섰다. “갑시다! 우리 어디 조용한 데로 가서 이야기나 좀 나누죠…….”

나는 고개를 저었다. “나는…… 지하철로 갈게요. 당신은 파티로 돌아가서…… 그냥 아무 일도 없었다는 듯 취하도록 마셔요.”

“그거 정말 좋은 생각인 거 같군요.” 그가 눈을 비비며 이렇게 말했다.

나는 그가 함께 행복해질 수 있는 사람을 분명히 곧 만나게 될 것이며, 어떤 일이 있어도 베를린에 직장을 얻게 될 것이고, 또 벽 없는 펜트하우스를 갖게 될 거라고 말해주고 싶었다. 하지만 지금 그런 이야기를 한다는 건 그다지 적합하지 않을 것 같았다.

우리는 소심하게 서로의 입술에 작별의 키스를 했다. 그리고 계단에 거의 다다랐을 때, 그가 다시 한 번 돌아보며 말했다. “그래도 내일 나는 당신에게 전화를 해서 생각이 달라졌는지 물어볼 겁니다."

나는 고개를 끄덕였다. "하지만 내 생각은 바뀌지 않을 거예요."

"좋아요, 그러면 전화해서 그 다른 친구가 나한테 없는 무엇을 가졌는지 물어보도록 하죠." 몇 계단 더 올라가더니 그가 다시 몸을 돌렸다. "하지만 다른 사람하고는 절대로 브라우니를 먹지 않겠다고 약속해요, 알았죠?"

나는 웃지 않을 수 없었다. "맹세할게요. 그건 영원히 당신만의 특별 체험으로 남아 있을 거예요."

"이제 기분이 좀 나아졌어요." 마티아스가 말했다. 그리고 그는 그곳을 떠났다. 나는 플랫폼에 완전히 혼자 남겨졌고, 얼싸안고 있는 십 대들만이 아직 반대쪽 끝에 있을 뿐이었다. 내 생각에 그들은 우리가 있었다는 걸 전혀 눈치채지 못했을 것 같다.

안내판은 여전히 새카맸다. 이것은 안내판이 고장 났거나(이건 꽤나 빈번하게 발생하는 일이었다), 아니면 오늘은 지하철이 운행되지 않는다는 의미였다.

나는 휴대폰을 들고 린다에게 전화를 했다. 그저 내 마음을 이해해줄 누군가와 이야기를 해야만 했다. 아마도 이제야 운명이 시간여행을 통해 나에게 주려고 했던 교훈을 깨달은 것 같았다. 그것은 바로 저쪽 다른 편 들판이라고 해서 이쪽보다 더 푸르지 않다는 것, 그냥 똑같을 뿐이라는 것이었다. 단지 좀 새롭고, 흥분하게 만드는 것일 뿐. 나는 당나귀였다. 그리고 나는 펠릭스를 너무나 사랑하고 있었다. 그에게 다시 돌아가기 위해서라면 지금 당장 달리는 지하철에 기꺼이 몸을 던질 수 있을 정도였다.

나는 그 모든 이야기를 쏟아내는 동안, 다시 또 무섭게 흐느끼기 시작했다. 이번엔 십 대들조차 키스를 멈추고 호기심에 찬 눈으로 내 쪽을 건너보았다.

나는 목소리를 조금 낮췄다. "원래 지금쯤이면 부랑자나 예수나 아니면 요정이라도 나타나서 나를 빛으로 이끌어가거나 그런 비슷한 일을 해야 되는 거 아니야?"

"그런 건 나도 잘 모르겠어." 린다도 마찬가지로 울면서 이렇게 말했다. "카티…… 그래도 나는 네가 빛 속으로 뛰어드는 건 싫어."

"그건 나도 싫어." 갑자기 나는 이런 말도 안 되는 법칙들을 만들어놓은 운명에 또다시 영문 모를 분노를 느꼈다. 분노가 얼마나 컸던지 나는 즉시 울음을 그쳤다. "하지만 지금쯤엔 뭔가 일어나야 되는 거 아니야? 내가 다시 한 번 지하철에 치여서, 깨어나보니 2011년에 선로 위에 누운 채로 죽어가고 있거나…… 그런 후에 빛을 보게 되고…… 아님 빛을 볼 수 없을지도 모르지. 왜냐면 이 평행 우주에서도 내가 이전보다 착한 인간으로 살지 않았기 때문에, 전후를 비교해봤을 때 결과적으로 제자리걸음을 한 걸 수도 있으니까."

"모든 인간은 빛으로 가게 되어 있어." 린다가 평상시와는 달리 정색하며 말했다. "무슨 짓을 했건 상관없이! 지옥은 어리석은 미신에 지나지 않아! 기억해두라고!"

"그나저나 지금 대체 난 어떻게 해야 하지?" 나는 전광판을 올려다보았다. "지하철이 올 것 같지 않아."

"그럼 버스를 타." 린다가 제안했다. "어두워지기 전에. 집에 가지 말고 곧장 우리 집으로 오는 게 제일 좋을 것 같아. 오늘 밤엔 너 혼자 있으면 안 되겠어."

린다는 진짜 사랑스러운 여자다. "넌 천사야, 린다!"

몸을 일으켰는데 다리에 느낌이 없었다. 너무 짧은 시간에 너무 많은 감정들이 휩쓸고 지나갔기 때문일 거다, 아마도. 안전을 위해 나는 플랫폼 끝에서 가능한 한 먼 거리를 유지하면서 계단 쪽으로 걸어갔다.

그때 갑자기 전광판에 빨간 글자가 반짝였다. '다음 열차는 6분 후 도착 예정입니다.'

"린다!" 나는 숨을 헐떡이며 말했다. "열차가 6분 후에 온대!" 나는 이제 정말로 신경쇠약 직전의 상태였던 터라 이렇게 덧붙여 말했다. "분명히 저 열차가 날 데리고 갈 거야!"

"지하철은 그런 일 하라고 있는 게 아니야." 말은 그렇게 했지만, 린다의 목소리에서도 불안한 기미가 느껴졌다. "그냥 계속 가! 6분이면 벌써 세베린 거리를 반쯤은 내려갈 텐데, 뭘. 지하철은 철도로만 다니잖니."

나는 계속 벽 쪽으로 딱 달라붙어 걸어갔다. 그때 마침 세베린 거리에 있는 그 빌어먹을 쾰른 시립 문서 보관소가 저절로 무너졌던 일이 생각났다. 그때가 언제였더라?

에라, 그냥 가자. 거의 계단에 다 왔을 때였다. 그가 보였다.

펠릭스였다. 그는 나를 보자, 층계참에 뿌리가 박힌 듯 꼼짝 않고 서 있었다.

그러자 나는 또다시 눈물이 터져 나올 것만 같았다. 휴대폰을 들고 있던 손이 힘없이 떨어졌다.

"자전거 안 타고 왔어?" 내가 물었다.

펠릭스는 고개를 저었다. "아니. 원래는 오늘 게레온 집에서 흠뻑 마시고 취할 생각이었어. 술 마시면 자전거를 안 타거든."

'알고 있어.' 나는 작은 미소를 지어 보였다.

"술에 취해 게레온에게 내 진심을 말할 생각이었어." 펠릭스가 말을 이었다. "그런데 당신이 갑자기……."

나는 나의 의지와는 상관없이 미소가 점점 깊어지는 것이 느껴졌다.

"……방금 당신 남자 친구가 돌아와서는, 당신이 그와 헤어지자고 했다고 그러더군. 그래서 나보다는 그 사람이 더 술이 필요할 거라는 생각이 들었지. 그리고 혹시라도 당신이 우연히 지하철을 타고 갈지도 모른다는 생각이 들었고…… 안 그러면 내일 바론스키 부인에게 들러서 당신 전화번호를 물어볼 작정이었지……."

나는 고개를 절레절레 저었다. "지금까지 그렇게 나를 겪었으면서, 정말로 사람을 너무 믿는 거 아니야, 펠릭스?"

"글쎄, 어쩌면 단순한 호기심일지도 모르지." 이렇게 말하면서 펠릭스는 집중적으로 나를 바라보았고, 그 눈길에 나는 뱃속이 따듯해졌다. "그러면, 지하철로?"

"아니!" 난 전광판을 돌아보았다. '다음 열차는 1분 후 도착 예정입니다.' "그러니까 그게, 내가 지하철 공포증이 있어서. 지하철이 무섭다고. 그러니까 혹시…… 혹시 나랑 산책할 생각 있어? 그냥 날씨에 관한 이야기나 좀 하면서."

펠릭스 역시 미소를 지었다. "뭐, 잠깐 산책하는 것도 괜찮겠지."

우린 나란히 계단을 올라갔다.

“드디어 비가 그치니까 좋네.” 펠릭스가 말했다. “지난 몇 주 날씨 때문에 기분이 무척 안 좋았는데.”

술에 취한 것처럼
세상에 빛이 가득해
보인다면, 그건 사랑이다.
_딘 마틴

“올 여름은 정말 멋질 거야.” 내가 말했다. “우연이지만 그건 확실히 알고 있어.”

“노란 태양빛?” 나는 펠릭스를 보지 않았지만, 그의 미소가 느껴졌다.

“응, 그리고 핑크. 그리고 좀 밝은 녹색.”

내 무릎에 느껴졌던 불쾌한 느낌이 사라졌고, 다리도 말을 듣기 시작했다. 우리 뒤에서 지하철이 쏴 하며 역으로 들어오는 소리가 들렸다. 하지만 그때 우린 이미 거리로 올라와 있었다.

“카티! 카아아아아아아티이이이!” 이런, 린다를 새카맣게 잊고 있었다. 나는 재빨리 휴대폰을 귀에 가져다 댔다. “린다? 내가 금방 다시 전화할게, 응?” 나는 잠시 말을 멈추고, 펠릭스를 바라보았다. 그리고는 낮은 목소리로 덧붙였다. “그리고 너한테만 말할게. 만약 내가 지금 죽는다면, 행복해서 죽은 줄로 알고 있어.”

5년 후

펠릭스

나는 아무래도 카티와 나를 맺어준 것은 운명이었다고 생각한다. 물론 처음 그녀를 만났을 때 그녀의 행동은 정말이지 이상하긴 했지만 말이다. 두 번째 만났을 때도 마찬가지였다. 그때 난 잠깐이긴 했지만, 그녀가 정신병원에서 도망친 사람일지도 모른다고 의심하기도 했었다.

지금까지도 난 그녀가 나에 관한 그 모든 것들을 어떻게 알게 되었는지, 또 왜 그렇게 나에게 관심이 많았는지 잘은 모르겠다. 하지만 그건 중요한 게 아니다. 때때로 카티는 내게, 왜 그리고 어느 시점에 그 모든 해프닝에도 불구하고 내가 그녀를 좋아하게 되었는지 묻곤 한다. 하지만 솔직히 말해 나는 그것에 대한 답을 잘 모르겠다. 그 말 같지도 않은 사투리를 쓸 때조차 그녀에게는 뭔가 매력적인 어떤 것이 있었다. 그리고 그녀의 손이 내 우편함에 끼었을 때, 그러면서도 마치 그게 내 책임이라는 듯 화난 표정으로 나를 쏘아보고 있었을 때도 마찬가지였다.

어쩌면 그녀가 늘 말하듯이, 그녀의 특이한 행동에도 불구하고 내가 그녀를 미친 사람으로 보지 않은 것은 정말로 좀 경솔한 행동이었는지도 모르겠다. 왜냐하면 그녀는 지금까지도 살짝 미친 것 같을 때가 있기 때문이다. 어딘가 수수께끼 같은 행동을 하기도 한다. 때로는 밤에 자면서 이상한 소리를 중얼거리는 바람에 잠을 깰 때도 있다. 하지만 내가 손을 잡아주면 그녀는 곧바로 조용해진다. 그녀는 여전히 지하철을 무서워하고, 또 일어날 일을 미리 알고 있을 때도 종종 있다. 직장 생활에서 그녀는 그야말로 승승장구다. 그녀는 친구인 마를렌과 함께 비즈니스 코칭 및 인사 관리 에이전트를 운영한다. 직원은 세 명인데, 계약 조건이 좋아 가을부터는 아마도 네 명으로 늘어날 것 같다. 그건 임신 문제로 카티가 회사 일을 좀 자제하려고 하기 때문이기도 하다. 아이가 태어나면 카티가 맡고 있는 세미나의 상당 부분을 벵트가 인수하기로 약속했다. 난 벵트가 좋다. 하지만 내가 한 번도 들어보지도 못한 끔찍한 병들을 달고 다니지만 않는다면 나는 그를 훨씬 더 좋아할 것이다. 최근에도 그는 엡스타인 바 바이러스에 의해 시작된 변종 면역 체계 이상 증후군에 걸렸다고 난리를 부렸는데, 그건 단순히 그의 발에 나타난 가려움증 때문이었다. 린다는 그 가려움증이 신체적 원인에서 유발된 것이 아니라, 특별한 힘을 가진 동물인 개미가 그의 인생에 잠입한 신호라고 했다. 카티가 정신적으로 이상한 친구들을 좋아하는 성향이 있는 건 아닌지 걱정스럽다.(마를렌은 예외다.)

카티의 가족들 역시 좀 이상한 면이 있다는 점에선 다를 바 없다.

그리고 몇몇 친척들은 '좀'이 아니라 '꽤 많이' 그렇지만, 그래도 나는 그들 모두를 좋아한다. 특히 나의 대자(代子)인 꼬마 헨리는 무조건이다. 그건 그렇고 에바는 또 임신을 했다. 둘째는 12월에 태어날 예정이다.

2006년도 월드컵 때 카티는 축구 로또로 대박을 쳤다. 그래서 2010년도에도 모두들(특히 린다가 가장) 그녀에게 다시 한 번 해보라고 열심히 설득했었다. 하지만 그때 그녀는 그렇게까지 확신을 갖지는 못했다. 스페인일 수도 있고, 아님 네덜란드이거나, 어쩌면 포르투갈일 수도 있다며……. 결국 그녀는 내기를 하지 않았고, 반면 린다는 꽤 많은 돈을 잃었다.

이미 말했듯, 나는 운명이 카티와 나, 우리 둘을 만나게 해주었다고 믿는다. 왜냐하면 그건 운명이 정말로, 정말로 내 편을 들어주었다는 뜻이기 때문이다.

나는 운명을 믿지 않는다. 자신의 행복은 자기 스스로 책임져야 한다고 믿는 사람이다. 원하는 것을 얻기 위해서는 집요한 구석이 있어야 한다. 그러나, 그럼에도 불구하고 얻지 못하는 것이 있을 때가 있다.

나는 카티에게 절대로 말하지 않을 것이다. 하지만 지금까지도 카티는 나의 위대한 사랑이었다. 그녀는 늘 우리가 사귀었다면 5년도 견디지 못했을 거라고 주장하지만, 나는 펠릭스처럼 잘 지켜나갔을 거라고 꽤 확신하는 바다. 물론 내 방식대로이긴 하겠지만.

유감스럽게도 나는 그들이 잘 어울린다는 걸 인정하지 않을 수 없다. 또한 내가 어찌 된 일인지 펠릭스를 좋아하게 됐다는 것도. 그는 괜찮은 친구다. 그렇다고 내게 약간의 기회라도 오게 될 경우 그에게서 그 여자를 가로채지 않겠다는 말은 아니다. 그때가 올 때까지 나는 내 주의를 다른 곳으로 돌리고 있는 중이다. 일로, 여행으로,

또 다른 여자들로. 카티는 인정하지 않지만, 그녀는 언제나 내 여자 친구들에게 약간 질투를 한다. 난 그게 기분 좋다. 그리고 만나기만 하면 우리는 빼놓지 않고 엄청나게 틱틱거리면서도 꽤 자주 만나는 편이다. 그건 내가 그녀와 마를렌의 에이전트에 아주 많은 연수 교육을 위탁하기 때문이다. 그래서 그녀가 베를린에 오면 우리는 많은 시간을 함께 보낸다. 때때로 그녀가 반짝이는 눈으로 내 앞에 앉아 있으면, 그녀를 한 번 더 침대로 끌어들이는 것은 어쩌면 그리 힘든 일이 아닐지도 모른다는 생각이 들기도 한다. 하지만 난 그녀가 그 이후 의심의 여지 없이 펠릭스에게로 돌아갈 것이고, 그러면 다시 내 마음에 상처만 남게 될 거라는 걸 잘 알고 있다. 그러니 참을 수밖에. 그건 그사이 펠릭스와도 친구와 같은 사이가 된 탓이기도 하다. 아무쪼록 그들이 나에게 대부를 맡아달라고 부탁하지 않기를 바랄 뿐이다.

하지만 다른 한편에서 보면, 그건 우리가 더 자주 만날 수 있는 좋은 구실이 될 수도 있을 것이다. 그리고 일반적으로 나는 저 스트레스 많고 제 아이만 아는 젊은 엄마들은 섹시함의 영역과 별세계의 사람이라고 본다. 어쩌면 카티 역시 나에게 호의를 베풀어 뚱뚱해지지는 않을까.

아, 아니, 다음에 만나면, 내가 대부의 역할을 훌륭하게 해낼 거라는 걸 넌지시 암시나 한번 해봐야겠다.

마지막에 가선 다 잘될 것이다. 잘되지 않으면, 끝나지 않은 거다.

옮긴이의 글

카티에게.

지난여름 너와 함께했던 시간, 난 네 이야기에 귀 기울이느라 더운 줄도 모르고 지냈어. 어서 네 이야기를 한국에 있는 독자들에게 들려주고 싶어 손끝이 근질거렸지. 알다시피 번역하는 입장에선 입보다 손이 먼저니까 말이야. 네가 펠릭스와 무료하지만 애정 어린 일상을 보낼 때 나는 내 옆에서 더위에 지쳐 잠든 남편을 물끄러미 바라보았고, 뺀질이 시동생 플로리안의 그 유들유들하고 느끼한 모습과 강압적인 시아버지, 설레발 시어머니가 나오는 대목에선 나도 뚝 떨어져 지내고 싶은 시월드의 몇몇 얼굴들을 그려보았지. 그리고 게레온 그 개자식의 파티에서 우왕좌왕하던 너의 정처 없는 마음을 엿보았을 땐 내가 대신 게레온에게 한 방 먹여주고 싶은 마음도 들었어. 빌 구린내 빌 딕분에(?) 운명의 수레바퀴를 굴리게 되었을 때,

그리고 마티아스와의 짧은 만남과, 다들 명태 눈알이 박혀 있어 진실을 보지 못한다고 외치던 그 부랑자, 전철의 불빛이 눈앞에 다가올 때까지, 난 너와 함께 불안한 설렘의 한가운데에 있었단다.

정말 네 말대로 전철이 너를 5년 전으로 돌려보낸 건지, 아니면 죽어 천당에 오른 것인지, 그도 아니면 전철 사고로 코마 상태에 처한 건지, 잠재의식에서 발현된 비정상적인 평행 우주에 네가 있는 것인지 나는 아직까지도 잘 모르겠어. 하지만 그런 네 상황을 접하면서 나는 사실 처연하게 나의 현재를 바라보게 되었어. 언뜻 장자의 호접지몽(胡蝶之夢)도 떠올리면서 말이야.

문득 이런 생각이 들더라고. 지금 내가 사는 이 현실이 현실이 아니라 꿈은 아닐까(솔직히 그랬으면 좋겠다고 생각하면서), 혹시 어릴 적 오토바이 사고를 당했을 때 코마 상태에 빠졌고, 그런 내가 무의식적으로 펼쳐 보이는 가상의 세계가 지금이 아닐까. 지금 나와 한 방을 쓰고 등을 돌린 채 번역 작업에 몰두하고 있는 저 사람(남편)이 실은 나와 전혀 맞지 않는 인간인데 누군가 실수로 보낸 어떤 메시지 때문에 엮여 이렇게 같은 공간에서 지내는 건 아닐까……. 뭐 그런 유치하다면 유치할 수 있는 생각을 하게 되었지. 분명 그는 지금 나의 펠릭스이긴 한데, 그렇다면 나의 마티아스는?

내가 나의 펠릭스를 마티아스로 바꾸려면, 5년으로는 명함도 못 내밀 먼 시간을 돌아가야 해. 전철 사고로는 어림도 없겠다. 비행기 사고 정도는 돼야 그 먼 시간을 돌아가겠지? 흠, 괜한 생각이란 거 알아. 하지만 마를렌의 딸보다 더 큰 아이를 두기까지 오직 '펠릭스'

로 대변될 만한 사람과 지낸 여인이라면(남자도 마찬가지겠지만), 노골적이든 소극적이든 뱃속에서부터 푸르르 날갯짓을 해대는 수만 마리의 나비와 신경을 긁어대는 불안하지만 아름다운 바이올린 연주에 대한 로망 내지 아쉬움이 있지 않을까. 내가 두 발을 대고 서 있는 이쪽 들판보다 가보지 않은 저쪽 들판이 왠지 더 푸르러 보이는 건 결코 나만 그런 건 아니라고 확신해. 사실 나에게도 꿈 이전인지, 이후인지 모르겠지만, 아니면 평행 우주의 또 다른 우주로 가야 할지 모르겠지만, 그 공간으로 이동하게 된다면 적극적으로 운명을 바꾸고 싶은 나만의 마티아스가 있긴 해. 그런데 내 마음속 깊은 곳에선, 로버트 프로스트의 「가지 않은 길」이라는 시가 자꾸 발목을 잡네. 그것도 딱 이 구절이 말이야.

길은 길에 연하여 끝없으므로
내가 다시 돌아올 것을 의심하면서…….

내가 너처럼 혹시라도 두 번 살 기회가 주어져 다시 선택하게 된다면, 난 분명 나의 마티아스를 선택할 것 같아. 그런데 말야, 정말 신기하게도 결국에는 마티아스인 줄 알고 선택했던 그가 알고 보니 펠릭스였다는 황당한 엔딩이 기다리고 있을 것 같거든…….(결론적으로 펠릭스가 마티아스고 마티아스가 펠릭스가 되는 지극히 현실적인.)

아무튼 난 네가 누굴 선택했든 너의 선택을 존중했을 거야. 그리고 운명과 막상막하의 투쟁을 펼친 너로 인해 마르레이나 리다, 심지어 펠릭스와 마티아스까지 모두 더더욱 사랑스러운 인물들이 되었다는 것도 인정할게. 또 네 덕분에 많이 지겹고 조금 행복했던 나의 삶을 꿈인 양 생각하게 되었다는 것, 지금도 죽부인을 안고 코를 골고 있는 나의 펠릭스를 혹시 모를 운명과의 투쟁에서 얻은 사람으로 좀 더 귀히 여기게 되었다는 것, 여전히 어딘가에서 나를 '여자 마티아스'로 여기며 그리워할 나의 '남자 카티', 그가 가끔 그립다는 것도 고백해야겠다. 아무튼 카티, 널 만나서 무척 기뻤고, 너의 유쾌하고 유별난 친구들에게 안부 전해주길 바라. 너의 펠릭스에게는 기왕에 깰 거 몇 병(완전 레어템으로) 더 깨지 그랬느냐는 말도 하고 싶다. 마지막으로 푸른 눈의 마티아스에게는 꼭 한번 '커피를 걸고' 만나고 싶다고 전해줘.

사랑을 담아,

함미라